Uwe Goeritz

Der schwarze Tod

Mainz, im Jahre 1349

Bibliografische Information der Deutschen Nationalbibliothek:

Die Deutsche Nationalbibliothek verzeichnet diese Publikation in der Deutschen Nationalbibliografie; detaillierte bibliografische Daten sind im Internet über http://dnb.dnb.de abrufbar.

© 2020 Uwe Goeritz

Coverbild: Enrique Meseguer auf Pixabay

Covergestaltung: Uwe Goeritz

Herstellung und Verlag: BoD – Books on Demand, Norderstedt

ISBN: 978-3-7494-7180-5

Inhaltsverzeichnis

Der schwarze Tod – Mainz, im Jahre 1349

Als im Jahre 1346 die Pest über Europa hereinbrach, da wusste noch niemand, dass der „schwarze Tod" binnen weniger Jahre mehr als ein Drittel der Bevölkerung Europas hinwegraffen würde. Die Angst vor der unbekannten Seuche führt zu Hysterie und zu Pogromen an Andersgläubigen. Der Tod zog durch die Straßen der Städte und nach dem Zusammenbruch der öffentlichen Ordnung spielten sich apokalyptische Szenarien in Mitteleuropa ab.

Dies ist die Geschichte von drei junge Frauen, die im Jahre 1349 in Mainz aufeinandertreffen, und die unterschiedlicher nicht sein könnten. Gundel, die Magd aus dem Dorfe, Lorena, die Hübschlerin aus der Stadt und Sarah, die junge Jüdin, schließen eine ungewöhnliche Freundschaft. Doch wird dieser Bund den Wirren der Zeit standhalten können?

Die drei Frauen erleben in der Stadt ein Zeitalter der Gewalt, der Not sowie des Schreckens und kämpfen täglich um ihr Überleben. Können sie dieser tückischen Krankheit entgehen oder fallen sie der Hysterie ihrer Mitmenschen zum Opfer?

Die handelnden Figuren sind zu großen Teilen frei erfunden, aber die historischen Bezüge sind durch archäologische Ausgrabungen, Dokumente, Sagen und Überlieferungen belegt.

1. Kapitel

Stille

Gundel schlug die Augen auf. Sie lag im Halbdunkel der Hütte. Die Tür stand offen und die Sonne fiel in den Raum. In deren Strahlen bewegten sich über der jungen Frau ein paar Staubkörner in der Luft. Sie bildeten einen bizarren Tanz. Das eigentlich seltsame war aber die Stille in der Hütte. Es war heller Tag und kein Laut traf an ihr Ohr. Sonst war von Sonnenaufgang bis Sonnenuntergang der Lärm der Menschen und Tiere hier drin zu hören gewesen. Zehn Menschen, vier Schweine und zwei Kühe waren nun mal nicht leise. Umso mehr störte sie daher diese Stille! Wie um dies noch zu unterstreichen, begann ein Vogel vor der Hütte zu singen. Sein Lied schallte durch ihren Kopf.

Die Frau war zu schwach, um sich zu erheben. Im Moment konnte sie noch nicht mal den Kopf bewegen. Starr war ihr Blick zur Hüttendecke gerichtet. Dort sah sie die Balken der Dachkonstruktion und die Schilfbündel. Ausgestreckt lag sie auf ihrem Lager und konnte nichts weiter machen, außer nachzudenken. Sie war gerade erst sechzehn Jahre alt geworden und das letzte, woran sie sich erinnern konnte, war, dass sie Fieber bekommen hatte und die Mutter sie hier auf diesen Strohsack gelegt hatte. „Mutter!", flüsterte sie in die Ruhe hinein. Es hatte eine unendliche Kraftanstrengung gekostet, doch niemand antwortete. Wo waren alle hin? Hatte man sie hier alleine zurückgelassen? Ein Schreck zuckte durch ihren Körper und dieser gab ihr die Kraft, sich aufzusetzen.

Ihre Haare fielen nach vorn und verdeckten kurz ihr Gesicht, dann schob sie diese zur Seite und sah sich um. Das erste, was sie sehen konnte, war, das ein Schwein Mitten im Raum lag. Es war noch angebunden und lag einfach so dort herum, ohne sich zu bewegen. Offensichtlich war es tot, denn Schweine bewegten sich eigentlich immer. Gundel erschrak noch mehr. Wer hatte das wertvolle Tier getötet? Dann erkannte sie weitere Gestalten, die in der Hütte lagen. Keiner rührte sich. Mühsam setzte sie die Füße auf den Boden und stand schwankend auf.

Sie begann in der Hütte herumzutorkeln. Von einer Gestalt zur nächsten, sie rüttelte an ihnen, doch alle waren Tod. Auf dem Tisch stand ein Krug Bier und Gundel verspürte großen Durst beim Anblick des Getränkes. Sie trank das Bier so schnell, dass es ihr aus den Mundwinkeln herauslief. Nun fühlte sie sich stärker und suchte etwas zu essen. Weit über ihr hing noch ein Stück Schweinefleisch im Rauchabzug.

Wie sollte sie da heran kommen? Und durfte sie das überhaupt? Nur der Bauer hatte das Recht, über das Fleisch zu bestimmen, doch der lag tot neben der Tür. Seine starren Augen waren auf diesen letzten Schinken gerichtet, so als wolle er ihn immer noch im Tode beschützen. Gundel zog den Tisch zur Seite und kletterte über die Bank hinauf. Mit den Fingerspitzen konnte sie die ersehnte Nahrung erwischen und schob das Fleischstück hoch.

Mit einem polternden Geräusch schlug das Stück geräuchertes Fleisch auf dem Tisch auf. Gundel blieb einen Moment so stehen. Wer bis jetzt noch nicht gewusst hatte, dass sie wach war, der musste es nun, nach dem Diebstahl des Schinkens, Wissen. Doch nichts rührte sich. Alles blieb ruhig.

Beschwerlich stieg sie vom Tisch und zog das Messer aus dem Gürtel des Bauern. Damit schnitt sie sich eine Scheibe von dem Schinken ab und biss gierig hinein. Das Fleisch war fest und gut.

Gundel schnitt das Fleisch vor ihrem Mund ab. Die Kraft zum Kauen war noch nicht zurück. Nur zum Schlucken reichte es, aber mit jedem Stück Schinken, dass sie mit Bier aus dem Krug herunterspülte, wurde sie kräftiger.

Endlich war sie satt und konnte sich weiter umblicken. Die Mutter war nirgendwo zu sehen. Der Stall war leer, nur das eine Schwein lag am Boden. Wieder rief das Mädchen „Mutter!" Nun schon viel lauter, aber auch darauf erhielt sie keine Antwort. Sie trat durch die Hüttentür und wäre davor fast mit einer Kuh zusammen geprallt, die den Weg entlang zum Kornfeld lief. Es war die Kuh des Nachbarn und ihr Feld. Zumindest das ihres Bauern, bei dem Gundels Mutter als Magd arbeitete. Gundel folgte der Kuh ein Stück des Pfades und fand nach wenigen Schritten ihre Mutter.

Die Frau lehnte an der Hüttenwand und Gundel beugte sich zu ihr hinab. Die Mutter hatte die Augen geschlossen und die junge Frau berührte sie zögerlich an der Schulter. „Ist auch meine Mutter gestorben?", fragte sie sich in Gedanken, doch da öffnete die Frau die Augen und Gundel fiel ihr um den Hals.

„Trinken!", sagte die Mutter schwach und die Tochter spürte die Hitze der älteren Frau durch deren Kleidung hindurch. Sie hatte Fieber und schwarze Flecken am Hals. „Ich hole etwas!", sagte Gundel und lief zurück in die Hütte. Der Bierkrug war aber leer. Vielleicht konnte der Nachbar helfen? So schnell sie konnte, rannte sie die fünfzig Schritte bis zu dessen Hütte. „Hallo?", rief sie in das Dunkel, erhielt aber keine Antwort.

Zögernd stand sie vor dem Haus. Sollte sie einfach so hineingehen? Der alte Bauer war ziemlich jähzornig, aber sie konnte ihm ja sagen, wo seine Kuh war, das würde ihn vielleicht besänftigen.

Langsam ging sie in die Hütte hinein. Immer wieder verhielt sie ihre Schritte. Die Angst vor dem alten Mann steckte tief in ihr drin. Manchmal hatte der alte Bauer sie schon draußen vor der Hütte auf dem Pfad mit einem Stock geschlagen, weil sie ihm nicht schnell genug aus dem Weg gegangen war.

Noch einen Schritt, dann stand sie in der Mitte des Raumes. „Hallo?", rief sie erneut und der Raum verstärkte ihren Ruf. Gundel zuckte zusammen. Es war dunkel in dem Raum und nur langsam gewöhnten sich ihre Augen an das Dämmerlicht. Jederzeit zum Sprung bereit und geduckt stand sie dort hinter der Tür. Auch hier schien niemand mehr am Leben zu sein.

Langsam und vorsichtig schob sie sich zur Vorratskammer hinüber. Im Dunkel tastete sie sich voran und stürzte über einen Körper. Erschrocken sprang sie wieder auf. Der Körper war schon steif wie ein Brett! Sie eilte die letzten Schritte bis zu dem Gestell, das auch in dieser Hütte an derselben Stelle war, wie in ihrer. Warum war sie eigentlich nicht dorthin gegangen?

Gundels Finger tasteten nach einem Krug. Dann fand sie einen und hob ihn an. Er war schwer, aber war Bier darin? Sie steckte einen Finger hinein und leckte diesen danach ab. „Igitt. Essig!", rief sie und spukte aus. Die junge Frau stellte den Krug zur Seite, tastete sich zum nächsten Behälter und hatte Glück. In diesem befand sich das ersehnte Bier.

Mit dem tönernen Gefäß ging sie zum Licht der Tür zurück. Schnell lief sie zu ihrer Mutter zurück und reichte ihr das Getränk. Gierig trank die am Boden liegende Frau. „Was ist passiert?", fragte Gundel nun, nachdem sie sich neben die Mutter gesetzt hatte. „Erinnerst du dich an die Händler, die von fern gekommen waren?", fragte die ältere Frau leise. „Ja", antwortete Gundel und dachte an den bunten Wagen mit den Waren aus fernen Ländern. Alle Kinder waren dort gewesen. „Als sie wieder fortgefahren waren, da bist du krank geworden. Nach dir die anderen. Alle! Dann begann das Sterben!", erklärte die Mutter mit schwacher Stimme.

Langsam senkte sich die Dämmerung über das Dorf. Die Vögel sangen das letzte Lied des Tages. Die Mutter rutschte röchelnd neben Gundel zusammen. Das Mädchen zog den Kopf der Frau auf ihren Schoß. Das Röcheln wurde immer leiser und mit dem letzten Licht des Tages verstummte die Frau. Die Vögel verstummten ebenfalls.

„Mutter! Nicht! Nein!", schrie Gundel in die Stille hinein, dann warf sie sich schluchzend über den toten Körper der Mutter auf ihrem Schoß. Ihr Weinen durchbrach die Ruhe des Todes.

2. Kapitel

Der bunte Wagen

Balthasar ging die Gasse hinunter zum Marktplatz. Er war gerade 24 geworden und der Sohn eines der Ratsmitglieder der Stadt Mainz. Der Vater, ein reicher Tuchhändler, hatte in letzter Zeit immer wieder Andeutungen gemacht, dass er den Sohn verheiraten wollte. Bisher noch eher spaßig und auch die Drohung mit der Enterbung war ebenfalls lachend über seine Lippen gekommen, aber es würde wohl nicht mehr lange dauern, bis der Vater seinen Willen durchdrücken und ihn vermählen würde. Es war der Frühsommer des Jahres 1349 und alles blühte und grünte.

Der junge Mann sah zum Himmel hinauf. Ein paar dunkle Wolken zogen über ihm dahin, aber es hatte nur im Frühling geregnet. In diesem Jahr würde das Wetter hoffentlich besser sein, als in den letzten Jahren und eine gute Ernte bringen. Oft hatte der Regen das Korn kurz vor der Ernte doch noch vernichtete. Die Preise für Nahrungsmittel stiegen jedes Jahr weiter. Doch er war gut versorgt, solange der Vater ihn nicht wirklich enterbte.

Noch nie in seinem Leben hatte er Hunger und Not verspürt. Da ging es ihm besser, als es so viele andere Menschen täglich erleiden mussten. Doch sein Mitgefühl für die Ärmsten hielt sich in Grenzen. Sein Blick ging nur oberflächlich über die zahlreichen Bettler, die vor der Kirche saßen und ihm ihre Schüsseln entgegen reckten.

Der junge Mann ignorierte die Hungernden, blieb an einem Rosenstrauch stehen und brach eine der Blüten ab. Er saugte den

Duft der Blüte ein und steckte sie sich an den Kragen seiner Jacke. So ließ es sich leben! Pfeifend betrat er den Marktplatz und sah zum Rathaus hinüber. Immer noch dachte er an die Nachrichten vom letzten Jahr zurück. Dort drüben hatten die Stadtschreier immer ihre Neuigkeiten verbreitet. Der schwarze Tod hatte in den Häfen am Mittelmeer sowie in Südeuropa gewütet und war erst im Herbst zum Stillstand gekommen. Weit vor den Alpen, doch die Handelsrouten nach Italien waren trotzdem daraufhin zum Erliegen gekommen, weil niemand mehr in diese Gegend fahren wollte.

Der Tuchnachschub aus Genua und Venedig war fast vollständig versiegt. Und da die Reichen und Schönen der gehobenen Gesellschaft nicht auf das kostbare Tuch verzichten wollten, hatte ihnen dies einen beträchtlichen Gewinn gebracht, da das Lager bis zum letzten Stofffetzen leergekauft worden war. Nun war es Zeit, dass die Bestände mit frischer Ware aufgefüllt werden konnten. In den nächsten Tagen mussten die Wagen eintreffen und sicher würden die Fuhrleute auch Nachrichten aus dem Süden bringen.

Zu gern wäre er wieder mit nach Venedig gezogen, doch der Vater hatte ihn aus Angst nicht mitgelassen. Er war der einzige Sohn und zu schrecklich waren die Beschreibungen über die Zustände im letzten Jahr gewesen. Tausende waren gestorben und die Seuche war nur durch die Gebirgspässe aufgehalten worden. Doch das war nun weit weg. Der junge Mann wollte feiern und da kam ihm die geöffnete Schänke am Markt ganz recht.

Seine Freunde waren sicher auch schon dort und wenn nicht, so konnte er unter den Anwesenden sicher schnell neue Freunde finden. So früh am Tage war aber noch nicht viel los. Er gönnte sich ein starkes Bier. Damit wollte er sich irgendwie von seinem

Vater abgrenzen, der nur Wein trank. Bier wäre dem alten Kaufmann sicher nicht mehr über die Lippen gekommen.

Nach dem zweiten Bier warf er eine Münze auf den Tisch und brach wieder auf. Vielleicht würde er später wieder zurückkommen. Langsam ging er durch die Gassen zu seinem Elternhaus, dabei grübelte er, was er an diesem Tage noch unternehmen konnte? Als er in die Straße einbog, sah er eine Gruppe von Menschen vor dem Haus stehen.

Im näher kommen erkannte er, dass sie einen nicht bespannten Wagen verdeckt hatten. Die Plane war abgenommen. Das konnten nur die lang erwarteten Händler sein, die sicher auch wieder neue Nachrichten aus dem Süden hatten. Schnell ging er zu der Gruppe hinüber. Vielleicht konnte er von ihnen etwas Neues aufschnappen. Manche Nachricht war bare Münze wert. Die Gruppe lichtete sich und Balthasar konnte das Fahrzeug erkennen.

Der Wagen stand direkt vor dem Tor zum Haus des Vaters. Einige Diener trugen schon Stoffballen durch das Tor. Einer der Fuhrleute versorgte abseits die beiden Pferde und Balthasar trat zu ihm. Sie kannten sich beide gut, vor Jahren war der junge Mann mit dem älteren nach Venedig gefahren. Freudig begrüßte er ihn mit einem Handschlag. „Mathias, wie geht es dir?", frage Balthasar.

Die Augen des älteren Mannes glänzten, als er den Jüngeren begrüßte. „Das Leben geht seinen Weg. Es normalisiert sich auch wieder in Venedig, nach diesen grausamen Zeiten des letzten Jahres. Im Winter gab es keine Toten mehr." Er hustete und sah zur Seite, wo der bunt bemalte Wagen langsam entladen wurde. „Wenn das stimmt, dann kann ich euch ja vielleicht auf der nächsten Fahrt begleiten!", rief Balthasar erfreut und Mathias zeigte auf den Kutschbock.

„Immer wieder gern. Mit dir macht es mehr Spaß als mit Kuntz, diesem Langweiler!", sagte der Fuhrmann lachend. Balthasar sah zum Wagen und erkannte den Gehilfen von Mathias, der sich trotz der Wärme, eine Decke umgehängt hatte.

Balthasar klopfte dem Pferd auf den Hals und erwiderte „Ist der immer noch so? Dann lade ich dich heute Abend in die Schänke ein." Der ältere Mann nickte dankbar. Sie vertieften sich in ein Gespräch über Venedig und ihre Zeit in der Lagunenstadt und so konnten sie nicht sehen, dass ein paar Ratten aus einer Kiste auf dem Wagen sprangen. Erst das Geschrei von einem der Diener machte sie aufmerksam.

Sie lachten beide über den Mann, der vergeblich versuchte, die Ratten mit einem Stock zu schlagen. Die beiden grauen Tiere waren einfach viel zu schnell für den Mann. Mit ein paar schnellen Sätzen verschwanden die Tiere im Dunkel einer Seitengasse. „Dann bis heute Abend!", sagte Mathias und Balthasar nickte ihm zu.

Der Wind des Abends brachte frische Luft vom Fluss herüber und vertrieb die Wolken. Mathias führte die Pferde in den Stall und die Diener schoben den Wagen in den Innenhof des Hauses. Bald würde er wieder beladen werden und sich auf den Rückweg machen und Balthasar beeilte sich, in das Haus zu gehen, um den Vater um seine Erlaubnis zu bitten, dass er diese Fahrt begleiten durfte.

Er stürmte die Treppe hinauf und warf einem der Diener seine Kappe zu, dann betrat er das Kontor des Vaters, der über die Bücher gebeugt war und vermutlich gerade den Wareneingang vermerkte. Zufrieden nickte der alte Mann und sah Balthasar fragend an. Sicher hatte er gemerkt, wie er in das Zimmer gelaufen war.

„Werter Herr Vater. Kann ich den Wagen nach Venedig begleiten? Ich könnte für euch ein paar gute Abschlüsse dort tätigen", fragte er schnell und sah die Falten auf der Stirn des Vaters, darum setzte er sofort hinzu, „Mathias hat mir berichtet, dass die Seuche zu Ende ist. Dort ist alles unter Kontrolle." „Ja. Wenn dem wirklich so ist!", sagte der alte Mann und klappte das Kontorbuch zu.

Balthasar war mit dieser Aussage erst einmal zufrieden, verbeugte sich und eilte hinaus. Er hatte ja Mathias versprochen, mit ihm zur Schänke zu gehen. „Hut und Schwert!", rief er und ein Diener brachte ihm seine Sachen. Unten im Hofdurchgang wartete er auf dem Fuhrmann und klopfte ihm auf die Schulter, als der endlich erschien.

3. Kapitel

Ein verlorener Schleier

D er Vater strich die Münzen ein, legte sie in das Säckchen, das er sorgsam mit der Kordel zuzog, und hängte es sich an den Gürtel. Er fuhr sich mit der Hand über den Bart und nickte. „Das war wieder ein gutes Geschäft", sagte er und gab dem Kaufmann die Hand. Das Mädchen blickte zu ihm hinüber. Sie trug die typische Kleidung ihres Volkes. Der blau gestreifte Schleier fiel über ihr kunstvoll geflochtenes Haar weit in ihren Rücken. Sie mochte es zwar, in ihrem Viertel zu sein, da waren sie unter sich und unter dem Schutz des Kaisers, doch viel lieber war sie mit ihrem Vater unterwegs.

In ihrem Stadtviertel kannte sie jeden und jeder kannte sie. Aber die anderen Menschen hier in Mainz gingen ihnen immer aus dem Weg. Dafür sorgte dann auch die Kleidung, die viel zu auffällig war. Der gelbe, spitze Hut des Vaters war eine eindeutige Warnung an alle „Christenmenschen", ihnen nicht zu nahe zu kommen. Doch Geschäfte machten sie trotzdem gern mit ihnen. Es ging gar nicht anders!

Sie durften keine Zinsen nehmen und daher lohnte es sich für sie auch nicht, Geld zu verleihen. Und seit die Juden keinen Handel mehr treiben durften, da blieb ihnen nur das Verleihen der Münzen übrig. Als Sarah noch klein gewesen war, da waren sie aus dem sonnigen Toledo in diese triste Stadt des Nordens gekommen. Hier regnete es fast die Hälfte des Jahres. Doch mittlerweile war eben Mainz ihre Heimat geworden.

Erneut sah sie zu ihrem Vater, der dem Händler nochmals die Hand gab und sich zum Verlassen des Ladens zur Tür umdrehte. Er war sehr schlau und sprach acht Sprachen. Ein paar davon hatte er ihr beigebracht, doch sie würde sie nie brauchen können. Frauen blieben im Haus. Nur Mädchen durften noch nach draußen, daher genoss sie jeden Ausflug.

Staunend stand Sarah an einem Regal, betrachtete eine Rolle mit schönem Stoff und strich mit den Fingern über das Muster. „Ich hätte gern ein Kleid von diesem Stoff", sagte sie träumend und leise, doch dieses Tuch war viel zu kostbar. Es würde irgendwann mal eine Königin oder Fürstin zieren, aber nicht ein kleines Mädchen. Nicht sie, die Tochter eines jüdischen Geldverleihers.

Der Vater hatte den leisen Wunsch dennoch gehört, kam zu ihr herüber und betrachtete den Stoff. „Ja Sarah. Der ist wirklich schön. Vielleicht als dein Hochzeitskleid?", fragte er und lächelte sie an. „Hochzeit?", fragte sie erschrocken zurück. War es denn wirklich schon so weit? Natürlich war sie gerade sechzehn geworden und damit im besten Alter um zu heiraten, aber musste das nun wirklich schon so bald sein?

Der Händler kam zu ihnen herüber und zog die Rolle heraus. „Ich kann euch ein paar Ellen von dem Stoff lassen. Ich mache euch einen guten Preis und beim nächsten Mal, wenn ich wieder mal Geld brauche, kommt ihr mir etwas mit den Zinsen entgegen", erklärte er und legte die Rolle auf den Tisch. Dann rollte er sie ein Stück auf. So ausgebreitet funkelte der Stoff noch viel mehr.

„Das ist erstklassige Ware aus Venedig!", sagte er weiter und strich mit der Hand darüber. Sarah war im Moment hin- und hergerissen. Einerseits hätte sie gern solch ein Kleid, aber andererseits als Hochzeitskleid? Ihre Freiheit dafür aufgeben? Die beiden Männer begannen zu feilschen und beachteten das Mädchen gar nicht mehr. Wenig später trennte der Händler ein großes Stück von der Rolle und schlug es ein. Sarah übernahm es und drückte es an ihr Herz. Vielleicht würde es ja auch ein ganz normales Kleid sein und der Vater hatte sicher auch noch keinen Ehekandidaten für sie erwählt.

Gemeinsam verließen sie das Geschäft und der Händler blieb in der offenen Tür seines Geschäftes stehen. Dort verabschiedete er die beiden und war sichtbar froh, über das gute Geschäft und die Aussicht, beim nächsten Mal ein paar Münzen zu sparen. Freudig tanzte das Mädchen durch die Straßen und drückte das Päckchen mit dem kostbaren Stoff weiterhin fest an ihr Herz. Sie hätte vor Freude singen können.

Sie waren noch nicht sehr weit gekommen, als aus einer Seitengasse eine Gruppe von Männern der Stadtwache trat und Sarah unvorsichtigerweise in einen der Männer hineinlief. Die junge Jüdin schreckte zurück und verbeugte sich schnell vor den Männern, aber bevor sie noch etwas zu ihrer Entschuldigung sagen konnte, da hatte einer der Männer den Saum ihres Schleiers ergriffen und ihr diesem vom Kopf gezogen. Da er fest mit dem Haar verbunden war, riss er Sarah dabei auch ein paar Haare aus. Mit schmerzverzogenem Gesicht wich sie einen weiteren Schritt zurück.

Die Männer lachten und der eine, welcher den Schleier in der Hand hatte, sagte „Wen haben wir den hier? Eine kleine Jüdin ohne ihren Schleier!" Dabei hielt er das abgerissene Kleidungsstück triumphierend hoch. „Du weißt schon, dass du dafür bestraft werden musst!" Der Vater schob sich nach vorn und fragte „Ehrwürdige Herren. Wie hoch ist die Strafe?" Dabei stellte er sich schützend direkt vor seine Tochter. Der Mann nannte eine Summe und der Vater zog die gewünschten Münzen aus dem Beutel. Der Wachmann nahm die Münzen und schob sich an dem alten Mann vorbei.

Er hielt Sarah den Schleier hin und als sie danach greifen wollte, da zog er die Hand wieder fort. Die Männer lachten und dann warf er ihr den Schleier zu. Sarah wollte ihn fangen, doch sie wollte ihren neuen Stoff nicht loslassen. Mit einer Hand versuchte sie das dünne Gewebe zu erreichen und griff daneben.

Der dicke Wachmann holte kurz aus und schlug ihr mit der flachen Hand ins Gesicht. Sarah stürzte und die Männer gingen lachend davon. Schnell half der Vater ihr auf und befestigte den Schleier neu. Nun liefen sie schneller in ihr Viertel.

Sarahs Wange brannte von dem Schlag. „Die gehen jetzt sicher mit den Münzen in die Schänke!“, erklärte der Vater, als sie endlich den schützenden Bereich ihres Stadtviertels wieder erreicht hatten. Erst hier waren sie wirklich sicher. Sarah hatte erst jetzt Tränen in den Augen, aber keine des Schmerzes, sondern welche des Zorns auf die Männer der Wache. Der wunderschöne Stoff würde sie allerdings sicherlich darüber hinwegtrösten.

4. Kapitel

Neue Wege

Die ganze Nacht hatte sie bei der toten Mutter ausgeharrt. Im silbernen Licht des Mondes hatte sie eine Flut von Tränen vergossen und sich immer wieder gefragt, warum sie als einzige überlebt hatte. Warum hatte Gott sie nicht auch zu sich geholt? Hatte er noch eine Aufgabe für Gundel? Sie wusste es nicht und sie erhielt auch keine Antwort. Als der rötliche Schein der Sonne wieder am Horizont erschien, da zog sie den toten Körper hinter die Hütte, hob mit einem Spaten eine flache Grube aus und legte die Mutter hinein. Sie sprach ein schnelles Gebet und bedeckte den Leichnam mit Erde.

Dann suchte sie alles zusammen, was sie für den Weg brauchen würde. Einen Weg, von dem sie das Ziel noch nicht kannte. Sie nahm dem Bauern seinen Gürtel ab, den er ja sowieso nicht mehr brauchen würde, und legte ihn sich um die Hüften. Nun hatte Gundel dem reich verzierten Dolch auf der einen Seite und einem Beutel mit Münzen auf der anderen. Schwer ruhte beides auf ihrer Hüfte und zog nach unten.

Ihre Finger umklammerten den Griff des Dolches, den sie am Tage zuvor schon für den Schinken benutzt hatte. Diese Waffe war immer der ganze Stolz des eitlen Bauern gewesen. Sie zog die Waffe aus der Scheide und prüfte die Schärfe des Dolches. Es war ein geschnitzter Griff mit Fischen daran und die Waffe lag gut in der Hand. Entschlossen schob sie die Waffe zurück. Damit konnte ihr nichts mehr passieren!

Schnell schob sie ihre Sachen auf dem Tisch zusammen und packte alles in ein Tuch. Auch den Rest des Schinkens legte sie dazu, dann band sie die Ecken über Kreuz zusammen, warf noch einen Blick in die dämmrige Hütte, in welcher sich nun schon der süßliche Geruch der Verwesung ausbreitete, dann brach sie auf. Mit eiligen Schritten durchlief sie die kleine Siedlung.

Immer noch war das Ziel ihrer Reise unklar und erst als sie das letzte Haus des Dorfes passiert hatte, war ihr wirklich klargeworden, dass sie als einzige überlebt hatte. Fünfzig Menschen waren tot, nur Gundel lebte! Das konnte kein Zufall sein. Sie sah den Kirchturm der Nachbargemeinde, zu dem sie immer sonntags zum Gottesdienst gingen und fragte sich, ob dort noch Menschen lebten?

Eine Stunde später war sie an dem Gotteshaus angekommen und sah, dass viele der Nachbarn lebten, aber schon einige krank waren. Sie traf gerade zu einer Beerdigung ein. Gundel wartete, bis der Pfarrer mit seiner Predigt fertig war, dann trat sie an den Mann heran, den sie von den Gottesdiensten her gut kannte. Er sah sie fragend an, schließlich war ja nicht Sonntag und da verließ keiner das Dorf. Wusste er wirklich noch nichts? Sie musste doch sicher ein paar Tage gelegen haben.

„Alle sind tot!", sagte sie als Erstes und diese leise gesprochenen Worte wurden sofort durch das Dorf getragen. Wenig später jagte eine aufgebrachte Menschenmenge sie aus der Siedlung. Gundel rannte, so schnell sie konnte und hatte Glück, dass die Menschen sie nicht weit verfolgten. Das hätte sonst ihr Ende bedeutet. Erschöpft und zornig setzte sie sich wenig später an den Wegesrand. Was konnte sie denn dafür? Warum waren die Menschen so auf sie losgegangen? Gundel beschloss, ab sofort nichts mehr davon zu erzählen.

Das Glitzern eines kleinen Weihers ließ sich durch das Schilfgras sehen und Gundel dachte daran, sich erst einmal ausgiebig zu waschen. Sie hatte das Gefühl zu stinken und schnupperte vorsichtig an ihren Sachen. Warum stellte sie das eigentlich erst jetzt fest? Vielleicht hatte der Geruch der Toten ihre Nase verschlossen. Und wirklich war der Geruch nicht sehr angenehm. Die Mutter hatte immer sehr auf Reinlichkeit geachtet. Eine Träne stieg in ihr Auge.

Doch zuerst kam der Hunger, der ihren Bauch zuschnürte. Sie wickelte ihr Bündel auf, zog den Dolch und schnitt sich erst einmal ein großes Stück Schinken ab. Dabei fiel ihr Blick auf ein Stück Kräuterseife, dass sie von zu Hause mitgenommen hatte. Die Mutter hatte diese selbst gemacht. Kauend roch sie an dem kleinen Würfel. Der Wunsch nach einem Bad wurde übermächtig, auch wenn sie dann nicht weglaufen konnte, falls die Männer aus dem Dorf doch noch nach ihr suchen würden. Sie schnürte das Paket zusammen und ging zu dem kleinen Teich hinüber.

Die Frau suchte sich eine versteckte Stelle im Schilf, an der sie in das Wasser steigen konnte, dann legte sie das Päckchen ab, löste den Gürtel und zog sich das Kleid über den Kopf. Mit der Seife in der Hand stieg sie im Unterkleid langsam in den Weiher. Das Wasser hatte eine angenehme Temperatur und sie ging ein Stück, bis ihr das Wasser zur Hüfte stand, dann setzte sie sich hin und bemerkte, dass auch das Unterkleid unangenehm roch. Sie hatte sicher einige Tage darin geschlafen und es damit verunreinigt. Aber sie hatte keine Wechselwäsche mitgenommen und sich einfach so auszuziehen, das ging nicht. Öffentliche Nacktheit war eine Sünde! Das hatte ihr der Bauer und der Pfarrer von klein auf beigebracht.

Sie sah sich um. Niemand war hier, der sie sehen konnte, aber dennoch ging sie in das dickste Schilfdickicht hinein, wo sie sich schnell des Unterkleides entledigte. So setzte sie sich in das Wasser, das ihr zum Glück bis zum Hals reichte. Mit der Seife begann sie sich zu waschen. Der Duft war herrlich und brachte damit die schmerzliche Erinnerung an die Mutter zurück.

Beim Waschen spürte sie am Hals eine Erhebung und darum tastete sie erschrocken den Rest ihres Körpers ab. Unter den Armen und an beiden Seiten des Halses hatte sie Beulen, sonst nirgendwo. Gundel betrachtete aufmerksam ihr Spiegelbild im Wasser. Die Schwellungen waren nicht schwarz und auch nicht so groß wie die, welche sie an den Leichen gesehen hatte.

Dann hörte sie ein Pferd und erschrak. Noch tiefer versteckte sie sich im Schilf und sah einen Wagen durch die Halme hindurch.

Hatten die Fuhrleute sie gesehen? Der Wagen hielt an und die Männer stiegen ab. Einer von ihnen kam mit dem Eimer zum Weiher und schöpfte Wasser. Eigentlich hätte er dabei ihr Kleid dort liegen sehen müssen. Gundel dachte an das weiße Unterkleid, das sie noch in der Hand hatte. Sollte sie es schnell waschen und danach wieder überziehen? Das würde sicher zu viel Lärm machen. Mit einer schnellen Handbewegung zog sie das verräterische Stück Stoff unter Wasser und setzte sich darauf.

Ihren Blick auf die Männer gerichtet, versuchte sie kein Geräusch zu machen. Langsam wurde es kühl und sie begann zu zittern, doch sie durfte sich ja nicht bewegen. Schließlich war sie ja nackt! Es wäre eine Schande, wenn die Männer sie so sehen würden! Die beiden begannen ein Gespräch, während sie die Pferde aus dem Eimer tränkten. Sie hörte das Wort „Mainz" und hatte sofort das Ziel ihrer Reise vor Augen.

Oft war der Bauer dorthin gefahren, um auf dem Markt seine Waren zu verkaufen. Er hatte immer in den höchsten Tönen davon geschwärmt. Da wollte sie hin! Auch, wenn sie noch nie dort gewesen war. Die Männer brachen auf und Gundel wusch schnell ihr Unterkleid, zog es sich nass wieder über und wusch danach kniend ihr Kleid. Auch dieses zog sie sich feucht wieder an.

Nun duftete sie nach der Kräuterseife und fühlte sich gleich viel besser. Mit all ihren Sachen machte sie sich auf den Weg. Wie weit war das wohl bis in die Stadt?

5. Kapitel

Ferne Weiten

Isaak sah durch das Fenster auf die Straße, doch er sah weder die Straße noch die Häuser. Sein Blick ging durch alles hindurch und wanderte weit in den Süden. Er dachte an die Weiten Andalusiens, von wo er vor zehn Jahren hier her gekommen war. Im fernen Toledo, der Hauptstadt Spaniens, hatte er alte Schriften der griechischen Philosophen vom Arabischen ins Lateinische übersetzt. So wie sein Vater vor ihm und dessen Vater zuvor. Doch nun gab es da nicht mehr viel zu übersetzen. Darum hatte er vorgehabt, den Menschen hier im Norden die alten Schriften näherzubringen. Auf dem Weg zu einer Universität war er mit seiner Frau und den vier Töchtern in dieser Stadt geblieben, mehr seiner Frau und den Töchtern zuliebe.

Nach und nach hatten die Töchter geheiratet, bis nur noch seine jüngste Tochter, Sarah, bei ihm geblieben war. Nun würde es aber auch bald für seine jüngste so weit sein, dass sie die elterliche Behausung verlassen würde. Gedankenverloren strich er sich über den grauen Bart. Er war nun fast sechzig und hatte spät im Leben über den Bücherrand hinweg gesehen. Erst mit Mitte dreißig hatte er seine Frau geheiratet, damals mehr auf Drängen seines Vaters.

Nun waren bald alle aus dem Hause. Sollte er danach in dieser Stadt bleiben? Schnell hatte er damals gemerkt, dass die Menschen hier nichts von ihm lernen wollten. Sie lasen die Bücher von Heraklit, Ptolemäus und Euklid selbst, die er und sein Vater übersetzt hatten. In Spanien hatten sie seine Fähigkeiten geschätzt. Und hier?

Er durfte nicht Lehren, nicht Arbeiten und auch nicht Handel treiben. Das einzige, was er durfte, war Geld verleihen und Zinsen nehmen. Nicht wirklich das, was er wollte, doch die mathematischen Schriften hatten ihn auch schnell und genau rechnen lassen. So hatte er mit seiner Reisekasse damals angefangen, Geld zu verleihen und war über die Jahre ein reicher Mann geworden. Aber dieser Reichtum hatte auch seine Schattenseite: Die Menschen sahen ihn zunehmend feindselig an. Wer nichts hatte, der neidete dem anderen vieles. Dazu kam auch noch, dass die Kirchen gegen sie hetzten. Die Geistlichen prangerten das Geldverleihen als Wucher an, dabei hätte er liebend gern etwas anderes gemacht. Nur was? Seine Frau legte ihm die Hand auf die Schulter und holte ihn wieder zurück nach Mainz.

„Das ist ein schöner Stoff, den Sarah sich ausgesucht hat", sagte sie und er stand vom Stuhl auf. „Für unsere Jüngste wird es auch bald Zeit zu heiraten", entgegnete er und sah zur Tür hinüber. Still war es im Haus geworden und es war für drei Menschen viel zu groß. „Du hast wieder an Spanien gedacht?", fragte sie ihn und Isaak nickte mit einem Seufzen. „Sollen wir dann wieder dorthin gehen? Dieses Land hier ist nicht nur nach dem Wetter ein Kaltes!", sagte er schließlich und sah seine Frau durchdringend an. Doch sie kannte die Feindseligkeiten nicht, denen er sich fast jeden Tag ausgesetzt sah. Nur selten verließ sie das Haus.

Wieder musste Isaak an die drei anderen Töchter denken. Sie waren in Italien und Spanien. Da war es so anders, als hier und daher würde er auch gern Sarah in eines dieser Länder verheiraten. Er musste nur noch den richtigen Mann finden, aber angesichts der Mitgift sollte das eigentlich nicht so schwierig sein.

„Ich habe noch zu tun", sagte er, ließ seine Frau stehen und ging in sein Scriptorium, das sich in dem angrenzenden Raum im Erdgeschoss befand. Er nannte es immer noch so, wie das, in welchem er und sein Vater in Spanien oft bis tief in die Nacht geschrieben hatten. Damals hatte er viele Freunde gehabt: seine Bücher. Mathematische Werke, philosophische Bücher und Abhandlungen über Medizin. Ein paar davon hatte er hierher mitgebracht und eines davon lag aufgeschlagen auf dem Stehpult.

Sorgfältig schloss er das Buch und stellte es in das Regal. Dann nahm er Papier, einen Griffel sowie Tinte und begann einen Brief an einen Rabbi in Cordoba zu schreiben, in welchem er den älteren Mann fragte, ob er nicht jemanden für Sarah als Ehemann kannte. Dieser Brief würde sicher zwei Wochen unterwegs sein. Sollte er noch einen ähnlichen nach Genua schreiben? Oder erst auf die Antwort aus Spanien warten?

Wieder sah er zum Fenster und seufzte erneut. Diese Gewalt in der letzten Zeit war nur schwer auszuhalten. Momentan war es nur eine Gewalt der Worte, doch sie konnte schnell in offene Gewalt umschlagen! In diesem Viertel waren sie unter dem Schutz des Kaisers. Ihm zahlten sie eine hohe Steuer für diesen „Schutz". Aber würde ihnen das helfen?

Früher hatte er Seite an Seite mit christlichen Mönchen gearbeitet. Die Mönche hatten vervielfältigt, was er übersetzt hatte. Hier war alles so viel anders. Er war hier hergekommen, um Wissen zu bringen und nun wusste er, dass es Zeit war zu verschwinden. Nur noch ein paar Tage, ein oder zwei Monate, dann wäre er wieder in Andalusien. Im Land der Zitronen. Im Lande seiner Ahnen. So weit im Süden.

Pünktlich vor dem Beginn des Sabbats war der Brief auf dem Weg und mit ihm die Gedanken des alten Mannes. Den nächsten Winter würde er schon nicht mehr in diesem kalten Land sein. In ein paar Monaten würde er sich auf den Weg nach Süden machen. Den Weg entlang, den nun schon der Brief voranging.

6. Kapitel

Stadtluft

Zwei Tage hatte es gedauert, bis Gundel endlich vor der Stadt angekommen war. Sie war allen anderen Menschen aus dem Weg gegangen, doch nun würde das wohl kaum noch gehen. Gerade hatte sie das letzte Stück des Schinkens verspeist und nun freute sie sich auf die Stadt. Nach den Nächten im Wald sehnte sie sich nach einem Bett und die Münzen des Bauern würden ihr sicher für ein paar Tage eine Unterkunft sichern. Was danach passieren würde, darüber hatte sie sich noch keine Gedanken gemacht. Sie lebte noch und nur das war im Moment wichtig.

Die Schwellungen waren mittlerweile völlig verschwunden. Sie fühlte sich gut und hätte vor Freude vor dem Tor tanzen können. Die junge Frau sah zu der hohen Mauer hinauf und folgte dem Weg, den vor ihr ein paar Wagen entlang fuhren. Auf den Steinen des Weges schmerzten ihre nackten Füße. Vielleicht würde sie zuerst ein Paar Schuhe kaufen gehen. In der Stadt wären die sicher dringend notwendig. Auf dem Land eher nicht so sehr. Da trug sie nur im Winter die dicken Schnürschuhe, wenn sie die Hütte verlassen wollte.

Sie wich einem Pferd aus und dann stand sie direkt vor dem Tor. Ein Stadtsoldat hielt sie an und fragte „Wohin willst du?" doch das wusste sie ja selbst noch nicht, also sagte sie „Ich kommen vom Dorf und suche eine Anstellung!" Der Mann musterte sie, bemerkte die fehlenden Schuhe und betrachtete auch den prachtvollen Dolch, das schien ihm nicht zusammenzupassen, doch dann gab er ihr den Weg frei und ließ Gundel durch das Tor. Ein Gewimmel von Menschen empfing das staunende Mädchen vom Land.

33

Kleidung in allen Farben leuchtete ihr entgegen. Auch in ihrem Dorf hatten sie bunte Kleidung gehabt, aber die wurde nur zum Sonntag getragen. An allen anderen Tagen gab es höchstens mal ein buntes Tuch, das das grau und braun der Kleidung verschönerte. Erdtöne waren die bestimmende Farbe gewesen. Hier war alles anders und es war ein normaler Wochentag. Fast jeder war bewaffnet. Nur die ganz vornehmen Frauen trugen keinen Dolch. Dafür wurden sie meist von mehreren Bewaffneten begleitet und beschützt.

Weitere Menschen drängten hinter Gundel durch das Tor und einer schob sie zur Seite „Steh doch nicht so faul hier rum!" schnauzte er sie an und bevor sie etwas erwidern konnte, war er schon in dem Menschengewimmel verschwunden. Um nicht weiter im Weg zu stehen, stellte Gundel sich an die Seite und beobachtete weiter. Die Straße war sauber, aber in den Seitengassen sah sie Unrat liegen. Eine Ratte rannte ihr über die Füße. Niemand schien hier etwas gegen diese Nagetiere zu unternehmen. In ihrem Dorf verfolgte man sie mit allen Mitteln, die Plagegeister taten sich sonst an den Vorräten gütlich. Sie stand dort und der Geruch der Seitengasse hinter ihr stieg ihr in die Nase. Der Misthaufen hinter ihrer Hütte roch so ähnlich. Ein Gemisch aus Schweinegülle und Stroh war es dort, was es hier war, das wollte sie lieber nicht wissen.

Warum reinigten die Menschen hier eigentlich nur die breite Straße? Die Gassen hätten es auch dringend nötig gehabt. Trotz des lästigen Geruchs blieb sie dort stehen. Zuerst wollte sie wissen, wie die Menschen hier lebten und das bekam man sicher am besten heraus, wenn man sie beobachtete. Der Blick ging hauptsächlich zu den Frauen. Sie sah die bunten Schleier und stellte fest, dass sie die einzige war, die ihr Haar offen und unverdeckt trug. Die langen braunen Haare fielen gelockt über ihre Schultern nach vorn. Gundel mochte ihr langes Haar, doch hier würde sie es bedecken müssen. Sie seufzte bei dem Gedanken daran.

Dann sah sie, dass es auch Menschen gab, denen die anderen offensichtlich aus dem Weg gingen. Die Männer hatten spitze gelbe Hüte auf und trugen einen gelben Ring aus Stoff an der Brust. Sie konnte sich diese Kleiderordnung nicht erklären, wollte aber auch nicht fragen. Schließlich beschloss sie, weiter in die Stadt zu gehen, drehte sich um und prallte mit einem vornehm gekleideten Mädchen zusammen, das etwa so alt war, wie sie selbst.

Wie aus einem Munde sagten beide „Entschuldige." dann lachten sie und das andere Mädchen verbeugte sich. Gundel war etwas verwirrt, dann sah sie auch den Kreis bei der Frau und fragte danach. Die andere Frau legte ihre Hand darauf und antwortete „Ich bin eine Jüdin." Gundel nickte verstehend. Sie hatte vom Pfarrer schon von den Juden gehört, aber diese Frau schien ihr ganz sympathisch zu sein. Sie entsprach so gar nicht den Schilderungen des Pfarrers, die dieser am Sonntag immer in der Kirche vorbrachte. „Und ich bin Gundel", sagte sie und hielt der anderen Frau die Hand hin. Nun sah sie die Verwirrung bei der anderen. Nur zögerlich nahm diese die Hand und sagte „Mein Name ist Sarah."

„Weißt du, wo ich hier eine Unterkunft bekomme, einen Schleier und Schuhe?", fragte Gundel und Sarah sah an ihr herunter „So viele Fragen", antwortete Sarah lachend und sagte dann „Komm mit!" Gemeinsam gingen sie die Straße weiter, bis sie auf dem Markt angekommen waren. Dort zeigte Sarah auf die Stände und sagte „Hier wirst du alles finden. Ich muss weiter." „Ich danke dir", sagte Gundel und verbeugte sich nun ihrerseits von dem anderen Mädchen, das daraufhin ziemlich verwirrt den Platz verließ.

Noch eine Weile sah sie Sarah nach, die sich auch noch zwei Mal umblickte, dann kaufte sich Gundel zuerst ein Paar Schuhe und einen schlichten Schleier. Von den Münzen blieb damit aber gerade noch etwas für ein ausgiebiges Mahl in einer Schänke am Markt. Und was nun?

Nach einem Krug guten Weins, etwas Fleisch und Brot stand sie satt wieder auf dem Marktplatz und sah dem Gewimmel der Leute zu. Sie brauchte eine Unterkunft für die Nacht! Was konnte sie? Tiere hüten und Feldarbeit würde in der Stadt nicht so oft gebraucht werden wie im Dorf. Was konnte sie noch? Gedankenverloren strich sie über den selbst gemachten Rock. Sie konnte nähen! Das war es!

Gundel sah sich um und bemerkte ein Haus an der Seite des Marktes, unter dessen Vordach eine Frau Kleider auf dem Tisch ausgebreitet hatte. Schnell ging sie zu der Frau und fragte „Habt ihr für mich eine Anstellung?" Die andere Frau war offensichtlich von der direkten Art, die ihr Gundel entgegenbrachte, völlig überrumpelt. „Was kannst du denn?", fragte sie, anstatt einfach „Nein." zu sagen, wie sie es offenbar schon auf den Lippen hatte.

„Ich kann nähen! Schaut meinen Rock an: Selbst genäht!", erklärte Gundel und hob den Rock an, damit die Frau die Nähte des Kleidungsstückes begutachten konnte. Die Frau beugte sich nach vorn und prüfte die Arbeit. Sie zog am Stoff, aber die Naht hielt. Dann nickte sie und sagte „Ich werde es mal mit dir probieren!" Sie zeigte auf einen umgestülpten Eimer, der neben ihr stand. Schnell setzte sich Gundel und sah ihr zu, wie sie die Kleidungsstücke verkaufte. Die Unterkunft war erst mal sicher.

7. Kapitel

Neue Hilfe

---

ie jeden Markttag stand Martha auch an diesem Tag an ihrem Tisch in dem Durchgang zum Markt. Sie war gerade 40 Jahre alt geworden und die letzte Nacht hatte sie wieder an dem Kleid für die Frau des Bürgermeisters genäht. Es ging praktisch nur in der Nacht, da sie ja auch noch für Knechte und Mägde im Hause des Kaufmannes zuständig war. Aber das Verkaufen wollte sie nicht lassen, da es ihr sehr wichtig war, mit den Menschen auf dem Markt zusammenzukommen. Diesen einen Tag in der Woche verließ sie das Haus, sonst nur noch am Sonntag zum Gottesdienst.

Der Herr hatte es ihr erlaubt, diesen kleinen Handel zu betreiben, aber er hatte darauf bestanden, dass sie seine Stoffe verwendet und immer darauf hinweisen sollte, woher sie diese hatte. Es war so etwas wie eine Werbung für den Kaufmann und so zogen sie beide aus diesem Geschäft ihren Gewinn. Auch diesen regengeschützten Platz hatte sie seiner Fürsprache zu verdanken. So brauchte sie immer nur den Tisch aufzubauen und die Kleider, sowie Stoffe darauf auszubreiten.

Ein frischer Wind zog vom Fluss herüber und vertrieb die schlechten Gerüche. Wie immer ließ sie ihren Blick über den Marktplatz gleiten. Wo waren ihre Kundinnen? Sie hatte einen guten Ruf als Schneiderin und den wollte sie auch behalten. Die reichen Frauen schmückten sich gern mit ihren Stickereien und so manche trug gerade im Moment ein Kleid von Martha. Bei einem erneuten Blick über den Markt fiel ihr eine junge Frau auf, die barfuß und ohne Schleier von Stand zu Stand ging. Mit einem Mal war sie wieder an sich erinnert und dachte daran, wie sie einst nach Mainz gekommen war.

Mehr als zwanzig Jahre war das nun schon her. Jung, dumm und beinahe mittellos war sie aus ihrem Dorf aufgebrochen. Nicht wissend, was sie hier erwarten würde. Und es war einfach nur fürchterlich gewesen! Sie war hier in der Stadt einer Räuberbande in die Hände gefallen, die sie ausraubten und sich an ihr vergingen. Davon war sie schwanger geworden und hatte nicht gewusst, wie es weiter gehen sollte. Mehr als einmal hatte sie auf den Treppen am Ufer gestanden und überlegt, in den Fluss hineinzuspringen und damit alles zu beenden. Doch die Angst vor dem Fegefeuer und der ewigen Verdammnis hatte sie immer zurückschrecken lassen. Martha war damals zu einem armseligen Leben verdammt gewesen.

Mit betteln hatte sie sich am Leben gehalten. Im Sommer war das ganz gut gegangen, aber im Winter war es dann besonders schlimm geworden, da hatte sie nachts immer einen Platz im Dom gesucht, wo sie im Gebet die Wärme gesucht hatte, die ihr die Stadt nicht geben konnte. Dann hatte sie unter Schmerzen alleine in einer dunklen Frühlingsnacht ihr Kind bekommen. Ein Mädchen! Doch was sollte sie mit dem Kind? Sie konnte ja sich selbst kaum am Leben halten und so hatte sie es auf die Stufen des Domes gelegt und war zum Beten hineingegangen. Als sie das Gotteshaus dann später wieder verlassen hatte, war das Mädchen verschwunden gewesen.

Sie konnte nur hoffen, dass es ihr besser ging, als es ihr bei ihr ergangen wäre. Fast neunzehn Jahre musste ihre Tochter nun sein, von der sie nie wieder etwas gehört hatte. Tränen stiegen ihr kurz bei der Erinnerung in die Augen und sie sah zum Dom hinüber, von dem sie die Spitze sehen konnte. Beinahe hätte sie von ihrem Platz aus auch die Stelle sehen können, an der sie die Tochter ihrem Schicksal überlassen hatte. Es musste ihr einfach gut gehen!

Viel später hatte sie den Kaufmann getroffen. Seine Frau war gestorben und er suchte für seinen Sohn, der noch keine vier Jahre alt gewesen war, eine Amme. Warum er gerade sie, als Bettlerin, gefragt hatte, das wusste sie nicht, aber sie war ihm so unendlich dankbar für Dach und Brot gewesen, dass sie fast alles für ihn tun würde. Da er nicht wieder geheiratet hatte, was für einen reichen Kaufmann eher unüblich war, war Martha, nachdem Balthasar ihrer Hilfe nicht mehr bedurft hatte, in die Rolle der Hausherrin aufgestiegen.

Martha würde auch weiterhin das Haus führen, denn so wie es aussah, würde der Herr wohl nun auch nicht mehr heiraten. Zwar waren ihr die Gerüchte auch schon an ihr Ohr gekommen, dass sie bei einem unverheirateten Mann in Diensten stand, doch es war nun mal so, wie es war und gegen Gerüchte konnte man sich nicht wehren. Tat man, oder besser Frau, es doch, so verstärkte das nur das Gerücht, denn dann musste ja etwas Wahres dran sein. Die Frau vom Nachbarstand gab ihr einen Apfel. Oft standen sie hier nebeneinander und redeten, oder halfen sich. In den Jahren waren sie fast so etwas wie Freundinnen geworden.

Elisabeth, die Tochter der Frau, war nun bei Martha in Stellung und arbeitete als Magd. Sie war fleißig und sehr schön geworden. Wenn Marthas Tochter noch irgendwo war, dann hoffte sie, dass es ihr so ging, wie Elisabeth im Moment und sie hatte die Tochter der Freundin wie ihre eigene Tochter unter ihren Schutz genommen. Leider war sie nicht so geschickt mit Nadel und Faden, wodurch diese ihr nicht beim Nähen helfen konnte, aber die junge

Frau war auch so froh, unter Marthas Schutz in dem großen Haus arbeiten zu dürfen.

Wieder fing die fremde, junge Frau Marthas Blick ein. Sie hatte an einem Stand einen Schleier gekauft und auch Schuhe hatte sie nun offenbar an. Kurz darauf verschwand sie im Menschengewimmel und Martha wünschte ihr im Gedanken viel Glück. Eine wohlhabende Frau trat an ihren Tisch und kaufte ein reich besticktes Kleid, welches Martha so manche Nacht den Schlaf geraubt hatte. Schnell wurden sie sich handelseinig und ein paar Münzen waren der Lohn für schlaflose Nächte.

Dann sah sie die junge Frau am anderen Ende des Marktes wieder. Da schien etwas Besonderes zwischen ihnen zu sein, dass sie dieses Mädchen nun schon zum dritten Male sah und ihr diese auch noch unter den vielen hundert Menschen hier sofort in ihr Auge stach.

Offensichtlich ging es dem Mädchen ähnlich, denn sie kam direkt auf sie zu und fragte einfach „Habt ihr für mich eine Anstellung?" Für einen Moment war Martha verdutzt, doch dann dachte sie, dass sie hier wohl eine Hilfe für das Nähen bekam, unsicher fragte sie „Was kannst du denn?" und hoffte, dass das Mädchen „Nähen!" antworten würde. Und wirklich sagte sie „Ich kann nähen! Schaut meinen Rock an! Selbst genäht!"

Dann zeigte sie das Kleidungsstück und Martha prüfte die Arbeit. Wenn sie das wirklich selbst genäht hatte, dann hatte Gott ihr dieses Mädchen geschickt und sie würde sie nicht wieder gehen lassen. „Ich werde es mal mit dir probieren!", sagte Martha, dann zeigte sie auf einen umgestülpten Eimer, der neben ihr stand. Schnell setzte sich das Mädchen und Martha fragte „Wie heißt du denn eigentlich?" „Gundel" kam die schnelle Antwort. Sie mochte gerade erst mal sechzehn Jahre alt sein. Das war die erhoffte Hilfe für sie. Ihr konnte sie noch etwas von ihrem Wissen beibringen und vielleicht war es so etwas wie ein Ersatz für die verlorene Tochter. Martha bedankte sich still bei Gott.

8. Kapitel

Dunkle Wolken

r stand im Hof seines Hauses und blickte zu einem wolkenlosen Himmel hinauf. Doch vor seinem inneren Auge sah er die dunklen Wolken, die sich bedrohlich über der Gemeinde zusammenzogen. Er war in diese Stadt gekommen, weil sie weit in Europa als die Stadt mit der größten jüdischen Tradition galt. Der Name „Magenza" ließ sofort jeden hellhörig werden. Bedeutende Gelehrte, Rabbiner und Schriftsteller waren hier gewesen, hatten das Leben geprägt und mit ihrem Handel zum Glanz der Stadt beigetragen. Doch vor nicht einmal zweihundert Jahren war die Gemeinschaft in einem Akt barbarischer Gewalt ausgelöscht worden.

Isaak dachte mit Schaudern an die Beschreibungen der letzten Überlebenden von damals. Mehr als tausend Menschen waren von einem wütenden Mob erschlagen worden. Frauen, Kinder und Männer. Der Schutz des Bischofs hatte ihnen damals nicht geholfen.

Und nun? Nun standen sie unter dem Schutz des Kaisers. Doch würde ihnen das etwas nutzen? Er spürte die täglichen kleinen Aggressionen. Er sah den Blick in den Augen der Menschen. Da war etwas darin, das aus dem kleinsten Grunde sofort zu einem Feuer auflodern konnte. Einem Feuer, dem wieder keiner entkommen konnte. Und der Kaiser war weit fort! Oft redete er mit den anderen Männern vor der Synagoge, doch die winkten meist ab und beriefen sich auf das Wort des Kaisers.

Allerdings hatte es schon lange angefangen. Seit sie den Hut und den gelben Kreis tragen mussten, waren sie sofort erkennbar. Sie waren Menschen zweiter Klasse geworden. Er hatte gehört, dass in den Kirchen gegen sie gehetzt wurde. Wucherer seine sie, dabei war das doch das einzige, womit sie ihr Geld verdienen konnten, wodurch sie leben konnten!

Er selbst schrieb nun auch Bücher und Gedichte, für die ihn viele der Männer lobten, doch damit konnte er sich und seine Familie nicht am Leben halten. Nur das Verleihen von Münzen an die Händler konnte dies. Sie waren in ihrem Viertel gefangen. Zwar beschützt durch den Kaiser, aber dennoch gefangen. Hier waren sie etwa dreihundert Menschen gegen ein paar tausend in der Stadt. Dazu kamen auch noch die sogenannten „Judenschläger" eine Gruppe von religiösen Fanatikern, die von Stadt zu Stadt zogen und forderten, dass man die Juden erschlüge, um bei Gott Buße zu tun. In Anbetracht der schrecklichen Seuche vom letzten Jahr und der vielen Hungersnöte stimmten ihnen da sicher viele Menschen der Stadtbevölkerung zu, denn einer musste ja Schuld an der Pest haben!

So war durch sie am 10. Januar die Wormser Gemeinde der Juden blutig ausgelöscht worden und am 1. März waren sie in Speyer über schutzlose Frauen und Kinder hergefallen. Nur wenige Mitglieder der Gemeinde konnten sich retten und trugen die Angst in die anderen jüdischen Gemeinden. Hier vor Mainz hatten die Mordbrenner ebenfalls Einlass gesucht, waren aber abgewiesen worden und hatten danach das, ohnehin schon mit Missernten gestrafte, Umland verheert. Das alles schürte aber weiter den Unmut der Bevölkerung.

Da waren ihm die Geißler noch viel lieber. Deren Aggressionen richteten sich wenigstens nur gegen sich selbst, auch wenn er den Nutzen dieser Buße bezweifelte. Er dachte an den Zug der Männer und Frauen, die er am Vortag gesehen hatte. Mit nacktem Oberkörper waren sie durch das Stadttor gezogen. Sich selbst mit Riemen immer wieder auf den Rücken schlagend, wodurch ihr Blut die Straße färbte. Auch sie forderten eine Abkehr vom Leben in Sünde, aber sie wollten dies nur mit Gewalt gegen sich selbst umsetzen. Die andere Gruppe wollte die Juden brennen sehen, damit Gott ihnen gnädig war. Ein Gott der Gewalt liebte? Das konnte nicht sein!

Zu allem Übel hatte die Stadt nun aber auch noch keinen richtigen Herrn. Eigentlich wurde sie von einem Erzbischof geführt, doch im Moment stritten zwei Kandidaten um dieses Amt und wer nun der neue Erzbischof werden würde, das war nicht abzusehen. Weder Gerlach von Nassau noch Heinrich von Virneburg konnten dieses wichtige Amt für sich gewinnen. Was würden die beiden Männer unternehmen, wenn die Stadtbevölkerung von ihnen den Tod der Juden fordern würde? Würden sie standhaft bleiben? Oder die jüdische Gemeinde opfern, um bei den Bürgern besser dazustehen? Schließlich hatte der Rat der Stadt ja ein Mitspracherecht bei der Vergabe des Erzstiftes. Momentan wurde dieses Erzstift vom Dompropst Cuno von Falkenstein verwaltet.

Es war nun Mitte Juni und Isaak wollte so schnell wie möglich verschwinden. Doch ging das so einfach? Oder sollte er auf den Rat der Stadt einwirken? Schließlich waren einige Mitglieder des Rates bei ihm verschuldet. Konnte er da seine Position einsetzen und vielleicht mit einem Zinserlass die Männer für sich einvernehmen?

Sarah trat zu ihm in den Innenhof und kniete sich vor einen Rosenstrauch, der in der Ecke wuchs. Der Tochter wollte er seine Befürchtungen nicht mitteilen. Schnell zwang er sich, an etwas anders zu denken, damit die Tochter seine Sorgen nicht erriet. Mit dem Gedanken an die wundervollen Blumen in Toledo trat er zu ihr und betrachtete den Rosenstrauch, den seine älteste Tochter vor Jahren hier gepflanzt hatte.

Er strich der Tochter über den Kopf und sah durch das offene Tor zur Straße hinaus. Ein Mann aus der Gemeinde hatte ein Schwert in der Hand und stand auf der Gasse. Isaak kannte den jungen Mann nur zu gut. Er war ein Hitzkopf und mit einer Waffe noch gefährlicher. Dies konnte der Funke sein, der das Feuer des Zorns entfachte.

Mit schnellen Schritten ging er hinaus, schloss aber das Tor hinter sich. Weitere Männer kamen die Straße herab. Auch sie waren bewaffnet. „Was habt ihr vor?", fragte Isaak und stellte sich der Gruppe in den Weg. „Wir lassen uns nicht so einfach zur Schlachtbank führen!", sagte der junge Mann und erhob drohend das Schwert.

„Lass ab von deinem Tun Abraham!", begann Isaak „Wer zum Schwert greift, der wird auch durch das Schwert sterben!", setzte er fort und die meist jungen Männer murrten. „Aber wenn wir nicht zum Schwert greifen, so werden wir auch sterben. Wie unsere Freunde in Worms und Speyer!", entgegnete Abraham, steckte aber dennoch das Schwert weg. „Wenn ihr euch aber bewaffnet, so gebt ihr ihnen auch noch einen Grund, auf euch einzuschlagen!", antwortete ihm Isaak. „Wir müssen darauf vertrauen, dass die Stadt uns schützt. Schließlich sind wir alle durch den Rat bestätigte

Judenbürgen von Mainz!", beschloss er seine Rede und stellte sich mit offenen Armen vor die Männer hin.

Murrend gingen die Männer zurück in ihre Häuser. Isaak drehte sich schließlich zu seinem Haus um und sah Sarah in der offenen Tür stehen. Ihre fragenden Augen waren auf ihn gerichtet. Schnell ging er zu ihr und sagte nur „Das ist die Unvernunft der Jugend." Dabei war die Tochter doch nur unwesentlich jünger als Abraham.

Würde sie es verstehen? Sie fragte nichts und Isaak schaute nach oben. Eine einzelne schwarze Wolke verdeckte kurz die Sonne. Aber war sie wirklich da, oder spielten ihm da nur seine düsteren Gedanken einen Streich? Er würde am nächsten Tag ein paar Ratsmitglieder aufsuchen müssen.

9. Kapitel

Mägdeleben

S ie folgte am Abend der Frau und stand nach ein paar hundert Schritten vor einem großen Haus. Es war größer, als die Kirche in ihrem Dorf! Für einen Moment hielt Gundel die Luft an. Wohnte die Frau wirklich hier? Gingen die Geschäfte auf dem Markt so glänzend? Die Frau schien Gundels Bedenken zu sehen, darum sagte sie „Das ist das Haus der Kaufmannsfamilie Hohenheim. Ich arbeite nur bei ihnen, so wie du ab jetzt auch." Danach zog sie einen Schlüssel unter der Schürze hervor und öffnete eine kleine, versteckte Tür in der Mauer. Ein Innenhof öffnete sich vor Gundel und hinter ihr schloss die Frau ab. „Ach übrigens, ich bin Martha", sagte die Frau und Gundel stotterte ihren Namen. Ihr Blick war auf das Haus gerichtet, das sie erst jetzt so richtig sehen konnte.

Drei Stockwerke hoch mit einem Giebel zu jeder Straße. Dazu ein paar Ställe und ein Schuppen. Der Innenhof war sicher dreißig mal dreißig Schritte groß. Sie hörte Pferde und eine Kuh aus den Ställen. „Na gut Gundel, dann zeige ich dir mal dein Lager für die Nacht", sagte Martha und ging los. Gundel hatte Mühe ihr zu folgen. Es ging durch eine Tür in das Haus und danach mehrere Stiegen nach oben. Schließlich öffnete die Frau eine Tür und Gundel stand in einem Zimmer unter dem Dach. „Hier schlafen die Mägde", erklärte Martha und zeigte auf eine Reihe von Strohsäcken. Das Zimmer war sonst vollkommen leer. An einer der Wände befanden sich ein paar Haken.

Gundel nickte und sah Martha an „Du wirst vermutlich die Herrschaft nicht sehen. Hier im Hause bin ich für dich verantwortlich. Alles, was du machst, fällt auf mich zurück. Frage mich also, wenn du etwas nicht weißt", ermahnte sie die Frau und ging zur Tür zurück. Dort drehte sie sich noch einmal um und sagte „Verhalte dich keuch, züchtig und wie es sich für einen guten Christenmenschen gebührt." Dann war die Tür zu und Gundel stand alleine in dem Zimmer. „Wie es sich für einen Christenmenschen gehört?", murmelte Gundel und dachte an die Menschen, die sie aus dem Dorf gejagt hatten.

Sie sah auf die Strohsäcke. Noch vier weitere Mädchen oder Frauen waren es in dem Hause. Die würden dann später noch eintreffen. Aber im Moment kannte sie diese noch nichts. Sie wusste noch nicht mal, wo sich die Latrine befand und ob es noch etwas zu essen geben würde. Nur wo sie in der Nacht schlafen würde. Gundel setzte sich auf einen der Strohsäcke und wartete. Worauf, das wusste sie selbst nicht.

Nach einer Weile beschlich sie ein dringendes Bedürfnis und sie dachte daran, dass sie im Hof auch einen Misthaufen gesehen hatte. Sollten sie hinuntergehen, um sich dort zu erleichtern? Würde sie danach den Weg in dieses Zimmer wieder finden? Verstieß sie damit gegen ein Gebot, wenn sie sich in eine Ecke des Hofes hockte? Draußen setzte die Dämmerung ein, dass konnte sie durch eine angelehnte Dachluke sehen.

Also schob sie die Tür wieder auf und stieg nach unten in den Hof. Schnell hockte sie sich in die Ecke und erleichterte sich. Gerade war sie fertig, als zwei Männer aus dem Stall kamen. Offensichtlich waren es, ihrer Kleidung nach, Stallknechte. Sie sahen zu Gundel herüber, die schnell aufstand und sich den Rock herunterzog. Die beiden Männer lachten und einer fragte sie „Wer bist du denn?" Zum Glück hatte er nicht gefragt, was sie hier machte. Es hatte schon gereicht, dass die Männer ihren nackten Hintern gesehen hatten. „Ich bin Gundel, die neue Magd", antwortete sie und war froh, dass die einsetzende Dämmerung ihre aufsteigende Gesichtsröte verbarg.

„Dann sehen wir uns später noch beim Essen", entgegnete der eine Mann und setzte hinzu „Ich bin der Sigmar." Dann gingen die Männer in das Haus und Gundel folgte ihnen einen Augenblick später. Nun wusste sie schon mal, dass es noch etwas zu essen geben würde.

Schnell stieg sie nach oben und traf in dem Zimmer auf eine andere Magd. Die junge Frau saß auf einem der Strohsäcke, hatte gerade ihren Schleier abgelegt und kämmte ihre blonde Mähne. „Was machst du denn hier?", fragte die Frau überrascht. „Ich bin Gundel. Die neue Magd", sagte sie erneut zur Vorstellung. Die andere legte den Kamm in ihren Schoß, gab ihr die Hand und sagte „Ich bin Elisabeth. Die Magd des Hauses. Hat dich Martha eingestellt?" „Ja. Ich werde nähen", antwortete Gundel und ergriff die Hand der anderen Frau. „Welcher ist meiner?", fragte Gundel und zeigte auf die Strohsäcke.

Elisabeth zeigte mit dem Kamm auf den letzten an der Wand und kämmte weiter ihr Haar. „Ich komme sonst den Tag über nicht dazu", erklärte sie lächelnd. Die Tür öffnete sich und Martha sah herein. „Kommt ihr?", fragte sie. Elisabeth legte den Schleier wieder um und stand auf.

Gemeinsam folgten sie Martha in das Erdgeschoss, wo in einem Raum schon ein paar Knechte und Mägde an einem großen Tisch auf zwei Bänken saßen. Die Knechte links, die Mägde rechts. Ein Topf mit dampfender Suppe wurde hereingetragen und dann setzte sich Martha an die Stirnseite. Es folgte das Gebet und danach stürzten sich alle auf Suppe und Brot.

Ihr gegenüber saß Sigmar und lächelte sie beim Löffeln der Suppe immer an. Sie versuchte es zu vermeiden, ihm in die Augen zu sehen. Doch das ging nicht so gut, weil das Brot zwischen ihnen lag und immer wenn sie danach griff, dann trafen sich auch ihre Hände. Nicht wirklich zufällig. Sollte sie nicht keuch und züchtig leben? Das war ziemlich schwierig, wenn schon am ersten Abend Sigmar unter dem Tisch immer wieder ihr Bein streifte.

Schließlich sah sie zu Martha hinüber und wie auf Kommando sagte die Frau auf einmal „Übrigens, das ist Gundel. Sie ist die neue Näherin." Gundel blickte von einem zum anderen, aber die meisten ließen sich beim Essen nicht stören. Elisabeth saß neben ihr und etwas Suppe lief ihr am Kinn herunter. Schnell wischte die Magd es mit dem Handrücken ab.

Nach einer Weile war die Schüssel leer. Gundel leckte ihren Löffel ab und steckte diesen danach in den Gürtel. Anschließend wurde der Tisch von der Küchenmagd abgeräumt und alle verschwanden aus dem Raum, einer nach dem anderen. Zuletzt kam Martha auf sie zu und führte sie noch, mit einem Talglicht in der Hand, durch das Haus.

Die Frau zeigte Gundel das Brunnenhaus, wo sie sich waschen konnte, den Platz, wo Gundel ab dem nächsten Morgen nähen würde und dann hinter einer Tür die Latrine. Ein Loch in einem Brett, auf das man sich setzen konnte. Darunter ein Rohr zum Misthaufen im Hof. So ganz war also der Platz nicht falsch gewesen. Schließlich war Gundel wieder in dem Raum unter dem Dach.

„Halte dich von den Knechten fern", belehrte Martha sie und Gundel sagte ihr dies zu. Was kommen würde, das lag ja nicht nur in ihrer Hand, aber sie wollte keuch und rein bleiben. Dazu gehörte dann auch, dass sie noch einmal nach unten in das Brunnenhaus gehen musste.

Mit dem Stück Seife in der einen Hand und dem Talglicht in der anderen stieg sie erneut hinab. Unten traf sie auf Elisabeth, die sich im Unterkleid an einem Trog wusch. Gundel holte einen Eimer Wasser, kippte ihn in den anderen Trog, legte den Dolch ab und zog sich das Kleid über den Kopf.

Sorgsam wusch sie sich mit der Seife Arme, Beine und Gesicht. „Das duftet ja", sagte Elisabeth und schnupperte an der Seife. „Die hat meine Mutter gemacht. Gott hab sie selig", erklärte Gundel und brach ein Stück für Elisabeth ab. „Danke dir", sagte die Magd und wusch sich Arme und Gesicht noch einmal. Danach liefen die beiden Mägde lachend im Unterkleid die Treppe hinauf. Schnell hingen Dolch und Kleid am Nagel über Gundel und sie deckte sich mit einer Decke zu. Sie war eingeschlafen, bevor die anderen im Bett waren.

10. Kapitel

Der Stolz der Kaufleute

---

er Tag neigte sich langsam seinem Ende zu und eigentlich wollte Balthasar gerade das Haus verlassen, um mit seinen Freunden in eine der Schänken am Markt zu gehen, wo sie sich immer wieder trafen, doch diesmal hielt ihn sein Vater auf. „Wir gehen in das Kaufhaus!", legte er fest. „Was jetzt? Am Abend?", fragte der junge Mann erstaunt zurück. Er kannte das Gebäude in der Nähe des Marktes gut, aber zu so später Stunde war er da noch nie gewesen. Schon oft hatten sie dort Waren abgeholt, gehandelt oder angeboten. Das Kaufhaus am Brand, an dessen Errichtung auch sein Großvater einen großen Anteil gehabt hatte, diente den Händlern und Kaufleuten als eine trockene und feuersichere Lagerstätte, da sich deren Eigentum damit hinter dicken Steinmauern befand. Die kleinen, hohen Fester sorgten auch für einen hervorragenden Diebstahlschutz für das Handelsgut, da es den Eindruck einer Burg erweckte und die Langfinger abschreckte.

Seit dem Bau dieses Hauses wurde darin der Geschäftsverkehr innerhalb der Stadt kontrolliert und natürlich auch dort besteuert. Die dabei anfallenden Gelder wurden in einem Tresorraum im Obergeschoss hinter einer dicken Eisentür verwahrt. All das kannte Balthasar seit ewigen Zeiten, aber noch nie war er so spät am Tage dorthin gegangen. Wieder fragte er „Warum?" und der Vater sagte nur „Ein Bankett! Zieh dir deine besten Sachen an!" Dann ging der alte Mann in sein Zimmer.

Balthasar sah ihm noch ein paar Augenblicke nach. „Bankett?", murmelte er. Seine Gedanken begannen Kreise zu ziehen. Da steckte doch aber mehr dahinter! Bankett hieß nicht nur Reden und Tanzen. Es hieß vor allem Frauen! Er ahnte, dass der Vater damit nicht nur ein Bankett meinte, sondern ihn vielleicht auch schon bald verheiraten wollte!

Dabei wollte er doch in den nächsten Tagen nach Venedig aufbrechen! Alle Vorbereitungen waren schon getroffen und das war die Gelegenheit, für ein paar Monate aus dem Bereich der väterlichen Fürsorge zu entkommen. Nicht Venedig als Stadt hatte es ihm angetan, sondern der mehr als abenteuerliche Weg dorthin!

Das wollte er erleben! Und nicht mit einer, vom Vater ausgesuchten, Frau hier in der Stadt bleiben. Noch stand ihm nicht der Sinn nach Familie und dafür müsste sein Vater doch eigentlich Verständnis haben. Hatte er ihm nicht erzählt, dass er selbst vor seinem Vater in die südlichen Lande geflohen war und auch erst mit Anfang dreißig geheiratet hatte? Allerdings wusste Balthasar auch, dass er mit seinem Vater nicht mehr reden konnte, wenn der sich erst mal etwas in den Kopf gesetzt hatte und darum war es im Moment für ihn besser, wenn er den Vater doch zum Bankett begleiten würde. So blieb ihm wenigstens ein kleiner Rest von Mitspracherecht bei der Wahl seiner Gemahlin.

Wenig später verließen die beiden Männer das Haus und folgten der Straße zum Markt. Wie oft war er wohl schon diesen Weg gegangen? Er konnte sich nicht daran erinnern, dass er an einem Tag nicht diesem Weg gefolgt wäre, denn alles, was er so wollte und liebte, das befand sich am Markt: die Schänken und die Freunde. Vielleicht würde er ja auch den einen oder anderen beim Bankett treffen. Dann wäre er wenigstens nicht so alleine, während er den Vater überwachen würde.

Natürlich kannte er fast alle infrage kommenden Kaufmannstöchter der Stadt. Aber darunter waren auch einige, bei denen es ihm in der Nacht sicher Himmelangst werden würde. Es war ja nicht auszudenken, was wohl passieren würde, wenn der Vater eine davon wählen würde, nur weil deren Vater ein glänzendes Geschäft versprach. Und es schien so, als ob, je mehr Geld die Väter hatten, desto hässlicher die Töchter waren.

An seine Mutter konnte er sich kaum erinnern. Zu früh war sie gestorben und nur das Bild der Mutter, das im Vorraum des Kontors hing, erinnerte ihn an die Frau. Sie war wirklich bildhübsch gewesen. Irgendwie konnte er auch den Vater verstehen, dass dieser nach ihrem Tode nie wieder eine Frau gefunden hatte, mit der er sich vermählen wollte. Nach der Mutter waren alle anderen eben nur die zweite Wahl und er war ihr treu, vermutlich würde dies der alte Mann bis in den Tod sein.

In seine Gedanken vertieft waren sie auf dem Markt angekommen. Nicht weit vor ihm erhob sich das große Gebäude. Sie gingen direkt auf die imposante Südfassade zu, die ihn, auch nach all den Besuchen dort, immer noch faszinierte. Diese, dem Dom direkt zugewandte, Seite war besonders schmuckvoll verziert. Sein Großvater hatte ihm, vor langen Jahren, mal erzählt, dass dies Absicht gewesen war. Sie wollten dem Bischof zeigen, dass sie es waren, die diese Stadt am Leben erhielten.

Der ganze Bau war eine Zurschaustellung des Selbstbewusstseins der Bürger. Von der Schmuckfassade bis zu den hohen Zinnen an der Oberseite des Hauses, die ihm ein wehrhaftes Aussehen gaben. Diese Zinnen konnte man sogar mit Männern besetzen und verteidigen. Oft war er da mit seinen Freunden oben gewesen und hatte gespielt. Wie auf einer Burg mit Zinnen und Türmchen.

Direkt über dem großen Südtor war die Statue der Maria und wie jeden Tag grüßte der Vater die Figur, indem er seinen Hut vor ihr zog. Dass darüber auch ein Bildnis eines Bischofs war, das er damit ebenfalls grüßte, das nahm er einfach so hin. Vermutlich grüßte der Vater auch mehr die Erbauer und den Geist der Männer, die dieses großartige Werk geschaffen hatten.

Durch das weit geöffnete Tor betraten sie den halbdunklen Raum und die Gewölbe waren im schwachen Schein der kleinen Fenster nur schemenhaft zu erkennen. Zielstrebig gingen sie zu der Ecke, in welcher die Treppe angebracht war. Hier unten befanden sich ja nur die schweren Güter. Meist sogar noch auf dem Wagen verwahrt. Nur die Pferde fehlten bis zur Abfahrt.

Bedächtig stiegen sie auf den hölzernen Stufen in das Obergeschoss hinauf, von wo schon leise Musik zu hören war. Dann betraten sie den großen Raum. In diesem Geschoss gab es an der Westwand fünf Fenster, an der Nordwand drei und an der Ostwand zwei, durch die das schummrige Licht in den Raum fiel. Menschen, die nur schemenhaft zu erkennen waren, füllten den Bereich zwischen den acht Pfeilern in der Raummitte, die das darüber liegende Kreuzrippengewölbe trugen. Die Tische, auf denen sonst die Waren zum Verkauf lagen, waren zur Seite und an die Wand geschoben worden, wodurch ein großer freier Bereich in der Mitte übrig blieb. Auf diesen Tischen standen Talglichter mit dahinter stehenden Spiegeln, die das Licht in die Mitte warfen und dem Ganzen einen feierlichen Anblick gaben.

Vor der Luke, durch die sonst die Waren nach oben gezogen wurden, waren einige Musiker aufgestellt, die schon bald anfingen zum Tanz aufzuspielen. Doch Balthasar sah nur zu, zu wem sein

Vater ging. So richtig entspannen konnte er sich dabei nicht und auch die anwesenden Freunde begrüßte er nur kurz.

Auch weiterhin war er immer mit den Augen bei seinem Vater, der in der schummrigen Halle nur schwer zu verfolgen war. Doch an diesem Abend blieb es nur bei Gesprächen, wie Balthasar beruhigt feststellte, als er am späten Abend nach seinem Vater das Haus wieder verlassen hatte.

11. Kapitel

Ein tödlicher Schwarm

Gundel schreckte aus dem Schlaf und ein unheimliches Summen lag in der Luft, so, als ob tausend Bienen um ihren Kopf flogen. Was war das? So etwas hatte sie schon mal gehört. Es war Jahre her. Sie sah in die erschrockenen Augen von Elisabeth neben sich und murmelte nur „Die Geißel Gottes ist zurück!" Dann sprang sie auf und rannte die drei Schritte bis zur offenen Dachluke. Die Sonne ging gerade auf und es versprach ein schöner Tag zu werden, wenn da nur nicht dieses Geräusch gewesen wäre. Elisabeth stand neben ihr und fragte „Wo kommt das her?" Gundel zeigte zum Horizont und sagte nur „Schau!" Eine Wolke näherte sich der Stadt, aber es war keine wirkliche Wolke, sondern mehr ein schwarzer Nebel, der bald den ganzen Horizont verdunkelt hatte.

„Was ist das?", fragte eine der anderen Mägde, die nun ebenfalls hinter Gundel standen. „Heuschrecken!", erklärte Gundel gepresst. „Aber Heuschrecken sind doch so klein", sagte Elisabeth und zeigte die Größe zwischen Daumen und Zeigefinger. „Was du meinst, das sind Grashüpfer", antwortete Gundel und setzte fort „Mit denen haben wir auch im Dorf immer gespielt. Das da sind Heuschrecken. Sie sind länger als dein Zeigefinger und es sind tausendmal tausend!" Das Geräusch wurde immer lauter und Gundel musste nun fast brüllen. „Wo die landen, da fressen die alles kahl. Erst wenn kein Blatt, kein Halm und keine Blume mehr da ist, dann ziehen sie weiter!", erklärte sie den erschrockenen Mägden.

Die ersten Tiere hatten die Stadt erreicht und ein paar landeten auf dem Dach direkt neben der Luke. Elisabeth sah entsetzt die riesigen Tiere an. Der Himmel verdunkelte sich weiter und Gundel zog schnell die Klappe zu. Es hörte sich an, als ob Regen auf das Dach trommelte. „Wir müssen die Scheune sichern! Wenn die da hineinkommen, dann bleibt nichts für die Kühe!", rief eine der Mägde von hinten und alle stürzten aus dem Raum.

Das Summen war nun ohrenbetäubend und schien von überall herzukommen. Die fünf Mägde öffneten die Tür zum Hof und standen in einer Wolke aus Insektenleibern. Schnell liefen sie hindurch und unter Gundels nackten Füßen knackte es ständig. Dann hatten sie die Scheune erreicht und streiften sich gegenseitig die anhaftenden Tiere von Haaren oder Unterkleidern.

Augenblicklich verschlossen sie die Tür von innen und suchten Stellen, an denen die Plagegeister hereinkommen konnten. Mit einer Schaufel schlugen sie einfach zu, dann verschlossen sie die Spalten mit hastig dagegen gestellten Brettern. Weiter ging die Jagd im Inneren der Scheune. Gundel schlug so lange zu, bis ihre Arme erlahmten und Elisabeth sie an der Schaufel ablösen musste.

Durch einen schmalen Spalt in der Scheunenwand konnte sie draußen sehen, wie die Knechte im Hof ebenfalls einen verzweifelten Kampf mit Brettern und Schaufeln führten. Doch es waren so unglaublich viele Tiere, dass man sie praktisch in der Luft erschlagen konnte. Endlich wurde das Brummen leiser und Gundel rutschte erschöpft an der Scheunenwand herab.

Elisabeth stand schnaufend auf die Schaufel gestützt vor ihr und sagte „Denen haben wir es aber gezeigt!" Gundel sah vor sich auf den Boden. Hier drinnen mussten ein paar hundert Tiere liegen. Eine der Mägde öffnete das Tor und fegte die Kadaver nach draußen. Doch dort sah es noch viel verheerender aus. Ein dichter grün schwarzer Teppich bedeckte den Innenhof. Sicher eine Handbreit hoch lagen die sterbenden oder toten Tiere dort. Mit Reisigbesen fegten die fünf Frauen die Tiere zusammen, bis ein mannshoher Berg in der Mitte des Hofes übrig blieb. „Und nun?", fragte Martha, die auf den Hof gekommen war.

„Wir sollten sie verbrennen", sagte Gundel. Sigmar holte etwas Öl und steckte den Berg an. Dunkler Rauch zog zum Himmel und das Knacken der Panzer klang schauerlich. Nun erst erinnerte sich Gundel daran, dass sie ja alle noch im Unterkleid waren. „Wir sollten uns waschen und anziehen", sagte sie leise und die fünf Frauen verschwanden schnell im Brunnenhaus.

Eigentlich hätten auch die Unterkleider eine Wäsche gebraucht. Die grünen Flecken des Insektenblutes gingen nur schwer wieder heraus. Alles Schrubben im angezogenen Zustand brachte nichts. Daher versperrten sie eiligst die Türen und zogen schnell die Kleider aus. Über dem Waschtrog gezogen konnten sie nun die Spuren der schauerlichen Taten aus ihren Sachen waschen.

Schnell ausgewrungen zogen sie die klammen Sachen wieder an und liefen nach oben. Im Haus lagen nur ein paar wenige tote Tiere. Martha hatte sicher schnell alle Fensterläden geschlossen, sonst wäre auch hier alles von den Tieren bedeckt. In ihrer Mägdekammer beschlossen sie, heute die Unterkleider beiseite zu lassen, wodurch diese trocknen konnten. Nur in ihren Kleidern liefen sie nach unten, wo zwei der Mägde in die Küche gingen und schnell für das Essen sorgten. Es gab den allseits beliebten Haferbrei, den selbst Gundel nicht mehr sehen konnte, doch der Hunger zwang das Mahl hinein und bis zum Abend würde es sicher nichts anderes mehr geben.

Nachdem Gundel wieder ihren Löffel in den Gürtel gesteckt hatte, kam Martha zu ihr und gemeinsam gingen sie in einen anderen Raum. Es war sehr hell darin. Durch ein großes Fenster konnte die Sonne in den Raum hereinscheinen und Gundel sah sich darin um. Ein Tisch, ein Stuhl und ein sicher kostbarer Spiegel befanden sich in dem Zimmer. Vorsichtig näherte sie sich dem Holzgestell, in welchen der Spiegel stand. Er war sicher so groß, wie sie selbst. Einen kleinen Spiegel aus Glas hatte sie mal gesehen, als der Bauer ihn seiner Frau vom Markt mitgebracht hatte. Sorgsam legte sie ihre Hand auf die Platte. Es war poliertes Metall, welches das Licht reflektierte. Im Spiegelbild zupfte sie ihr Kleid zurecht, dann drehte sich Gundel zum Tisch, auf dem ein Kleid lag.

Martha hob es an. „Der Saum muss noch genäht werden. Kannst du das?", fragte sie und Gundel zog sich den Stuhl zum Tisch. „Sicher!", antwortete sie selbstbewusst. „Die Frau des Bürgermeisters kommt heute Abend und will es holen", erklärte Martha und schob eine kleine Kiste mit Nähzeug näher an Gundel heran. Die junge Magd betrachtete den kostbaren Stoff. Hatte sie sich zu viel zugetraut? Für die Frau des Bürgermeisters? Die wichtigste Frau der Stadt! Wenn die Naht nicht sauber war, so wäre Gundel sicher schneller wieder aus der Stadt, als sie gedacht hätte. Doch sie öffnete die Kiste, holte Nadel und Faden und begann sorgsam mit ihrem Werk. „Ich schaue dann später noch mal nach dir", sagte Martha und wendete sich zur Tür.

„Wer hat denn den Rest des Kleides gemacht?", fragte Gundel, als sie die kostbare Borte sah. „Ich", entgegnete Martha und war auch schon draußen. Gundel sah ihr mit offenem Mund nach. Das würde schwierig werden, der Frau etwas zu beweisen. Diese Arbeit war von einer solchen Qualität, dass Gundel sicher noch viel von Martha lernen konnte.

Nun hieß es fleißig sein! Sie setzte die Stiche besonders eng und kontrollierte aller paar Augenblicke noch einmal nach. Dabei merkte sie kaum, dass Elisabeth um sie herum putzte, so vertieft war sie in ihre Arbeit.

Nach einer Weile kam Martha, sah ihr über die Schulter und sagte „Gut. Sehr gut!" Gundel wäre dabei beinahe rot im Gesicht geworden. Ein Lob von Martha war etwas ganz besonderes in Anbetracht der Arbeit, welche die ältere Frau schon in diese teure Robe gesteckt hatte.

12. Kapitel

Gute Freunde

Der Rosenstrauch war nicht mehr. Die Heuschrecken hatten nur einen einzigen Moment gebraucht, um ihn kahlzufressen. Isaak kniete vor den dürren Zweigen des Strauches und hatte Tränen in den Augen. Dies war sicher ein Zeichen Gottes, so wie es einst Moses herauf beschworen hatte. Konnte ihnen das gefährlich werden? Schließlich war auch Moses Jude gewesen, aber die wenigsten Christen kannten diese Stelle in ihrer beiden Schriften. Der Auszug aus Ägypten in das gelobte Land. Aber da waren im Moment die Moslems und nach Syrien, was am nächsten dran war, wo viele Juden gerade hin flohen, da wollte er nicht. Im letzten Jahr und im Jahr davor hatte da eine Seuche gewütet und diese würde sicher auch in diesem Jahr wieder dorthin zurückkommen.

Er hatte die Schriften der arabischen Ärzte schon durchgelesen und nach einem Heilmittel gesucht, doch er hatte nichts gefunden. In einem Buch stand nur, man solle die Kranken von den Gesunden trennen und einen halben Mond warten. Nicht wirklich etwas, was man hier oder in Syrien machen konnte. In Venedig begann man gerade damit, eine Quarantäneinsel einzurichten, aber da war es ja auch einfach. Venedig war nun mal eine Insel. Leicht abzuriegeln und dennoch hatte die Seuche im letzten Jahr dort ebenfalls schwer gewütet. Keiner wusste, woher sie kam und da hieß es schnell, es sei eine „Strafe Gottes" für all die Sünden.

Und da würde sicher ein Schuldiger oder ein Opfer gesucht. Er erhob sich und rief nach seiner Tochter. Sarah erschien und sah den geliebten Rosenstock so verunstaltet dastehen. „Hole Wasser. Vielleicht erholt er sich noch einmal von dieser …", er wollte

„Plage" sagen, biss sich dann aber auf die Lippe. Wenn es einer gehört hätte, so hätte er vielleicht falsche Schlüsse ziehen können. Doch die Tochter war da schon unterwegs zum Brunnen und hätte es sowieso nicht hören können. Wenig später gossen sie den kahlen Strauch. „Ich muss etwas klären. Wenn du möchtest, so kannst du mich ja begleiten. Wolltest du nicht ein neues Kleid schneidern lassen?", fragte er. Das Mädchen nickte und lief in das Haus. Wenig später brachen sie auf.

Jeder Baum in der Stadt war kahl. Es sah wie im Winter aus und das Murren der Menschen war unüberhörbar. Viele gingen in Richtung des Doms, um für ihre Seelen und die Erlösung von der Not zu beten. Auch Isaak betete, aber er betete dafür, dass der Dompropst heute in seiner Predigt nicht die sieben biblischen Plagen erwähnte. Das würde die Gemüter der ärmsten Stadtbevölkerung nur noch mehr erhitzen. Denn wenn der Jude Moses diese herauf beschwören konnte ... Weiter wollte er lieber nicht denken!

In immer neue Gedanken versunken ging er die Straße entlang und Sarah war genauso schweigsam neben ihm. Sie presste den kostbaren Stoff an ihre Brust und sah mit ängstlichen Augen auf die Menschen, die ihnen aus dem Weg gingen. Es dauerte eine ganze Weile, bis sie das Haus des Kaufmannes erreicht hatten. Dort zeigte er auf eine Frau und sagte „Das ist Martha, die beste Schneiderin der Stadt. Ich muss im Haus etwas erledigen." Das Mädchen sah etwas verstört aus, darum nahm er sie an die Hand und zog sie zu der Frau.

„Meine Tochter braucht ein Kleid. Den Stoff hat sie schon dabei. Könntet ihr euch darum kümmern?", fragte er und Martha sagte „Aber natürlich." Danach ging sie mit der Tochter in das Haus und Isaak schaute nach oben, wo hinter einem der Fenster das Kontor lag. Ein Diener nahm ihn in Empfang und führte ihn eine Treppe hinauf. Über ein dickes Buch gebeugt stand der Kaufmann am Fenster und schrieb mit einer Feder etwas hinein. „Herr. Ein Gast für euch", sagte der Diener und der alte Mann sah von seiner Arbeit auf.

Sein Blick hellte sich auf und er sagte „Isaak, mein Freund." Mit schnellen Schritten kam er, mit offenen Armen, auf den älteren Mann zu. „Die Geschäfte gehen gut und ich kann euch sicher in der nächsten Woche das Geld zurückzahlen", setzte er fort, doch Isaak winkte ab. „Deshalb bin ich nicht gekommen", erklärte er und der Kaufmann bat ihn an einen Tisch.

Einen Augenblick später saßen sie dort und der Kaufmann zeigte auf ein Buch, dass dort an seinem Tisch lag. „Liber Abaci" stand auf dem Einband und der Mann sagte „Dieses Buch von Fibonacci aus Italien, das ihr mir empfohlen habt, ist einfach nur großartig. Es erleichtert mir das Rechnen ungemein."

„Dabei ist es schon so alt", entgegnete Isaak und setzte fort „Er hat es schon 1202 verfasst." Der alte Kaufmann nickte und Isaak verschwieg ihm, dass er das viel ältere arabische Original diesem Buch vorzog. „Was führt euch also zu mir, wenn es nicht das Geld ist?", fragte nun der Kaufmann und Isaak sah zum Fenster. „Diese Heuschrecken heute Morgen, es gibt sowieso schon keine gute Stimmung uns gegenüber und diese Tiere könnten sie noch mehr vergiften", begann Isaak und sah den anderen Mann an.

„Mein Freund. Ich weiß was ihr meint. Aber mit mir im Rat seid ihr Juden in der Stadt sicher", erklärte der alte Kaufmann. Isaak nickte und sagte „Ich könnte euch dafür auch bei den Zinsen etwas entgegen kommen." Daraufhin blickte der alte Kaufmann ihn zornig an. „Wollt ihr mich beleidigen? Ich zahle meine Schulden auf den Heller genau zurück!", brach es aus ihm heraus und Isaak lenkte ein. „Ihr braucht doch das Geld genauso dringend, wie ich", setzte daraufhin der Kaufmann hinzu.

Isaak nickte dankbar und erhob sich von dem Stuhl. „Ich werde versuchen, noch weitere Ratsmitglieder von unserer Unschuld zu überzeugen." „Tut das. Ich werde das gleiche ebenfalls unter den Mitgliedern des Rates versuchen", sagte der Kaufmann und erhob sich ebenfalls. Sie gaben sich die Hand und Isaak verließ den Raum. Der Diener brachte ihn wieder auf die Straße. Sollte er auf die Tochter warten? Doch die fand sicher auch selbst den Weg. Vielleicht war sie ja auch schon gegangen. Schnell machte er sich auf den Weg zu ein paar weiteren Mitgliedern des Rates der Stadt.

Die Stimmung in der Stadt war bedrohlicher geworden und unterwegs wurde er sogar von einigen Männern beschimpft, obwohl er ihnen gar nichts getan hatte. Sie waren noch nicht mal bei ihm in Schulden und trotzdem schalten sie ihn einen „Wucherer" und „Betrüger" Schnell lief er an ihnen vorbei, damit er ihnen keine Zeit für weitere Anfeindungen geben würde.

Im nächsten Haus war die Begrüßung schon frostiger. Nur die Aussicht auf ein paar gesparte Heller ließ den dicken Mann freundlicher auf Isaak zugehen. Auch in den beiden folgenden Häusern sah es ähnlich aus. Es würde ihm eine hübsche Summe Geld kosten, aber vielleicht allen Juden in Mainz das Leben retten. Vielleicht!

Nicht auszudenken, was wohl passieren würde, wenn einer dieser gierigen Kaufleute auf die Idee kommen würde, das mit dem Tod der Juden ja auch ihre Schulden getilgt waren. Dazu kam noch das Eigentum der Gemeinschaft, welches Begehrlichkeiten wecken konnte. Isaak erreichte sein Zuhause und konnte nur auf seinen Freund hoffen. Dessen Stimme hatte Gewicht im Rat.

13. Kapitel

Derselbe Gott

Sie folgte der älteren Frau durch einen langen, dunklen Durchgang. Dann betraten sie einen hellen Raum, in dem schon ein Mädchen am Tisch saß und nähte. Sie blickte auf und lächelte sie an. Das kam Sarah etwas seltsam vor. Als Jüdin wurde sie eigentlich selten von Fremden angelächelt und dieses Mädchen kannte sie nicht. „Dann zeig mal deinen Stoff her", sagte die Frau, die ihr der Vater mit Martha vorgestellt hatte. Sarah legte das Bündel vorsichtig auf den Tisch und zu dritt beugten sie sich danach über den Stoff. „Der ist wirklich schön Sarah", sagte das andere Mädchen und Sarah stutzte. Woher kannte sie ihren Namen?

Offensichtlich hatte die andere Frau dies gemerkt und erklärte „Ich bin Gundel. Erinnerst du dich?" Jetzt erst wusste es Sarah wieder. „Mit dem Schleier habe ich dich gar nicht erkannt", sagte sie und lächelte zurück. „Ja! Wirklich ein schöner Stoff", stellte Martha fest. „Aus Venedig", setzte Sarah hinzu und Martha nickte. Sie fuhr vorsichtig mit der Hand über den Stoff. „Traust du dir zu, dass Kleid selbst zu nähen?", fragte Martha Gundel und diese nickte. Dann war Martha aus dem Raum und die beiden Mädchen waren alleine. Gundel breitete das ganze Tuch auf dem Tisch aus und sagte „Kannst du dein Kleid ausziehen, damit ich deine Maße nehmen kann?"

Sarah erschrak. „Ich soll mich ausziehen? Hier?", stieß sie aus. Dabei sah sie sich in dem Zimmer um. Gundel hatte einen Strick mit vielen Knoten in der Hand, den sie nun hochhielt. „Na ja! Ich muss doch abmessen, wie groß dein Kleid werden soll. Das geht nun mal nur über das Unterkleid. Aber ich kann ja die Tür versperren und die Fenster sind so hoch, dass keiner hereinschauen kann", erklärte sie und zog den Stuhl zur Tür. Mit einer schnellen Handbewegung klemmte sie die Lehne unter die Türklinke. Sarah löste den Gürtel und streifte schnell das Kleid über den Kopf. „Aber beeile dich!", forderte sie die Magd noch auf und Gundel machte sich an das Werk.

Sie legte den Strick um die Hüfte und zählte die Knoten, dann um die Taille, von der Hüfte bis zum Hals. Dann fragte sie „Dein Kleid bis auf den Boden oder nur bis zu den Knöcheln?" „Bis zu den Knöcheln", antwortete Sarah und der Strick nahm das Maß. Anschließend fragte Gundel „Die Ärmel bis zu den Ellenbogen und weit ausgestellt? Oder bis zu den Händen und Eng anliegend?" „Bis zu den Händen!" „Fertig!", erklärte Gundel und reichte ihr das Kleid. Schnell zog es Sarah wieder an. „Du hast dir ja gar nichts aufgeschrieben!", stellte Sarah fest, als sie sich den Gürtel wieder umgelegt hatte. „Das merke ich mir!", entgegnete Gundel schmunzelnd.

Danach holte das Mädchen eine Schere und begann den Stoff abzumessen und zuzuschneiden. Sarah wurde schon angst und bange um den kostbaren Stoff, so schnell schnitt Gundel die Teile zu. Doch wenig später hielt sie ihr die ausgeschnittenen Stoffstücke an und nickte. Auch Sarah sah nun, dass es genau passte. „Wie machst du das nur?", fragte Sarah überrascht und Gundel schmunzelte erneut.

„Weißt du, wir haben beide dieselben Maße!", sagte sie und nun musste Sarah lachen. Da hätte sie auch selbst darauf kommen können. Sie waren beide gleichgroß und auch gleich gebaut. „Und warum dann das Maß?", fragte Sarah und zeigte auf die Knotenschnur. „Um sicherzugehen!", antwortete Gundel verschmitzt.

Danach holte die Magd den Stuhl zum Tisch und setzte sich mit Nadel und Faden an das Kleid. „Erzähle mal was von dir", sagte Gundel, ohne von ihrer Arbeit aufzusehen. Doch Sarah wollte lieber nichts von sich erzählen, zu schnell waren die Christen ihnen abgeneigt, wenn sie auch nur erfuhren, dass sie Juden waren und daher versuchte sie das Gespräch in eine andere Richtung zu lenken. „Deinen Dolch. Trägst du den immer?", fragte sie und sah zu der langen Waffe herunter, die an Gundels Gürtel hing.

„Damit fühle ich mich besser", antwortete Gundel im Nähen. „Trägst du nie einen Dolch?", fragte sie zurück und Sarah antwortete „Nein! Ich vertraue auf den Schutz Gottes. Mein Vater sagt immer: Die Feder kann den Dolch bezwingen." „Also mir ist mein Dolch lieber!", sagte Gundel und zog die lange Waffe, dann legte sie diese direkt vor Sarah auf den Tisch.

Die Sonne glitzerte in dem verschlungenen Muster auf der Klinge. Es sah aus, als ob der Dolch leben würde. Vorsichtig berührte Sarah den Griff und zog sofort ihre Finger zurück. „Du darfst ihn ruhig anfassen", sagte Gundel und sah zu ihr auf. Vorsichtig umschloss Sarah den Griff mit der Hand und hob die Waffe an. „Soll ich dir zeigen, wie man damit umgeht?", fragte Gundel und Sarah nickte zögerlich. Die andere Frau stand auf und brachte ihr schnell ein paar Bewegungen und Griffe bei. Danach steckte sie die Waffe wieder in die Scheide und setzte sich zu ihrer Arbeit zurück.

Die Tür öffnete sich und Martha betrat den Raum. Die ältere Frau sah nach dem Stoff, nickte und war auch schon wieder verschwunden. „Dieser Gott, auf dessen Schutz du so vertraust, ist der sehr mächtig?", fragte Gundel und Sarah sah zum Fenster. Was sollte sie antworten? Die Wahrheit? Sie zögerte eine Augenblick, dann sagte sie „Wir haben beide denselben Gott!" „Aber ich dachte, du bist Jüdin?", fragte Gundel sichtbar überrascht. Sarah nickte und beugte sich vor. Sehr viel leiser fragte sie „Du weißt schon, dass dein Jesus auch ein Jude war?" Gundel stach sich vor Schreck in den Finger, rief „Aua!" und steckte sich den blutenden Finger in den Mund.

„Wirklich?", fragte sie vorsichtig und Sarah nickte. „Das habe ich nicht gewusst", setzte Gundel hinzu und Sarah erklärte leise weiter „Wenn ihr euch auf die heilige Dreifaltigkeit beruft, dann auf den Gott der Juden, einen Juden und einen Geist, von dem ich aber nicht weiß, welcher Religion er angehört." „Aber die Vermutung liegt ja nahe!", sagte Gundel und nähte weiter.

Es entsprang ein lockeres Gespräch über alles Mögliche und natürlich auch um die Heuschrecken, mit denen der Tag begonnen hatte. Schließlich merkte Sarah, dass es deutlich dunkler wurde.

Bei einem Blick zum Fenster erschrak sie. „Ist es denn wirklich schon so spät!", rief sie aus und nun sah auch Gundel von ihrer Arbeit auf. „Wie die Zeit vergeht!", sagte die Magd und legte das Stoffstück zur Seite. „Du kannst dein Kleid morgen Abend abholen", sagte das Mädchen und erhob sich. Dabei drückte sie ihren Rücken durch und sah Sarah an. Die Tür öffnete sich und Martha betrat den Raum „Du bist ja noch da!", sagte sie überrascht. „Ist mein Vater noch da?", fragte Sarah, doch Martha schüttelte den Kopf. „Der ist schon lange gegangen. Ich wollte Gundel zum Essen holen", erklärte die Frau und trat an den Tisch. Sie prüfte das Kleid und sagte „Gute Arbeit!" Sarah nickte und konnte sich doch nicht entschließen zu gehen.

Sie sah zum Fenster und Gundel fragte „Soll ich dich begleiten?" Demonstrativ zog die junge Frau dabei den Dolch am Gürtel
nach vorn. Sarah nickte erleichtert und dachte dabei an ihren
Spruch, dass ihr Gott helfen würde.

Ein bisschen schämte sie sich nun dafür, aber Gundel sagte
nichts und zusammen brachen sie schnell auf. Es dauerte etwas,
bis Sarah wieder in ihrem Viertel in Sicherheit war. „Ich danke
dir", sagte sie, aber Gundel winkte ab. „Morgen Abend kannst du
dein Kleid holen", erklärte sie noch einmal, dann war sie auch
schon wieder verschwunden. Sarah sah ihr noch einen Augenblick
nach, bevor sie in ihr Haus ging, wo sie von ihrer Mutter begrüßt
wurde.

14. Kapitel

Unhaltbare Anschuldigungen

Karl hatte seinem Freund noch lange hinterher gesehen. Er wusste, dass sich bestimmt viele seiner Ratskollegen an der Bezeichnung „Freund" stören würden. Kann man mit einem Juden befreundet sein? Warum nicht! Er war auch nur ein Mensch. Mit dieser Meinung stand er im Rat fast alleine da. Er hatte schon lange gemerkt, dass es da Bestrebungen gab, die jüdische Gemeinschaft aus der Stadt zu werfen. Damit würden sie die Menschen aber nur diesen Schlägertruppen in die Arme treiben und die würden sicher keinen am Leben lassen. In vielen anderen Städten hatten sie schon gewütet. Hier in Mainz sollte es nicht so weit kommen. Da würde er persönlich dagegen auftreten und man hörte auf sein Wort.

Der Kaufmann setzte sich zurück auf den Stuhl und holte sich das Buch. Dabei dachte er an die Rechenbretter und die römischen Zahlen, mit denen sie früher gerechnet hatten. Wie umständlich das gewesen war! Dieser Mann hatte ihm die Augen geöffnet und er hatte noch viel anderes Wissen. Jahrelang hatte er viele Bücher übersetzt und Karl hatte einige davon in der Wohnung von Isaak gesehen. Von diesem Wissen sollte die ganze Stadt profitieren. Da unten liefen Leute herum, die noch nie in ihrem Leben ein Buch gesehen hatte und die trotzdem davon ausgingen, dass sie alles wussten. Nur der Dummkopf denkt, er wüsste schon alles!

Die Kolonnen der Zahlen und Formeln standen auf der Seite und Karl rechnete ein Kapitel nach, dann ging er mit dem Buch zu seinem Stehpult und schlug sein Kontorbuch auf. Zeile für Zeile kontrollierte er seine Rechnung, dann sagte er „Aha! Hab ich dich!" Mit einem Federstrich korrigierte er seine Rechnung. Nun

72

ging der Saldo auf. Mit der kratzenden Feder setzte er seine Unterschrift auf die Seite. „Stimmt!", rief er und klappte lautstark das Buch zu. Es war ein glänzender Winter gewesen. Wie würde wohl der Sommer sein? Wieder dachte er an Isaak. Er musste ihm helfen!

„Meinen Mantel und meinen Hut!", rief er und wenig später erschien ein Diener mit den gewünschten Dingen. Schnell zog er sich an und brach zum Rathaus auf. Er betrat den Saal und hörte schon die lauten Diskussionen. Anscheinend beschuldigte einer auch noch die Juden, dass sie die Heuschrecken beschworen hatten. „So ein Unsinn!", rief Karl, als er zu den Männern trat. „Was hätten sie denn für einen Vorteil davon?", fragte Karl und erhielt natürlich keine Antwort. Stattdessen sagte einer der Männer „Ich habe gehört, dass die Juden im Elsass die Brunnen vergiftet haben und damit die Pest ausgelöst haben." „Das ist doch nur Hören-Sagen. Auch dafür gibt es sicher keinen Beweis!", polterte Karl los.

„Und wenn wir den Rat dort befragen, ob daran etwas Wahres ist?", fragte ein junger Mann in der Runde. „Wir können ja eine Anfrage stellen, wenn ihr euch dann besser fühlt", lenkte Karl ein und rief einen Schreiber. Sie setzten eine offizielle Anfrage vom Rat der Stadt Mainz an den Rat der Stadt Schlettstadt im Elsass auf. Anschließend siegelte Karl das Schriftstück und rief nach einem Boten. Schnell war der Gerufene eingetroffen und er übergab den Brief. Dann sah er dem Mann hinterher, der schnell den Raum verließ. Als dieser die Tür hinter sich schloss, drehte sich Karl zum Rat um. Entschlossen sagte er „Und nun warten wir auf die Antwort und lassen diesen unhaltbaren Anschuldigungen und unbewiesenen Verdächtigungen."

Er setzte sich hin und bat die anderen mit einer Handbewegung, es ihn gleichzutun. Als sie dann alle an der Tafel saßen, sagte er „Denkt bitte daran, dass dieser Rat alle Bürger der Stadt vertritt. Damit sind auch die jüdischen Bürger gemeint!" Ein bestätigendes Stimmgewirr erhob sich und alle nickten ihm zu. „Und nun bringt Wein! Wir haben noch viel zu verhandeln", rief er nach hinten und die Ratsdiener brachten die kostbaren Kristallgläser und den roten Wein.

Es wurde eine lange Sitzung über Handel, Steuern, Abgaben und neue Projekte. Erst am Abend betrat er dann wieder sein Haus.

Stille war in dem Gebäude. Der Diener, der auf ihn gewartet hatte, sah müde und verschlafen aus. Karl stieg in sein Kontor. Dabei dachte er an Isaak und an seinen Sohn. Würde er für Balthasar nicht dasselbe tun, was auch Isaak für die Seinigen tat? Sie waren sich viel zu ähnlich und doch wusste Karl nicht, ob er den Mut des Juden hätte, zu seinen Feinden zu gehen und für etwas zu bitten. Stumm saß er im Schein von ein paar Kerzen in dem Raum und las das Buch. Man konnte von fremden Völkern so viel lernen, wenn man nicht zu voreingenommen war.

Wieder gingen seine Gedanke zu dem Sohn. War es wirklich klug, ihn nach Venedig fahren zu lassen? Natürlich war Balthasar kräftig und gut mit dem Schwert, aber da draußen, außerhalb der Stadtmauern, war er vollkommen auf sich selbst gestellt. Da konnte wer weiß was passieren und viele Fuhrleute waren auf dem weiten Weg schon irgendwo spurlos verschwunden. Sollte er ihn da wirklich Anfang Juli mit Mathias losschicken?

Bis dahin waren es noch fast zwei Wochen, um eine Entscheidung zu treffen und der Sohn würde sich seiner Weisung beugen müssen. Er dachte an seine eigenen Züge, damals, als junger Mann, nach Hamburg und zur Hanse. Da hatte er viel gelernt und sicher hatte sein Vater auch so gegrübelt, wie er jetzt in dieser Nacht.

Der Brief fiel ihm wieder ein, den er an den Rat der Stadt geschickt hatte. Was würde in der Antwort stehen? Natürlich konnte er sich nicht vorstellen, dass diese Menschen wirklich Brunnen vergiften würden. Doch er wusste auch, dass unter der Folter jeder alles Mögliche gestehen konnte. Daher brauchte er einen Plan für jede Art von Antwort, die in dem Schreiben stehen würde und er würde nicht zulassen, dass Isaak irgendetwas geschehen würde.

Der Kaufmann dachte zurück an so viele Gespräche, die er in den letzten Jahren mit Isaak geführt hatte. Sie hatten sich über die alten griechischen Philosophen unterhalten und vielleicht war ja durch diesen Austausch auch etwas in Karl in Bewegung gekommen. Er sah in die Kerzenflamme und die alten Bilder kamen hoch. Wie war er vor zehn Jahren gewesen? Ein gieriger Kaufmann, der nur nach dem Geld gejagt hat. Ein glücklicher Zufall, eine finanzielle Not, hatte ihn mit Isaak zusammengebracht. Doch statt nur das Geld zu nehmen, wie es wohl all die anderen gemacht hätten, waren sie in ein Gespräch gekommen. Tag für Tag hatten sie sich danach getroffen und dann war eine tiefe Freundschaft entstanden.

Sie hatten darüber geredet, was den Menschen ausmacht, was Menschlichkeit bedeutet! Und das in einer Zeit, in der andere um ihr tägliches Brot kämpfen mussten. Ihm war schon klar, dass er einer der privilegierten war. Er konnte es sich leisten, darüber nachzudenken, was den Menschen ausmachte. Das hätte er auch früher schon gekonnt, aber erst der Freund hatte ihn dazu ermutigt.

Die alten Bilder verbrannten in der Flamme. Karl klappte das Buch zu und die Kerzen flackerten. Ein kühler Windhauch fuhr durch den Raum. Karl erhob sich, blies alle Kerzen aus und ging in seine Kammer. Aber auch im Bett kam der Schlaf lange nicht.

15. Kapitel

Verbündete

Er stand am Fenster und sah zu der Siedlung innerhalb der Stadt hinüber. Bonifaz strich sich durch seinen Bart. „Diese Juden da drüben!", sauste es durch seinen Kopf. Nach den Heuschrecken war er sich ganz sicher, dass Gott ihnen diese Plagen auf den Hals gehetzt hatte, damit sie diese Menschen aus der Stadt warfen. Nur wie? Karl, sein alter Gegenspieler im Rat, hatte die Mehrheit der Mitglieder hinter sich gebracht. Vor Wut hätte er irgendetwas zerbrechen können! Am besten das Genick seines Feindes doch er musste auch noch seine wahren Gedanken vor ihnen abschirmen.

Der Mann war nun fast sechzig Jahre alt und entstammte einer reichen Kaufmannsfamilie. Eigentlich hätte er, als zweitgeborener Sohn, in den Kirchendienst gehen sollen. Seine Weihe zum Priester war damals bereits angesetzt gewesen, als sein älterer Bruder bei einem Überfall einer Räuberbande getötet worden war und er eben einspringen musste, um das Kontor weiterzuführen. Aber tief in seinem Herzen war er ein Mann der Kirche geblieben. Vielleicht hätte er dann jetzt schon den Bischofssitz in dieser Stadt inne gehabt. Einflussreich war seine Familie schon immer gewesen und hätte ihm bestimmt sehr leicht dieses Amt besorgen können.

Vielleicht war es eine Prüfung Gottes für ihn, was er unternehmen konnte! Er rief nach seinem Diener und ließ sich Mantel, Hut und Schwert bringen. Wenig später ritt er mit zwei seiner treuen Gefolgsleuten aus der Stadt. Das Ziel war ihm schon klar, aber er wusste noch nicht, wie sein Anliegen aufgenommen würde.

Mit donnernden Hufen jagten die drei Pferde dahin. Es war schon spät an diesem Tag und sie mussten sich beeilen, wenn sie die Nacht nicht im Wald verbringen wollten. Schon bald sah er die Feuer und die Männer.

Direkt vor einem dieser Feuer hielten sie die Pferde an und stiegen ab. Vom Feuer stand ein junger Mann auf und kam die paar Schritte auf sie zu. Ein Kreis aus meist jungen und kräftigen Männern schloss sie ein. „Woher kommt ihr?", fragte der junge Mann. „Aus Mainz!" „Und was wollt ihr?", fragte er weiter. Bonifaz sah, dass die Männer alle bewaffnet waren. Mit Knüppeln, Messern und Schwertern standen sie nun um ihn herum. Er zeigte auf das Feuer und der junge Mann machte Platz. Die Gruppe zerstreute sich, war aber immer noch in der Nähe und behielt auch ihre Waffen in der Hand. Aber drei Männer waren wohl für sie keine Gefahr. Es mochten ein paar hundert Männer hier im Wald sein.

„Nun?", fragte der junge Mann wieder, nachdem sie sich an das Feuer gesetzt hatten. „Wir haben denselben Feind!", begann Bonifaz und setzte fort, „Noch haben die Freunde der Juden im Rat der Stadt die Mehrheit, aber mit jeder dieser Plagen, die Gott uns als Prüfung schickt, werden es weniger. Bald habe ich die Mehrheit." Der junge Mann nickte. „Und was hat das nun mit uns zu tun?", fragte er und sah ihn an. „Wenn der richtige Zeitpunkt gekommen ist, so werde ich euch brauchen", antwortete Bonifaz und löste einen Beutel von seinem Gürtel. Mit den Worten „Es soll euer Schaden nicht sein, hier noch etwas zu warten", übergab er ihn an den jungen Mann.

Dieser prüfte das Gewicht der Münzen, indem er ihn auf und ab bewegte, dann lächelte er und nickte. Sorgsam verwahrte er die

Münzen in seinem Wams. „Eure Hand darauf!", sagte Bonifaz und der andere schlug ein. „Gott will es!", erklärte Bonifaz und stand auf. Seine Begleiter brachten sein Pferd und halfen ihm hinauf. Noch ein Blick zurück, dann flogen sie auf dem Rücken der Pferde der Stadt zu.

Zum Glück wusste ja keiner, dass er mit diesen Männern Geschäfte machte. Der Dompropst hatte gerade erst am 17. Juni eine Entschädigung von 4.000 Hellern bewilligt, womit er die Zerstörungen durch die Männer entschädigen wollte, doch die Verheerungen waren im Umland der Stadt viel größer gewesen.

Allerdings war es auch immer gut, ein paar bezahlte, skrupellose Schläger bei der Hand zu haben. Würde er erst mal die Mehrheit im Rat haben, so könnten die Schläger schnell vollendete Tatsachen schaffen.

Noch im letzten Tageslicht passierten sie das Stadttor und ritten nun langsam zu ihrem Haus zurück. Um die Verschwiegenheit seiner beiden Begleiter brauchte er sich keine Sorgen zu machen. Still lächelte er in sich hinein. Er übergab sein Pferd und ging zum Dom hinüber. Ein letztes Gebet an diesem Tag und die Bitte, dass sein Plan aufging. Als er das Gotteshaus verließ, da zogen dunkle Wolken am Himmel auf. Der nun bald einsetzende Regen würde all das zerstören, was die Heuschrecken übrig gelassen hatte.

Jeder Tropfen des Regens, jeder gestiegene Kornpreis und jedes teurere Bier brachten ihn näher an sein Ziel heran. Doch er würde lügen, wenn er sagen würde, dass es ihm nur um ein Werk zu Ehren Gottes ging. Genauso wichtig war es ihm, an die Gelder und Grundstücke der jüdischen Männer zu kommen. Diese waren in den letzten Jahren alle sehr vermögend geworden und hatten damit Neid und Missgunst auf sich gezogen. Zum Teil auch durch ihn geschürt. Er rieb sich still die Hände und ging zu seinem Haus hinüber. Während alle anderen in ihre Häuser flohen, als der Himmel seine Schleusen öffnete, stand er noch ein paar Augenblicke in seinem Hof. Gott half ihm!

Vielleicht konnte er ja mit ein paar Münzen, oder dem Versprechen auf eines der lukrativen Grundstücke, das eine oder andere wankelmütige Ratsmitglied von der Richtigkeit seiner Ansichten überzeugen. Jeder hatte seinen Preis! Das hatte er in den langen Jahren seines Geschäftslebens erkannt. Einzig Karl schien unbestechlich zu sein! Doch wenn er ihn erst einmal im Rat isoliert hatte, dann konnte Karl nichts mehr gegen ihn unternehmen. Bonifaz trat in sein Haus und einer der Diener holte den nassen Mantel von seinen Schultern.

Bedächtig stieg er in sein Kontor nach oben und sah dann durch das Fenster in den Regen hinaus. Momentan konnte er nur weiter die Gerüchte streuen lassen, dass die Juden die Brunnen vergiften würden. Der Reiter, den sie weggeschickt hatten, der würde sicher dasselbe Ergebnis bringen. Das Ziel seines Rittes hatte Bonifaz bewusst so gewählt, dass die Antwort zu seinem Plan passte.

Eigentlich brauchte er nur Geduld, aber er war eben kein sehr geduldiger Mann. Er musste noch ein paar Verbündete finden. Und er wähnte Gott auf seiner Seite, wie der Regen vor dem Fenster ausdrücklich unterstrich. Lächelnd ging er in sein Bett, wo seine junge Frau schon schlief.

16. Kapitel

Fieber

Sie hatte bis tief in die Nacht im Scheine eines Lichtes weiter genäht, weil sie Sarah versprochen hatte, das Kleid am nächsten Tag fertig zu haben. Dann hatte sie irgendwann die Augen kaum noch offen halten können und war in ihr Bett geschlichen. So wie sie war, war sie auf den Strohsack gefallen und eingeschlafen. Nicht einmal den Gürtel hatte sie abgelegt. Gundel erwachte und etwas drückte in ihren Rücken. Ächzend zog sie den Dolch nach vorn und drehte sich zur Seite. Dabei sah sie zu Elisabeth, die neben ihr lag und da war etwas in deren Augen, was sie erschreckte. Schnell setzte sie sich auf und beugte sich über das andere Mädchen. „Was ist mit dir?", fragte sie und Elisabeth sagte nur leise „Durst!"

Gundel legte die Hand auf die Stirn der anderen und sagte „Du glühst ja!" Schnell lief sie nach unten und holte etwas Bier in einem Krug. Dann half sie dem anderen Mädchen sich aufzusetzen und hielt ihr den Krug hin. Gierig trank Elisabeth und erinnerte Gundel damit an ihr Erwachen im Dorf. Schnell tastete sie den Hals von Elisabeth ab, aber da war nichts zu spüren. Schließlich nahm sie den nun leeren Krug zurück und ging zu Martha in das Nachbarzimmer „Elisabeth hat Fieber!", sagte sie zu der Frau, die auch gerade erst aufgestanden war und noch im Unterkleid dort stand. Zusammen gingen sie zurück in das Mägdezimmer. „Ich könnte ihr ein paar Wadenwickel und einen Kräutertrunk machen", erklärte Gundel.

„Kannst du das? Oder sollen wir einen Medicus rufen?", fragte Martha, doch Gundel antwortete „Meine Mutter hat mir das alles beigebracht. Ich brauche nur die Kräuter." Martha nickte und ging in ihr Zimmer zurück. Mit ein paar Münzen kam sie zu Gundel und sagte „Am Markt ist der Stand einer Kräuterfrau. Da findest du sicher, was du brauchst!" Schnell nahm Gundel die Münzen, lief nach unten, stellte den leeren Krug in die Küche zurück und hatte kurz darauf das Haus verlassen. Mit schnellen Schritten eilte sie durch die morgendlichen Straßen, auf denen noch nicht viel los war. Ein paar Menschen gingen gähnend in Richtung Dom, um dort mit einem Gebet ihr Tagwerk zu beginnen.

Am Markt hatte die alte Frau gerade begonnen, ihren Stand aufzubauen, als Gundel zu ihr trat und die benötigten Kräuter zusammen suchte. Dann wechselten die Münzen ihren Besitzer und sie rannte zurück. Dabei dachte sie an die Mutter und das Rezept für den Trunk. Es war sicher derselbe, den ihr die Mutter eingeflößt hatte, als sie in der Hütte gelegen hatte. Nur warum hatte dieser nicht bei der Mutter gewirkt? Hätten sie doch den Medicus rufen sollen? Eine Medicus für eine Magd? Auf dem Dorf kam nur einmal im Jahr einer vorbei. Meist zum Furunkel aufstechen oder zum Zähne ziehen. Seit der letzten Behandlung im vergangenen Jahr ging sie diesen Männern lieber aus dem Weg.

Der alte Mann hatte ewig mit der Zange an ihrem Backenzahn gezogen, bevor er ihn ihr dann einfach aus dem Mund gerissen hatte. Danach hatte Gundel ein paar Tage weder essen noch reden können. Da vertraute sie lieber auf die Kenntnisse der Mutter. Schnell bekreuzigte sie sich bei dem Gedenken an sie.

Schließlich hatte sie das Haus wieder erreicht. In der Küche holte sie zwei Lappen und eine Schüssel. Zuerst kamen die Wadenwickel dran. Elisabeth nickte ihr dankbar zu. Der Blick der Freundin war durch das Fieber verschleiert. Wenig später war sie wieder in der Küche und schnitt mit dem Dolch die Kräuter klein.

Danach mischte sie diese, kochte sie auf und goss das Wasser durch ein Tuch in einen Krug. Bei dem Tuch fiel ihr das Kleid für Sarah wieder ein. Sie musste daran weiter arbeiten, und sie musste der Freundin helfen! Beides gleichzeitig ging aber nicht.

Allerdings wollte sie auch nicht Martha darum bitten, es weiter zu nähen. Sicherlich hätte Sarah Verständnis dafür, dass das Kleid erst einen Tag später fertig werden würde. Mit dem Krug und einem Becher trat sie an das Bett und kniete sich neben Elisabeth. Die anderen Mägde machten nun schon ihre täglichen Arbeiten, wodurch sie alleine in dem Raum waren. Gundel prüfte, wie heiß der Trunk noch war, dann füllte sie das Getränk in den Becher und sagte „Trinke langsam und in kleinen Schlucken!" Dabei dachte sie daran, wie oft die Mutter ihr immer diesen Satz gesagt hatte.

Elisabeth setzte sich auf und nahm den Becher „Das schmeckt ja widerlich!", stellte sie nach dem ersten Schluck fest. „Aber es hilft!", entgegnete Gundel. „Meist!", dachte sie und hoffte auf die Wirkung des Gebräus bei Elisabeth. „Ich mache dir noch mal neue Wadenwickel, dann muss ich an die Arbeit!", erklärte Gundel. Die andere Magd nickte dankbar und legte sich zurück auf ihren Strohsack. „Wer macht eigentlich meine Arbeit?", fragte sie und Gundel erfand einfach „Da kümmert sich schon Martha drum!" Ob das wirklich so war, dass konnte sie nicht wissen, aber in diesem Zustand konnte Elisabeth auch nicht arbeiten.

Sorgfältig tauchte Gundel die Lappen in die Schüssel und wickelte diese behutsam um die Waden der Freundin. Anschließend fragte sie „Brauchst du noch etwas?" Aber Elisabeth schüttelte den Kopf. „Ich schaue dann später noch mal nach dir", sagte sie besorgt, doch die andere Frau hatte schon die Augen geschlossen. „Danke dir", murmelte Elisabeth und Gundel legte ihr noch einmal die Hand auf die Stirn. Das Fieber schien noch nicht gesunken zu sein. Oder war das nur ihre Sorge um die andere Frau?

Gundel lief nach unten und begann das Kleid weiter zu nähen, doch aller paar Stiche legte sie die Nadel zur Seite und rannte nach oben. Somit war sie die meiste Zeit eigentlich auf der Treppe und weder bei der Arbeit noch bei Elisabeth! Und das Fieber schien auch nicht sinken zu wollen!

Schließlich prallte sie unten an der Treppe mit Sarah zusammen, als sie wieder nach unten lief. Dabei riss sie die andere Frau mit ihrem Schwung zu Boden und dadurch lagen sie beide im Durchgang des Hauses.

„Entschuldige", stammelte Gundel und half der anderen Frau auf. „Dein Kleid ist aber noch nicht fertig", sagte sie danach. „Ich bin auch schon etwas eher gekommen. Unser Gespräch gestern hat mir sehr gefallen", entgegnete Sarah und klopfte sich den Staub von ihrem Kleid. „Weißt du", begann Gundel zögerlich und setzte dann fort, „Elisabeth, meine Freundin, hat Fieber bekommen und da habe ich mich um sie gekümmert!" Sarah nickte verstehend. „Wie geht es ihr denn jetzt?", fragte sie nach. „Das Fieber ist noch nicht gesunken", entgegnete Gundel verzweifelt.

Dann stiegen sie beide nach oben. Sarah sah sich die Freundin an und sagte schließlich „Mein Vater hat viel medizinisches Wissen. Ich hole ihn her. Du bleibst bei ihr. Mein Kleid hat keine Eile. Das kann auch nächste Woche fertig werden." Gundel nickte dankbar, kniete sich neben Elisabeth und schon war Sarah verschwunden.

Sie hörte nur noch die eiligen Schritte von Sarah auf der Treppe. Gundel sah zur Tür. „Hoffentlich ist das nicht auch so ein Zahnreißer!", sagte sie und griff sich an die Wange, wo sie den Schmerz im Moment auch wieder spüren konnte. Dann erneuerte sie den Wadenwickel.

17. Kapitel

Drei Freundinnen

Das sah wirklich nicht gut aus für Elisabeth. Sarah lief durch die Straßen, so schnell es das Kleid zuließ. Dabei achtete sie nicht auf die anderen Menschen und hatte das Haus des Vaters schon bald wieder erreicht. „Du bist ja schon wieder da?", wunderte sich die Mutter und ihr Vater kam auf sie zu, da er sah, wie schwer sie atmete. „Was ist geschehen?", fragte er besorgt, doch sie bekam für einen Augenblick kein Wort heraus. Dann sagte sie „Elisabeth … Gundels Freundin ... sie hat Fieber! Du musst ihr helfen!" Der Mann kratzte sich am Kopf. „Wäre ein Medicus da nicht die bessere Wahl?", fragte er, aber Sarah winkte ab. „Du hast hundert Mal mehr Wissen, als diese Männer", erklärte sie. „Wissen schon. Aber das praktische Können?", erwiderte der alte Mann, suchte aber schon alles zusammen, was er brauchen könnte.

„Danke!", sagte Sarah erleichtert, als er endlich alles in einen Beutel gefüllt hatte und zur Tür ging. Sie eilte ihm hinterher und schon waren sie unterwegs, aber ihr ging es nicht schnell genug. Am liebsten hätte sie den Vater hinter sich her gezogen.

Dann erreichten sie das Tor und er schnaufte von der Anstrengung. Nun mussten sie nur noch die Treppe hoch, doch er hielt sie zurück. „Sollten wir nicht erst fragen? Wir können doch nicht einfach so in ein fremdes Haus gehen!", sagte Isaak, doch Sarah wollte hinein, als sich Martha ihnen in den Weg stellte. „Wo wollt ihr denn hin?", fragte die Frau. „Zu Elisabeth! Gundel hat mich gebeten …", begann sie und Martha stützte die Arme in die Hüften. „Die hätte mich erst mal fragen sollen!", unterbrach sie die Frau, dann gab sie aber den Weg frei und sagte „Also gut! Kommt!"

Nun stiegen sie zu dritt unter das Dach. „Aber ich bleibe dabei!", erklärte Martha vor der Tür und Isaak nickte. Wenig später kniete er neben Gundel und die beiden beredeten den bisherigen Behandlungsprozess. Die Namen von Kräutern und Gräsern flogen hin und her und Sarah kannte nicht mal die Hälfte davon. Sie sah zu Martha und stellte fest, dass es ihr wohl ähnlich ging. Der Vater kramte in seinem Beutel und zog eine kleine Dose heraus. „Was ist das?", fragten Gundel und Sarah gleichzeitig. „Das ist geriebene Weidenrinde", erklärte der Vater. „Rinde?", fragte Sarah nach, aber der Vater nickte nur und schraubte die Dose auf. Ein weißes Pulver war zu sehen. „Das ist das Beste bei Fieber!", antwortete er und reichte Gundel die Dose.

Unschlüssig roch sie an dem Pulver und sah ihn fragend an. „Mische immer eine Messerspitze davon in etwas Wasser und gib es ihr jede Stunde zu trinken. Dann sollte das Fieber schnell fallen!", sagte er und stand auf. Gundel sah immer noch ungläubig zwischen der Dose und Isaak hin und her. Schließlich zog sie ihren Dolch, aber sofort stoppte sie Isaak. „Messerspitze habe ich gesagt. Nicht Schwertspitze!", erklärte der Vater. Wieder sah ihn Gundel fragend an und steckte den Dolch weg. Der Vater kramte kurz in seinem Beutel und zog ein kleines Löffelchen heraus. „Immer ein gestrichener Löffel davon", sagte er daraufhin und drückte Gundel das winzige Holzstück in die Hand.

Vorsichtig zwischen Daumen und Zeigefinger hielt sie den Löffel hoch, steckte ihn in die Dose und entnahm die gewünschte Menge. Isaak nickte und sie mischte das Pulver in etwas von ihrem Trunk. Dann gab sie es Elisabeth zu trinken. „Einmal jede Stunde", sagte er schließlich. „Auch nachts?", fragte Gundel nach und er nickte. „Wir haben in der Küche eine Sanduhr", begann Martha und setzte hinzu, „Die könnte ich euch holen." Dann ging sie und kam wenig später mit dem Gerät zurück. „Wie funktioniert die denn?", fragte Gundel und drehte den Glaskolben unschlüssig in der Hand.

Sarah kniete sich hin, nahm die Uhr und stellte sie auf den Boden. „Jetzt rieselt der Sand nach unten und wenn der ganze Sand unten ist, so ist eine halbe Stunde vergangen. Dann drehst du sie um und der Sand fällt wieder nach unten. Ist dann oben leer, so ist eine Stunde rum und so weiter", erklärte sie. „Aha!", sagte Gundel und murmelte etwas wie „So ein modernes Zeug" vor sich hin.

Ihre Sorge galt eher der Freundin, als der verrinnenden Zeit. „Aber wenn ich das jede Stunde machen muss, dann kann ich ja nicht schlafen! Eine muss mich ablösen!", sagte Gundel und sah wieder in die Dose. „Und wenn ich dir helfe?", fragte Sarah. „Darf sie das?", fragte Gundel und sah von Martha zu Isaak und wieder zurück.

„Ja", sagte Isaak und Martha setzte ein „Meinetwegen!" dazu. Dann waren die drei Mädchen alleine in dem Raum. Sarah und Gundel setzten sich mit angezogenen Knien auf den Strohsack an der Wand und hatten damit die nun schlafende Elisabeth vor sich liegen. Leise unterhielten sie sich über alles Mögliche, was ihnen gerade so einfiel. Dann drehte Sarah die Sanduhr um. Eine erste halbe Stunde war vergangen. Gundel wechselte die Wickel und setzte sich wieder zurück. Weiter ging das Gespräch unter Frauen. Irgendwann sagte Gundel „Wie machen wir das denn aber in der Nacht?" „Eine schläft hier und die andere sitzt bei ihr", erklärte Sarah, aber Gundel zeigte auf die anderen Strohsäcke.

„Da schlafen dann noch drei andere, wir müssen leise sein und wir brauchen ein Licht. Sonst sehen wir den Sand nicht", erklärte sie, stand auf und ging aus dem Raum. Etwas später kam sie mit einer kleinen Öllampe zurück, die sie neben das Glas der Sanduhr stellte. „Für das Licht ist erst einmal gesorgt", sagte sie und setzte sich zurück neben Sarah. Der Dolch schepperte auf den Boden, als sie sich setzte. „Den solltest du aber auch abmachen, sonst weckst du immer alle auf", sagte Sarah lachend und Gundel hängte ihren Gürtel an einen Nagel über dem Strohsack.

Dann war die Stunde um und Gundel flößte Elisabeth den Trunk ein. Danach wechselte sie wieder die Wadenwickel. „Ich glaube, dass Fieber ist schon etwas gesunken", sage sie mit der Hand auf der Stirn der liegenden Freundin. „Und dir macht es wirklich nichts aus, noch eine Woche auf dein Kleid zu warten?", fragte sie. „Nein! Natürlich nicht", antwortete Sarah. Dabei dachte sie wieder daran, dass der Vater gesagt hatte, dass es ihr Hochzeitskleid werden würde und eigentlich war sie damit ganz froh, das sicher Unvermeidbare noch etwas hinauszuzögern. Kein Kleid, keine Hochzeit!

Eigentlich ganz einfach! Aber dazu brauchte sie ja auch noch einen Ehemann. Ihre Gedanken gingen auf die Wanderschaft. Wen würde der Vater da wohl für sie aussuchen? Einer von hier kam da nicht infrage. Die jüdischen Männer hier in Mainz waren entweder zu jung, zu alt oder schon verheiratet. Und einen von außerhalb der Gemeinschaft würde der Vater sicher nicht wählen. Oder etwa doch?

Grübelnd sah sie zur Dachluke, hinter der sich der Himmel langsam verdunkelte. Gundel stand auf und fragte „Bei uns ist nun Essenszeit. Möchtest du auch etwas haben?" Sarah überlegte kurz, was sie hier wohl essen konnte. Vielleicht Obst und Gemüse?

„Bringe mir etwas Obst mit, wenn du etwas findest", antwortete sie. Gundel nickte und verschwand. Sarah beugte sich über Elisabeth und kontrollierte den Zustand der Frau, als diese ihre Hand
ergriff und fragte „Freundinnen?" „Freundinnen!", antwortete Sarah. Wenig später kam Gundel zurück und hatte einen Apfel dabei.
Genüsslich biss Sarah in die Frucht.

18. Kapitel

Der Reiz der Frauen

Sonntag war es geworden, als sich Lorena auf den Weg zum Dom machte. Wie bei jedem anderen Gottesdienst würde sie auch diesmal wieder all ihre Sünden beichten müssen, und da gab es eine Menge zu erzählen. Schließlich lebte sie nicht nur am Rande der Stadt, sondern auch am Rande der Gesellschaft. Sie zog sich ihren Schleier zurecht und folgte den engen Gassen, bevor sie danach auf den breiteren Weg zum Dom einschwenken konnte. Vor ein paar Wochen war sie achtzehn Jahre alt geworden und seit zwei Jahren arbeitete sie als Hübschlerin. Wobei das Wort „Arbeiten" es wohl nicht wirklich traf. Der Not gehorchend hatte sie sich für Geld den Männern anbieten müssen. Sie war nicht sehr stolz darauf und ihrer Mutter, fern im heimatlichen Dorf, würde sie das wohl niemals erklären können, was sie hier tat, aber es half ihr zu überleben.

Im Gegensatz zu den gemeinen Weibern, die im Lupanaria, dem Frauenhaus, arbeiten mussten, war sie eine freie Frau. Sie unterstand niemanden und konnte, in gewissen Grenzen, tun und lassen, was sie wollte. Allerdings war sie damit auch frei zu verhungern, wenn es für sie schlecht lief. Die Anderen wurden im Krankheitsfall vom Frauenwirt versorgt und betreut. Gedankenverloren strich sie sich über den reich verzierten Rock, der sie ebenfalls als Hübschlerin für jeden erkennbar machte.

Ihr Aussehen war ihr Kapital und daher pflegte sie sich täglich mehr als eine Stunde. Sie legte auch besonderen Wert auf ihre Kleidung, nur der Schleier in der abstoßenden Färbung, die einen jeden auf ihre Tätigkeit verweisen sollte, war da nicht so schön. Außerhalb der Hütte, die praktisch nur aus einem Raum bestand, musste sie ihn tragen. Nur innerhalb ihrer Behausung durfte sie ihr langes, schwarzes Haar offen tragen, auf das sie so stolz war.

Lorena hatte nur ein paar einfache Regeln zu befolgen, die aber vom Rat der Stadt kontrolliert werden konnten. Sie durfte weder verheiratete Männer, noch Geistliche und erst recht keine Juden bei sich empfangen. Doch wer konnte schon wissen, ob ein Mann verheiratet war? Oder ob der Mann sich nicht verkleidet hatte? Woran erkannte man einen nackten Geistlichen? Schließlich konnte sie ja nicht jeden der fast zehntausend Männer der Stadt kennen. Die reisenden Händler waren dabei noch gar nicht mitgezählt, die zu den jährlichen Messen in die Stadt kamen und gern ihre Dienste in Anspruch nahmen.

Die Zeit der Messen war Lorena sowieso die liebste Zeit. Da wurde auch ihr Talent zu Tanzen vom Rat und den Mitgliedern der Zünfte geschätzt. Auch zu Hochzeiten und anderen Festen wurde sie gern geholt. Dabei verdiente sie so manche gute Münze mit den Tänzen vor hochstehenden Gästen, da es ehrbaren Frauen nicht erlaubt war, sich unzüchtig zu bewegen.

Schritt für Schritt näherte sie sich fast tänzerisch dem Gotteshaus. Der Rat der Stadt hatte ihr schriftlich die Erlaubnis zum Besuch der Messe zugesichert, auch wenn sie selbst das Schriftstück nicht lesen konnte. Lange vor den ersten Betenden betrat sie die Halle, kniete sich vor dem Altar hin und ging anschließend zu den Beichtstühlen hinüber, um noch vor dem Gottesdienst ihr Gewissen zu erleichtern.

Die Frau bekreuzigte sich und setzte sich auf den Stuhl. Dann begann sie mit den Worten „Im Namen des Vaters und des Sohnes und des Heiligen Geistes. Amen. Vergebt mir Vater, ich habe gesündigt." Der Pfarrer begrüßte sie wie immer mit den Worten „Gott, der unser Herz erleuchtet, schenke dir wahre Erkenntnis deiner Sünden und seiner Barmherzigkeit." Dann setzte er fort „Lorena, du bist ja schon wieder hier. Schildere deine Sünden, damit Gott dir vergeben kann." Und sie begann all das zu erzählen, was sich in der letzten Woche so zugetragen hatte.

Wie immer wurde es eine lange Erzählung. Bevor der Geistliche ihr endlich die Bußsakramente spenden konnte. Dann schlug er ein Kreuz über ihr und sagte „Der Herr hat dir die Sünden vergeben. Geh hin in Frieden und sündige nicht mehr. Amen!" Doch sie wussten wohl beide, dass das unmöglich war. Lorena erhob sich und ging nach vorn, wo sie auf einer Bank an der Seite Platz nahm.

Nach und nach füllte sich der Dom mit Menschen. Bald schon war kaum noch ein Platz mehr frei. Nur direkt neben ihr wollte sich offensichtlich wieder mal niemand hinsetzen. Aber das war sie nun mal schon gewohnt. Schließlich war sie ja durch die auffällige Kleidung schon von weitem zu erkennen. Kurz bevor der Gottesdienst begann, kam noch eine Magd und setzte sich trotzdem genau auf diesen einen Platz. Verstohlen sah sie zur Seite zu der Magd. Wusste diese Frau nicht, wer sie war? War sie aus einem Dorf und kannte sich noch nicht so gut in der Stadt aus? Lorenas Blick fiel auf den prachtvollen Dolch am Gürtel der Frau. Auch das war ungewöhnlich. Normalerweise kam niemand bewaffnet in das Gotteshaus.

Direkt nach dem Ende der Andacht bekreuzigte sich die Magd und lief auch schon wieder nach draußen. Lorena sah ihr eine Weile nach. Der Dolch schlug im Laufen gegen ihr Bein und es klapperte.

Nun leerte sich das Haus auch wieder. Zuletzt war nur noch Lorena in dem Raum. Der Sonntag war sozusagen ihr Tag zum Ausruhen. Am Tag des Herrn durfte sie keine Männer empfangen. Wozu sollte sie sich also beeilen? Hier drin war es schön und sie betrachtete die steinernen Figuren. Wehmütig dachte sie an die schäbige Hütte zurück, in die sie nun wieder zurückkehren musste.

Sollte das ihr Leben für die nächsten Jahre sein? Oder sollte sie doch wieder zurück in das Dorf gehen? Grübelnd sah sie zur Figur der Maria Magdalena hinüber, die sich neben dem Altar befand. War sie nicht auch eine Sünderin gewesen? Und hatte Jesus ihr nicht verziehen? Lorena konnte nicht in ihr Dorf zurück! Oder etwa doch? War sie nicht gerade im Moment frei jeder Sünde?

Sie erhob sich und beschloss in ihr Dorf zurückzugehen. Freudig strahlend schritt sie auf den Platz vor dem Dom. Sie würde zu Hause den Schleier ablegen und diese Stadt hinter sich lassen. Doch nach wenigen Schritten trat einer der Ratsherren an sie heran und sagte „Lorena! Ich brauche dich!" Noch bevor sie „Nein" sagen konnte, hatte der Mann einen Beutel gezogen und ihr ein paar kleine Münzen in die Hand gedrückt. „Du sollst morgen Abend für den Rat tanzen", erklärte er und sie nickte.

Tanzen würde noch gehen und mit den dafür versprochenen Münzen konnte sie mindestens zwei Wochen gut leben. Ein anderes Mal konnte sie ja immer noch in ihr Dorf zurückgehen. Versonnen lächelte sie den Mann an und er war ihrem Reiz schon lange verfallen. Schon oft war er bei ihr gewesen und hatte ihre Dienste gewünscht. Tanzend lief sie zurück zu der kleinen Hütte. Unterwegs kaufte sie vom Vorschuss Brot und Wein.

19. Kapitel

Neue Ängste

E s hatte ein paar Tage gedauert, bis Elisabeth wieder so weit genesen war, dass sie ihre Aufgaben im Hause wieder aufnehmen konnte. Sarah war zwei Tage geblieben und dann hatte sich Gundel mit Martha abgelöst. In der Zwischenzeit hatte Gundel auch einen Teil der Arbeiten von Elisabeth mit übernommen und damit lag das Kleid immer noch unfertig auf dem Tisch. Aber Sarah hatte es ja Augenscheinlich nichts ausgemacht, zu warten. Gundel hatte den Eindruck, dass sie die Freundin fast darüber freute, aber da täuschten sie ihre Sinne sicherlich. Worin sie sich aber nicht täuschte war, dass Sigmar ihr immer deutlicher nachzustellen begann.

Putzte sie in einem Raum, so hatte er auf einmal auch gerade in diesem Raum etwas Wichtiges zu erledigen! Das war nicht normal und zum Glück hatte sie immer ihren Dolch an der Seite. Nicht, dass sie ihn hätte ziehen müssen, aber er gab ihr die nötige Sicherheit. Sie war zwar nicht so stark, wie der Knecht, aber gewandt und schnell. In ihrem Dorfe war es so gewesen, dass die Knechte sich eine der Mägde mit auf ihren Strohsack nahmen. „Beilagerecht" wurde das genannt und von den Bauern geduldet. Und obwohl Sigmar groß und gutaussehend war, zog sie nichts zu dem Knecht und außerdem hatte sie ja Martha versprochen, rein und keuch zu bleiben. Da war die Aufdringlichkeit von Sigmar eher störend.

Schließlich übernahm Elisabeth wieder den Besen und sie die Nadel. Was auch noch den Vorteil hatte, dass sie Sigmar nicht mehr sah, denn der Schneiderraum war so ziemlich das einzige Zimmer, wo der Kontorsgehilfe nichts zu suchen hatte. Stich um

Stich nahm das Kleid weiter Gestalt an und sie konnte es sich zur Kontrolle immer wieder vor der spiegelnden Fläche anhalten. Es war ein wirklich schöner Stoff, den sich Sarah da ausgesucht hatte. Er hatte ein kleines, unauffälliges Muster und er schimmerte im Licht der Sonne. Ihre eigene Kleidung hatte eher die Farbe der Tischplatte. Aber sie war eben Magd und würde es für den Rest ihres Lebens bleiben. Wer unten war, der blieb unten. Was nicht bedeutete, dass Sarah oben war. Sie war nur ein kleines Stück weniger unten wie Gundel.

Elisabeth betrat den Raum und kehrte. Dabei warf sie einen Blick auf den Stoff und sagte „Ein schönes Kleid für unsere Freundin!" „Finde ich auch", entgegnete Gundel, stand auf und hielt es sich an. Beide betrachteten den Schnitt und den Stoff, danach setzte jede ihre Arbeit fort.

Die von Gundel ging, bis es zu dunkel zum Nähen war. Müde legte sie den Stoff zurück, gähnte ausgiebig und drückte den krummen Rücken durch. Es war ruhig in dem Haus, als sie auf den Gang hinaus trat. Leise stieg sie mit dem funzelnden Talglicht in der Hand die Treppe hinauf, als sie ein Geräusch hinter sich hörte und herumfuhr. Hinter ihr stand, nur auf Armlänge entfernt, der Knecht. Gerade wollte er sich auf sie stürzen, doch Gundel riss den Dolch aus dem Gürtel, richtete die Klinge auf den Mann und zischte „Verschwinde!"

Mit funkelnden Augen sah der Knecht auf die drohende Dolchspitze, die auf sein Herz gerichtet war. Auf der schmalen Stiege konnte er nicht an der Waffe vorbei, wenn er zu ihr wollte. Kein Platz zum Kämpfen! Missmutig ging er wieder zurück und Gundel setzte ihren Weg fort, den Dolch aber weiter in der Faust. Erst in der Kammer legte sie ihn aus der Hand, verwahrte ihn aber griffbereit unter ihrem Strohsack.

In dieser Nacht kam sie lange nicht in den Schlaf. Sie horchte auf jedes Geräusch. Würde der Mann es wagen, in die Kammer der Mägde zu schleichen? Eine Angst beschlich sie und lähmte sie fast. Nur der kalte Griff des Messers unter ihrem Kopf gab ihr den Halt und sorgte dafür, dass sie dann irgendwann doch noch einschlief.

Als sie wieder aufwachte, da saß Elisabeth in ihrem Bett und sah zu Gundels Hand, die immer noch den Dolch hielt. Gundel winkte ab und sagte „Es war nur ein Albtraum." „Da habe ich ja Glück, dass du mich in deinem Traum nicht getötet hast", antwortete Elisabeth und zwinkerte ihr zu. Zusammen liefen sie nach unten in das Brunnenhaus. Vor dem Haus, auf dem Hof an einen Viehtrog, wusch sich ein junger Mann mit freiem Oberkörper. Er war ziemlich muskulös und Gundel sah an seinen Hosen und Schuhen, dass er kein Knecht war.

Sie stand an der Tür im Unterkleid und sah an der Türkante vorbei nach draußen. Dieser Mann hätte ihr schon gefallen, aber sie war nur eine Magd. Als die Neugier zu groß wurde, da winkte sie Elisabeth zu sich und flüsterte ihr zu „Wer ist das denn?" „Balthasar. Der junge Herr!", antwortete Elisabeth leise und zog Gundel, gegen deren Sträuben, in das Brunnenhaus zurück. Damit war er für sie wirklich unerreichbar fern! Gemeinsam wuschen sie sich und dabei bespritzte Elisabeth Gundel lachend mit etwas Wasser aus dem Trog. Anschließend liefen die beiden Mädchen nach oben und der Tag begann.

Nach dem obligatorischen Brei am Morgen saß sie wieder an ihrem Kleid. Schließlich hatte sie nach ein paar Stunden alle Nähte geschlossen, doch nun musste sie doch noch prüfen, ob das Kleid auch passen würde. Nicht auszudenken, was wohl passieren würde, wenn Sarah zu ihr kommen würde, und eine der Nähte war zu eng. Da traf es sich sehr gut, dass sie beiden dieselben Maße hatten, also konnte sie das Kleid zur Probe überziehen und prüfen, wo etwas zwackte oder zu weit war.

Gundel löste den Gürtel und legte ihn, mitsamt des Dolches, auf den Tisch. Da sie den Dolch nicht richtig abgelegt hatte, fiel er polternd zu Boden. Schnell hob sie ihn auf, zog sich ihr Kleid über den Kopf und nahm sich ihr Werk vom Tisch. Noch einmal betrachtete sie es sorgfältig und prüfte die Nähte, aber noch bevor sie sich das Kleid überziehen konnte, hatte sie eine Hand vor dem Mund und jemand schob sie mit Kraft durch den Raum. Beide Hände an dem kostbaren Kleid konnte sie es nicht fallen lassen, um sich dagegen zu wehren.

Dann wurde sie mit dem Gesicht gegen die Wand gedrückt. Da stand sie nun, im Unterkleid, mit Sarahs kostbarer Robe in den Händen und der Dolch war viel zu weit weg. Sie konnte den Beschützer zwar aus dem Augenwinkel heraus auf dem Tisch liegen sehen, aber erreichen würde sie ihn niemals können, dazu waren die Hände zu stark, die sie festhielten. Entkommen ausgeschlossen! Verzweifelt stand sie an der Wand und konnte noch nicht mal schreien. Eine zweite Hand umklammerte nun ihren Hals und drücke langsam zu. Gundel rang nach Luft.

Sie spürte einen fremden Atem im Nacken und wusste nicht, wer es war. Es konnte aber nur Sigmar sein! Woher hatte der Knecht aber gewusst, dass sie gerade den Dolch nicht in der Nähe hatte? Hatte der Mann sie die ganze Zeit beobachtete oder das herunterfallen gehört? Nach einem Augenblick, der sich unendlich lange gedreht hatte, hörte sie, wie Sigmar nahe an ihrem Ohr flüsterte „Wenn du nicht so störrisch und abweisend gewesen wärst, so hätte ich das hier nicht nötig!"

Er lockerte den Griff um ihren Hals und sie versuchte, sich zu wehren und wegzudrehen, doch der Mann zog ihr Gesicht zur Seite, bis sie das Knacken in ihrem Genick hörte. „Halte endlich still oder willst du sterben?", sagte der Mann gepresst hinter ihr. Aus dem Augenwinkel sah sie nach hinten.

Der Knecht schob ihr das Unterkleid hoch und drückte sie mit seinem ganzen Körpergewicht weiter gegen die Wand. Er zog ihr mit einer Hand den nun entblößten Hintern nach hinten. Sie versuchte die Beine zusammenzudrücken, doch er schob seine Füße zwischen die ihren und drückte ihre Beine mit den Knien auseinander. Für einen Augenblick spürte sie seine hartes Gemächt gegen ihren Hintern drücken, bevor Sigmar sich in ihren Schoß hinein rammte. Ein Schmerz durchzuckte Gundels Unterleib, der sie aufstöhnen ließ. Mehr war durch die Hand vor ihrem Mund nicht möglich. Der Mann drückte sie mit der Wange gegen die Wand und immer noch zog er an ihrem Genick. Nur ein kleines Stück noch, und es würde brechen! Dann begann er sich an ihr zu vergehen.

Unerbittlich machte der Mann weiter. Vor Schmerz und Zorn hätte sie schreien können, doch die Hand vor ihrem Mund ließ immer noch nur ein paar undefinierbare Geräusche heraus. Tränen stiegen ihr in die Augen und sie hörte ihn hinter sich schnaufen. Seine Hand vor ihrem Schoß zog sie nach hinten, sein Gewicht drückte sie bei jedem Stoß gegen die Wand. Schließlich kam er zuckend in ihrem Schoß, ließ von ihr ab und sie fuhr herum.

Sigmar lachte ihr ins Gesicht und zog sich die Unterhose wieder hoch. Wütend stürzte sie zum Tisch, legte das Kleid ab und riss den Dolch an sich. Der Knecht verbeugte sich und sagte „Es hat mir in dir sehr gefallen!" „Du elender Lump!", rief Gundel und funkelte den Mann zornig an. Der Schmerz war fort nur der Zorn war geblieben! Immer noch spürte sie, wie ihr die Tränen über die Wangen liefen.

Gundel zog den Dolch und wollte sich auf den Mann stürzen, doch er verschwand schnell aus dem Zimmer. Die Magd wischte sich die Tränen mit dem Handrücken ab, zog sich wieder an, rannte verwirrt nach draußen und lief nach oben. Wohin sie wollte, das wusste sie noch nicht und die Tränen verschleierten weiterhin ihren Blick, dann traf sie auf der Stiege mit Martha zusammen. „Was ist los?", fragte sie die Frau und Gundel stammelte „Sigmar ... unten im Zimmer ... er hat mir Gewalt angetan!"

20. Kapitel

Ein Prozess

Die junge Frau war ihr in die Arme gelaufen und nur unschwer hatte Martha den aufgelösten Zustand von Gundel erkannt. Nach ein paar Rückfragen war ihr auch klar, dass Sigmar ihr offensichtlich Gewalt angetan hatte. Sie erschrak und die alten Bilder aus längst verdrängter Vergangenheit kamen wieder hoch. Der Schmerz war fast zum Greifen nahe. Da musste sie etwas unternehmen! So etwas konnte sie bei ihren Unterstellten nicht dulden, doch sie würde den alten Herrn hinzuziehen müssen, denn schließlich oblag ihm in seinem Haus die Gerichtshoheit für seine Dienerschaft.

Sie brauchte eine Weile, bis sie das Mädchen beruhigt hatte und dann zum Herrn in das Kontor gehen konnte. Da Sigmar der Kontorhelfer war, war er auch sofort zur Stelle. Der Knecht verneigte sich vor dem Herrn und stimmte auch sofort der Vernehmung zu. Dabei sagte er „Ich habe nichts Unrechtes getan und die Wahrheit über diese Anschuldigung wird an das Licht kommen."

Martha ging in das Mägdezimmer und holte Gundel dort ab, die immer noch in Tränen aufgelöst auf ihrem Strohsack saß. Zu zweit stiegen sie in das Kontor hinab, wo die beiden Männer schon auf sie warteten. Beim Anblick von Sigmar zog Gundel sofort ihren Dolch und der Herr schritt sofort ein. „Wie kannst du es wagen, in meiner Anwesenheit eine Waffe zu ziehen? Ich sollte dich für diese Ungeheuerlichkeit sofort mit fünf Peitschenhieben bestrafen!", brüllte er sie an und das Mädchen zuckte zusammen.

Martha nahm ihr die Waffe samt Gürtel ab und behielt diese in der Hand. Der Herr nickte nun und sagte „Trage uns deine Anschuldigung vor!"

Gundel erklärte stockend, wie Sigmar ihr in dem Schneiderraum Gewalt angetan hatte. Der Herr nickte erneut und sah danach zu Sigmar. „Und nun erzähle uns deine Geschichte", sagte er, woraufhin der Knecht eine kurze Verbeugung machte und anschließend zu erzählen begann „Schon seit langem macht sie mir schöne Augen und versucht mir die Sinne zu vernebeln. Sie war immer dort, wo ich auch gerade war und hat mit ihren Reizen gespielt. Ich bin ja auch nur ein Mann." Martha sah aus dem Augenwinkel, dass Gundel gerade vorhatte, sich auf den Knecht zu stürzen, daher nahm sie das Mädchen bei der Hand.

Weiter hörte sie zu, was Sigmar erzählte. „Als ich mich dann darauf eingelassen hatte, wollte sie auf einmal einen Heller von mir dafür. Und als ich ihr den nicht geben wollte, da ist sie weggelaufen. Da war keine Gewalt im Spiel. Ich schwöre es bei meinem Seelenheil!", beendete er seine Aussage, dann verbeugte er sich erneut und der Herr sah nun Gundel an. „Hast du Zeugen für deine Schilderungen? Hat dich jemand gesehen oder deine Schreie gehört? Kann irgendjemand deine Behauptung bestätigen?", fragte er die Magd.

Martha sah zur Seite und bemerkte, wie Gundel zu Boden sah und den Kopf schüttelte. „Dann bleibt nur noch die Frage, ob es Gewalt war!", ergänzte der Herr daraufhin und stützte seinen Kopf in die Hand. Er blickte zum Fenster hinaus und Martha sah, wie er dabei überlegte.

Nach einer Weile schaute er Martha an und legte fest „Martha wird es prüfen und feststellen!" Sie nickte und spürte dabei, wie Gundel an ihrer Hand zusammen zuckte. „Und wo? Gnädiger Herr?", fragte Martha und der alte Mann zeigte auf einen Kontorstisch. „Hier und jetzt wird sich Schuld und Unschuld beweisen!" Martha nickte und zog die sich sträubende Magd hinter sich her zum Tisch. „Muss der dabei zusehen?", fragte Gundel leise und zeigte auf den Knecht. „Das ist immer noch ein Prozess!", erklärte ihr der Herr und Gundel nickte.

Martha legte den Dolch auf den Tisch, aber weit genug von der Magd entfernt, damit sie ihn nicht greifen und ziehen konnte, denn noch solch eine feindliche Geste und der Herr würde ihr wirklich die Peitsche zu spüren geben. Dabei wäre es dann egal, ob sie schuldig oder unschuldig war. „Setz dich auf den Tisch", sagte Martha und Gundel kam dem nur zögerlich nach. „Und nun zurück auf den Tisch legen", wies sie die Magd weiter an, was diese auch nur sehr widerwillig machte. Ein bisschen hatte Martha für das Mädchen Verständnis, denn schließlich war dies eine unwürdige und erniedrigende Prozedur für die junge Magd, noch dazu im Angesicht des grinsenden Knechtes, aber der Herr hatte zur Wahrheitsfindung darauf bestanden.

„Nun macht schon!", ermahnte sie der Herr und Martha schlug dem Mädchen Kleid und Unterkleid zurück. Sorgsam untersuchte sie das Mädchen, das dabei beschämt zur Wand sah. „Und? Was ist denn nun?", fragte wieder der Herr und Martha musste, auch wenn es ihr unangenehm war, die Beobachtungen schildern. „Ich sehe kein Blut und keine Verletzung. Du warst keine Jungfrau mehr. Oder?" „Nein", antwortete Gundel, während Martha ihr vom Tisch half. Sie setzte leise fort „Da war im letzten Sommer der Peter in unserem Dorf. Aber wir haben nur ein Mal." Dann verstummte sie und blickte zu Boden.

„Du hast also keine Spuren von Gewalt gefunden?", fragte der Herr und Martha antwortete „Nein." „Du hast dich also für Geld hingegeben und es nicht zum ersten Mal gemacht!", stellte der Herr nun fest. „Nein! So war es nicht!", begann Gundel, doch der Herr stoppte sie mit einer Handbewegung. „Du hast eine Behauptung aufgestellt, die du nicht beweisen kannst und du hast Sigmar beschuldigt, dir Gewalt angetan zu haben und auch dafür hat Martha keinen Beweis gefunden!", erklärte der Herr mit lauter Stimme. Gundel musste schlucken und schaute beschämt zur Seite.

„Eigentlich sollte ich dich dafür auspeitschen lassen und dann aus meinem Haus werfen!", sagte der Herr weiter und Gundel blickte zu ihm auf. Auch Martha horchte auf, das klang nicht, als wolle er die Frau bestrafen. Dann setzte er fort „Martha hat mir so viel Gutes von dir erzählt und auch Elisabeth schwärmt von dir. Deshalb werde ich von einer Strafe absehen."

Er ließ die Worte im Raum stehen und sah von einem zum anderen. Danach stand er auf und sagte weiter „Ihr könnt alle gehen. Aber beim nächsten Mal entgehst du der Peitsche nicht!" Bei diesen Worten hob er drohend den Zeigefinger. Gundel nickte, griff zu dem Dolch auf dem Tisch und ging nach draußen. Sigmar folgte ihr und als nur noch sie zwei im Raum waren, sagte der Herr „Habe ein Auge auf die beiden!" Martha nickte und ging ebenfalls.

Vor der Tür stand Gundel und hatte den Dolch in der Hand. „Entschuldige", sagte sie und Martha nahm sie beim Arm zur Seite. „Du hättest mir alles sagen sollen! Ich dachte, du wärst noch Jungfrau. Dann hätten wir sicher einen Beweis gehabt", sagte sie und die Magd nickte erneut. Langsam legte sie sich den Gürtel um. „Jetzt mach dich wieder an deine Arbeit. Und halte dich von den

Knechten fern!", ermahnte Martha Gundel und die Magd machte einen Knicks. Schnell lief sie die Treppe hinab.

Martha nahm sich vor, ein Auge auf die Knechte zu haben. Es war nicht gut, junge Männer und Frauen so eng beieinander zu haben. Die Kerle kamen da nur auf die seltsamsten Gedanken. Sie glaubte dem Mädchen und hatte schon lange bemerkt, dass Sigmar ein Auge auf sie geworfen hatte. Doch bis zu diesem Tag hatte sie dies ignoriert. Also war es vielleicht auch ihre Schuld gewesen. Langsam stieg Martha nach unten. Sie musste sich was einfallen lassen!

21. Kapitel

Gerechte Strafe?

Der Peitsche war Gundel gerade so entgangen. Dabei hätte doch eigentlich Sigmar bestraft werden sollen! Doch er lachte ihr nur frech in ihr Gesicht, als sie das Zimmer des Kaufmannes verließ. Das war doch nicht gerecht! Er hatte seinen Spaß gehabt und sie den Schmerz. Letztendlich war sie nun auch noch der Verleumdung beschuldigt worden! Das Ganze fühlte sich nicht richtig an! Doch was konnte sie tun, außer den Dolch nun nicht mehr aus der Hand zu legen? Gundel ärgerte sich, dass sie zu Martha gelaufen war, doch das ließ sich nun mal nicht mehr rückgängig machen. Es blieb ihr nur, noch vorsichtiger zu werden und eventuell nie in einem Raum allein zu sein.

Doch damit hatte sie auch sofort ein Problem! Sie stand vor der Tür des Schneiderzimmers und da drin war niemand! Es war auch noch der Raum, in welchen diese Demütigung begonnen hatte! Konnte sie da einfach wieder hineingehen und weiter arbeiten, so als wäre nichts geschehen? Ihre Hand zitterte, als sie die Klinke berührt. Was wäre, wenn er darin auf sie warten würde? Wenn er direkt hinter der Tür stand, um sich wieder an ihr zu vergehen? Gundel riss den Dolch aus dem Gürtel, stieß die Tür auf und sprang mit nach vorn gehaltenen Dolch in den Raum.

Eine Gestalt stand direkt vor ihr und drehte sich um. Der Dolch verfehlte Sarahs Hals nur um Daumenbreite! Beide Mädchen schrien vor Schreck auf und wenig später lief Martha hinter ihnen in den Raum. „Was ist los?", fragte die ältere Frau und die beiden Mädchen konnten nur ein gequältes Lachen der Erleichterung herausbekommen. „Alles ist gut!", erklärte Sarah, doch Martha sah den blanken Dolch in Gundels Hand und nickte verstehend. Sie schloss die Tür und zeigte auf den Tisch. Die beiden Mädchen setzten sich zu ihr.

„Ich kann dich gut verstehen!", begann Martha, als Gundel den Dolch in die Scheide am Gürtel zurückgeschoben hatte. Gundel hörte aufmerksam zu, denn das schien eine spannende Geschichte zu werden. „Ich war nur wenige Jahre älter als du, als ich damals in diese Stadt kam", setzte die Frau fort ihre Geschichte zu erzählen. „Auch ich kam aus einem kleinen Dorf und musste dasselbe erleiden wie du jetzt!", erzählte sie weiter. „Du glaubst mir?", unterbrach Gundel sie. „Natürlich! Ich habe es in deinen Augen gesehen. Sie waren ein Spiegel meiner Augen von damals. Auch ich hätte meine Peiniger sofort getötete, wenn ich solch einen Dolch gehabt hätte." dabei zeigte Martha auf die Waffe an Gundels Gürtel.

„Aber ich konnte nicht und ich musste mich auf die Göttliche Gerechtigkeit verlassen. Das solltest auch du tun!", beendete sie die kurze Erzählung und wendete sich zur Tür. „Und? Hast du deine Gerechtigkeit gefunden?", fragte Gundel und Martha sah über ihre Schulter zu ihr zurück. „Ein paar Jahre später sind die Männer wegen eines anderen Verbrechens hingerichtet worden", bestätigte Martha und setzte noch hinzu „Gottes Gericht ist sehr gerecht. Es dauert manchmal, aber es geht selten fehl." Die ältere Frau nickte ihnen noch einmal zu, dann ging sie hinaus und nun wollte natürlich auch Sarah wissen, was Gundel passiert war.

Nach der kurzen Schilderung der Ereignisse in diesem Raum sagte das jüdische Mädchen entsetzt „Ich hätte den Dolch sofort gegen mich gerichtet! Mit solch einer Schande könnte ich nicht leben!"

Gundel schluckte und nickte. Dabei sah sie auf die Waffe herab und ihr Blick fiel auf das Kleid, welches noch auf dem Tisch lag, so wie es Gundel nach der Gewalttat dort abgelegt hatte. Sie zeigte darauf und schnell sagte sie, um vom Thema abzulenken, „Ich glaube, es ist fertig!" „So schnell schon?", fragte Sarah und sah dabei wenig glücklich aus. „Verschließt du bitte die Tür?", fragte sie und Gundel stellte erneut den Stuhl unter die Klinke, danach half sie Sarah aus ihrem Kleid und streifte das neue Kleid über. „Es kneift an der Hüfte!", sagte Sarah freudig. „Wo denn?", fragte Gundel nach und zog die Falten zurecht. „Gar nicht! Passt perfekt!", stellte sie danach anscheinend zum Leidwesen von Sarah fest.

Sarah strich über den Stoff und suchte offensichtlich im Spiegel nach einem Grund, das Kleid noch einmal zurückgeben zu können. „Warum suchst du nach Fehlern bei meiner Arbeit?", fragte Gundel schließlich. „Es soll mein Hochzeitskleid werden, aber ich will noch nicht heiraten!", erklärte Sarah und nun verstand Gundel die Beweggründe der Freundin. „Warte mal!", sagte sie und zog so heftig an einem Ärmel, bis sich eine der Nähte löste. „Du hast recht!", entgegnete Gundel mit einem Lächeln und auch Sarah lächelte nun. Schnell zogen sie gemeinsam das Kleid aus, was dabei noch einen weiteren Schaden nahm. Anschließend zog Sarah ihr eigenes Kleid wieder an. „Oh weh! Ich denke, das wird sicher noch eine Woche dauern!", erklärte Gundel besonders laut und zwinkerte dabei Sarah zu.

Gemächlich holte sie ihren Stuhl und setzte sich wieder. „Wenn du immer so ziehst, dann muss ich alle Nähte doppelt machen", begann Gundel und holte Nadel und Faden. Dabei streifte ihre Hand den Dolchgriff und sie fragte die Freundin „Und du würdest dich wirklich in die Dolchklinge stürzen? Ist das nicht auch nach deinem Glauben verboten?"

108

Sarah wiegte den Kopf überlegend hin und her, dann erwiderte sie „Ja schon! Aber ich könnte meinem Vater niemals diese Schande zumuten. Eine entehrte Tochter? Dann doch besser eine tote Tochter!", dabei sah sie zum Fenster hinüber.

„Ich habe niemanden mehr!", erklärte Gundel nachdenklich. Ihre Gedanken flogen zu ihrer toten Mutter zurück. Aus diesen düsteren Gedanken riss das andere Mädchen sie schließlich wieder heraus, als sie fragte „Und was wäre gewesen, wenn er nun vor deinem Dolch gestanden hätte? Hättest du ihn getötet?" „Sicherlich!" „Aber gibt es da nicht ein Gebot, nachdem du nicht töten solltest?", fragte Sarah nach und Gundel nickte. „Da gibt es aber auch eins, dass man nicht seines nächsten Weib begehren soll!", gab Gundel zu bedenken. „Du bist aber keines Anderen Weib. Du bist eine Magd!" „Und da soll das nicht gelten?", fragte Gundel und wusste doch, dass Sarahs Worte wohl genau zutreffend waren.

Rechtlos und allen Männern ausgeliefert, so wie Martha damals! Sie konnte nur auf Gottes Gerechtigkeit hoffen. „Lieber Gott. Da ich hier kein Recht fand, so bestrafe du Sigmar für das, was er mir angetan hat! Ich wünsche ihm die Krätze an sein Gemächt!", sagte sie laut und sah, dass Martha in der offenen Tür stand. Hinter ihr stand der Herr und beide hatten es gehört! Gundel schlug sich mit der Hand vor den Mund. Schnell sagte sie weiter „Entschuldigt bitte!" „Du zweifelst also meine Gerechtigkeit an?", fragte der Herr. „Nein! Es war nur ein Gebet um himmlische Gerechtigkeit!", antwortete Gundel etwas kleinlaut, denn sie konnte sich denken, dass der Herr einen Widerspruch in seinem Hause niemals tolerieren würde.

„War das etwa ein Fluch, dass du ihm die Krätze wünschst?", fragte der Herr drohend und Gundel versagte die Stimme. Dann sah sie auch Sigmar in der Tür stehen. Trotz dieses Wunsches, der für ihn ja schmerzhaft werden könnte, lachte er sie an und Gundel machte den tiefsten Knicks, den sie je getan hatte, doch es war zu spät.

„Dann wirst du jetzt also doch noch deine fünf Peitschenhiebe bekommen müssen, auch wenn es mir für dich Leid tut. Aber du lässt mir ja keine andere Wahl", erklärte der Herr laut und setzte fort, „Lege deinen Dolch ab!"

Mehr widerwillig kam sie der Aufforderung nach, als der kleine, metallene Beschützer in Sarahs Händen ruhte, packte einer der Knechte sie am Arm und zog sie nach draußen auf den Gang. Direkt an dem grinsenden Sigmar vorbei. War das gerecht?

22. Kapitel

Das Leiden einer Freundin

Da stand sie nun mit dem Dolch der Freundin in der Hand und musste hilflos zusehen, wie der Knecht sie mit Gewalt aus dem Raum zerrte. Gundel strampelte, aber der Mann war einfach viel zu stark für sie. Am Kragen des Kleides schleifte er sie rückwärts davon. Sarah lief einfach hinter ihm her und sah die Angst in den Augen von Gundel. Wollte der Herr das wirklich tun? Er musste es! Nachdem er die Drohung ausgesprochen hatte, musste er sie auch bestrafen, sonst würden ihm die Knechte und Mägde schon bald nicht mehr als ihren Herrn akzeptieren. Martha musste alle Bediensteten in den Hof bringen, wohin nun auch Sarah lief.

Der Knecht hatte Gundel mit dem Gesicht an die Wand gestellt, die den Hof von der Straße trennte. Am oberen Rand dieser Steinwand waren Ringe angebracht, an denen vermutlich sonst immer die Pferde angebunden wurden. Der stämmige Mann holte ein paar Stricke und zog diese durch zwei von diesen Ringen, dann band er die Enden an Gundels Handgelenken fest. So stand sie nun da, mit dem Rücken zur sich langsam versammelnden Dienerschaft und mit noch herunter hängenden Armen.

Martha trat neben Sarah und legte ihren Arm schützend um das Mädchen. Schließlich begann der Kaufmann eine Ansprache, von der Sarah aber nicht viel mitbekam. Ihr Blick lag auf dem Rücken der Freundin, direkt vor ihr, nur ein paar Schritte entfernt. Sie sah, wie schwer die Freundin atmete und hörte nur so etwas wie „Schuld", „Bestrafung" und „gerechtes Urteil" danach zog der Knecht an den beiden Stricken und riss Gundel damit die Arme in die Höhe. Der Mann band die Seilenden an einen weiteren Ring und auf ein Zeichen des Herrn fetzte er Gundel das Kleid und das Unterkleid am Rücken auf, der Stoff fiel auf ihre Hüften herab, die verhinderten, dass sie gänzlich nackt sein würde. Damit war der bloße Rücken der Freundin zu sehen. Der kräftige Mann ging zur Seite und kam mit einer langen Peitsche zurück, die er vermutlich sonst für die Pferde des Wagens benutzte.

Der Herr sagte laut „Fünf Hiebe. Fange an!" Der Knecht nickte, holte aus und ließ den Riemen der Peitsche durch die Luft sausen. Dann traf sie Gundels Rücken und die Frau schrie auf. Sarah zuckte zusammen und spürte, dass es auch Martha so ging. Erneut holte der Mann aus und traf die Freundin unterhalb der Schulterblätter. Ein zweiter blutiger Streifen blieb auf der hellen Haut zurück. Wieder und wieder schlug er zu. Beim vierten Schlag sank Gundel zusammen und hing nur noch in den Seilen. Der fünfte Schlag wurde von ihr ohne Laut erduldet, dann brachte der Mann die Peitsche zur Seite und löste den Strick.

Sarah sah, wie Sigmar sich lachend wegdrehte. Ihre Verachtung war ihm sicher. Gundel fiel ohne eine Regung einfach zur Seite um. Die junge Magd schlug auf das Hofpflaster auf und Sarah drückte der neben ihr stehenden Martha den Dolch in die Hand, danach lief sie zu der liegenden Frau. Dort traf sie auf Elisabeth, die denselben Gedanken gehabt hatte. Gemeinsam bedeckten sie zuerst die nackte Vorderseite der bewusstlosen Freundin, dann trugen sie diese, Sarah an den Armen und Elisabeth an den Füßen, über die steile Stiege nach oben in das Zimmer der Mägde.

In der Kammer angekommen, legten sie Gundel mit dem Bauch auf ihrem Strohsack ab und streiften das Kleid zurück. Der Stoff war schon nach dieser kurzen Zeit von dem Blut der Freundin durchtränkt. Elisabeth schlug bei diesem furchtbaren Anblick die Hände vor ihr Gesicht. Ein bizarres Muster aus blutig roten Linien zeigte sich auf der weißen Haut. „Wir müssen die Blutung stoppen!", sagte Sarah und Elisabeth sah sie fragend an. „Hole Tücher und Wasser!", erklärte Sarah und die Freundin rannte los. In der Zwischenzeit kniete Sarah sich neben Gundel hin und nun war auch ihr Kleid von Blut verunreinigt, weil sie ihre Hände an dem Stoff abgewischt hatte.

Das liegende Mädchen erwachte mit einem Stöhnen. „Mein Rücken brennt!", flüsterte sie und versuchte sich aufzurichten. „Bleib liegen!", sagte Sarah und drückte sie vorsichtig zurück auf den Strohsack. Dabei streifte sie die Rückseite von Gundel, die dabei aufschrie. Im selben Moment kam Elisabeth mit einem Tuch und einer Schüssel in den Raum gelaufen. Sarah griff nach dem Tuch, riss einen Streifen ab und tunkte diesen in die Schüssel.

Behutsam begann sie das Blut von Gundels Rücken zu tupfen, doch trotz aller Vorsicht schrie Gundel bei jeder Berührung auf. Das Wasser in der Schüssel färbte sich rot und immer noch lief Blut aus den Wunden nach.

Es dauerte eine ganze Weile, bevor die Blutung endlich zum Stillstand gekommen war. Gundel zeigte zur Seite, wo ihr Beutel lag. „Gib ihn mir!", presste sie durch die Zähne. Sarah zog an der Schnur und öffnete den Stoffsack. Die Magd fasste hinein und kramte darin herum, dann zog sie ein paar Kräuter hervor. „Lege mir die auf die Wunden und decke sie ab", sagte sie noch, dann verlor sie erneut das Bewusstsein. Die Kräuter entglitten ihrer Hand und fielen neben dem Strohsack auf den Kammerboden.

Sarah sammelte die Blätter auf und sah sie an. „Lege sie darauf!", sagte Elisabeth, doch sie zögerte. „Ich bin mir nicht sicher!", entgegnete Sarah. „Aber sie hat es doch gesagt. Oder?", erwiderte Elisabeth und immer noch konnte sich Sarah nicht entschließen, die grünen Blätter auf die offenen Wunden am Rücken der Freundin zu legen. „Ich traue mich nicht. Mein Vater wüsste sicher, was zu tun ist. Er hat auch dir geholfen", sagte Sarah und schaute zwischen den Blättern in ihrer Hand und Gundels Rücken hin und her. „Nein!", sagte sie schließlich und legte die Blätter zurück in den Beutel. Dann stand sie auf und sagte „Ich hole meinen Vater!" „So?", fragte Elisabeth und zeigte auf das blutverschmierte Kleid. Sarah sah an sich herab und überlegte kurz, dann antwortete sie „Ach egal! Warte hier!" und lief los.

Auf der Treppe nach unten riss sie fast Martha um, doch sie konnte der älteren Frau gerade noch ausweichen. Martha wollte sie aufhalten, aber Sarah riss sich los und lief einfach weiter. Nach ein paar Schritten raffte sie sich das Kleid vorn hoch, wodurch sie die Beine bis zum Knie frei hatte und damit noch schneller laufen konnte. Wie das aussah, das war ihr dabei im Moment egal. Alles war egal, nur die Freundin zählte jetzt und die Hilfe, die sie holen wollte. Das Mädchen eilte den nun schon wohlbekannten Weg zu ihrem Elternhaus.

Sie musste das Leiden der Freundin beenden und da konnte ihr nur ihr Vater helfen. Unterwegs ignorierte sie die Menschen, die mit Fingern auf sie zeigten und lachten. Sarah sprang über Pfützen und rannte immer weiter. Trotzdem schien der Weg kein Ende nehmen zu wollen und Sarahs Brust schmerzte durch den schnellen Lauf. Rasselnd strömte die Luft in sie hinein. Endlich war das Haus vor ihr. Sie schob die Tür auf und fiel in den Raum, wo sie schnaufend kniete und sich die schmerzende Brust hielt.

23. Kapitel

Ein Opfer für die Gemeinschaft

Erschrocken sah Isaak seine Tochter an, die mit einem blutigen, zerfetzten Kleid vor ihm kniete und kein Wort mehr herausbekam. „Was ist passiert? Was ist dir geschehen?", fragte er und es dauerte ein paar schnaufende Atemzüge, bis Sarah endlich etwas erzählen konnte. „Das Blut ist nicht von mir. Es ist von Gundel! Dein Freund hat sie auspeitschen lassen!", erklärte Sarah. Mühsam erhob sie sich und seine Frau nahm die Tochter in den Arm. Sarah schüttelte jedoch die Hand ihrer Mutter ab und sagte „Du musst ihr helfen! Schnell!" Isaak nickte.

Seinen Einwand, dass da sicher ein Medicus besser helfen konnte, wurde von der Tochter einfach so beiseite gewischt und so begann er, alles in seinen Beutel zu packen, was er wohl brauchen würde und seine Frau holte für Sarah ein neues Kleid. Danach musste sie die Tochter aber erst noch überreden, es auch anzuziehen. Erst die Bemerkung „So verlässt du das Haus nicht!" und der Verweis auf die Blutspuren zwangen Sarah eher widerwillig dazu, die Kleidung schnell zu wechseln.

Sie lief auf ihr Zimmer und kam schon wenig später umgezogen zurückgelaufen. Noch in der Bewegung schloss sie den Gürtel vorn und richtete ihren Schleier. Er wusste schon, dass sie sicher wieder an ihm ziehen würde, darum lief er dieses Mal auch etwas schneller. Trotzdem war er nach einer Weile so außer Atem, dass er selbst beinahe einen Medicus gebraucht hätte.

Schnaufend stand er an einer Straßenecke und brauchte erst mal einen Augenblick zur Ruhe. Dann konnte er weiterlaufen und schließlich hatten sie endlich das Haus erreicht. Auch diesmal stoppte sie Martha, ließ sie aber auch sofort durch, nachdem sich Sarah fast an ihr vorbei drängeln wollte. „Wir müssen Gundel helfen!", erklärte sie nur und war auch schon auf der Treppe. Und erneut sagte Martha „Ich bleibe aber dabei!" Offensichtlich schien sie kein Vertrauen zu ihm zu haben, daher wollte sie wohl jeden seiner Handgriffe überwachen.

Das andere Mädchen, dem er schon einmal geholfen hatte, kniete neben der abgedeckten Freundin, die am Boden lag. Sarah zog das Tuch weg und Isaak sah die blutigen Spuren der Bestrafung. Er blickte zu Martha, ob er sich der halbnackten Frau nähern durfte und die ältere Frau nickte ihm zu. So kniete er sich also neben die Tochter und begutachtete die Wunden, die zum Glück nicht so tief waren. Es würde sicher ein paar Tage dauern, bis sich diese Striemen schließen würden, aber es würden auf lange Sicht bestimmt keine großen Narben bleiben. Da hatte er schon vollkommen zerschlagene Rücken gesehen, die sicher nie wieder heilen würden.

Sarah hielt ihm einen Beutel hin und nahm ein paar Blätter heraus. „Gundel wollte, dass wir ihr diese hier auf die Wunde legen sollen", erklärte sie. Isaak nahm eines der Blätter entgegen und betrachtete es sorgfältig. Er roch daran und zerrieb es zwischen den Fingern.

Schließlich nickte er und sagte danach „Da hat sie recht, aber wir sollten die Blätter zerschneiden, so haben sie eine größere Wirkung und ich werde ihr etwas gegen die Schmerzen und das Fieber geben." Dabei zog er wieder eine Dose aus seinem Beutel und gab sie Sarah. „Erneut jede Stunde, wie bei Elisabeth?", fragte die Tochter und er nickte. Anschließend nahm er die Kräuter und bat um das Messer, das Martha immer noch in der Hand hatte.

Nur widerwillig gab die Frau ihm die Waffe, doch er hatte ihr ja schon gesagt, dass er die Blätter zerschneiden musste. Sorgsam legte er die Kräuter nebeneinander auf den sauber gewischten Fußboden und schnitt einmal von oben nach unten, einmal von links nach rechts und dann noch zweimal über Kreuz. Gewissenhaft streute er die Blätter auf die Wunden, bis das Rot vollständig durch das Grün bedeckt war, dann breitete er wieder das Tuch über den Rücken der jungen Frau aus.

Isaak sah zu seiner Tochter und sagte „Denke an das Pulver!" Sie nickte und er stand auf. Während er mit Martha das Zimmer verließ, knieten sich beide Mädchen neben die Freundin. „Kann ich den Kaufmann sprechen?", fragte er die Frau, als er die Tür zugezogen hatte. Martha nickte und sie stiegen auf der dunklen Treppe eine Etage nach unten, wo sich das wohlvertraute Kontor des Freundes befand. Sollte er ihn wirklich auf das doch sehr harte Urteil ansprechen? Die Tür stand offen und Isaak trat ein. Martha blieb hinter ihm in der Tür stehen, bis der Kaufmann aufstand und mit den Worten „Willkommen mein Freund. Was führt euch in mein Haus?" auf ihn zukam.

Wie immer umarmten sie sich beide und Isaak begann mit dem Schicksal des Mädchens, denn das war es ja gewesen, was ihn hierher gebracht hatte. Karl deutete auf den Tisch mit den zwei Stühlen am Fenster, wo er immer seine Gäste begrüßte. Dorthin setzten sie sich und der Kaufmann sah nicht wirklich glücklich aus. Er erklärte „Nach ihrer Bemerkung musste ich das tun. Ich kann doch eine solche Äußerung in meinem Hause nicht ungestraft lassen. Irgendwie war es ja auch eine Art von Gotteslästerung und wenn das jemand dem Dompropst steckt, so werde ich danach vielleicht exkommuniziert!" Isaak nickte verstehen. Er wollte ja auch den Freund nicht verlieren.

Nach einem Seufzer setzte Karl erklärend fort „Seit mehr als zehn Jahren bin ich nun schon im Rat. Damals, 1334, haben wir Händler, Handwerker und Kaufleute danach verlangt, ein Mitspracherecht in diesem Rat zu erhalten, der zu diesem Zeitpunkt aus 29 Mitgliedern der traditionellen Führungsschicht bestand. Diese Männer haben sich mit Händen und Füßen gegen uns gewehrt und abschottete. Aber schließlich waren wir es ja, die den Reichtum der Stadt mehrten! Und gerade jetzt darf ich mir keinen Fehler erlauben, der vielleicht dazu führen könnte, dass ich dieses Amt verliere."

Karl legte ihm die Hand auf die Schulter und sagte leise weiter „Von den 29 Mitgliedern des neuen Rates habe ich zwanzig auf meiner Seite. Von denen des alten Rates kann ich es nicht mit Gewissheit sagen, aber es werden wohl auch mehr wie die Hälfte sein. Solange ich aber die Mehrheit habe, so lange wird euch Juden in dieser Stadt nichts passieren." Isaak musste schlucken und dachte daran, dass das junge Mädchen, das da oben in der Kammer lag, vermutlich dafür bezahlt hatte, dass seiner Gemeinschaft in der Stadt nichts passieren würde.

Er gab dem Kaufmann die Hand und erhob sich. „Ich sehe noch mal nach ihr", sagte er schließlich und Karl entgegnete „Ich danke euch." Langsam stieg Isaak nach oben, schob die Tür leise auf und sah das besorgte Gesicht der Tochter, die sich über die Freundin beugte. Sie betreute nun das Opfer, das die Strafe für sie alle auf sich genommen hatte.

Sie nickten sich zu. Die Magd war nun in guten Händen. Isaak zog die Tür vorsichtig zu und stieg wieder nach unten. In Gedanken ging er durch das fremde Haus. Die Worte des Kaufmannes hallten noch in seinen Ohren wieder. Verschob sich das Gleichgewicht im Rat? Es blieb zu hoffen, dass dem nicht so sein würde.

24. Kapitel

Gewalt und Schmerz

Es war spät geworden an diesem Abend, als sich Lorena wieder auf den Weg zu ihrer Hütte im Schatten der Stadtmauer machen konnte. Eigentlich vermied sie es ja immer, zu solch später Stunde noch alleine in den Gassen unterwegs zu sein. Schließlich war sie ja eindeutig als Hübschlerin zu erkennen und mit Einbruch der Dämmerung hatten Frauen zu Hause zu sein. Viel zu gefährlich war es ab jetzt in den Straßen. Betrunkene, Halbwüchsige, Räuberbanden und anderes Gesindel trieben sich hier herum und die paar Nachtwächter, die der Rat eingesetzt hatte, konnten nicht überall sein. Allerdings war das Angebot eben viel zu verlockend gewesen. Nur ein paar Stunden tanzen und sie hatte eine solche Menge an Münzen dafür erhalten, dass sie davon sicher einen Monat sorglos leben konnte.

Lorena hatte in dem kurzen Rock und mit einem knappen Oberteil mit ihrem Tamburin die Gäste eines Ratsmitgliedes unterhalten müssen und es war sogar, anders als sonst oft, beim Tanzen geblieben. Jetzt eilte sie durch die dunklen Gassen, dabei trug sie die kurzen Tanzsachen, das Tamburin und die Münzen verschnürt in einem Beutel auf dem Rücken.

Immer wieder sah sie sich um, ob ihr jemand folgen würde, denn das Tamburin machte bei jedem Schritt ein Geräusch, dass kaum zu überhören war. Sollte sie anhalten und es extra einpacken? Sie entschied sich, schneller zu gehen. Doch damit wurden die Schellen nur noch lauter und dieses Geräusch würde jeden Unhold der Umgebung auf ihre Spur bringen. Sie musste sich beeilen, um die rettende Hütte schnell zu erreichen, denn eigentlich hätte sie sich damit auch auf den Marktplatz stellen und rufen können

„Hier bin ich!" Das Geräusch ihrer Schritte trieb sie zusätzlich an, oder waren da auch noch andere Schritte? Sie wagte nicht mehr, sich umzudrehen.

Keine fünfhundert Schritte noch bis zu ihrer Hüttentür! Lorena konnte schon den Anfang der dunklen Gasse erkennen, da lief sie einer Gruppe von Männern in die Arme. Im Nu war sie von den Halbstarken umkreist. Lachend zerrten und zogen die acht jungen Männer an ihr. Vor Angst war sie wie erstarrt. Nur schemenhaft nahm sie die Gesichter der Männer in der Dunkelheit wahr.

Als Erstes ging ihr Schleier verloren, danach riss ihr einer der Männer eine Haarsträhne aus. Als Nächstes ging ihr Kleid in Fetzen und nun wusste sie, dass sie hier nur mit ganz viel Glück lebend wieder herauskommen würde. Die Starre wich, aber eine Flucht war völlig ausgeschlossen. In immer engeren Kreisen liefen die Männer um sie herum. Wie ein Rudel hungriger Wölfe zogen sie um ihr Opfer. Abwehrend hob sie die Arme und ließ das zerfetzte Kleid los. Nackte Haut schimmerte hindurch und weckte den Beutetrieb!

Einer der Männer packte sie an einem Arm, warf sie mit dem Rücken auf die Steine der Gasse und versuchte, sich in die vor Todesangst zappelnde und strampelnde Frau zu schieben, doch nach ein paar nutzlosen Versuchen ließ er von ihr ab und schlug ihr mit der Faust in ihr Gesicht. Lorena schmeckte Blut auf ihren Lippen. Ein Hagel von Schlägen traf ihren Kopf und die anderen Männer lachten nur. Sie konnte sich nicht davor schützen, weil zwei Männer jetzt ihre Arme auf dem Boden festhielten.

Als die Schläge endeten, packte sie ein anderer Mann an den Knien und rammte sich mit solch einer Gewalt in ihren Schoß, dass sie dabei aufschreien musste. Schnaufend vergewaltigte er sie und sie schrie ihren Schmerz hinaus. Keine zehn Schritte entfernt waren Häuser mit Menschen hinter verschlossenen Türen und Fenstern, doch niemand half ihr. Das Schnaufen des Mannes vermischte sich mit ihrem Stöhnen und Schreien.

Jede Bewegung des Mannes ließ sie zusammenzucken und es schien ihr so, als ob er ihr ein Messer in den Unterleib stieß. Nun hielten sie vier Männer an Armen und Beinen fest und lachten über sie, wie sie hilflos und schreiend am Boden lag. Sie hatte schon viele Männer gehabt, aber noch nie hatte ihr einer solch eine Gewalt angetan und sie konnte ihm nicht entkommen! Schließlich ließ er von ihr ab, stand auf und besudelte ihren nackten Körper. Während er sich die Bruoch hochzog, trat ein anderer Mann an seine Stelle, doch schon nach wenigen Stößen wurde er aus ihr herausgerissen.

Im Licht des silbernen Mondes sah sie, wie ein fremder Mann die Gruppe aus der Gasse trat und prügelte, während Lorena apathisch in der Gasse lag und sich darüber wunderte, dass sie überhaupt noch lebte. In wenigen Augenblicken hatte der Mann die acht Unholde verjagt. Sie bemerkte das Aufblitzen einer langen Klinge im Mondlicht und versuchte mühsam, sich in der Gasse aufzusetzen, aber alles tat ihr weh. Endlich gelang es ihr und sie presste sich beide Hände auf ihren schmerzenden Schoß. Ihr Retter steckte das Schwert fort und beugte sich zu ihr herunter. Aus Reflex zog sie schützend die eine Hand vor ihr zerschlagenes Gesicht. „Bitte tun sie mir nichts", flehte sie.

Der Mann reichte ihr die Hand und half ihr auf. „Kann ich sie nach Hause bringen? Hier ist es nicht so sicher für eine Frau", fragte er und sie nahm das Angebot dankend an. „Ich habe es nicht mehr weit", antwortete sie und wischte sich mit dem Handrücken über ihren Mund. Mit beiden Händen raffte sie das zerrissene Kleid vorn zusammen und ging neben dem Mann die Gasse weiter entlang. In der Ferne konnte sie das Lachen von Männern hören und zuckte dabei zusammen. Waren die noch in der Nähe? Sicherlich und ohne den Schutz ihres Retters wären sie bestimmt noch einmal über sie hergefallen.

Schwankend lief sie durch die Gasse, dabei tat ihr jeder Schritt weh und der Weg schien kein Ende zu nehmen. Endlich erreichten sie die Hütte und Lorena schob die Tür auf. Der Mann folgte ihr in den kleinen Raum und sie tastete sich im Dunkeln zum wackeligen Tisch, auf dem das Talglicht stand. Nach zwei Versuchen mit dem Feuerstein brannte die kleine Flamme und tauchte den Raum in das dämmrige Licht, das sie schon gewohnt war.

Jetzt erst dachte sie an den Sack auf ihrem Rücken. Schnell löste sie ihn und packte ihn auf dem Tisch aus. Der Beutel mit den Münzen war noch da. Erleichtert drückte sie das kostbare Behältnis an die fast nackte Brust. Da ihr Kleid vollkommen zerfetzt war, drehte sie sich von dem Mann weg, streifte den Kleiderrest von ihrem Körper, zog sich schnell ihre Tanzsachen an und wendete sich dann wieder dem Mann zu. „Ich danke euch", sagte sie und deutete eine Verbeugung an, die aber in Anbetracht ihres Zustandes eher wacklig daherkam.

„Ich kenne dich!", entgegnete der Mann und Lorena antwortete schwach „Viele Männer kennen mich." Er nickte und setzte dann hinzu „Du hast vor ein paar Tagen auf dem Fest meines Vaters getanzt." „Ich tanze auf vielen Festen", erklärte sie und nickte ihm zu.

Einen Augenblick später zog sie sich eine Schüssel auf den Tisch und sah sich um. „Mein Herr. Könntet ihr mir einen Eimer mit Wasser bringen? Ich traue mich nicht mehr hinaus und würde mich gern waschen. Wäret ihr so freundlich?", fragte sie und deutete auf den Holzeimer, der neben der Tür stand. Der Mann nahm das Behältnis und verließ die Hütte. Wenig später brachte er einen vollen Eimer Wasser vom Brunnen herein und goss ihn in die Schüssel hinein. Lorena beugte sich über das Wasser und erschrak über das Spiegelbild, das ihr zurückgeworfen wurde. Die Lippe war aufgeplatzt und ein Auge war Blau von den Schlägen. Vorsichtig wusch sie sich das Gesicht ab.

Anschließend drehe sie dem Mann ihren Rücken zu und streifte das Oberteil wieder ab. Nun wusch sie sich auch den Rest des Körpers, nur den Rock behielt sie vorerst an. Ihren geschundenen Schoß wollte sie sich nicht vor ihm waschen. Nachdem sie sich abgetrocknet hatte, streift sie sich das Oberteil wieder über und fragte den Mann „Wie kann ich euch danken? Was kann ich für euch tun?" Sein Blick ging zu dem Bett hinüber und Lorena dachte an die Schmerzen, die sie gerade erst erduldet hatte. Noch bevor sie ihn darauf ansprechen konnte, schüttelte der Mann den Kopf. „Nichts", sagte er nur. „Ich bin Balthasar. Vielleicht sehe ich dich ja einmal wieder", setzte er fort und wendete sich der Tür zu.

Mit einem Blick zu ihr blieb er aber viel zu lange dort stehen. Sie machte eine Verbeugung und entgegnete „Gern. Gnädiger Herr." Danach war sie alleine in der Hütte und verbarrikadierte zuerst die Tür. Lorena streifte sich den Rock ab und zog den empfängnisverhütenden Wickel aus ihrem Schoß. Zumindest würde es damit ohne Folgen bleiben. Der Kräuterwickel landete in dem Abfallnapf und schließlich wusch sie sich unter Schmerzen viel gründlicher. Ihr Blut färbte das Wasser in der Schüssel.

25. Kapitel

Augen wie das Meer

Er stand in der Hütte und sah zu der Frau, die sich im Schein des Lichtes direkt vor ihm Halbnackt wusch. Sie stand mit dem Rücken zu ihm, aber es schien ihr nichts auszumachen, dass er sie so sah. Dann kleidete sie sich wieder an, aber die kurzen Sachen, die sie nun trug, konnten auch nicht so viel von ihrem Körper verdecken. Die Frau war gut gebaut und sehr schön, auch wenn die Gewalt der Schläge im Moment noch ihr Gesicht verunstaltete. Schmerzverzerrt lächelte sie ihn an. Balthasar trat einen Schritt näher an sie heran und der Schein des Lichtes traf ihre Augen. Diese waren groß und hatten die Farbe des Meeres in der Bucht von Venedig. In der Tiefe dieser Augen konnte er sich verlieren! Er würde in ihnen ertrinken, wie im Meer! Schnell trat er zur Seite, um diesem Blick zu entgehen.

Bisher hatte er sich noch nie für Frauen interessiert und nun das hier! Diese Frau faszinierte ihn! Stumm blickte er sich in der Hütte um. Diese Behausung war ziemlich kärglich eingerichtet. Nur das wirklich Nötigste befand sich darin und das war auch noch in einem bedenklichen Zustand. Der Tisch hatte gekippelt, als sie sich daran gewaschen hatte und einer der Stühle sah so aus, als würde er zusammenbrechen, wenn er nur seine Hand darauf legen würde. Nur das Bett schien stabil genug zu sein, aber das musste es wohl auch, denn schließlich war sie ja eine Hübschlerin!

Sie fragte ihn, was sie für ihn tun konnte und im Reflex sah er zu dem Bett hinüber, wendete aber sofort seinen Blick wieder zu ihr zurück. Erneut verlor er sich in diesem Gesicht. Die schwarzen Locken rahmten ein wirklich hübsches Antlitz ein. Die Frau lächelte ihn an und zeigte ihre Zähne, die im Schein des Lichtes aufblitzten. Etwas zog ihn zu ihr, aber das ging nicht! Das ging gar nicht! Er war der Sohn eines Ratsmitgliedes und sie eine Hübsch-lerin!

Aber was war das gerade für ein Gedanke gewesen?

Natürlich ging das! Schließlich war er unverheiratet! Erneut sah er sich in der Hütte um und schob sich zur Tür hinüber. Ei-gentlich wollte er nicht von ihr weg und dennoch musste er sie jetzt verlassen. Diese Frau passte nicht zu ihm. Ihre gesellschaftli-chen Stufen waren einfach viel zu verschieden. Für ein paar Stun-den der Lust mochte es gehen, aber er fühlte gerade etwas in sich, was die gesellschaftlichen Konventionen sprengen konnte. Und das durfte er nicht zulassen! Ein letzter Blick, dann war er aus der Hütte. Allerdings wusste er ja nun, wo sie wohnte und da konnte er sie jederzeit finden.

Bevor er wieder zu Hause war, irrte er noch stundenlang durch die dunklen Gassen der schlafenden Stadt. Der Mond ging lang-sam unter, als er endlich in seinem Zimmer angekommen war. Dort warf sich Balthasar auf sein Bett und sah zur Zimmerdecke hinauf, doch er fand keinen Schlaf. Immer wenn er die Augen schloss, dann hatte er dieses Blau der Augen vor sich.

Er hatte sie noch nicht einmal gefragt, wie sie hieß. Seine un-bekannte Schöne! Immer wieder sah er sie vor sich. Die Locken, die Augen, der nur spärlich bekleidete Körper, dessen Rundungen er durch den zerfetzten Soff hatte sehen können.

Endlich ging die Sonne wieder auf und er stieg in den Hof hin-ab. Dort wusch er sich in einem Trog, so wie sie sich am Abend zuvor gewaschen hatte. Dabei flogen seine Gedanken wieder zu der Hütte und wenig später machte er sich auf den Weg zu seinen Freunden am Markt.

Der Weg war altbekannt, doch schon nach dreißig Schritten bog er falsch ab und merkte, dass diese Gasse zu ihr führen würde. Er zwang sich auf den anderen Weg zurück, nur um wenig später wieder falsch abzubiegen. Als er danach wenig später zum dritten Mal die falsche Richtung wählte, da blieb er einfach auf dem Weg und nun zog ihn eine starke Kraft immer schneller zu der kleinen Hütte an der Stadtmauer.

Jetzt am Tage waren viele Menschen auf den Gassen, die am Abend zuvor noch Menschenleer gewesen waren. Was hatte ihn eigentlich am Abend hier in diese finstere Ecke der Stadt gezogen? Vermutlich das Glück! Zumindest war es das für die Frau gewesen, sonst hätte man sicher heute ihre Leiche aus dem Fluss gezogen, wie es so oft mit anderen Frauen hier passierte.

Nach ein paar schnellen Schritten und viele Gassen stand er endlich vor der ärmlichen Hütte. Am Tage sah sie noch viel schlimmer aus, als er sie im Mondlicht gesehen hatte. Das Dach schien nicht sehr dicht zu sein, denn da spießten die Holzbalken hervor. Auch die Wände waren beschädigt und der Lehm war unter dem Putz zu sehen. Er wagte nicht zu klopfen, aus Angst damit die Hütte zum Einsturz zu bringen.

Der Mann schob einfach die Tür auf. Die Frau saß am Tisch und nähte an ihrem Kleid. Ein Sonnenstrahl hatte sie dabei vollkommen eingehüllt und gab ihr ein Leuchten, das die Hütte überstrahlte. Sie blickte auf und ihr Lächeln überstrahlte nun die Sonne, als sie ihn erkannte. Sogleich legte sie das Kleid auf den Tisch und erhob sich. Mit zwei Schritten kam sie auf ihn zu. Ihr linkes Auge war zugeschwollen, nur das rechte verstrahlte dieses Blau, von dem er in der Nacht nicht losgekommen war. Was für eine Farbe! In der Sonne war es ein noch intensiveres Blau! Balthasar versank erneut darin und schnappte nach Luft.

„Geht es dir gut?", fragte er schließlich und zeigte auf das geschwollene Gesicht. „Ja. Danke, gnädiger Herr", antwortete sie und lächelte ihn an. „Zum Glück habe ich gestern genug Münzen für meinen Tanz bekommen, denn so würde kein Mann auch nur ein Stück trockenes Brot für meine Dienste geben", erklärte sie und zeigte auf ihr Auge. Eine Strähne ihres Haares fiel durch die Bewegung nach vorn und er schob sie vorsichtig wieder zurück. Dabei streifte er ihr Gesicht und sie zuckte kurz zurück.

Doch sofort danach drückte sie ihren Kopf mit einem Mal gegen seine Hand und legte ihn schief. Es lag etwas Vertrautes in dieser Geste. Verwirrt wollte er seine Hand wieder fortziehen, doch sie ergriff sein Handgelenk und hielt ihn einfach fest. Unendlich lange standen sie nun so da. Auge in Auge. Balthasar ertrank erneut in dieser Augenfarbe! Er konnte sich nicht bewegen und ihr schien es genauso zu gehen.

Schließlich trat sie einen Schritt auf ihn zu und küsste ihn. Von dieser Forschheit der Frau überrascht, zuckte er zurück. Erschrocken wendete sie sich ab und ging zum Tisch zurück. Dort machte sie einen Knicks und sagte „Verzeiht, gnädiger Herr." Noch immer stand er auf dem Platz. Verwirrt sah er zu ihr hinüber. Dieser Kuss hatte ihn tiefer getroffen, als er es je vermutet hatte.

Die Frau setzte sich nicht, sondern blickte mit niedergeschlagenen Augen zu ihm herüber. Er konnte ihren Blick in seinem Herz fühlen. Es brannte in seiner Brust!

Seine Zunge tastete sich über seine Lippen und schmeckte ihren Geschmack auf ihnen. Er konnte nicht mehr anders, ging zu ihr hinüber und nun küsste er sie. Erneut legte sie ihren Kopf schief und erwiderte seinen Kuss. Küssend standen sie mitten in der Hütte, bis sie seine Hand ergriff und ihn zum Bett hinüberzog.

Auch wenn er sich hätte losreißen können, so folgte Balthasar ihr einfach. Etwas in ihm sagte „Das darfst du nicht!" etwas Anderes, sehr viel lauteres, rief „Warum nicht? Lass dich darauf ein!" Noch nie war er mit einer Frau zusammen gewesen, doch offensichtlich wusste sie bereits, was er wollte. Auf dem kurzen Weg zum Bett entledigte sie sich des knappen Oberteils.

26. Kapitel

Eine verfängliche Geste

Es war als eine Form der Dankbarkeit von ihr geplant gewesen, wenn man dabei überhaupt von „Planung" sprechen konnte. Nun lag sie in ihrem Bett an der Wand und sah zu dem Mann, der ausgestreckt neben ihr schlief. Sie hatte fast lachen müssen, wie ungeschickt er sich angestellt hatte. Offensichtlich war es sein erstes Mal gewesen und ohne ihre Hilfe hätte es nicht geklappt. Doch dabei war etwas passiert, was ihr nicht hätte passieren dürfen. Es waren Gefühle ins Spiel gekommen! Sie lag auf der Seite mit dem Rücken zur Wand und er direkt vor ihr auf dem Rücken. Lorena hörte, wie er schnarchte und sie sah, wie sich seine breite Brust hob und senkte. Das hätte nicht passieren dürfen! Niemals! Es war einer ihren selbst gewählten Grundsätze. Kein Gefühl! Für niemanden!

Schließlich war sie eine Hübschlerin, die für Geld ihr Lager mit den Männern teilte. Diese paar Augenblicke des Glücks hatten alles in ihr geändert. Nie wieder würde sie sich anderen Männern hingeben können, das sagte ihr gerade ihr entflammtes Herz, und damit würde sie schlichtweg verhungern müssen, denn sie konnte ja nichts anderes! Nur das hier und Tanzen. Allerdings blieb es beim Tanzen eben oft auch nicht nur beim Tanz. Meist wollten die Männer in der aufgeheizten Stimmung anschließend noch etwas mehr von ihr und das würde sie ihnen nun nicht mehr geben können. Ihr Herz krampfte sich zusammen. Es schmerzte ihn nur anzusehen!

Diese eine Geste, dieses Streicheln ihres Gesichtes, das hatte ihre Welt zum Einsturz gebracht. Hatte die sorgsam um ihr Herz gebaute Mauer zusammenstürzen lassen. Was nun? Diesen Mann konnte sie nicht haben und einen anderen wollte sie nicht mehr! Blieb nur ihr Dorf, in das sie zurückgehen würde. Doch auch dort würde sie sicherlich nun nie mehr zufrieden sein können, jetzt, da sie dieses Glück gekostet hatte. Dieser Mann, der nun im Schlaf sein Gesicht ihr zuwendete, der war in ihr Herz eingedrungen und selbst wenn sie es schaffen würde, die Mauer darum wieder zu errichten, er würde dennoch immer in ihr bleiben. Ihre Blicke streichelten seine nackte Brust. Er war schön, muskulös und kaum behaart. Ein reicher Kaufmannssohn!

Lorena ließ sich zurück auf das Lager fallen und zog die Decke über sich. Am nächsten Tag war Sonntag und sie würde wieder in den Dom zum Beichten gehen. Aber würde das etwas ändern? Zwar wäre sie dann ja von ihren Sünden freigesprochen, eine Ausgestoßene wäre sie dennoch. Die Sakramente würden nicht automatisch eine ehrbare Frau aus ihr machen. Die Sünde ließ sich abwaschen, die Schande blieb an ihr hängen, wie das Pech an einer Katze.

Langsam kamen die Schmerzen zurück, die das Glück für ein paar Augenblicke verdrängt hatte. Vorsichtig legte sie die Hand auf das Auge und spürte die Schwellung. Eigentlich sollte sie es kühlen, nur im Moment kam sie nicht hinter dem Mann hervor. Er drückte sie praktisch gegen die Wand und sie spürte jeden seiner Atemzüge. Haut an Haut presste sie sich an ihn und wusste doch, dass es kein nächstes Mal geben konnte. Oder etwa doch? Eine einzige Möglichkeit blieb ihr, doch das konnte nur der Mann entscheiden! Das Konkubinat!

Sie würde nur ihm gehören mit Haut und Haar. Sein Eigentum! Allerdings war sie das ja jetzt schon! Er bewegte sich und seine Hand fiel auf ihre Brust. Durch die Decke hindurch spürte sie seine Wärme. Mit sanftem Druck presste er sie nicht nur gegen die Wand, sondern jetzt auch noch auf das Bett zurück, denn seine Hand ruhte schwer auf ihr. Lorena hatte schon gemerkt, dass er sehr kräftig war, doch nun musste sie versuchen, seiner Kraft irgendwie zu entgehen. Nur wie? Dieser drangvollen Enge musste sie entkommen. Seine Hand auf ihrer Brust weckte erneut ihr entflammtes Herz. Sie sehnte sich nach seiner Nähe, obwohl er doch neben ihr lag. Verwirrt blickte sie weiter auf ihn. Ihr Blick glitt über seine ebenmäßigen Züge. Wie schön er war!

Schließlich drückte er fester zu und Lorena blieb nur übrig, ihn zu wecken. Vorsichtig schob sie seine Hand zur Seite und der Mann erwachte dadurch. „Meine Schöne", flüsterte er und strich ihr eine vorwitzige Locke aus der Stirn. „Ich kenne noch nicht einmal deinen Namen", setzte er fort und sie sagte „Lorena." „Lorena", wiederholte er und setzte hinzu „Die mit Lorbeeren geschmückte Schönheit. Ein sehr treffender Name." Die Frau konnte spüren, wie sie bis zu den Ohren rot wurde.

Er küsste sie und setzte sich auf. Dabei zog er ihr die Decke fort und betrachtete dann im Sitzen ihren nackten Körper. Seine Finger begannen ihren Körper zu streicheln und ihr Herz pochte bis zum Hals. Sanft legte sie ihre Hand auf die seine und fast schamhaft zog sie die Decke wieder hoch. Was passierte hier gerade? Nacktheit war doch für sie vollkommen natürlich. Nur nicht mehr vor ihm! Seufzend setzte sie sich neben ihm auf und er begann zu erzählen, dass er in den nächsten Tagen nach Venedig aufbrechen wollte. Ihr Herz krampfte sich bei dieser Erzählung vor Kummer zusammen.

Sie würde ihn verlieren! In ein paar Tagen schon! „Wann?", presste sie unter seelischen Schmerzen hervor. „Bald", entgegnete

132

er und setzte hinzu, „Sicherlich innerhalb der nächsten zwei Wochen, wenn mein Vater mich lässt." Fast hätte sie zu Gott gebetet, dass der Vater diese Fahrt verwehren möge. Erneut jagte der Schmerz durch ihren Körper. „So traurig meine Schöne?", fragte er sie und streichelte ihr Gesicht. Daraufhin versuchte sie nun, etwas fröhlicher zu schauen, aber es gelang wohl nicht so gut.

Doch sie konnte ihm ja auch nicht in sein Leben hineinreden. Er war ein reicher Mann und sie? Wer war sie schon! Verzweifelt ließ sie sich zurück auf das Lager fallen und kämpfte mit den Tränen.

Nach einem Augenblick beugte sich der Mann zu ihr herab und küsste sie erneut. Der Kummer verschwand, sie umschlang seinen Hals und zog ihn zu sich auf das Lager herab. Ihre Arme und Beine umfingen ihn und wollten ihn nicht mehr loslassen. Haut an Haut aneinandergeschmiegt. Mit einer schnellen Bewegung zog sie ihn in ihren Schoß. Leidenschaftlich liebten sie sich und der Mann stellte sich nicht mehr so unbeholfen an, wie beim letzten Versuch. Sein Schnaufen erfüllte den Raum und jeder Schmerz war von ihr gewichen. In seinen Armen konnte ihr nichts passieren. Sie versuchte ihn festzuhalten und jeden Augenblick zu genießen, den er bei ihr war. In ihr war. Fordernd kam sie ihm bei jedem Stoß entgegen. Glück durchflutete sie.

Zuckend verströmte er sich in ihrem Körper und sie bäumte sich vor Lust auf. Solch ein Gefühl hatte sie noch nie gehabt! Ihre Lippen trafen sich zu einem Kuss, bei dem sie zusammenzuckte. Nachdem er wieder zu Luft gekommen war, stand er aus dem Bett auf und betrachtete ihren nackten Leib. „Du bist so wunderschön!", sagte er bewundernd, doch sie wusste, dass er ja gar keinen Vergleich zu ihr hatte. Lorena setzte sich auf und zog sich wieder die Decke über ihre Blöße. Langsam kleidete sich der Mann wieder an und sie sah ihm dabei wehmütig zu. „Sehen wir uns morgen?", fragte er und sie entgegnete ihm, „Im Dom sicherlich. Morgen ist ja Sonntag." Der Mann nickte, beugte sich zu ihr herab und küsste sie, dann verließ er die Hütte.

Der Kummer kam zurück, als er die Tür schloss. „Was nun?", dachte sie und dabei sah sie zu dem kleinen Beutel mit den Münzen hinüber, die sie in ihrem Versteck verwahrt hatte. Diese Münzen würden in etwa so lange für ihr Leben reichen, wie der Mann noch in der Stadt war.

Und danach? Zurückgehen konnte sie nicht mehr und Bleiben auch nicht. Am nächsten Tag würde sie all ihre Sünden beichten und danach würde sie nie wieder sündigen. Wenn die letzte Münze ausgegeben sein würde, dann würde sie zum Fluss hinuntergehen und hineinspringen. Sie ließ sich in das Bett zurückfallen, zog sich die Decke über den Kopf und weinte bitterlich.

Schon jetzt sehnte sie sich zu seinen Berührungen zurück. Ihre Fingerspitzen tasteten sich zu ihrem Schoß und berührten seinen Samen, der aus ihr floss. Er war fort! Das Schluchzen schüttelte ihren nackten Körper unter der schützenden Decke. Alles hatte mit einer Geste begonnen. Einer verhängnisvollen Geste, die ihr Leben beendet hatte.

27. Kapitel

Schreckensbotschaften

Es war der zweite Tag des Julis und es war Donnerstag. Trotzdem hatte Karl immer noch die Predigt des Sonntages im Ohr. Der Pfarrer hatte dabei nicht ein gutes Haar an den Juden gelassen, doch er unterstand nun mal nicht dem Rat, sondern dem Bischof, wenn es einen gegeben hätte. Sonst hätte Karl diesem hetzerischen Treiben Einhalt gebieten können. Alles hing irgendwie in der Schwebe, seit sich zwei Männer um das Amt stritten. In Gedanken versunken war der Kaufmann auf dem Weg zum Rat und dabei dachte er daran, was er an diesem Tag zur Aussprache bringen wollte. Ein paar Tage hatte es wie aus Kübeln geschüttet, wodurch sogar die Ratten aus ihren Löchern gekommen waren.

Überall in der gesamten Stadt stank es fürchterlich! So konnte das nicht weiter gehen. Von Isaak hatte er erfahren, wie wichtig es war, dem Ungeziefer keine Bleibe zu bieten. Sie hatten am Tage zuvor über Toledo, die Wasserspiele und die dortige Kanalisation geredet. Und was die Mauren hinbekamen, dass sollten sie doch hier in Mainz auch schaffen. Die alten Rohre und Leitungen waren dem Zahn der Zeit zum Opfer gefallen. Die römischen Leitungen waren nun mal schon mehr wie tausend Jahre alt und der Menge an Menschen schon lange nicht mehr gewachsen, selbst wenn sie noch vollkommen intakt gewesen wären. Konnte das wirklich so schwierig sein, die Stadt in Ordnung und sauber zu halten?

Grübelnd betrat er den Raum, in dem schon fast alle Ratsmitglieder versammelt waren. Nach einer Weile trafen die letzten beiden Mitglieder ein und die kleine Tischglocke rief sie alle zu ihren Plätzen. Noch bevor Karl mit seiner Anfrage beginnen konnte, erklärte einer der Männer vor ihm, dass die Antwort aus dem Elsass eingetroffen war. Dabei hielt er das gesiegelte Schriftstück hoch und wartete, wahrscheinlich um die volle Aufmerksamkeit aller zu erhalten, aber die hatte er ja bereits. Der Mann nahm das Schriftstück und verlas es. „So war es gekommen, dass die Juden unsere Brunnen vergiftet haben und damit die Seuche über uns gekommen ist. Die Schuld wurde zweifelsfrei durch die peinliche Befragung mehrerer Beschuldigter bewiesen", tönte es durch den Raum.

Ein Stimmengewirr erhob sich. Einige riefen „Da haben wir den Beweis!" andere „Werft sie aus der Stadt, bevor es zu spät ist." Karl versuchte sich Gehör zu verschaffen, doch es gelang ihm nicht. Erst der Vorsitzende konnte mit dem Ruf „Ruhe!" die erhitzten Gemüter kurz zur Ordnung rufen. Karl holte sich das Schriftstück und las es noch einmal komplett durch. „Das beweist gar nichts!", sagte er dann laut und alle Augen waren auf ihn gerichtet. „Hier steht: durch die peinliche Befragung wurden die Geständnisse erbracht", setzte er fort und einer der Männer unterbrach ihn, „So wie es der Brauch ist!" „Wenn ich dich der peinlichen Befragung unterziehe, dann gestehst du auch alles!", erklärte Karl wütend.

Er sah auf das Datum der Antwort. Es war vom Dienstag! Da musste es wohl jemand sehr eilig gehabt haben mit diesem Brief, denn ein Reiter brauchte zwei Tage für diese Strecke, wenn er sein Pferd nicht schonte. Karl schüttelte den Kopf und reichte das Schriftstück weiter. Nun wollten es alle genau lesen und es entstanden zwei Lager. Eines stimmte wie Karl, das andere war gegen die Juden. Bei der Auszählung hatte das Lager von Karl eine Stimme mehr.

„Damit wäre das erst einmal geklärt", rief Karl und setzte fort, „Und nun zu den wirklich wichtigen Fragen für unsere Stadt!" Er holte kurz Luft und beschrieb die Zustände, die ja auch jeder der Anwesenden schon gesehen hatte, aber bevor er mit den Lösungsvorschlägen beginnen konnte, stürzte ein Stadtbote in den Raum.

Alle sahen den Störenfried zornig an. Wer wagte es denn eine Ratssitzung zu stören? Das hätte ja höchstens noch der Bischof gedurft. Der Bote erkannte vermutlich gerade seinen Frevel, doch es war zu spät. „Was willst du?", knurrte ihn der Ratsvorsitzende an. „Die Pest!", stieß der Mann aus. „Wo?", war die Frage des Vorsitzenden und alle erwarteten den Namen einer weit entfernten Stadt zu hören, doch der Bote sagte „In einem Haus am Markt!" „Hier? In Mainz?", fragte Karl überrascht und der Bote rief, „Ein Medicus hat die Seuche gerade bei einem Mann und einer Frau festgestellt." „Bringe ihn hier her, den Medicus!", sagte der Vorsitzende. Der Bote verbeugte sich und rannte davon.

In seiner Eile hatte er die Tür offen gelassen und alle Augen richteten sich auf diese leere Türöffnung. Es dauerte eine Weile, dann erschien der alte Medicus, verbeugte sich und bestätigte die furchtbare Vermutung. „Wir müssen das Haus versperren. Malt weiße Kreuze an die Tür des Hauses. Nur der Medicus darf hinein!", legte der Vorsitzende fest. Der Medicus und der Bote verschwanden wieder. „Jetzt sagt aber bitte nicht, dass es die Juden waren", sagte Karl und alle waren im Moment von der Nachricht geschockt. Was war zu tun? Hatte der Vorsitzende an alles gedacht? Die Stadtwache konnte noch in den Straßen patrouillieren, falls eine Panik unter der Bevölkerung ausbrach.

Auf Karls anraten wurde eine Wache am Eingang zum jüdischen Viertel aufgestellt. Schnell brachen alle wieder auf. Die

Angst vor der unberechenbaren Seuche hatte alle gepackt und auch Karl konnte sich dem nicht entziehen. Zu schrecklich waren die Nachrichten im letzten Jahr aus den anderen Städten gewesen. Von zehntausenden Toten war da die Rede gewesen. Auf dem Weg nach Hause merkte Karl, dass die Nachricht von der Seuche schon längst die Runde machte, so als ob der Stadtschreier sie vom Marktplatz aus in die Welt gerufen hätte. Er konnte die Angst in den Augen der Menschen sehen und er hatte selbst Angst.

Eigentlich wollte Balthasar am nächsten Morgen aufbrechen, doch diese Stadt würde er nun nicht mehr verlassen. Dafür würde Karl sorgen! Was konnten sie aber gegen die Seuche unternehmen? Vielleicht wusste Isaak einen Rat? Karl bog kurz vor seinem Haus ab, sah die Wache an der Straße stehen und betrat wenig später das Haus seines Freundes. „Die Pest ist da! Was können wir tun?", fragte er nach der Begrüßung. Isaak überlegte eine Weile, holte ein dickes Buch und sagte dann „Die Kranken von den Gesunden mindestens einen halben Monat lang trennen. Wer überlebt hat Glück. Es gibt kein Heilmittel!" Dann klappte er das Buch zu. „So schlimm?", fragte Karl, der sich eigentlich eine andere Botschaft erhofft hatte, doch Isaak nickte nur und brachte das Buch zurück.

„Man kann nur vorbeugen. Sich waschen, mehrmals am Tag, auf Sauberkeit achten und sich von den Kranken fernhalten!", erklärte Isaak und setzte sich wieder zu ihm. „Ich danke euch", sagte Karl und verabschiedete sich. Als er die Straße wieder betrat, da zog sich gerade der Himmel wieder zu. Sicher würde es gleich erneut zu regnen beginnen. Karl sah eine Ratte über den Weg laufen. Wie konnte man hier auf Sauberkeit achten? Das ging nicht! Es war praktisch aussichtslos. Die Stadt steuerte auf eine Katastrophe zu!

28. Kapitel

Glück oder Unglück

Die letzten vier Münzen lagen vor ihr auf dem Tisch. Das Ende war absehbar! Mit Ausnahme des heiligen Sonntages war Balthasar jeden Tag bei ihr gewesen. Sonst hatte sie sich jedem Mann verwehrt und auch ein paar lukrative Einladungen zum Tanzen ausgeschlagen. Zum Glück war sie eine freie Frau! Als gemeines Weib hätte sie im Frauenhaus jeden Gast bedienen müssen, den ihr der Frauenwirt vermittelte. Lorena stützte den Kopf in die Hand und dachte nach. Wie lange würden diese Münzen noch reichen? Wenn sie sparsam war, dann noch eine Woche. Also würde der Gottesdienst am folgenden Sonntag ihr letzter auf Erden sein. Und was dann?

Natürlich war ihr schon klar, was wohl passieren würde. Für all die Sünden würde sie niemals in den Himmel kommen. Schon gleich gar nicht dafür, dass sie in den Fluss sprang. Das Feuer der Hölle würde sie verzehren. Und was würde passieren, wenn jemand anders sie töten würde, nachdem sie gebeichtet hatte? Dann wäre sie doch frei und unschuldig! Dann konnte ihr der Einzug in das Paradies eigentlich nicht verwehrt werden!

„Gott! Gib mir ein Zeichen!", rief sie nach oben und faltete ihre Hände zum Gebet. Es dauerte nicht sehr lange und sie hörte auf der Gasse einen regelrechten Tumult. Neugierig griff sie sich ihren Schleier, der neben der Tür an einem Nagel hing, bedeckte sorgfältig ihr Haar und trat vorsichtig hinaus. Was war los? War das das gewünschte Zeichen von Gott? Unmengen von Menschen sah sie.

Eine Frau lief an ihr vorbei und rief dabei „Die Seuche ist da!" Panik war in den Augen der Frau zu sehen und auch Lorena zuckte unwillkürlich zurück. Dabei prallte sie vor Schreck gegen die hinter ihr befindliche Hüttenwand und ein Stück des Putzes fiel zu Boden. Erschrocken sah sie nach oben. Dieses Zeichen hatte sie nicht gewollt! „Herr, vergib mir!", rief sie nach oben und fiel auf ihre Knie. Hatte Gott wirklich diese Strafe auf die Stadt geworfen, um ihr diesen einen Gefallen zu tun? Sie war schuld, dass sicher tausende Menschen sterben würden. Weinend schlug sie sich die Hände vor ihr Gesicht. Wäre da der Fluss nicht die bessere Wahl gewesen?

Irgendjemand fiel über sie, weil sie mitten in der Gasse kniete. Zusammen rappelten sie sich auf und der Mann lief weiter. Sitzend an der Hüttenwand dachte sie nach. Was sollte sie nun tun? Hier sitzen und auf den Tod warten? Helfen? In den Dom gehen, um für die Auflösung ihrer Sünden zu bitten? Lorena entschied sich für das Letztere und war damit nicht alleine.

Es mussten hunderte Menschen sein, die denselben Weg einschlugen, wie sie. Doch auf ihrer Bank saß sie am Ende dann wieder isoliert. Niemand wollte neben ihr sitzen. Alle hielten einen großen Abstand von ihr, da sie mit ihrem Schleier zu auffällig war und ablegen durfte sie ihn ja auch nicht. So betete sie still in ihrer Ecke, allein und ohne die tausenden Anderen, die, nur ein paar Schritte von ihr entfernt, ebenfalls um Gottes Gnade flehten.

Verstohlen beobachtete sie, wie sich einige der Menschen kratzten und sah auch die Flohstichstellen. Sie selbst hatte Glück. Irgendwie mochten sie wohl die Flöhe nicht, denn es war schon lange her, dass sie mal einer gebissen hatte. Und das, wo diese Plagegeister doch allgegenwärtig waren.

Vielleicht hatte Gott ihr wenigstens diese Tiere vom Hals gehalten. Immer mehr Menschen strömten in das Gebäude und schließlich ging Lorena langsam wieder hinaus. Noch immer hatte sie keine Antwort auf ihre Frage bekommen. Was sollte sie tun? Gebetet hatte sie ja nun, aber sie hatte keine Lösung erhalten. Die Menschen beachteten sie nicht und so konnte sie ungestört zurück zu ihrer Hütte gehen. Würde Balthasar sie dennoch besuchen? Für einen Moment stoppte sie. Wenn die Seuche in der Stadt war, dann würde der Vater sicher Balthasar nicht hinaus lassen!

War das etwa der Wunsch Gottes? Nicht ihr Tod, sondern das Leben mit dem geliebten Mann? Nur so konnte es sein! Sie raffte das Kleid vorn hoch und rannte los. Vielleicht war er ja schon dort und wartete auf sie! Dann wollte sie keinen Augenblick versäumen. Aber war dieser Wunsch dann nicht genauso verwerflich gewesen?

Egal wie sie es drehte, sie selbst würde schuld sein am Tod der Menschen. Ihr Glück wäre das Unglück so vieler anderer! Rennend bog sie in die Gasse ein, die zu ihrer Hütte führte und ging nun langsamer. Hatte dieses Leben eigentlich die Möglichkeit, wahr zu werden? Aus Angst vor seiner Reaktion hatte sie sich noch gar nicht getraut, ihn zu fragen, ob er sie überhaupt als Konkubine haben wollte. Wie konnte sie da so sicher sein, dass er nicht sofort Reißaus nehmen würde?

Mit klopfenden Herzen schob sie die Tür auf und die Hütte war leer. Sie ließ sich auf den Stuhl fallen und sah, dass sie in der Aufregung die Münzen auf dem Tisch liegen gelassen hatte. Doch niemand hatte sie gesehen und sie lagen immer noch so in der Reihe, wie sie diese zuvor hingelegt hatte.

Spätestens nach der Vierten brauchte sie eine Entscheidung von Balthasar. Für sie oder gegen sie! Vier Heller trennten sie vom Tod. Immer noch. Wenn diese Seuche sie nicht schon vorher holte.

Vier Heller, sieben Tage, oder einmal so richtig schlemmen und dann war es vorbei? Das blieb ihr nur, wenn Balthasar ihren Wunsch abschlug und dann sollte es wohl so sein! Sorgfältig schob sie eine Münze nach der Anderen in ihren Beutel und zog die Schnur zu. Gerade fiel ihr ein, dass sie den Mann noch nie um Geld gebeten hatte. Vielleicht wäre ja auch dieses eine Alternative gewesen. Allerdings fühlte sich das ebenfalls falsch an. Sie würde ja dann mit ihm das Lager für Geld teilen! Seufzend erhob sich Lorena und legte den Beutel in das Versteck am Kopfende ihres Bettes. Gerade als sie sich wieder umdrehte, da öffnete sich die Tür und er stand im Raum.

Aufgeregt flog sie in seine Arme. „Mein Vater lässt mich nicht nach Venedig!", sagte er und sie hätte jubeln können! Dann küsste er sie und trug sie auf seinen Armen zum Bett hinüber. Ihr war es ganz recht, dass er sich die Trauer um die verpassten Abenteuer mit ihr vertrieb. Aber waren das nun nicht auch schon wieder ihr Glück und sein Unglück?

29. Kapitel

Entscheidung aus Liebe

H atte er sich verhört? Er sah die Frau an, die neben ihm auf dem Bett lag und fragte zur Sicherheit noch einmal nach „Lorena, was hast du da gerade gesagt?" Er sah, wie sie rot im Gesicht wurde und die Augen niederschlug. „Du weißt, dass ich keine ehrbare Frau bin", setzte sie zögerlich an, „Ich bin deiner nicht würdig, aber ich möchte dich nicht verlieren. Deine Frau kann ich niemals sein. Aber vielleicht deine Nebenfrau? Deine Konkubine?" Dabei schlug sie die Augen auf und sah ihn direkt an. Vermutlich wusste sie, dass er diesem Blick niemals widerstehen konnte, darum setzte er sich auf und sah schnell zur Wand. War er schon dafür bereit? Natürlich war sie eine wunderschöne Frau und er liebte sie, aber als Konkubine war sie dann offiziell seine Nebenfrau.

Eine Hübschlerin! Was würde der Vater sagen? Was die Freunde? Sich heimlich in diese Hütte schleichen, das war kein Problem. Viele seiner Freunde gingen ins Frauenhaus! Aber offiziell? Das musste er sich reiflich überlegen und das ging nur, wenn er nicht in ihrer Nähe war. Sonst konnte er keinen klaren Gedanken fassen. Er hörte wie sie seinen Namen sagte, dann stand er auf, zog sich Schweigend an und verließ die Hütte, ohne noch einmal nach ihr gesehen zu haben.

Ohne Ziel lief er durch die Stadt. Er sah niemanden und seine Gedanken kreisten nur um diese eine Frage: „Was tun?" Natürlich liebte er diese Frau! War damit nicht schon alles geklärt? Wenn sie in seinem Haus war, dann war sie auch keine Hübschlerin mehr! Das war die Lösung!

Er rannte zurück und fand sie weinend in der Hütte vor. Sie sah ihn an und er konnte nichts mehr sagen. Balthasar setzte sich zu ihr an den Tisch und nahm ihre Hand. „Nur wenn du in mein Haus ziehst!", sagte er schließlich und sie sprang ihm an den Hals. Schluchzend sagte sie „Ja!" Dann küsste sie ihn und wischte sich mit dem Handrücken die Tränen fort. Sofort kam das Leuchten zurück in ihre Augen. „Pack zusammen, was du noch brauchst. Hierher wirst du niemals zurückkehren!", legte er fest und stand auf.

Balthasar ging zur Tür und nahm den Schleier. „Und den brauchst du auch nicht mehr", sagte er, dabei warf er das Stück Stoff in die Flammen des Küchenfeuers. Ein weißer Rauch stieg von dort auf. Nun eilte die Frau durch die Hütte und trug alles zusammen, was sie mitnehmen wollte. Ihr Besitz passte in einen Beutel. Zum Schluss kippte sie einen Eimer Wasser in das Herdfeuer und der Wasserdampf zog durch den Raum. „Fertig!", sagte sie, sah sich noch einmal um und nahm dann ihren Beutel vom Tisch.

Im Aufbruch fuhr sie mit der Hand durch ihr Haar und sagte, an der Hüttentür stehend, „So darf ich nicht aus dem Haus!" Schließlich war es ja für sie Pflicht, ihr Haar zu bedecken, allerdings war sie ja nun keine Hübschlerin mehr. „Doch! Du begleitest mich und ich werde dich beschützen", erklärte er ihr. Lorena nickte ihm zu und sie verließen zusammen die Hütte.

Durch ihr Kleid war sie immer noch zu erkennen, aber wegen der Angst um die Seuche hatte keiner einen Blick für sie übrig. Sie folgten dem Weg, den er nun ja schon so oft zu ihr gegangen war. Schließlich standen sie vor seinem Vaterhaus und nun würde sich zeigen, wie sein Vater auf diese Entscheidung seines Sohnes reagieren würde.

Vielleicht warf er sie ja beide aus dem Haus? Im Hausflur traf er auf Martha, die Lorena sofort von oben bis unten musterte, denn an dem bunten Kleid und den Bändern war sie auch ohne den Schleier sofort als Hübschlerin zu erkennen. „Was machst du hier?", fragte Martha die Frau und Balthasar antwortete für sie, „Sie ist meine Nebenfrau!" Damit war es ausgesprochen und somit offiziell. Martha zog die Augenbrauen hoch und entgegnete „Na wenn das so ist." Sofort machte sie einen Knicks vor Lorena und gab den Weg frei. Die nächste Hürde war sein Vater und er zog die Frau hinter sich her, die Stiege hinauf.

Wie immer saß der alte Mann in seinem Kontor. Er sah auf, als die beiden den Raum betraten. Sicher erkannte er Lorena und er sah auch, dass sie die Hände hielten. Alles andere konnte er sich vermutlich zusammen reimen. Der alte Mann stand auf und sagte „Du wirst sie nie heiraten dürfen, so lange du unter meinem Dach wohnen willst! Aber wenn du dein Vergnügen suchst, dann ist sie sicherlich die Richtige!" „Sie wird meine Nebenfrau sein!", sagte Balthasar und sah wie sich die Miene seines Vaters verfinsterte. „Wie hat sie dich denn dazu herumbekommen? Ist sie so gut im Bett? Oder warst du zu unerfahren, dass du gleich auf die erstbeste hereingefallen bist? Sie will doch nur versorgt sein!", stieß der Vater zornig aus.

„Aber ich liebe sie!", entgegnete Balthasar und der alte Mann antwortete ihm, „Fast der ganze Rat hat sie schon geliebt und hunderte andere Männer auch. Aber wenn du meinst, dann tue, was du nicht lassen kannst!" Dabei sah er sie beide zornig an und so in Rage hatte er seinen Vater noch nie erlebt. Schließlich ging der alte Mann zurück zu seinem Tisch und ließ sie einfach dort unbeachtet mitten im Raum stehen.

Balthasar zog die Frau aus dem Zimmer und er war froh, dass er endlich wieder draußen war. Dort nahm er Lorena in den Arm. „Und nun?", fragte sie leise. „Nun zeige ich dir dein Zimmer!", antwortete er und sofort war Martha zur Stelle. Vermutlich hatte sie auf der Treppe gewartet. „Bitte zeige ihr das Gästezimmer", sagte er und Martha nickte ihm zu.

Beide Frauen verschwanden in dem dunklen Flur und er ging auf sein Zimmer. Dort ließ er sich auf sein Bett fallen und dachte an die Reaktion seines Vaters zurück. Hatte er mit Lorena die richtige Wahl getroffen? Für einen Rückzug war es nun zu spät, denn sie war jetzt schon in dem Gästezimmer und er wollte sie auch nicht mehr hergeben!

War es eigentlich richtig, dass er sich um sein persönliches Wohl sorgte, wo die ganze Stadt Angst vor der Seuche hatte? Was für ein törichter Gedanke! Er lebte jetzt und niemand konnte wissen, wie lange noch, in Anbetracht dieser fürchterlichen Krankheit!

Balthasar erhob sich vom Bett und ging in das Nachbarzimmer, wo die Frau mitten im Raum stand. „Das soll mein Zimmer sein?", fragte sie und sah sich um. „Das ist ja größer als meine ganze Hütte!", stellte sie fest. Offensichtlich konnte sie es noch nicht fassen. „Wo wirst du sein?", fragte sie und er zeigte auf die Wand. „Dort dahinter", erklärte er ihr. Sie nickte und ging zu dem Bett, dort prüfte sie, wie weich es war und ließ sich einfach vorwärts hineinfallen.

„Wo isst denn eigentlich hier im Haus das Personal?", fragte sie, nachdem sie sich in dem Bett aufgesetzt hatte, und er antwortete „Unten neben der Küche. Aber du isst bei mir und meinem Vater!" „Das geht doch nicht!", entgegnete sie, doch er legte fest, „Wenn ich irgendwann mal verheiratet bin. Bis dahin bleibst du an meiner Seite." „Und dein Vater?" „Der wird sich an dich gewöhnen müssen", erklärte er zum Schluss und küsste sie.

„Und weil wir gerade vom Essen geredet haben!", sagte er und ging zur Tür. Von dort aus rief er nach Martha und ließ sich Wein und Brot bringen. Mit Lorena setzte er sich an das Bett und brach das Brot. Gemeinsam ließen sie es sich schmecken.

30. Kapitel

Die Gestalt eines Engels

Ein paar Tage hatte Gundel nur auf dem Bauch schlafen können. Elisabeth und Sarah hatten sie betreut und ihr geholfen. Nun endlich konnte sie wieder aufstehen, aber das Unterkleid zog sie sich sehr vorsichtig über ihren zerschlagenen Rücken. Den Gürtel mit dem Dolch legte sie trotzdem um die Hüften. Langsam stieg sie die Treppe hinab, um sich endlich wieder mal richtig zu waschen. Bisher hatte Sarah sie immer mit einem feuchten Lappen abgewischt, doch nun konnte sie sich wieder bewegen. Unter Schmerzen zwar, aber es ging. Die anderen Mägde hatten schon lange mit ihren alltäglichen Arbeiten begonnen. Barfuß und nur im Unterkleid lief sie über den Hof und betrat das Brunnenhaus. Darin angekommen erstarrte sie mitten in der Bewegung.

Vor ihr stand eine nackte, schwarzhaarige Frau mit dem Rücken zu ihr und wusch sich gerade ein Bein in dem steinernen Trog. War das eine Einbildung? Wer konnte denn so unverfroren sein, sich am helllichten Tag und bei offenem Tor hier nackt zu zeigen? Hatte die Frau vergessen die Pforte zu verschließen? Schnell drückte Gundel die Tür zu und legte den Riegel vor. Das laute Geräusch schien die Frau aber nicht zu stören. Langsam setzte sie das andere Bein in den Trog und wusch sich gelassen weiter. Sollte Gundel wieder gehen? Aber warum? Ohne ein Wort trat sie an den zweiten Trog und legte das Seifenstück dort ab. Die andere Frau lächelte sie an, machte aber einfach mit ihrer Körperpflege weiter.

„Schämst du dich nicht, dich hier so freizügig zu zeigen?", fragte Gundel und die andere Frau musste lachen. „Wofür? Das ist das Werk Gottes!", antwortete sie und stellte den Fuß zurück auf den Boden. Sie drehte sich nun aufrecht der Magd zu. „Ich bin Lorena", sagte sie. „Gundel", antwortete die Magd und kam nicht umhin, die Frau zu mustern. Lorena war wirklich sehr schön. Ihre Haut war fast weiß, die Brüste wie zwei Äpfel mit zwei Knospen, die wie Blutstropfen auf frisch gefallenem Schnee aussahen. Das gelockte Dreieck ihrer Scham war weder zu groß noch zu klein. Alles schien an ihr perfekt zu sein, nur die Hüften waren für Gundels Geschmack etwas zu schmal. Die schwarzen Locken umrahmten ein schmales Gesicht und auf ihrer ganzen Haut war kein Makel. Keine Narbe, noch nicht mal ein Flohbiss! Nur ein paar leicht bläulich schimmernde Flecken.

Wenn sie sich nicht bewegt hätte, dann hätte sie die Statue eines Engels aus dem Dom sein können. Nur die Flügel fehlten ihr dazu. „Trägst du immer einen Dolch?", fragte sie und zeige auf Gundels Gürtel. Natürlich musste das komisch auf sie wirken. „Ich habe meine Gründe!", antwortete Gundel und löste den Gürtel, dann legte sie den Dolch griffbereit neben den Trog. Sie streifte die Ärmel des Unterkleides herauf und begann sich zu waschen. Eigentlich passte es ihr nicht, dass Lorena hier war. Zu gern hätte sie das Unterkleid abgestreift, doch in Angesicht von Lorenas Schönheit traute sie sich das nicht. Auch die Beine wusch sie sich. Lorena griff zu dem Dolch und sah ihn sich an. „Ich kenn dich! Wir sind uns schon mal begegnet!", sagte sie schließlich. „Wo?", fragte Gundel, denn an diese Frau hätte sie sich bestimmt erinnert. „Wir haben im Dom nebeneinander gesessen", antwortete Lorena.

„Wieso kannst du dich denn daran erinnern?", fragte Gundel, die an das Gedränge im Dom dachte. „Nicht viele Leute haben sich neben mich gesetzt!", erklärte sie und setzte hinzu, „Bis gestern war ich eine Hübschlerin." Dann legte sie den Dolch zurück und Gundel fuhr herum. „Du hast es mit Männern für Geld gemacht?", stieß sie erschrocken aus. Lorena nickte und wendete sich wieder ihrem Trog zu. Ohne eine weitere Antwort begann sie sich ihre Arme zu waschen.

„Also? Warum der Dolch?", fragte sie nach einer Weile und Gundel erzählte stockend von Sigmar und der Gewalt, die er ihr angetan hatte. „Glaubst du, dass er dir geholfen hätte?", fragte Lorena und zeigte auf die Waffe. „Ich denke schon", entgegnete Gundel und zog den Dolch heraus. Lorena begann von ihrer Begegnung mit acht Halbstarken zu erzählen und beendete mit dem Satz „Wenn ich eine Waffe gehabt hätte, dann wäre ich jetzt tot!" „Ich wurde dafür nur ausgepeitscht!", presste Gundel durch ihre Zähne.

„Du bist dafür auch noch bestraft worden, weil er dir Gewalt angetan hat?", fragte Lorena und Gundel setzte dagegen, „Nicht direkt deswegen!" Anschließend erzählte sie von dem Prozess. „Die Wunden sind gerade erst verheilt. Ich hoffe, dass keine großen Narben bleiben", ergänzte sie zum Schluss und Lorena entgegnete, „Zeig mal!" Doch Gundel schämte sich, sich zu entblößen. „Los schon!", drängelte Lorena weiter und schließlich zog sich Gundel das Unterkleid über den Kopf, hielt es aber vor ihrer Brust, um so ihre Blöße zu bedecken.

Vorsichtig strich Lorena über die Narben auf Gundels Rücken. „Ich habe da etwas, das macht meine Haut so schön geschmeidig. Das könnte auch dir helfen!", erklärte sie und holte einen kleinen Topf. „Ein Händler aus einem fernen Land hat es mir geschenkt, als Dank für meine Dienste", setzte sie hinzu und hielt das Töpfchen vor Gundels Nase, dann erklärte sie lachend, „Nicht was du denkst!" Die Frau steckte ihre Fingerspitzen in die Salbe und begann dann den Rücken einzureiben. Dabei erzählte sie, „Ich habe für ihn getanzt und er hat sich dadurch an seine ferne Heimat erinnert gefühlt." Diese Salbe verströmte einen starken Duft und kühlte zugleich. „Danke dir", sagte Gundel und zog sich schnell das Unterkleid wieder an. Mit dem Dolch in der Hand fragte sie, „Du hast gesagt, dass du bis gestern eine Hübschlerin warst. Was bist du denn heute?"

Lorena begann sich mit der Salbe die Arme einzucremen und sagte beinahe beiläufig, „Jetzt bin ich die Nebenfrau von Balthasar." „Dem jungen Herrn?", fragte Gundel ungläubig zurück und Lorena nickte. Der Dolch fiel polternd zu Boden. „Oh! Entschuldigt Herrin. Das konnte ich ja nicht wissen", sagte Gundel angstvoll und machte einen schnellen Knicks. Sie hatte mit ihr so vertraulich gesprochen und dabei stand Lorena doch so viel über ihr. Angstvoll blickte sie zu ihr auf, doch die Frau winkte ab und machte mit ihrem Eincremen weiter. Schnell erhob sich Gundel, legte sich den Dolch um und fragte, „Gnädige Herrin! Darf ich euch helfen?" „Du kannst mir den Rücken eincremen. Da komme ich nicht so gut hin", sagte Lorena und hielt ihr das Töpfchen hin. „Gern", antwortete Gundel, machte einen Knicks und begann vorsichtig den Rücken von Lorena einzucremen.

„Macht es euch nichts aus, so nackt zu sein?", fragte sie vorsichtig und Lorena lachte. „Nein. Am Anfang schon, aber das gehört nun mal dazu. Die Männer haben schon zu Hause im Bett eine Frau im Unterkleid liegen. Da wollen sie bei einer Hübschlerin sehen, woran sie sind." „Ihr seid wirklich sehr schön", stellte Gundel leise fest und gab das Töpfchen zurück. „Ich danke dir", entgegnete Lorena und verließ nackt das Brunnenhaus, so als würde ein Engel hinausschweben. Das Licht der Sonne hüllte sie dabei ein und glänzte auf ihrem eingecremten Körper. Gundel sah ihr noch eine Weile bewundernd nach.

31. Kapitel

Modefragen

Vieles in diesem Haus war ihr ungewohnt, aber Lorena wollte sich gar nicht umgewöhnen. Wer wusste schon, wie viel Zeit ihr noch blieb. Warum sich dann also verbiegen? Der nächste Tag konnte ja schon der letzte sein. Natürlich fiel sie mit ihrer Haltung damit überall auf. Sicherlich war es ungebührlich, sich nackt zu waschen, doch sie wollte es gar nicht anders machen! Balthasar mochte ihren Körper und der alte Herr musste sich eben dran gewöhnen, dass sie im Hause war. Es könnte ihr zwar auch als Provokation ausgelegt werden, aber was hatte sie zu verlieren? Wenn sie morgen sterben würde, warum sollte sie sich da vorher erst noch unnötige Gedanken machen und die schöne Zeit mit solch etwas nutzlosem wie gutem Anstand verschwenden?

Es gefiel ihr in dem Hause ganz gut. Vielleicht wendete Gott die Seuche auch noch ab, jetzt, wo sie ja hier war und eigentlich alles erreicht hatte, wovon sie niemals zu träumen gewagt hatte. Dann konnte sie ja immer noch angezogen zum Waschen gehen und etwas „Anstand" lernen.

Sie betrat das Zimmer und Balthasar räkelte sich auf dem Bett. Es war schon heller Tag und die Sonne schien durch das offene Fenster genau auf ihren Körper, als sie das Zimmer betrat. „Warst du so auf dem Gang?", fragte der Mann vom Bett aus und sie nickte ihm nur zu. Dann stellte sie das Salbentöpfchen, ihren größten Schatz, vorsichtig wieder zurück auf den kleinen Tisch neben der Tür.

Vom Stuhl hob sie das Kleid auf und wollte es anziehen, doch Balthasar sagte vom Bett aus „Ich werde dir ein neues Gewand machen lassen. Das da passt nun nicht mehr zu dir." „Und was ziehe ich bis dahin an?", fragte sie und ließ das Kleid wieder fallen. „Bleibe einfach so, wie du gerade bist", erwiderte er lachend und hob die Bettdecke an, damit sie zu ihm in das Bett schlüpfen konnte. Seine Finger glitten schon wenig später über ihren eingecremten Leib, den sie ihm verlangend entgegendrückte. Wie hatte sie so lange ohne dieses Glück leben können? Seufzend nahm sie ihn in sich auf.

Eine gute Stunde später stand Balthasar aus dem Bett auf, zog sich an und rief danach nach Martha. „Mache für Lorena ein Kleid", sagte er nur, die ältere Frau nickte und verschwand. Dann drehte er sich zu ihr und sagte „Ich gehe mal zu meinen Freunden, die habe ich schon viel zu lange vernachlässigt. Außerdem muss ich mal sehen, was so in der Stadt los ist", dabei legte er sich seinen Gürtel um, küsste sie und verließ dann das Zimmer.

Lorena setzte sich im Bett auf, schob sich mit den Fingern die Locken zurecht und erhob sich danach. Langsam ging sie die zwei Schritte bis zum Tisch und zog sich das Kleid dann doch wieder an, denn schließlich wollte sie ja nicht den ganzen Tag nackt sein. Martha würde sie sicher zu einer Schneiderin bringen wollen und da konnte man ja auch nicht ohne Kleidung hingehen. Der fehlende Schleier war außerhalb des Hauses schon schlimm genug. Ein weiteres Stückchen nackter Haut auf der Straße würde reichen, dass sie am Schandpfahl stehen würde und sie wollte ja ihre kostbare Zeit nicht so verbringen.

Erwartungsvoll saß sie wenig später an dem Tisch und sah zum Fenster hinüber. Noch immer konnte sie diese ganze Pracht nicht fassen. Natürlich kannte sie diese Häuser, schließlich hatte sie oft in ihnen getanzt oder war zu den Männern eingeladen worden, um die Gäste der Ratsmitglieder zu unterhalten, oder mit ihnen das Lager zu teilen, doch darin zu wohnen, das war schon etwas ganz anderes.

Es dauerte eine Weile, bis Martha zurückkam und fragte „Kommt ihr mit?" Das „Ihr" war der Frau sichtlich schwergefallen. Sicherlich hatte sie sich noch nicht an die neue Situation gewöhnt, doch Balthasar hatte ja hier zu bestimmen.

Lorena nickte und erhob sich. „Hast du einen Schleier für mich?", fragte sie, doch Martha antwortete, „Den braucht ihr dafür nicht." Zusammen betraten sie den halbdunklen Flur und stiegen die Treppe hinab. Als Lorena sich zur Tür wenden wollte, da sagte Martha „Bitte hier entlang" und zeigte in die entgegengesetzte Richtung.

Nach ein paar Schritten schob sie eine Tür auf und sie betraten einen Raum, in dem eine Frau an einem Tisch saß und nähte. Sie saß mit dem Rücken zu ihnen, doch der Dolch war deutlich zu sehen. „Hallo Gundel. Machst du mir mein Kleid?", fragte Lorena, zur Überraschung von Martha und Gundel, die sich umdrehte und aufstand. „Ihr kennt euch schon?", fragte Martha. „Ja. Vom Waschen heute früh", antwortete Lorena und Gundel nickte. „Na dann", sagte Martha und verschwand aus dem Zimmer.

„Soll ich ihnen etwas schneidern? Oder wollen sie sich etwas aussuchen?", fragte Gundel und zeigte zur Seite, wo schon einige Kleider lagen. Lorena trat an den Tisch, auf dem sich ein angefangenes Kleid befand, an welchem die Magd gerade genäht hatte. „Ich möchte nicht lange warten. Jetzt, wo die Seuche in der Stadt

154

ist, da wäre mein Kleid vielleicht erst fertig, wenn ich es nicht mehr brauche", antwortete sie und strich über den schönen Stoff.

„Die Seuche ist da?", rief Gundel laut aus und Lorena nickte. „Hat dir das keiner gesagt? Die ganze Stadt redet schon davon", sagte Lorena und wendete sich nun den an einer Stange hängenden Kleidern zu. „Nein. Ich habe bis heute früh noch oben gelegen und konnte mich nicht richtig bewegen. Die haben mir nichts gesagt", antwortete Gundel und kam zu ihr herüber. „Ich habe die Seuche in die Stadt gebracht", sagte Gundel laut und Lorena fuhr herum. Schnell hielt sie ihr den Mund zu und sagte leise, „Pass auf, was du da sagst." Lorena lauschte nach draußen. Hatte jemand diesen Ruf gehört? Wenn ja, dann wäre das Leben der Magd nun in Gefahr. Lorena sah sich zur Tür um und erwartete, dass die Männer hereinstürmen würden, um die Magd zu packen, doch nichts passierte.

Schließlich ließ sie den Mund der Magd wieder los und fragte „Warum denkst du das?" Leise erzählte die Magd ihr, wie ihr ganzes Dorf von der Seuche dahingerafft worden war und sie hierher geflohen war. Lorena nickte verstehend und dachte an ihren eigenen Wunsch, den sie an Gott abgegeben hatte. Trug sie nicht dieselbe Schuld, wie diese Magd? Wenn es ruchbar werden würde, so wäre auch ihr Leben verwirkt! Sie musste schlucken und wendete sich schnell den Kleidern zu.

„Also. Was hast du hier, was mir passt?" fragte sie und Gundel sagte „Herrin, zieht bitte erst mal das Kleid aus, damit ich Maß nehmen kann." Lorena nickte und streifte sich das Kleid über den Kopf. „Tragt ihr niemals ein Unterkleid?", fragte Gundel die nun nackte Frau und Lorena verneinte. „Das hat bisher zu lange aufgehalten", erklärte sie. Gundel holte einen kurzen Strick und begann die Maße abzunehmen. Es war ihr offensichtlich peinlich, Lorenas nackten Körper zu berühren, doch es musste nun einmal sein.

Schließlich nickte die Magd und griff sich etwas aus einer offenen Truhe. „Ein Unterkleid aus Leinen, es bedeckt den Körper bis zu den Fußknöcheln und den Handgelenken", erklärte die Magd. „Na wenn es sein muss", antwortete Lorena und streifte sich das Unterkleid über. „Das hängt ja wie ein Sack!", sagte sie und strich über den derben Stoff. „Das muss so hängen!", erwiderte Gundel. Die Magd brachte ihr noch Schuhe und Strümpfe und half ihr weiter beim Ankleiden. Schließlich griff sie nach einem Überkleid und hielt es ihr zur Begutachtung hin. Es war schlicht, in Rot und mit nur wenig Spitze am Hals sowie am Saum.

„Das ist ein Surcot. Ein Kleid mit eng an der Hand abschließenden Ärmeln und einer kurzen Schleppe. Das ist gerade in der Stadt als Mode angesagt", erklärte Gundel, doch Lorena wusste dies natürlich schon. Oft hatte sie die Frauen im Dom damit gesehen. „Da ist dann auch noch solch ein prachtvoller Gürtel dazu", sagte die Magd und zeigte auf die Auswahl an bestickten Gürteln, die neben den Kleidern auf einer weiteren Stange hingen.

„Ziehen sie es einfach einmal an, damit ich sehen kann, wo ich es noch ändern muss", erklärte die Magd und Lorena zog sich das Kleid mithilfe der Magd über den Kopf. „Das passt schon", erklärte Lorena und drehte sich. An die Schleppe würde sie sich erst noch gewöhnen müssen. Gundel legte ihr noch einen goldfarbenen Gürtel locker um die Hüften und schloss ihn vorn. „Sehr schön", sagte Lorena, „Und ein Schleier?", fragte sie noch.

„Als hohe Frau solltet ihr jetzt eine Haube tragen. Nur Mädchen und niederes Gesinde tragen einen Schleier", erklärte Gundel und holte eine der Hauben aus einem Schrank. „Schade um ihr schönes Haar", sagte das Mädchen, als sie ihr die Haube aufsetzte. Aber zum Glück musste sie diese Kopfbedeckung nur außerhalb des Hauses tragen. Als ehrbare Frau war es eben unschicklich, das Haar offen zu zeigen. War sie nun aber wirklich eine ehrenwerte Frau geworden? Nur weil sie neue Kleidung trug?

Tief in sich drin war sie immer noch die Hübschlerin, auch wenn das Kleid mit den deutlich sichtbaren Abzeichen dieser Tätigkeit nun unbeachtet vor ihr auf dem Boden lag. Lorena bedanke sich bei der Magd, strich sich die Kleidung glatt und ging zur Tür. Dabei trat sie das Abzeichen ihrer alten Tätigkeit mit Füßen, da das Kleid unmittelbar auf ihrem Weg gelegen hatte.

Noch ein Blick in den großen Spiegel, dann schob Lorena die Tür auf und verließ den Raum. Eine andere Magd des Hauses machte vor der Tür eine tiefe Verbeugung, als sie vorüberging. Lorena nickte ihr huldvoll zu, so wie sie es so oft von den feinen Damen gesehen hatte.

32. Kapitel

Verfluchte Menschen

Eine Woche wütete die Seuche nun schon in der Stadt. Was mit zwei Erkrankten begonnen hatte, das war nun dabei angekommen, dass mittlerweile schon zweihundert Menschen gestorben und sicherlich einige hundert erkrankt waren. Immer wieder hatte Karl in den Ratsversammlungen die Berichte der Ärzte gehört, bis diese nun endgültig die Hilfe eingestellt hatten. Hatte man die ersten Opfer der Seuche noch normal beerdigen können, so wurde es nun zunehmend schwieriger. Nachdem irgendjemand das Gerücht in Umlauf gebracht hatte, dass derjenige, der einen Toten berührte, selber sterben würde, waren kaum noch Menschen zu finden, die die Toten unter die Erde bringen wollten.

Einerseits machte sich eine Panik breit, andererseits eine Art von Fatalismus, der darin mündete, dass die Menschen achtlos neben Sterbenden vorübergingen. Einige der Ärzte hatten seltsame Vogelmasken auf und gingen so, weihrauchschwenkend, durch die Gassen. Das Aussehen dieser Männer erschreckte die Menschen nur noch zusätzlich. Dazu kam nun aber auch noch, dass niemand wusste, wo diese Krankheit wohl herkam. War sie wirklich ein Fluch Gottes für ihr Tun? So wie es die Geißler annahmen? Oder konnten die Ärzte Recht haben, die nach dem Studium der Bücher von Hippokrates davon ausgingen, dass diese Infektion einer falschen Zusammensetzung der vier Körpersäfte Blut, Schleim, gelber und schwarzer Galle folgte. War es dann nicht besser, diese Körpersäfte wieder ins Gleichgewicht zu bringen?

Andere empfahlen wieder zur medizinischen Behandlung der Beulen die Aderlässe und das Schröpfen, das auch von Laien ausgeführt werden konnte. Auch Kräuter, Fastenzeiten und Bittgottesdienste wurden von ihnen empfohlen. Am Schlimmsten war aber der Aberglaube, der von Mensch zu Mensch ging und bei denen die obskursten Ratschläge gegeben wurden. Bei vielen davon schüttelte Karl den Kopf. So sollten die Fenster der Häuser nur nach Norden geöffnet werden. Es wurde ebenfalls gesagt, dass der Schlaf zur Tageszeit gefährlich war, doch wer konnte schon zur Tageszeit ruhen?

Einige Schlaue hatten sich ausgedacht, dass schwere Arbeit den Ausbruch der Seuchenerkrankung fördern und deswegen vermieden werden sollte. Doch das waren eher die Faulpelze, die sich nur vor der Arbeit drücken wollten. Wieso sollte die Arbeit schädlich sein? Schon jetzt zeichnete sich ab, dass mehr Männer als Frauen starben, mehr Junge als Alte. Mehr arme Menschen als Reiche.

Eigentlich kannte Karl die Antwort, die alle suchten, aber wer wollte sie schon hören? Solange es in der Stadt stank wie in einer Kloake, solange würde sich die Krankheit hier halten. In seinem Haus ging nun jeden Tag eine der Mägde mit einem Gefäß herum, in welchem Rosenblütenblätter und Weihrauch verbrannt wurden. Wichtiger war ihm aber, dass es in seinem Hause sauber war.

Trotz allem war es aber in der Stadt bisher friedlich geblieben. Noch hatte die Seuche das öffentliche Leben nicht zu schwer geschädigt und noch waren genug Wachsoldaten da, um gegen jeden vorzugehen, der versuchte, sich auf Kosten anderer zu bereichern. Die Schilderungen aus dem vergangenen Jahr aus Italien waren allen in der Stadt eine Mahnung.

In Mailand war fast die Hälfte der Einwohner gestorben. Die Ordnung war damals komplett zusammen gebrochen. Das hatte die

Seuche nur noch schlimmer wüten lassen. Keiner war mehr da gewesen, um Plünderungen abzuwenden. Mord und Totschlag waren allgegenwärtig gewesen und hatten fast genauso viele Opfer dahingerafft, wie die eigentliche Seuche.

Solche Zustände wollten sie für ihre Stadt verhindern und deshalb wurde jeder waffenfähige Mann nun verpflichtet, für den Rat zu arbeiten. Auch sein Sohn war damit in der Wache eingeteilt. Was diesem natürlich nicht so gut gefiel. Aber sollte es Karl zulassen, dass Balthasar nur faul bei seiner Nebenfrau im Bett lag, während andere für ihn die Arbeit machen sollten? Nun war es Zeit, dass der Sohn mal zeigte, was er konnte. Schließlich war er kräftig und konnte ein Schwert gut führen!

Sein Blick ging zur offenen Tür und er sah die Frau gerade an der Türöffnung vorbei gehen. Sie war wirklich sehr schön, aber kein Umgang für seinen Sohn. Eigentlich nicht mal als Nebenfrau. Im Rat hatten schon einige der Anwesenden darüber gelacht, doch was sollte er dagegen unternehmen? Zwar war es sein Haus, aber dem Sohn wollte er nicht den Spaß nehmen. Schon oft hatte Lorena auf ihren Versammlungen getanzt und danach hatte sie sich dann dem einen oder anderen Ratsmitglied hingegeben. Er wollte sie nicht hier haben, aber wie wurde er sie wieder los, ohne den Sohn vor der Dienerschaft bloßzustellen? Warum hatte Balthasar diese Frau eigentlich angeschleppt? Zornig suchte er einen Ausweg.

Schließlich fiel ihm ein, dass er am Vortag auf dem Marktplatz zwei Marktfrauen hatte tuscheln hören. Nach einem neuen Gerücht sollte die Seuche durch die Schönheit junger Mädchen angezogen werden und wenn das stimmen sollte, so waren sie alle in Gefahr, denn unter seinem Dach wohnte mit Lorena die schönste Frau von

Mainz! War das ein Ausweg aus seinem Dilemma? Doch sicherlich war an diesem Gerücht auch nicht viel dran, außer der Missgunst der beiden alten, hässlichen Marktweiber.

Trotzdem machte sich Angst in dem alten Mann breit. Was, wenn es vielleicht doch stimmte? Karl wendete sich dem Kreuz zu, das in der Ecke seines Kontors stand. „Wenn das stimmen sollte, so gib mir ein Zeichen und ich werde sie aus dem Hause jagen!", sagte er und stand auf. Der Kaufmann ging zu dem Kreuz und erneuerte die Kerze vor dem kleinen Kruzifix. Als er sich umdrehte, lief Sigmar in das Zimmer. „Die Seuche ist da!", rief der Knecht. „Ja. Ich weiß", sagte Karl und drehte sich zu seinem Schreibtisch um. „Nein Herr. Sie ist hier im Haus! Mathias hat sie!", erklärte Sigmar hektisch und lief wieder hinaus.

Karl drehte sich zu der Ecke um. „War das dein Zeichen?", fragte er das Kreuz laut, dann eilte er hinter Sigmar her, die Treppe hinauf, zur Kammer der Knechte im Dachgeschoss. Schon beim Betreten des Raumes erkannte er die schwarzen Flecken am Halse des Knechtes. Ein paar Schritte entfernt blieb er stehen und sah ihn an. „Hole einen Medicus!", wies er Sigmar an, der auch sofort davoneilte. Seine Gedanken begannen Kreise zu ziehen. Er musste diese Hure loswerden!

Wenig später kam einer der Ärzte in das Zimmer. Der Mann trug eine dieser seltsamen Masken und einen Kittel aus Leder. Dazu hatte er auch noch lange Handschuhe aus Leder an, wodurch fast sein ganzer Körper in Leder gehüllt war. Das gab seinem Auftritt etwas Dämonisches und Karl sah die Angst in den Augen des Knechtes. Der Mann hatte nun sicher doppelte Angst. Zum einen vor der Seuche und zum anderen vor dem Auftreten des Medicus in seiner seltsamen Gewandung. Sicherlich dachte er, dass er verflucht sei.

Während sich der Medicus um den Aderlass bei Mathias kümmerte, ging er mit Sigmar aus der Kammer. Eines war noch zu tun. Er musste dem Willen Gottes Genüge tun! Schließlich hatte er ihn ja um ein Zeichen gebeten. „Wirf mir diese Metze aus dem Hause! Sie hat uns die Seuche gebracht!", sagte er zu seinem Knecht. Genauer brauchte er es nicht zu sagen, den Sigmar wusste sicherlich auch so, wen er damit meinte.

„Sehr gern!", sagte der Knecht und eilte nach unten. In weitere Gedanken gehüllt blieb der Kaufmann vor der Knechtekammer stehen. War nun alles getan? Warum war die Seuche in sein Haus gekommen? Wirklich wegen Lorena? Ein Lärm riss ihn aus seinen Gedanken heraus und er wendete sich der Stiege zu. Aus dem unteren Geschoss hörte Karl die Frau schreien. Doch dem Wunsch Gottes musste nun mal genüge getan werden und seinem eigenen Willen ebenfalls.

33. Kapitel

Zwischen Leben und Tod

Ein Tumult und Schreie waren im Flur zu hören und Gundel stürzte aus dem Schneiderraum hinaus, um zu sehen, was da los war. Am oberen Ende der Treppe sah sie die Herrin mit Sigmar kämpfen. „Lass mich! Lieber will ich sterben, als dieses Haus zu verlassen!", schrie die Frau und der Knecht antwortete ihr, „Das kannst du haben! Der Herr hat nicht gesagt, wie ich dich Metze aus dem Hause werfen soll!" Dann fetzte er ihr das Kleid auf und stieß sie im Unterkleid die Treppe hinab. Lorena fiel schreiend herab und überschlug sich auf der engen Treppe.

Die Frau rollte bis nach unten und schlug sehr unsanft auf den Steinen des Ganges auf. Sigmar warf das Kleid hinter sich, das er immer noch in den Händen hielt, dann kam der Knecht langsam und lachend herab. Gundel eilte zu der am Boden liegenden Frau, die gerade mühsam versuchte, sich aufzurichten. Die Magd kniete sich hin und Lorena zog den Dolch aus dem Gürtel der neben ihr knienden Magd. Sofort drehte sie die Klinge zu sich und Gundel konnte im letzten Moment noch ihre Hand nach vorn reißen, wodurch der Dolch nicht, wie beabsichtigt, mitten in Lorenas Brust eindrang, sondern diese nur streifte.

Trotzdem blieb ein tiefer Schnitt, der das Unterkleid und die Haut aufschlitzte. Binnen Augenblicken war der Stoff vom Blut durchtränkt und Lorena versuchte den Dolch der Magd zu entreißen. „Lass mich!", schrie sie.

Mittlerweile war Sigmar bei ihnen angekommen und versuchte nun seinerseits, in den Besitz des Dolches zu gelangen. Ein wildes

163

Ringen war in dem Flur ausgebrochen, denn jeder der Drei wollte die Waffe haben. Der Lärm und das Schreien hatten nun auch Martha aus der Küche in den Gang gerufen, die daraufhin mit heftigen Fußtritten den Knecht verjagte, der sofort schimpfend auf der Treppe nach oben lief.

Unter Lorenas Körper hatte sich schon eine kleine Pfütze mit Blut gebildet und immer noch tropfte der Lebenssaft aus der Brust der Frau. Die ohnehin schon bleiche Lorena wurde noch bleicher. Ihr Gesicht schien förmlich einzufallen und vermutlich würde schon bald jedes Leben aus ihrem Körper gewichen sein. „Ein Medicus! Schnell!", rief Gundel und versuchte die Blutung mit der bloßen Hand zu stillen.

Genau in diesem Moment kam von oben einer der Ärzte in einer seltsamen Verkleidung herunter. „Schnell! Bitte helfen sie uns!", sagte Martha und zusammen mit Gundel trug sie die Herrin auf den Tisch in den Schneiderraum. „Herrin! Bleiben sie bei uns!", bat Gundel flehend, doch Sigmar rief von draußen „Sie ist nicht unsere Herrin! Sie ist eine Metze, die mit jedem ins Bett geht, der dafür bezahlt!" Der Medicus beugte sich über die Frau, rührte aber keinen Finger.

„Was ist denn nun?", schrie Martha ihn an, doch er schüttelte den Kopf, was mit der Vogelmaske aussah, als ob ein Geier auf sein Opfer einhackte. „Aber wir können sie doch nicht verbluten lassen!", rief Gundel und sah auf die Frau nieder, die sich kaum noch bewegte. „Ich werde sie zunähen!", erklärte sie schließlich, riss das Unterkleid am Schnitt über der Brust auf und nahm Nadel und Faden, die neben ihr auf dem Tisch lagen, in die Hand.

Mit zitternden Fingern versuchte sie den Faden in das Nadel-
öhr zu bekommen, was ihr aber nicht gelang. Also nahm ihr
Martha die Nadel fort und begann selbst mit kleinen Stichen den
Schnitt an der Brust der Frau wieder zu verschließen. Der Medicus
hatte inzwischen den Raum verlassen, Sigmar tobte im Flur herum
und Gundel hielt den Kopf der bewusstlosen Frau, an der nun
Martha die letzten Stiche vornahm. „Und was wird nun aus ihr?",
fragte sie schließlich, denn offensichtlich wollte der Herr sie ja
nicht mehr im Hause haben. Allerdings würde sie in diesem Zustand binnen weniger Stunden tot sein, wenn ihr niemand half. Das
konnte doch auch der Herr nicht wollen. Oder? Gundel sah auf
ihre Blutverschmierten Hände und hörte den Herrn schimpfend die
Treppe herunterkommen.

„In diesem Hause muss man alles selber machen!", rief er von
draußen und jagte den Knecht mit Fußtritten aus dem Raum. Dann
kam er zu dem Tisch und sah auf die bleiche Frau herab. „Werft
sie aus dem Haus!" „Herr! Nein! Sie wird sterben!", versuchte
Martha ihn zu beschwichtigen, doch er sagte, „Sie bringt die Seuche in mein Haus. Wenn sie bleibt, so werden wir alle sterben!"

Gundel sah entsetzt zwischen der bewusstlosen Frau, Martha
und dem Herren hin und her. Das konnte er doch aber nicht wollen? Der Mann verließ kurz das Zimmer und kam mit dem Stundenglas zurück. Dieses stellte er auf den Tisch und sagte, „Wenn
sie noch hier ist, wenn der Sand hindurch gelaufen ist, so werfe ich
euch drei aus dem Haus!" Danach ging er aus dem Raum und stieg
schimpfend die Treppe hinauf. „Was nun?", fragte Martha und
wischte sich die blutigen Hände an einem Lappen ab, den sie danach an Gundel weitergab.

Die ältere Frau ging aus dem Zimmer und kam mit dem blutverschmierten Dolch zurück, den Gundel säuberte und sich wieder
in den Gürtel steckte. Langsam rieselte der Sand durch das Glas
und genauso langsam kam wieder ein bisschen Farbe in Lorenas
Gesicht, trotzdem würde die Frau den Tag sicher nicht überleben,
wenn ihnen nichts einfiel. Die Verletzung war zu schwer gewesen.
Wer konnte helfen? Sie konnten sie doch nicht sich selbst überlassen! Gundels Gedanken rasten durch ihren Kopf und dennoch war
kein Ausweg in Sicht. Auch wenn Lorena ihre Herrin war, so war
sie ihr doch schon freundschaftlich verbunden und Freunden musste man helfen!

Sorgenvoll lag ihr Blick auf dem Stundenglas und schon bald
war kaum noch Sand im oberen Glas. „Wir müssen etwas unternehmen!", sagte Gundel. „Willst du wieder die Peitsche spüren?",
fragte sie Martha leise. Die Magd schüttelte den Kopf. Es war ohne Ausweg. Wenn Lorena im Haus blieb, dann würden sie alle es
bitter bereuen. Brachten sie die Frau auf die Straße, so würde sie
den nächsten Morgen sicher nicht mehr erleben.

Schließlich fiel es Gundel ein. „Sarah!", rief sie aus und
Martha sah sie fragend an. „Wir könnten sie bei Sarah unterbrin-
gen", erklärte die Magd. „Du bist verrückt!", antwortete Martha
leise. „Wenn das jemand mitbekommt, so landet sie auf dem Scha-
fott!", setzte die erfahrene Frau hinzu.

„Wieso?", fragte Gundel nach und Martha entgegnete ihr, „Sie
war, ist und bleibt eine Hübschlerin. Wenn sie sich mit Juden ein-
lässt, so muss sie sterben. So will es das Gesetz!" „Aber dann wird
sie so oder so sterben!", ergänzte Gundel mit Tränen in den Augen.

„Aber du setzt damit auch deine Freundin einer Gefahr aus, denn sicher würde dann auch sie vor Gericht stehen!", gab Martha zu bedenken. Eisiges Schweigen trat nun ein, bis die ältere Frau auf die Sanduhr zeigte. „Wir müssen eine Entscheidung treffen!", sagte sie seufzend und Gundel sah, wie schwer Martha dies fiel.

„Ich könnte sie mit Elisabeth wegbringen. Ihr braucht ja nicht wissen, wohin. Sie wäre dann aus dem Haus und dem Willen des Herrn wäre Genüge getan!", erklärte Gundel ihren Plan und Martha nickte ihr zu. Schnell eilte sie hinaus und wenig später war Elisabeth im Raum. Vorsichtig hüllten sie Lorenas Körper in eine Decke und trugen sie, so vor allen neugierigen Blicken geschützt und verpackt, aus dem Hause.

34. Kapitel

Ein gefährlicher Freundschaftsdienst

ie saß am Bett der jungen Frau, die ihr die Freundinnen am Tage zuvor gebracht hatten. Ihr Vater hatte noch einmal die Wunde kontrolliert und ein paar Blätter aufgelegt. Gundel hatte ihr nicht sagen wollen, wer das Mädchen war. Sie hatte sie nur gebeten, sich gut um sie zu kümmern und Sarah war dem Wunsch der Freundin gern nachgekommen. Die geheimnisvolle Fremde war sehr hübsch und durch den Blutverlust auch noch sehr bleich. Die Stelle, an welcher die Klinge diese Frau getroffen hatte, war ziemlich delikat. Für ein paar Augenblicke hatte sie überlegt, den Vater nicht darum zu bitten, sich die Wunde anzusehen, doch dann hatte schließlich die Vernunft gesiegt. Die Waffe hatte die Seite der Brust aufgeschlitzt und das war eigentlich eine Stelle, die kein Mann berühren durfte. Die Brust einer fremden Frau! Noch nicht mal die der eigenen Frau hatten viele Männer jemals berührt. Es war eine „Verbotene Zone" für jede Männerhand.

Die weitere Behandlung konnte sie ja nun selbst vornehmen. Immer wenn Sarah den Verband wechselte, sah sie sich die Naht an. Martha hatte die Stiche sehr fein gesetzt und es würde sicher nur eine kleine Narbe bleiben. Da die junge Frau noch ohne Bewusstsein war, konnte sie ihr auch keinen der fiebersenkenden Tränke geben, daher legte sie von Zeit zu Zeit ihre Hand zur Kontrolle auf die Stirn der Fremden. Bisher war die Stirn aber noch nicht heiß. Die ganze Nacht hatte sie sich überlegt, warum Gundel ihr nicht sagen wollte, wer die Frau war. Doch sie würde sie einfach fragen, wenn sie wieder zu sich gekommen war.

Auf dem Stuhl an dem Bett ruhte sich Sarah etwas aus, denn die Frau würde ja sicher auch noch eine Weile ruhen müssen. Sie setzte sich so, dass sie jede Bewegung der anderen Frau spüren musste.

Nach einer Weile wurde sie aber schon aus dem Schlaf gerissen. Die Frau hatte ihre Hand bewegt und Sarah setzte sich auf. Sicher würde sie in wenigen Augenblicken wieder zu sich kommen. Gespannt wartete sie darauf, dass sie die Augen aufschlug, doch im Moment bewegten sich nur die Augen unter den Lidern. Darum eilte sie schnell hinaus, um den Trunk zu holen, falls sie wach werden würde. Gerade als sie wieder in den Raum zurückkam, öffnete die Frau dann die Augen und sah sie an. Für einen Moment lag darin eine Frage, dann sah Sarah das blanke Entsetzen in dem Blick. Die fremde Frau zuckte zusammen und schrie auf. Dabei fasste sie sich an die verletzte Brust und sagte leise „Um Himmels Willen. Was mache ich hier?" „Gundel hat dich gebracht", antwortete Sarah und hielt der Frau den Becher hin. „Willst du mich umbringen?", fragte diese. „Nein! Warum sollte ich?", gab Sarah zurück. „Dann tue es bitte! Jetzt! Ich bin zu schwach dafür!", entgegnete die fremde Frau. Dann verließen sie ihre Kräfte und sie wurde wieder ohnmächtig.

Irgendetwas stimmte mit dieser Frau nicht. Wen konnte sie dazu befragen? Den Vater oder Gundel? Die Freundin würde es ihr wohl kaum sagen, darum lief Sarah nach draußen und ging zum Arbeitszimmer ihres Vaters. Sicherlich wusste er einen Rat. „Die Frau hat mich gebeten, sie zu töten", erklärte Sarah, als sie den Raum betreten hatte. Der Vater sah sie kurz an und nickte dann. „So etwas habe ich mir schon gedacht. Sicherlich hat sie sich die Wunde selbst beigebracht." „Und was soll ich nun tun?", fragte Sarah ihn.

Der Mann dachte kurz nach. „Wir sollten zuerst verhindern, dass sie sich selbst verletzen kann und dann solltest du mit deiner Freundin reden", erklärte ihr der Vater und gab ihr ein Seil. „Was soll ich denn damit?", fragte sie und der ältere Mann erklärte ihr, „Fessele ihre Hände, damit sie sich nichts antun kann!" „Ich soll sie fesseln?", fragte Sarah erschrocken nach. „Ja! Oder sie umbringen!", entgegnete ihr der Vater. Sarah nahm das Seil mit zwei Fingern und hielt es von sich fort, so weit, wie ihr Arm lang war. Das fühlte sich irgendwie falsch an, doch was konnte sie anderes tun?

Wenig später hatte sie der fremden Frau die Hände an die beiden Bettpfosten gefesselt. Warum nur hatte sie so reagiert? Sie hatte ihr doch nichts getan. Sarah sah an ihrem Kleid herunter. Hatte vielleicht die Tatsache, dass sie hier bei Juden war, die Frau so reagieren lassen? Aber warum nur? Vielleicht hatte die Frau ja Fieber bekommen? Schnell kontrollierte sie und stellte fest, dass die Stirn nun deutlich wärmer war, als noch ein paar Augenblicke zuvor. Vielleicht hatte die Fremde im Fieberwahn gedacht, sie solle hier geopfert werden. Es gab ja in der Stadt sowieso schon die seltsamsten Gerüchte über die Juden.

Eigentlich konnte es nur so sein, doch die Fesseln blieben erst einmal dran. Als die Frau dann wieder erwachte, gab ihr Sarah den Becher. Nun konnte sie das Fieber auch in den Augen der fremden Frau sehen. Wie verschleiert sah sie zu ihr herauf. Sie bemerkte nicht einmal, dass ihre Hände nach oben gezogen und gefesselt waren. Sarah stützte ihren Kopf und nach ein paar Schlucken von dem Trank schlief die Frau wieder ein. Sorgfältig wechselte sie den Verband und ersetzte die Kräuter, dann ließ sie sich wieder auf den Stuhl am Kopfende des Bettes nieder.

Erneut versuchte sie etwas zu ruhen und diesmal wurde sie von Gundel aus dem Schlaf gerissen, die an die Tür klopfte und danach in den Raum trat. Die Freundin sah den Strick und zeigte wortlos darauf. Sicherlich erwartete sie darauf eine Antwort, doch es war an der Zeit, dass Gundel ein paar Fragen beantwortete! „Wer ist sie?", fragte Sarah. „Lorena. Meine Herrin", erwiderte Gundel und beugte sich über die schlafende Frau. „Und warum will sie, dass ich sie töte?", setzte Sarah nach, doch Gundel versuchte auszuweichen und druckste nur herum. Sarah sah, das Gundel schnell wieder fort wollte, darum versperrte sie die Tür und sagte, „Du kommst hier erst wieder raus, wenn du mir alles gesagt hast!" Die Freundin versuchte dennoch zu entkommen, doch Sarah ging nicht zur Seite. Schließlich setzte sich Gundel auf den Stuhl, auf dem sie zuvor gesessen hatte.

Die Freundin sah zu der schlafenden Frau und sagte dann leise „Sie war eine Hübschlerin!" Sarah verschlug es den Atem. Für einen Moment musste sie sich an der Tür festhalten. Mit großen Augen sah sie die Freundin an. „Du bringst uns alle in Gefahr. Mich, meine Mutter und meinen Vater. Und sie auch!" „Niemand muss es wissen", erklärte Gundel leise. „Wenn sie jemand sucht, und hier findet, dann sterben wir dafür alle!", stellte Sarah resigniert fest.

Gundel stand auf und umarmte die Freundin. „Es tut mir leid, dass ich euch in eine solche Gefahr bringe", sagte sie und Sarah verschloss mit ihrer Hand den Mund der Freundin. „Niemand darf es wissen! Versprich es mir!" flüsterte sie und Gundel nickte. Zu allem entschlossen riss Sarah einen Streifen Stoff vom Kleid der Frau im Bett ab und verband Lorena damit den Mund.

35. Kapitel

Gefesselt und geknebelt

efesselt und geknebelt lag sie nun schon ein paar Tage in diesem Bett. Wie lange, das wusste sie selbst nicht. Nur zum Essen und für den Trank zog die fremde Frau ihr den Knebel kurz vom Mund fort, nur um ihn danach sofort wieder festzuziehen. Am Anfang hatte sie kurz versucht, um Hilfe zu rufen, doch das hatte nur dazu geführt, dass der Knebel einen ganzen Tag vor ihrem Mund gewesen war. Mittlerweile hatte sie schon verstanden, dass ihr hier keine Gefahr drohte, aber wohl war ihr bei dem Gedanken nicht, auf Gedeih und Verderb einer Jüdin ausgeliefert zu sein. Die Schmerzen in ihrer Brust waren nur langsam weniger geworden. Lorena hatte gesehen, dass die fremde Frau nun die Wunde mit der Creme aus ihrem Töpfchen einschmierte, also musste Gundel ihr offensichtlich geholfen haben. Wobei sie in den letzten Tagen eben nur diese Frau hier gesehen hatte. Als sie damals versucht hatte, sich freizustrampeln, da hatte ihr die Frau auch noch die Beine an das Bett gefesselt, eines an jeden Bettpfosten, wodurch sie nun hilflos wie ein kleines Kind hier liegen musste.

Da sie somit auch nicht zur Latrine konnte, musste ihr auch bei der Notdurft die fremde Frau helfen. Es war erniedrigend, wie diese ihr einen flachen Napf unter den Hintern schob und neben ihr wartete, bis sie fertig war. Bereits vor ein paar Tagen hatte die Frau ihr das zerrissene und blutverkrustete Unterkleid ausgezogen. Sie hatte ihr dabei nicht die Fesseln gelöst, sondern es einfach so zerrissen. An dem Kleid war ja sowieso nicht mehr viel zu retten gewesen. Damit lag sie nun nackt unter der dünnen Decke. Nicht dass ihr dies etwas ausgemacht hätte, die Nacktheit war für sie fast normal gewesen, nein, was sie eigentlich störte, war dieses so völlig auf jemanden anders angewiesen zu sein. Dieses nichts tun zu dürfen. Sie war immer eine selbständige Frau gewesen, zumindest so lange, wie sie hier in der Stadt war. Und nun das hier!

Sie hätte vor Zorn schreien können, wenn sie den Knebel nicht gehabt hätte. Doch offensichtlich wusste das auch die fremde Frau. Gerade kam sie wieder in das Zimmer und wischte ihr mit einem feuchten Lappen über die Stirn. Summend wusch die Frau ihr fast zärtlich auch den Rest des Körpers. Lorena versuchte dabei alles, damit die Frau ihr den Knebel abmachte, doch sie schüttelte nur den Kopf. Schließlich zog sie wieder die Decke über Lorena, beugte sie sich zu ihr herunter und flüsterte ihr ins Ohr „Ich kann dir den Knebel nicht abmachen. Wenn dich jemand hört, so landen wir beide im Kerker. Wenn dich jemand sieht, dann auch. Du bist noch zu schwach, damit ich dich in der Dunkelheit aus dem Hause bringen kann." Lorena nickte verstehend. Also war zumindest ihre Befreiung nur noch eine Frage der Zeit. Sie musste eben warten. Am meisten tat ihr aber weh, dass sie dem geliebten Mann nicht sehen und ihm auch keine Nachricht zukommen lassen konnte. Was mochte Balthasar wohl machen? Suchte er noch nach ihr? Hielt er sie für tot?

Tränen stiegen ihr in die Augen und sie konnte sie nicht wieder stoppen. Stumm weinte sie all ihren Schmerz heraus. Als es am Abend endlich dunkel wurde, da sah sie, dass Gundel in den Raum kam. Sie hatte ein Unterkleid und ein Kleid dabei, die sie auf einen Stuhl neben der Tür legte. Gundel setzte sich neben sie und sagte „Ich nehme euch den Knebel heraus, wenn ihr mir versprecht, nicht zu schreien." Lorena nickte und die Freundin zog das feuchte Tuch aus ihrem Mund.

Lorena holte tief Luft und hatte aber sofort die Hand der Freundin über dem Mund, noch bevor sie etwas sagen konnte. Durch die Hand, die sie nicht abschütteln konnte, musste sie etwas undeutlich mit Gundel reden, doch endlich konnte sie sich mit jeden unterhalten. „Warum bin ich hier", fragte sie und Gundel antwortete, „Weil ihr versucht habt, euch umzubringen." „Und warum hast du mich dann nicht sterben lassen? So bringst du nicht nur mich in Gefahr, sondern auch die Menschen in diesem Haus. Und lass dieses Sie. Ich bin doch deine Freundin!", bat sie die andere Frau.

„Ja! Du bist meine Freundin, so wie Sarah. Wie könnte ich dich sterben lassen?", fragte Gundel und das „Du" kam ihr dabei nur schwer über die Lippen. Die fremde Frau trat zu ihnen und sah ängstlich zu ihnen herüber. „Hallo Sarah", sagte Lorena und Sarah nickte ihr vorsichtig zu. „Wie lange muss ich denn noch hier bleiben?", fragte sie weiter und Sarah antwortete, „Mindestens noch eine Woche hat mein Vater gesagt." „Hat er mich untersucht? So, wie ich gerade bin?", fragte Lorena entsetzt zurück und Sarah nickte. Lorena biss in die Hand von Gundel und die Magd zog diese erschrocken zurück, aber noch bevor Lorena schreien konnte, da war Sarah über das Bett gesprungen und hatte ihre Hand auf Lorenas Mund gedrückt.

Kurz darauf war sie wieder geknebelt. Erneut stiegen ihr die Tränen in die Augen. Ein jüdischer Mann hatte sie angefasst. Schlimm genug, dass sie in diesem Haus lag. Nun war sie praktisch schon mit einem Fuß in der Hölle und dem konnte sie nicht mehr entkommen!

Ein Jude hatte ihre nackte Brust berührt! Wem sollte sie das beichten? Niemandem! Sie war verdammt und verflucht bis in alle

174

Ewigkeit. Die Tränen liefen ihr an den Wangen herunter und tropften neben ihren Ohren auf das Kissen. Sie drehte ihren Kopf von den beiden Mädchen weg und ließ das Wasser einfach laufen. Schluchzend lag sie dort und konnte sich nicht mehr beruhigen. Lorena hörte, wie die beiden Mädchen tuschelten und dann die Tür wieder zufiel. Vermutlich war Gundel gegangen, oder beide waren fort. Es wurde immer dunkler und niemand war da, der ihr helfen konnte. Stille war in dem Raum.

In diese Stille hinein sah Lorena ein helles Licht. Es schien direkt von oben zu kommen, daher wendete sie ihr Gesicht zur Zimmerdecke und sah eine helle, leuchtende Gestalt über sich schweben. Eine Gestalt mit Flügel, so wie ein Engel. Ein warmes Gefühl durchflutete Lorenas Körper und durch den Schleier ihrer Tränen konnte sie das wundervolle Gesicht des Engels erkennen.

„Wenn du hier aus diesem Zimmer kommst, so hilf denen, die sich nicht helfen können. Sei ein Bote Gottes und ein Helfer der Armen! Nur dann wirst du von Gott errettet werden!", hörte sie die liebliche Stimme des Engels in ihrem Kopf. Da sie nicht sprechen konnte, nickte sie dem Engel zur Bestätigung zu und das Licht verlosch.

Jetzt wusste sie, wie sie sich wieder mit Gott versöhnen konnte. Er hatte ihr eine Botschaft geschickt. Dafür bedankte sie sich mit einem Gebet und schlief ruhig ein. Aller Schmerz war fort und auch die Fesseln störten sie nun nicht mehr. Gekreuzigt lag sie dort auf das Bett gefesselt. Sie war eine heilige Märtyrerin und alles war gut.

36. Kapitel

Verzweifelte Suche

Seit mehr als einer Woche suchte er nun schon seine Frau. Niemand wollte oder konnte ihm etwas zu ihrem Verbleib sagen. Als er an dem betreffenden Abend nach Hause gekommen war, da hatte er nur die Magd Elisabeth kniend im Gang vorgefunden, die versuchte, einen Blutfleck zu entfernen. Doch diese schüttelte nur den Kopf, als er gefragt hatte, woher diese Blutspur gekommen war. Auch der Vater oder Martha sagten ihm nichts. Es war, als ob Lorena niemals existiert hätte. Sie war einfach aus seinem Leben verschwunden. Ohne Spuren zu hinterlassen. Fort! Mit seiner Gruppe von Kämpfern, es waren zehn starke Männer, durchstreifte er ja sowieso jeden Tag die Stadt, so wie es ihr Auftrag vom Rat war. Das lenkte ihn etwas ab, aber dennoch suchte er in jedem Gesicht auf der Straße die vertrauten Gesichtszüge von Lorena.

Die wenigen Tage, die sie sich gekannt hatten, hatten tiefe Spuren in seine Seele gebrannt. Er konnte sich ein Leben ohne sie nicht vorstellen und dennoch musste er auf sie verzichten. In jeder Nacht gingen die Gedanken zu der geliebten Frau. Lebte sie überhaupt noch? Oder war sie gestorben und ihre Leiche in den Fluss geworfen worden?

Wieder eine dieser Nächte und er drehte sich zu ihrer Seite des breiten Bettes, in dem sie ja nur kurz geschlafen hatte. Er tastete nach ihr, doch seine Hand griff ins Leere. Auch in der Hütte an der Stadtmauer, die er natürlich als erstes aufgesucht hatte, war sie offensichtlich nicht gewesen. Das Dach war eingestürzt und da konnte niemand mehr wohnen. Hatte sie vielleicht die Stadt verlassen, wie es mittlerweile so viele aus Angst vor der Seuche taten? Aber warum hatte sie ihm dann keine Nachricht hinterlassen? Es wäre ihr doch ein leichtes gewesen, Martha etwas zu sagen. Natürlich wusste er, dass sie nicht schreiben konnte, doch ein einziges Wort hätte schon genügt!

Ein neuer Tag nach dieser schlaflosen Nacht begann und es war Sonntag. An diesem Tag war die Wache nicht eingeteilt, weil sowieso jeder in den Dom lief. Wenn die Glocke zur Andacht rief, dann strömten so viele Menschen in das Gotteshaus, das es fast so aussah, als ob es auseinander platzen würde. Keine Bank, kein Stuhl, nicht mal ein freier Stehplatz war mehr zu bekommen. Die Menschen suchten ihr Heil im Glauben an Gott. Und er würde erneut in den Gesichtern der Menschen in dem Kirchenschiff die vertrauten Gesichtszüge suchen. Sie musste doch in den Dom kommen!

Obwohl wenig Platz war, schob sich der Mann suchend durch die Reihen. Da er ja als Angehöriger der Stadtwache zu erkennen war, und für Ordnung zu sorgen hatte, störte sich niemand an dem Mann, der sich oft ziemlich ruppig einen Platz zur Kontrolle suchte. Manche murrten oder maulten nur kurz, um sich dann wieder dem Gebet zu widmen.

Von Gesicht zu Gesicht gingen seine Augen und er sah die Angst der Menschen. Viele waren durch das Fieber schon gezeichnet. Der Blick vernebelt und nur auf das Kreuz gerichtet. Sie beteten für die Erlösung von ihren Schmerzen. Bei anderen waren schon die schwarzen Flecken zu sehen, die das deutliche Zeichen dafür waren, dass dies hier sicher ihr letzter Gottesdienst auf Erden sein würde. Doch wer sollte ihnen diese Gnade verwehren? Wer würde sie aus dem Dom fern halten wollen?

In den Straßen hatte Balthasar gesehen, wie die Toten dort lagen. Täglich rollte ein Fuhrwerk durch die Gassen und ein paar Männer mit Vogelmasken und Lederanzügen legten die steifen Körper, welche die Angehörigen oft nur aus dem Fenster nach unten warfen, auf diesen Karren. Vor den Stadttoren gab es Massengräber. Jeden Morgen wurde eine Grube ausgehoben, die den Tag über befüllt und am Abend geschlossen wurde. Dabei segnete dann ein Pfarrer die Reisenden auf dem Weg zu Gott.

Die Sterbesakramente konnte ihnen schon lange keiner mehr geben, es waren einfach viel zu viele. Und einige der Pfarrer hatten Angst, die Sterbenden zu berühren. Mittlerweile standen schon viele Häuser in der Stadt leer und die Wache hatte alle Hände voll damit zu tun, Plünderer vom Eigentum anderer fernzuhalten. Oftmals machten sie mit den Räubern einfach nur kurzen Prozess. Die Leichen warfen sie dann zu den Toten an den Straßenrand.

Eine Zeit der Gewalt und des Todes war über die Stadt hereingebrochen. Die Zahl der Toten hatte keiner mehr aufgeschrieben. Am Ende der Seuche würde man einfach durchzählen müssen, wie viele von den mehr als 25.000 Einwohnern noch am Leben sein würden.

Vom letzten Jahr wusste Balthasar, dass die Seuche erst im Herbst zum Stillstand gekommen war. Und es war gerade mal Mitte Juli! Das Chaos würde also noch mindestens ein viertel Jahr dauern und ob dann noch einer da sein würde, der die paar Überlebenden zählen konnte, das blieb fraglich. Auch in seinem Vaterhaus war die Seuche angekommen. Alle Knechte lagen mit Fieber auf ihren Strohsäcken. Allerdings hatte es nicht eine Magd betroffen und das fühlte sich für ihn seltsam an.

Wie konnte so etwas nur geschehen? Führten denn die Knechte ein gottloses Leben und die Mägde nicht? Sie lebten doch in demselben Haus, wohnten praktisch nebeneinander unter dem Dach. Sie verzehrten sogar dasselbe. War es ein Fluch, der das Haus getroffen hatte? Wenn ja, von wem? Von einer der Mägde?

Balthasar ging wieder eine Reihe weiter. Hier saßen die Mägde aus seinem Hause. Er sah ihnen in die Gesichter. Wer würde wohl wegschauen? Wem konnte er solch eine Schandtat zutrauen? Noch viel wichtiger war im Moment für ihn aber: Wer wusste etwas über den Verbleib seiner Frau? Sein Blick ging von Gesicht zu Gesicht. Martha, Elisabeth, Franziska, Luisa und Mechthild. Als letzte in der Reihe saß Gundel und auch ihr sah er in die Augen, doch sie schlug die Lider nieder und drehte ihren Kopf zur Seite. Warum hielt sie seinem Blick nicht stand?

Wusste sie etwas? Oder hatte sie eine Schuld auf sich geladen, die sie zum Wegsehen bewogen hatte? Der Pfarrer begann den Gottesdienst und Balthasar suchte sich einen freien Platz an einer Säule. Doch seine Gedanken waren nicht bei der Predigt, sie waren bei der Magd.

Mit einem Mal setzte sich ein Bild vor seinen Augen zusammen. Diese Magd war schuldig! Die Seuche war in die Stadt gekommen, kurz nachdem auch diese Frau hierhergekommen war. Der Knecht, der sie damals ausgepeitscht hatte, Mathias, war als erster erkrankt und lag nun im Sterben. Sigmar, den sie beschuldigt hatte, sie vergewaltigt zu haben, war einer der Nächsten gewesen. Und Lorena hatte ihm gesagt, dass sie sich mit Gundel angefreundet hatte, kurz bevor sie verschwunden war.

Das alles konnte kein Zufall sein! Er würde die Wahrheit schon aus ihr heraus bekommen und wenn es das Letzte war, was er tun konnte. Nur einmal noch wollte er in die Augen von Lorena sehen! Dafür würde er die Wahrheit aus dieser Magd mit der Peitsche herausholen! Entschlossen krampfte sich seine Hand um den Schwertgriff. Sein Blick ruhte auf dem Hals der Magd zwei Reihen vor ihm. Dafür würde sie bezahlen!

37. Kapitel

Dunkle Stunden

Von fern hörte sie die Glocken des Doms, der die Gläubigen zum Gottesdienst rief. Gundel lag in der dämmrigen Zelle auf dem Rücken und konnte sich vor lauter Schmerzen nicht mehr bewegen. In den vergangenen Tagen hatte Balthasar, der junge Herr, sie jeden Tag stundenlang befragt und geschlagen. Sie hatte fast alles zugegeben, auch Dinge, die sie nicht gemacht hatte. Sie hatte gestanden, die Seuche in die Stadt gebracht zu haben und die Knechte verflucht zu haben. Alles hatte sie ihm gesagt, nur eines nicht: wo sich Lorena befand. Und nur deshalb war sie vermutlich noch am Leben. Aber sie konnte ja nicht das Leben von Sarah, ihrem Vater und Lorena opfern, nur damit Balthasar sie endlich töten würde. Vielleicht war Gott so gnädig, sie schon vorher zu sich zu nehmen.

Am vergangenen Sonntag, nachdem sie vom Gottesdienst wieder nach Hause gekommen war, hatte es begonnen. Es war ein Martyrium gewesen. Zuerst hatte der Herr sie in dem Haus befragt, mit der Hand geschlagen und später auf dem Hof, an der Wand stehend, ausgepeitscht, bis sie das Bewusstsein verloren hatte. Danach war sie im Kerker aufgewacht.

Ihr Magen begann zu knurren. Seit zwei Tagen hatte sie auch nichts mehr gegessen. Er wollte sie nun vermutlich auch noch mit dem Hunger brechen. Jeden Tag war er in ihre Zelle gekommen und hatte sie befragt und immer war ihre Antwort „Ich weiß nicht, wo Lorena ist" gewesen. Sie konnte alle ihre Knochen im Leib spüren und ein jeder davon tat im Moment weh. Es gab wohl keine Stelle in ihrem Körper, die sich gerade nicht schmerzhaft meldete.

Mit der Zunge fuhr sie über die rissigen Lippen, denn auch zu Trinken hatten sie am gestrigen Tage nichts bekommen. Es war heiß und stickig in diesem Loch. Nur ein dünner Teppich aus Stroh lag unter ihr, darunter waren Steine und Lehm. Mühsam hielt sie die Augen offen, aber nur ein schwacher Schein von Sonne traf diesen Raum. Weit über ihr war ein einzelner Strahl zu sehen, in dessen Schein die Staubkörner tanzten. Es erinnerte sie irgendwie an das Aufwachen in ihrem Dorf.

Allerdings war es hier nicht still. Vor der Zellentür hörte sie immer wieder Schritte. Jedes Mal zuckte sie zusammen, weil es ja sein könnte, dass einer der Männer sie wieder befragen würde. Doch dann entfernten sich die Schritte meist wieder. Die Abfolge von brutalen Befragungen und danach folgender Stille hatte ihren Willen fast völlig gebrochen. Nur ein Hauch von Freundschaft sorgte dafür, dass Sarah noch am Leben und hoffentlich unbehelligt war. Dieser eine Gedanke des Schutzes der Freundschaft hielt sie überhaupt noch am Leben. Doch würde sie die Freundin nicht noch besser schützen können, wenn sie nicht mehr am Leben war? Nichts mehr verraten konnte? Der Dolch war aber weit weg. Sonst hätte sie sich, wie Lorena einst in ihrem Hausflur, in die Klinge stürzen können. Sie bemerkte eine Pfütze unter sich und spürte etwas Nasses an ihren Fingerspitzen.

Mit einer unheimlichen Kraftanstrengung hob sie die Hand zu ihren Lippen und leckte die Flüssigkeit ab. Was es war, das war ihr im Moment egal. Mühsam drehte sie sich zur Seite und schob sich zur Kerkerwand. Noch mühsamer zog sie sich daran herauf, bis sie an diese Mauer gelehnt sitzen konnte. Dabei spürte sie die buckelige Wand in ihrem Rücken. Das ehemals weiße Unterkleid war nun völlig verdreckt und am Saum auch schon zerrissen. Zumindest hatte ihr irgendjemand nach dem Auspeitschen auf dem Hof noch einmal ein neues Unterkleid angezogen, aber das Blut hatte ihren Rücken mit dem Stoff verbunden. Jede Bewegung riss die Wunden wieder auf.

Nach einer Woche hätten sich die Wunden sicher schon lange geschlossen, wenn sie nicht jedes Mal wieder aufgeplatzt wären. Gundel legte ihren Kopf gegen die Wand und sah nach oben. Wann kam endlich das Ende dieser Tortur? Konnte dieser kleine, geschundene Körper nicht einfach loslassen? Sie wollte sterben und konnte nicht!

Wenn sie noch Tränen gehabt hätte, so wären diese nun bestimmt aus lauter Zorn über ihre Situation gelaufen. „Gott. Warum hast du mich verlassen?", sagte sie leise nach oben, aber sie erwartete keine Antwort mehr. „Hole mich zu dir!", setzte sie nun viel lauter hinzu, doch auch dieser Wunsch würde wohl nicht erhört werden. Die Glocken vermeldeten das Ende des Gottesdienstes und damit auch die Zeit, zu der Balthasar sich sicher wieder auf den Weg zum Kerker machen würde. Warum sollte er sie am Sonntag schonen? Den letzten Sonntag hatte er es ja auch nicht getan. So wartete sie nun, die Beine weit von sich gestreckt, auf das Unvermeidliche, was in einiger Zeit erneut beginnen würde.

Abermals näherten sich Schritte der Zelle, doch diesmal gingen sie in das Schließen der Tür über. Sie war zu schwach, um den Kopf zu drehen, daher musste sie geradeaus sehen, bis der Mann in ihr Blickfeld trat. „Hast du es dir überlegt? Sagst du mir nun, wo du meine Frau hingebracht hast?", fragte er drohend. Sie war auch zu schwach, um den Kopf zu schütteln, daher sagte sie nur leise „Ich weiß es nicht." Der Mann winkte zur Seite und zwei andere Männer kamen in die Zelle. Sie packten Gundel bei den Armen und zogen sie auf die Füße. Schlaff hing sie im Griff der Wärter und wenn diese sie losgelassen hätten, so wäre sie zu Boden gestürzt, doch dies würde nicht passieren. Balthasar ging aus der Zelle und die beiden Männer schleppten die Frau hinter ihm her. Ihre Füße schleiften auf dem Boden und sie sah den Rücken des vor ihr gehenden Mannes.

Der Weg war nicht weit. Nur ein paar Biegungen im Gang, dann waren sie in dem großen Raum, wo die Instrumente standen. Am ersten Tag hatte ihr einer der Männer genüsslich jedes Stück Metall vorgestellt und in den letzten Tagen hatte sie dann mit einigen davon nähere Bekanntschaft geschlossen. Rabiat rissen ihr die Männer den blutigen Fetzen, der mal ein Unterkleid gewesen war, über den Kopf. Gundel schrie auf und spürte das Blut, das ihr über den Rücken lief. Wenig später lag sie nackt und ausgestreckt auf der Bank. Mit Seilen an Händen und Füßen wurde sie wieder auseinander gezogen.

Das hier hatte schon lange nichts mehr mit Recht oder Unrecht zu tun. Das hier war etwas Persönliches zwischen Magd und Herr. Immer wieder dieselbe Frage „Wo ist sie?" und immer wieder dieselbe Antwort „Ich weiß es nicht", bis sie wieder bewusstlos wurde und später unter Schmerzen in der Zelle erwachte.

Wie lange noch? Die Dunkelheit legte sich wie eine schützende Decke über sie. In der Nacht würden sie nicht kommen, um sie zu befragen.

38. Kapitel

Ein Geschöpf der Nacht

Ruhelos streifte ihr Blick über die dunkle Straße. Sie hatte sich ein Tuch vor das Gesicht gezogen, wodurch nur noch die Augen zu sehen waren und sie war ein Geschöpf der Dunkelheit geworden. Erst nach Einbruch der Dämmerung kam sie aus ihrem Versteck und beim ersten Morgenrot verzog sie sich wieder in ihre Behausung, in welcher sie den Rest des Tages verschlief. Die Angst vor der Gewalt trieb sie dazu. Sie hatte auch ihren Mann gesehen, wie er durch die Straßen streifte und sie suchte, doch Lorena durfte ihm nie wieder begegnen, denn sie hatte dem Engel geschworen, zu helfen und das war nun ihre Aufgabe, auch wenn ihr die Trennung von Balthasar seelische Schmerzen bereitete. Auf leisen Sohlen eilte sie durch die Gassen und half den Ärmsten und Kranken.

Es war nun Anfang August und das Grauen des Todes war in der Stadt allgegenwärtig geworden. Nicht nur die Toten der Pest waren zu beklagen, sofern noch jemand dazu in der Lage war, nein, auch Räuberbanden zogen umher und raubten die leeren Häuser und die sterbenden Menschen aus. Immer gejagt von den Wachen der Stadt. Wenn man so wollte, dann war die öffentliche Ordnung vollkommen zusammengebrochen.

Erschöpft setzte sich die Frau an eine Hauswand in den Schatten und dachte daran zurück, wie sie in dem Hause des Juden gewesen war. Die Frau hatte sie nie wieder gesehen. Eines Abends, als sich die Wunde geschlossen hatte und sie wieder so weit in Ordnung gewesen war, hatte ihr die Frau den allabendlichen Trunk gegeben. Dann war Lorena eingeschlafen und am nächsten Morgen irgendwo in der Stadt aufgewacht. Sie war vollkommen angezogen gewesen mit dem Kleid, das ihr Gundel damals in das Haus gebracht hatte. Lage hatte Lorena überlegt, ob sie wieder in ihre alte Hütte oder zu Balthasar zurückgehen sollte, doch sie hatte sich für den Engel entschieden. Nur so würde sie der Hölle entgehen! Und so lebte sie nun unter den Toten. Mehr ein Geist, als ein Mensch.

Wie lange würde sie das Ganze überleben? Oder war sie schon tot? Hielt der Engel des Herrn schützend seine Hand über sie? Vielleicht! Jetzt, in der Nacht, konnten ihr nur die Räuber etwas tun. Die Wachen waren nur am Tage unterwegs und die früher eingesetzten Nachtwächter gab es schon lange nicht mehr. Doch die Frau war flink und kannte sich gut aus. Schnell konnte sie in einer der Seitengassen verschwinden, wenn es notwendig sein würde.

Eine Frau mit einem Kind hockte sich nur wenige Schritte vor ihr hin. Sie hörte das Schmatzen des Kindes an der Brust und sah, wie die Mutter dem Säugling liebevoll über den Kopf strich. Ein Bild des Lebens in einer Wüste des Todes. Sollte sie nach vorn zu ihr gehen und die schützende Deckung verlassen? Gerade eben hatte sie einer Sterbenden etwas Wasser aus einem Brunnen gebracht und die letzten Augenblicke mit der Frau zusammen gebetet. Lorena war nun so etwas wie ein Sterbensbegleiter geworden. Nur ganz selten sah sie einen Pfarrer auf der Straße, der oft nur den Reichen und Mächtigen die Sterbesakramente spenden ging. Und was war mit den Ärmsten? Sollten sie in die Hölle kommen?

Auch das war ein Auftrag des Engels gewesen. So viele Seelen wie nur möglich retten! Eigentlich war es absurd! Sie war ja immer noch eine Hübschlerin, eine Ausgestoßene und nun war sie diejenige, die den Menschen den himmlischen Segen und Trost in

186

der Not brachte. Die meisten der Sterbenden hätten ihr vor wenigen Wochen noch nicht mal in ihr Gesicht gesehen und nun hielt sie ihnen die Hand und betete mit ihnen.

Von der linken Seite war ein Tumult zu hören. Die junge Mutter sprang auf und eilte davon. Lorena drückte sich tiefer in den Schatten einer eingefallenen Wand. Dadurch verschmolz sie mit der Straße. Ihre dunklen Sachen taten ein Übriges und so würde sie nicht von den anderen zu sehen sein. Angespannt starrte sie in die Dunkelheit und sah ein paar Männer, die offensichtlich nichts Besseres zu tun hatten, als die Toten auch noch auszurauben. Der toten Frau, mit der sie gerade noch gebetet hatten, rissen sie das Kreuz vom Hals. Vermutlich war es der wertvollste Besitz der alten Frau gewesen. Doch sie war ja schon auf dem Weg zum himmlischen Tor.

Geduckt und zum Sprung bereit sah Lorena den Männern zu. Das waren also die „ehrbaren Menschen" die sich immer für so viel besser gehalten hatten. Es waren Räuber und Leichenfledderer geworden! Ein Geräusch war von rechts zu hören und eine weitere Bande kam die Straße herauf. Die Männer würden sich direkt vor ihr treffen müssen. Noch enger presste sie sich nach hinten. Nun war keine Flucht mehr möglich!

Wenig später gab es eine wilde Keilerei in der dunklen Gasse. Nur zwei Schritte vor Lorenas Füßen starben Menschen an Messerstichen und dann war wieder Ruhe. Die Frau wartete noch einen Augenblick, ob die Männer wieder zurückkommen würden, dann stand sie aus ihrer Deckung auf. Sie glitt geräuschlos die zwei Schritte nach vorn und kniete sich neben einen der Männer hin. Er hatte das abgerissene Kreuz der Frau noch in seiner Hand. Mühsam lösten sie die Finger der verkrampften Hand und sah dem

Sterbenden in die Augen. Darin sah sie die Angst vor dem Tod. Was sollte sie tun? Lorena hatte Mitleid mit ihm und begann zu beten. An seinen Lippenbewegungen erkannte sie, dass er dasselbe tat. Dann schloss er die Augen und Lorena schlug das Kreuz über ihm. Nun hatte sie das silberne Kreuz in der Hand. Sollte sie es zurückgeben?

Der Mond ging auf und sein Licht traf genau das kleine Kreuz. Ein Strahlen ging von ihm aus, wie das, welches den Engel umhüllt hatte. „Dieses Kreuz sei dein Lohn und dein Zeichen!", hörte sie eine Stimme in sich. Sie bedankte sich und ging zurück in ihre Ecke. Mit dem hellen Mondlicht musste sie nun noch viel vorsichtiger werden.

Zuerst suchte sie sich allerdings ein Band und legte sich das Kreuz um. Von jetzt an hatte sie auch einen göttlichen Schutz bei sich. Sie vertraute auf diese Führung, trotzdem schlich sie vorsichtig die Gassen entlang und versuchte immer in dem Bereich zu bleiben, in welchem das Mondlicht nicht hingelangen konnte. Ihre Augen waren mittlerweile an die Dunkelheit gewöhnt. Die alten Ortskenntnisse halfen ihr auch sehr und die Ohren hielt sie sowieso ständig offen. Einerseits, um die Laute der Sterbenden zu hören, andererseits, um den Banden der Mörder aus dem Wege zu gehen.

Zum Glück für sie machten diese genug Lärm. Die raubenden Männer brauchten ja auf niemanden Rücksicht zu nehmen. Die Nacht gehörte ihnen. Und einem anderen Geschöpf der Finsternis. Dem Engel der Sterbenden. Lorena!

39. Kapitel

Ein Mann des Glaubens

Seit einigen Tagen war Isaak nun schon auf den Straßen der Stadt unterwegs. Er hatte gesehen, dass die Ärzte nur noch die Hände hoben, statt den Menschen zu helfen. Eigentlich war er ein Bücherwurm, ein Gelehrter, ein Mann der Bücher und des Glaubens. Aber in einer Zeit, in der kein anderer helfen konnte, da musste eben auch ein Gelehrter seine Aufgaben übernehmen. Doch eigentlich wollten sich die Menschen von ihm nur in den seltensten Fällen wirklich helfen lassen. Da waren seine Gespräche mit Karl, dem Kaufmann, schon wesentlich erfreulicher. Allerdings konnte auch der Kaufmann nichts gegen diese Krankheit tun. Er hatte zwar eine Mehrheit im Rat, wenn es darum ging, die Juden zu schützen, doch für das Eindämmen der Seuche fand er kaum einen Verbündeten. Seine Ratskollegen suchten ihr Heil lieber im Gebet, als in der Ordnung in der Stadt. Immer mehr glitt dem Rat das Heft des Handelns aus der Hand. Überdurchschnittlich viele Männer der Wache und der Verwaltung waren schon der Seuche zum Opfer gefallen.

Selbst im Rat begann die Seuche sich auszutoben und veränderte dadurch die Mehrheitsverhältnisse. Und dies auch noch in einer Zeit, in der es für die Juden ohnehin schon gefährlich war, denn vor einigen Tagen waren die Juden in Frankfurt dem Hass der Menschen zum Opfer gefallen. Die Berichte von dort hatten auch seinen Freund erschreckt. Ein wütender Haufen von Menschen, der Frauen und Kinder tötete, der Männer verbrannte. Und damit war nun Mainz anscheinend die einzige Stadt, in der noch die Juden halbwegs ungestört leben konnten, doch wie lange hielt dieses Glück noch an? An Flucht war nun auch nicht mehr zu denken, denn sie würden nicht einmal die Tore der Stadt erreichen.

Nur hier in ihrem Viertel, unter dem Schutz des Rates, konnten sie auf das sicher unvermeidbare Ende warten. Es konnte entweder das Ende der Seuche sein, oder ihr eigenes Ende.

Als Vater hätte er seine Tochter am liebsten in Sicherheit gewusst, doch auch sie konnte nun nicht mehr hinaus. Höchstens noch versteckt in einem Wagen? Unter einer Decke? Konnte er sie und Karl überreden, sich solch einem Unterfangen zu unterziehen? Der Kaufmann hatte sicher die Möglichkeiten, die Tochter aus der Stadt zu bringen. Von dieser Absicht wollte er aber zunächst die Tochter nicht informieren. Seit sie die fremde Frau in ihrem Zimmer aufgenommen und gepflegt hatte, war sie sowieso etwas seltsam geworden. Da wollte er sie mit der voreiligen Idee nicht noch zusätzlich verwirren. Zumal er ja auch noch nicht wusste, ob sein Freund diesem Plan zustimmen würde. So machte er sich also auf den altbekannten Weg zum Haus des Kaufmannes.

Bereits beim Betreten des Kontors sah er das sorgenvolle Gesicht des Mannes. Doch es hellte sich auf, als er mit offenen Armen auf Isaak zukam. „Mein Freund", sagte er und wieder folgte dieselbe herzliche Begrüßung, wie auch sonst. Wenig später saßen sie an dem kleinen Tisch, als Isaak mit seiner Bitte anfing. „Ihr habt doch Wagen, mit denen ihr Ware von fern nach Mainz bringen könnt." „Die Wagen hab ich wohl", antwortete der Kaufmann. „Wäre es euch dann möglich, meine Tochter auf einer dieser Touren nach Prag zu ihrer Schwester Ruth zu bringen?", fragte er weiter und der Kaufmann wiegte seinen Kopf. „Möglich wäre es schon." „Das klingt nach einem aber", entgegnete Isaak und der Kaufmann seufzte. „Ich habe den Wagen und der Weg würde ihn auch an Prag vorbei bringen. Nur mir fehlen die Männer dafür!", erklärte er und setzte nach einer kurzen Pause fort „Alle Knechte sind erkrankt."

Nun schwiegen sie beide und überlegten. Was war zu tun? Dann sagte Isaak „Und wenn ich euch helfe?" Der Kaufmann zeigte auf das Buch hinter sich. „In diesen Zeiten kauft keiner Tuch. Da brauche ich kaum Hilfe", sagte der Mann. „Aber eure Knechte brauchen Hilfe!", ergänzte Isaak. Der Kaufmann nickte. „Ja. Könnt ihr ihnen helfen?", fragte der Kaufmann. „Ich werde es versuchen", setzte Isaak hinzu.

„Sobald zwei von ihnen wieder gesund sind, so werde ich sie mit dem Wagen losschicken und dann könnten sie eure Tochter, versteckt unter der Ladung, nach Prag bringen." „Eure Hand darauf?", fragte Isaak und der Kaufmann schlug ein. Dieser Handel war damit bindend. Das Leben seiner Tochter gegen das Leben von zwei Knechten. „Wo sind die Knechte?", fragte er und der Kaufmann geleitete ihn über die Treppe nach oben.

In dem schummrigen Raum unter dem Dach lagen fünf Männer auf Strohsäcken, von denen nur drei eine winzige Chance haben würden, diese Seuche zu überleben. „Sie wurden durch eine unserer Mägde verflucht", sagte der Kaufmann. „Sie hat es meinem Sohn gestanden", erklärte er weiter, doch Isaak glaubte nicht an einen Fluch. „Wir müssen die Körpersäfte wieder in ihr Gleichgewicht bringen", entgegnete er und dachte an das Buch, das er in seinem Haus auf dem Tisch liegen hatte. In den letzten Tagen hatte er es oft gelesen, wodurch ihm die nötigen Stellen sofort wieder einfielen.

Nachdenklich ging er mit dem Kaufmann nach unten und dann suchten sie Martha. „Gib ihm alles, was er verlangt", sagte der Kaufmann zu der Frau, die einen Knicks vor ihm machte. Dann zählte Isaak auf, was er brauchen würde. Das Meiste davon war im Haus und den Rest wollte die Frau schnell besorgen gehen. So stieg er wieder zu den Knechten hinauf und bettete sie, mit der Hilfe einer Magd, neu.

Er war ja ein Mann des Glaubens, aber die Vorstellung eines Fluches kam ihm dann doch seltsam vor. Genauso seltsam war es aber auch, dass nur die Knechte betroffen waren. Die Mägde jedoch nicht. Und das wo sie doch praktisch Tür an Tür wohnten und dasselbe Essen bekamen. Doch offensichtlich wurden die vier Säfte im Körper von Frauen anders verwertet, als im Körper von Männern. War das der Schlüssel für die Lösung des Problems? Die Möglichkeit für eine Heilung der Männer und die Rettung für Sarah? Was war der Unterschied zwischen Männern und Frauen, die Äußerlichkeiten mal weggelassen? Gab es da auch Hilfe in einem Buch? Wen konnte er Fragen? Den Rabbi vielleicht? Er versorgte die Männer und machte sich auf den Weg durch die Stadt.

Nun sah er viel objektiver auf die Opfer am Straßenrand. Doch da lagen sowohl Männer, als auch Frauen. Wie konnte das sein? Warum war es in dem Haus so völlig anders gewesen? Konnte es wirklich daran liegen, dass die Räume der Frauen nach Norden lagen, während die der Männer nach Süden zeigten? Gab es vielleicht noch einen Raum an der Nordseite? Er stutzte und ging schnell zurück. Im Haus ließ er von Martha neue Strohsäcke in einen alten Lagerraum bringen, der auch nach Norden zu lag. Dann trug er mit Martha die drei leichteren Fälle dorthin. Nun würde sich ja zeigen, ob an dem Gerücht etwas Wahres war. Zusätzlich gab er noch ein Bittgebet ab. Es konnte ja nicht schaden.

40. Kapitel

Tod und Elend

Jedes Zeitgefühl hatte sie verloren. Immer noch war sie im Kerker, aber der junge Herr hatte vor einiger Zeit aufgehört, sie zu befragen. Ihre Antwort war ja sowieso immer dieselbe gewesen. Vielleicht hatte er gedacht, dass sie es wirklich nicht wusste. Nun lag sie also hier und wartete einfach nur noch auf den Tod, denn der würde ja zwangsläufig die Folge ihres Geständnisses sein. Schließlich hatte sie ja zugegeben, die Seuche in die Stadt getragen und die Männer verflucht zu haben. Wenn sie die Augen schloss, so konnte sie das Feuer des Scheiterhaufens manchmal schon vor sich lodern sehen. Aber niemand holte sie! Jeden Morgen schob ihr eine vermummte Gestalt einen Teller mit Brot und einen Krug mit Wasser durch die Stäbe des Gitters, das die Zelle vom Gang trennte. Die Tür daneben blieb aber fest verschlossen.

In der Ruhe hatte ihr Körper Zeit gefunden, die Wunden heilen zu lassen und sie fühlte sich mit jedem Tag besser. Doch das nutzte nichts. Ihr kleiner Raum war nur fünf mal fünf Schritte groß. Sie kannte jeden Spalt, jeden Steinvorsprung und jeden Riss in der Tür schon zur Genüge.

Hin und Herlaufen konnte sie, aber hinaus durfte sie nicht. Sie erfuhr nichts und niemand wechselte auch nur einen Ton mit ihr. Der Vermummte blieb Stumm und Gesichtslos. War sie vielleicht schon tot und hatte es nur noch nicht gemerkt? Sie hatte sich ein Kreuz in die Wand geritzt und betete dort jeden Tag, aber es würde ihr vermutlich keiner der himmlischen Helfer zur Seite stehen. Zu schlimm waren ihre Verfehlungen. Nur eines hielt sie noch irgendwie bei Sinnen: dass sie die Freundinnen nicht verraten hatte. Wie mochte es wohl Sarah und Lorena gehen? Nach dem, wie sich

Lorena bei ihrem letzten Besuch verhalten hatte, war sie wohl nicht mehr ihre Freundin. Doch hätte sie die junge Frau etwa sterben lassen sollen? Die Entscheidung, sie zu Sarah zu bringen, war die einzige Option gewesen, die Gundel gehabt hatte. Im Anschluss an jedes Gebet bat sie die Freundin, ihr dies zu verzeihen.

So lag sie nun in ihrem Elend und wartete auf den Tod. Doch während er sicher in der Stadt eine reiche Ernte einfuhr, ließ er sie im Kerker weiter warten. Vergessen von der Welt und vergessen vom Tod. Brot und Wasser hielten sie am Leben. Und dann war da noch tief drin in ihr so ein Funken, der sie zwang, das Wasser zu trinken und das Brot zu essen. Warum nur? Zögerte dies nicht eigentlich das Ende nur hinaus? Wenn sie das Wasser einfach auskippen würde, dann würde es sicher nicht mehr lange dauern, bis der Tod sie holen würde. Doch irgendetwas hielt sie davon zurück. Immer, wenn sie es versuchte, dann zitterte ihre Hand. Dadurch wurde die Qual nur verlängert. Es war eine neue Art der Folter.

So, wie er sie die ersten Tage, immer wieder geholt hatte, um sie zu befragen, so ließ er sie nun in der Ruhe zurück. Der junge Herr quälte sie weiter. Er folterte sie, ohne sie zu berühren. Ohne sie zu holen. Die Einsamkeit und die Stille waren nun die Folter! Es war genauso still, wie damals in dem Dorf, als sie schon unter den Toten gewesen war. Nur manchmal hörte sie von draußen die Kirchenglocken oder das Schreien von Menschen, wenn diese nahe am Kerker waren. Doch meist war eben nur Stille um sie herum.

Daher begann sie, mit sich selbst zu reden, um nicht dem Wahnsinn zu verfallen.

In all dieses Elend setzte sich ein kleiner Vogel in das Gitterfenster. Er sah sie an und Gundel nahm ein paar Brotkrümel vom Teller. Vorsichtig legte sie diese dem Vogel hin, der auch sitzen blieb. Vielleicht hatten ihre Selbstgespräche den gefiederten Gesellen angelockt. Sie war froh, dass in diese Welt des Schweigens ein kleiner Sänger Einzug gehalten hatte, denn nachdem er die Krümel verspeist hatte, bedankte er sich mit einem Lied bei ihr. Er hörte ihr zu und sie ihm. Erst als draußen die Dämmerung hereinbrach, da machte er sich wieder auf den Weg zu seinem Nest.

Gundel hoffte, dass er vielleicht am nächsten Tag zurückkommen würde. Noch lange stand sie an dem Gitter und sah auf die Stadt hinaus. Welcher Tag mochte es wohl sein? War in dieser Stadt überhaupt noch Leben?

Der Mond ging auf und tauchte die Stadt in sein silbernes Licht. Er deckte ein Tuch über das Elend, dass sie über diese Menschen gebracht hatte. Wie konnte sie dafür Buße tun? Oder war ihre Gefangenschaft schon ein Teil der Buße? Hinter ihr klapperte etwas im Gang und ein Leuchten kam auf sie zu. Zu solch später Stunde war noch nie jemand in ihre Zelle gekommen, daher nahm sie an, dass auch diesmal die Wache an ihr vorbei gehen würde. Doch woher kam auf einmal diese Wache? Hatte der Vermummte sie nicht in den letzten Tagen als einziger besucht? Im Schein der Fackeln sah sie schließlich zwei Personen und Gundel ging zum Gitter. Von dort sah sie hinaus, wie die Beiden sich ihr näherten. Was würden sie ihr bringen? Das Urteil? Die Vollstreckung des Urteils? Jetzt? Am Abend?

Nach ein paar tiefen Atemzügen der Angst standen zwei Vermummte vor ihr und sahen sie an. An einem der beiden sah sie etwas hervorblitzen, dass sie kannte. Es war eine Ratsherrenkette, wie sie der Herr getragen hatte. War er es vielleicht? Doch der Mann war deutlich größer als der Herr. Oder spielten ihre Sinne ihr einen Streich? Der Mann sagte mit tiefer und offensichtlich verstellter Stimme „Und du hast also die Seuche über uns gebracht?" „Ja. Gnädiger Herr", entgegnete Gundel, froh endlich wieder mal mit jemanden sprechen zu können. „Wer hat dir geholfen? Die Juden?", fragte der Mann, doch dies konnte Gundel nur verneinen. Missmutig schüttelte der Mann den Kopf. Der Rat sah den anderen Mann an und sagte „So nützt sie mir nichts. Mach mit ihr, was du willst, aber sie darf nie wieder hier herauskommen!" Der Vermummte nickte ihm demütig zu und das vermummte Ratsmitglied verschwand wieder im Gang.

Gundel sah den Mann an, von dem sie bisher nur die Augen sehen konnte. Selbst diese lagen nun im Schatten des Fackelfeuers. Eigentlich war ihr Schicksal nun besiegelt. Sie würde sterben, doch warum wollte der andere Mann nicht, dass sie öffentlich hingerichtet werden sollte. Der Mann, der noch vor der Zelle gestanden hatte, folgte nun dem Anderen. Gundel blieb unwissend in der Dunkelheit zurück. Was würde passieren?

41. Kapitel

Spätes Glück

Schon lange war Martha nicht mehr auf dem Markt gewesen, um dort Kleidung zu verkaufen. In einer Zeit der Not und des Elends, da gaben die Menschen kein Geld für neue Kleider aus. Und in dem Hause des Kaufmannes war nun auch jede Menge zu tun. Einer der Knechte war schon gestorben, zwei weitere lagen im Sterben und bei den anderen sah es nicht viel besser aus. Die Seuche schien in diesem Hause allerdings nur die Männer zu befallen. Der junge Herr hatte ihr gesagt, das Gundel im Kerker gestanden hatte, alle Knechte mit einem Fluch belegt zu haben. Vielleicht war da wirklich etwas dran und sie fühlte sich im Moment sehr schlecht, weil sie die Magd in das Haus geholt hatte. Doch eigentlich war zum Denken keine Zeit.

Die vier Mägde und sie mussten ihre Arbeiten und auch noch die der Knechte übernehmen. Fünf Frauen, die die Arbeit von zwölf Menschen machen mussten. Eine allgemeine Erschöpfung war die Folge. Und solange die Seuche weiter wüten würde, solange würde sich daran auch nichts ändern. Nicht einmal die kranken Knechte konnten von ihnen betreut werden. So blieben die Männer mehr oder weniger ihrem Schicksal überlassen.

Und nun war sie mit dem Korb wieder auf dem altvertrauten Weg. Sie brauchten Lebensmittel und im Moment war sie die einzige, die sich dazu auf den Weg machen konnte. Es war nicht sehr weit bis zu den Ständen, die in ihrer Anzahl deutlich abgenommen hatten. Alles, was nicht zum Überleben notwendig war, das kaufte keiner. Wozu sich dann also auf den Markt stellen und Töpfe verkaufen? Fünf Stände gab es noch und die Preise für die Lebensmittel waren auf ein Niveau gestiegen, das noch vor ein paar Wochen sofort die Wache auf den Markt gerufen hätte. Ein Apfel hatte nun denselben Wert, wie ein ganzer Korb voller Äpfel vor zwei Wochen.

Doch wer Essen wollte, der musste zahlen! Nur das Nötigste landete in Marthas Korb. Am letzten Stand saß eine alte Frau, mit der sich Martha an früheren Markttagen oft unterhalten hatte. Martha kaufte von ihr zwei Brote und die Frau sagte „Denkt euch nur, auch Mathilde hat die Seuche nun gefunden!" Erschrocken sah Martha zur Seite, wo immer der Stand der alten Frau neben dem ihrigen gestanden hatte. Erst jetzt bemerkte sie die leere Stelle.

„Ich glaube, es geht sicher heute noch mit ihr zu Ende", setzte die alte Frau hinzu und Martha fiel ein, das sie dann natürlich schnell noch Elisabeth informieren musste, damit diese sich von ihrer Mutter verabschieden konnte. Schnell zahlte sie und eilte nach Hause. Dort angekommen rief sie laut nach der Magd und informierte sie. Elisabeth erschrak und rannte davon. Martha sah ihr noch eine Weile nach, bevor sie dann das Essen in die Speisekammer trug. Anschließend machte sie sich an die Arbeit, denn nun fehlten ja noch zwei Hände mehr.

Die beiden Kühe im Stall mussten noch versorgt werden. Mit der Mistgabel in der Hand ging Martha über den Hof zu den Tieren. Es hatte ein paar Augenblicke gedauert, doch dann war die Erinnerung an die Jugend zurückgekommen und damit auch die vergessene Erfahrung im Umgang mit den Tieren. Wenig später arbeitete sie im Stall mit dem Blick in den Innenhof. Sie schob den Mist zur Tür und holte neue Einstreu.

Nach einer Weile sah sie, wie Elisabeth auf den Hof kam und mitten zwischen den Häusern verwirrt stehen blieb. Natürlich konnte sich Martha denken, dass der Abschied von der Mutter der jungen Frau zusetzen würde, doch das schien nicht alleine Elisabeths Problem zu sein. Neugierig ging die Frau zu ihr hinüber und stellte sich vor sie hin.

„Was ist los?", fragte sie die Magd, die fast durch sie hindurch blickte. „Meine Mutter ist gestorben", antwortete sie und sah Martha an. „Ich konnte noch ein paar Sätze mit ihr reden", erzählte sie weiter und Martha vermutete, dass dieses Gespräch die junge Frau so verwirrt hatte. Darum wartete sie auf die Fortsetzung der Erklärung und sah sie fragend an. Es dauerte eine Weile, bis die Magd weitererzählen konnte. „Meine Mutter war gar nicht meine Mutter!", erklärte sie und wollte schon zum Haus gehen, doch Martha hielt sie zurück. „Was meinst du damit?", fragte sie die Magd.

Elisabeth sah wieder durch sie hindurch, dann begann sie stockend zu erzählen „Sie hat mir gesagt, dass sie mich gefunden hat. Wer waren denn nun meine Eltern?" Schlagartig durchzuckte Martha eine Vermutung. „Wann und wo hat sie dich gefunden?", fragte sie die Magd, die sich schon wieder von ihr abwenden wollte „Am Palmsonntag vor achtzehn Jahren. Vor den Stufen zum Dom", sagte Elisabeth und Martha ließ vor Schreck die Mistgabel aus er Hand fallen. „Am Palmsonntag vor achtzehn Jahren. Vor den Stufen zum Dom", wiederholte sie und sah Elisabeth in die Augen. Die Magd nickte zur Bestätigung. „Mein Gott. Kann es denn möglich sein?", hauchte Martha und die Erinnerung an diesen schrecklichen Tag kam wieder zurück. An die Schmerzen der Geburt und das Kind, das genau dort abgelegt worden war. War diese Magd vielleicht die schon lange vermisste Tochter?

Es konnte nur so sein, denn sicherlich hatten an diesem Tage nicht zwei Mütter ihre Töchter dort abgelegt. Martha sagte „Du bist meine Tochter!" und riss die fassungslose Magd an sich. „Was meinst du?", fragte Elisabeth und Martha begann schluchzend die Geschichte zu erzählen, die sie so lange in ihrem Innersten verborgen gehalten hatte. Schließlich lagen sich die beiden Frauen weinend in den Armen.

In all dem Elend und der Not hatten sich Mutter und Tochter wieder gefunden. „Was wäre wohl passiert, wenn du nicht noch einmal zu ihr gegangen wärst? Dann hätte ich nie erfahren, dass du meine Tochter bist", sagte Martha mit Tränen in der Stimme. Gott hatte ihr diese Möglichkeit gegeben, doch noch zu erfahren, wer ihre Tochter war. Dann sagte sie schließlich „Wir müssen nun schnell weiter arbeiten, aber heute Abend werden wir reden, selbst wenn es die ganze Nacht dauern sollte!" „Ja! Das machen wir", erwiderte die Magd. „Ich will alles ganz genau wissen", setzte sie noch hinzu, bevor sie in den Stall lief. Wieder sah ihr Martha nach, ein Schmerz war ihr vom Herzen genommen worden. Dann eilte auch sie an ihre, nun schon so lange vernachlässigte, Arbeit in das Haus.

42. Kapitel

Eine missglückte Intrige?

as sollte er mit dieser Frau? Sie nützte ihm nichts. Noch schlimmer: sie konnte ihm sogar schaden und seinen schönen Plan zum Platzen bringen. Eine Christin, die Zugab, die Seuche in die Stadt gebracht zu haben! Er wusste von seinem Kumpan aus dem Kerker, das diese Frau aus persönlicher Rache gehandelt hatte und das war genau das, was nicht an das Licht der Welt kommen sollte, denn diese Seuche passte ihm sehr gut. Bonifaz betrat sein Haus und legte seinen Mantel ab. Der Diener verbeugte sich und verschwand mit dem Kleidungsstück.

Der reiche Mann stieg langsam hinauf und dachte dabei nach. Es war schon spät in der Nacht und außer ihm war wohl nur noch der Diener wach. Ruhe war in dem Hause. Genug Ruhe und Zeit zum Nachdenken. Diese Frau durfte den Kerker nie wieder verlassen! Aber sein Kumpan würde schon dafür Sorgen. Was er mit ihr anstellte, das war Bonifaz dabei egal, Hauptsache es drang kein Sterbenswort von dem, was die Frau gestanden hatte, nach draußen.

Einzig die Tatsache, dass sie die Magd von Karl, seinem ärgsten Widersacher im Rat war, konnte ihm vielleicht etwas nutzen. Aber nicht mit der Seuche an sich, vielleicht nur mit dem Fluch. Schließlich wollte er diese Krankheit ja den Juden anhängen, damit er sie endlich aus der Stadt bekam. Sein erster Versuch mit dem Brief war von Karl mit einer Handbewegung zunichtegemacht worden. Bonifaz hätte schreien können. Er hatte die Männer und den Anlass. Nur die Mehrheit im Rat hatte er immer noch nicht!

Es half ihm zwar, dass die Seuche offensichtlich mehr von seinen Gegnern erwischte, als von seinen Unterstützern, aber die Mehrheitsverhältnisse verschoben sich so unwahrscheinlich langsam, dass er sich die Haare ausraufen könnte. Wenn nur Karl endlich aus dem Weg wäre, dann wäre es für ihn ein leichtes gewesen, die anderen Männer auf seine Seite zu ziehen. Zehn Stimmen trennten ihn von der Erfüllung seiner Gottgegebenen Aufgabe. Warum half Gott ihm nur so langsam? Wollte er seine Geduld auf die Probe stellen?

Oder sollte er bei Karl selbst Hand anlegen? Anlegen lassen? Die Männer für solche Tätigkeiten ließen sich gegen klingende Münze ganz schnell finden. Und außerhalb der Stadtmauern warteten auch noch die Schläger, die er für die Vertreibung der Juden brauchte. Alles so schön vorbereitet und es scheiterte an einer Stimme. An einem Mann, dcr sich gegen ihn stellte. Bonifaz sah zur Ecke und auf das kleine Kreuz, das dort stand. „Du sollst nicht töten", hieß eines der Gebote. Aber es hieß nicht „Du sollst nicht töten lassen!" eine Hintertür? Erfüllte er damit nicht den Wunsch Gottes? Hatte sich Karl mit den Juden verbündet? War er etwa mit dem Teufel im Bunde und er, Bonifaz, musste damit als Krieger Gottes gegen den Teufel zu Felde ziehen? Dann war dies ein Kreuzzug!

Ein neuer Plan musste her. Er brauchte etwas gegen Karl und er brauchte einen Mann, der nicht reden konnte, wer ihm diesen Auftrag gegeben hatte. Dann brauchte es nur noch den richtigen Zeitpunkt und ein schnelles Messer. In einer Stadt der Gewalt war der Tod allgegenwärtig. In jeder Sitzung des Rates redeten sie darüber, tun konnte keiner etwas dagegen. Zu viele waren schon von der Seuche geholt worden. Also waren im Moment zweierlei Dinge wichtig: Er brauchte Informationen über Karl und über die Juden. Vielleicht fand sich sogar etwas, was diese beiden miteinander verband.

Jetzt, in der Nacht, konnte er nur überlegen, wen von seinen Männern er damit beauftragen konnte. Dann fiel es ihm ein und wie auf ein Zeichen erschien der Diener in der Tür „Gnädiger Herr. Braucht ihr noch etwas?", fragte er nach einer Verbeugung und Bonifaz antwortete „Hole mir den Sepp!"

Nach einer weiteren Verbeugung verschwand der Diener und schon wenige Augenblicke später stand der Knecht ziemlich verschlafen in der Tür. Nach ein paar Münzen war der Mann aber sofort hellwach. „Beobachte das Haus von Karl. Ich brauche alles, was du gegen ihn finden kannst", er brauchte gar nicht sagen, welchen Karl er meinte, jeder in dem Haus wusste von seiner Wut auf den Kaufmann. Sepp verbeugte sich und verschwand.

Nun konnte Bonifaz zu seiner Frau in das Schlafzimmer wechseln. Er musste sich nur noch in Geduld üben und wenn Gott auf seiner Seite war, dann würde es nicht mehr sehr lange dauern, bis Sepp etwas herausgefunden hatte.

Der nächste Morgen kam schnell und schon wenig später tauchte auch schon Sepp wieder auf. „So schnell?", fragte Bonifaz überrascht und der Knecht nickte. „Ich habe mit einer Nachbarin von ihm gesprochen. Seit ein paar Tagen geht einer der Juden täglich bei dem Kaufmann aus und ein. Manchmal sogar mehrmals täglich. Oft bleibt er stundenlang im Hause. Auch ich habe ihn heute früh gesehen", berichtete der Knecht. Das war ja zu schön, um wahr zu sein. „Und du bist dir wirklich sicher damit?", fragte er zur Sicherheit nach.

„Wenn ich es euch doch sage gnädiger Herr", antwortete Sepp und machte eine tiefe Verbeugung. Im Aufstehen fing er das zugeworfene Münzsäckchen auf und verschwand lächelnd. Das war genau das, was ihm die Stimmen der anderen Ratsmitglieder bringen konnte. Karl steckte mit den Juden unter einer Decke!

Froh gelaunt ging Bonifaz später zur Sitzung des Rates, wo er auch sofort den Kaufmann vor allen versammelten Mitgliedern zur Rede stellte. „Ihr macht gemeine Sache mit den Juden? Sie bringen die Seuche in die Stadt und ihr helft ihnen?", fuhr er den Kaufmann an, der sich zu wehren versuchte. „Ich habe ihn gesehen, den Juden, der Täglich zu euch kommt!", log Bonifaz, den gesehen hatte er ihn ja nicht. „Er ist ein Arzt für meine Knechte!", antwortete Karl und wieder bezichtigte ihn Bonifaz der Lüge. „So holt euch doch einen Medicus!", fuhr er ihn an und der Kaufmann entgegnete ihm, „Wenn es einen gebe, der sich der Seuche annehmen würde, dann würde ich den auch holen!"

Das Gespräch polterte noch eine Weile hin und her, doch keiner der beiden konnte einen Vorteil erzielen. Nach der Sitzung blieb Bonifaz auf seinem Stuhl und sah den anderen Männern nach. Hatte er nicht wenigstens den einen oder anderen davon überzeugt, dass er Recht hatte? Vielleicht schon und dann war nicht alles umsonst gewesen.

Nun blieb ihm noch eines zu tun: der Mann und das schnelle Messer! Wer konnte ihm da nützlich sein? Sein Gedanke ging an den stummen Piet. Der hatte ihm schon so oft geholfen und er konnte nichts verraten! Der perfekte Attentäter!

43. Kapitel

Angst

Seit Lorena fort war, hatte Sarah das Haus nicht mehr verlassen. Sie hatte im Blick der Frau gesehen, dass diese ihr wohl liebend gern an den Hals gesprungen wäre, wenn sie es nur gekonnt hätte. Daher hatte sie auch die Variante gewählt, sie in der Dunkelheit besinnungslos wegbringen zu lassen. Mit ihrem Vater zusammen hatten sie die Frau in ein großes Tuch eingeschlagen und am anderen Ende der Stadt wieder abgelegt. Anschließend war sie dann wieder nach Hause geeilt, während der Vater aus einem Versteck heraus beobachtet hatte, wie die Frau dann später wieder zu sich gekommen und aufgestanden war. Die Frau hatte sich, nach der Erzählung ihres Vaters, sofort einen Dolch von einem in der Gasse liegenden Mann genommen und ihn sich umgelegt. Diese unmissverständliche Geste hielt nun Sarah im Haus. Zum Glück kannte Lorena nur sie, doch sie wollte nun mal keine Bekanntschaft mit der Klinge in der Hand der, scheinbar zu allem entschlossenen, Frau machen.

So blieb nun eine Angst zurück, die Sarah in dem Hause fesselte, so wie sie Lorena zuvor an das Bett gefesselt hatte. Nur das ihre Seile unsichtbar waren. Zum Glück war sie ja als Frau nicht an die Zeiten und Orte des Gebetes gebunden. Daher musste sie am Abend auch nicht aus dem Hause. Trotzdem fühlte es sich komisch an, dass sie die einzige war, die in den Häusern geblieben war, während alle anderen sich auf den Weg zur Synagoge gemacht hatten.

Schließlich hätte es ja sein können, dass Lorena wusste, dass dort alle Juden sich einfinden würden und dann mit dem Dolche im Gewand auf die Ausübung ihrer Rache warten würde.

Sarah führte ihr Gebet zum selben Zeitpunkt aus, wie die anderen. Nur der Ort war eben ein anderer und dabei schweiften ihre Gedanken ständig ab. Schon eine halbe Ewigkeit hatte sie ihre Freundin Gundel nicht mehr gesehen und sie fragte sich, ob nicht etwa Lorena etwas mit deren Verschwinden zu tun hatte. Schließlich wusste die Frau ja, wo sie Gundel finden konnte. Und was wäre, wenn Gundel Lorena schon ihren unfreiwilligen Aufenthaltsort verraten hatte? Im Moment war sie alleine im Haus. Sarah sprang auf und lauschte. War es etwa das, was Lorena beabsichtigt hatte? Stand sie vielleicht schon vor der Tür? Als dunkler Racheengel?

Der Vater hatte bereits die Fensterläden verriegelt. Somit blieb nur noch die Tür als einziger Zugang zum Haus. Die junge Frau stürzte in den Flur und schob einen kleinen Schrank vor die Tür, um es der anderen Frau unmöglich zu machen, in das Haus zu gelangen. Und was nun? Sie erinnerte sich wieder daran, dass ihr Gundel einst gezeigt hatte, wie man mit einer Waffe umging. Sollte sie sich bewaffnen? Noch bevor sie eine Entscheidung darüber getroffen hatte, befand sie sich schon auf dem Weg in die Küche, wo ein großes Messer auf dem Tisch lag.

Sarahs Hand krampfte sich um den Messergriff, doch würde ihr das etwas nutzen? Sie wusste nicht, wie geschickt die andere Frau war, sie wusste nur, dass sie nicht wirklich Ahnung vom Kampf hatte. Sollte sie sich nicht lieber ihrem Schicksal ergeben und der fremden Frau einfach entgegentreten? Sollte sie in Gott vertrauen? Oder sich bei der Frau entschuldigen? Schließlich war es ja ein Herzensdienst für Gundel gewesen. Was hätte sie tun können? Sie hatte unschuldig Schuld auf sich geladen. Und sie hatte ihren Vater überredet, die Wunde zu kontrollieren, auch wenn der sich am Anfang geweigert hatte. War sie damit zu weit gegangen? Aber sie hatte es ja aus einem guten Grund getan: um zu helfen!

Das Messer landete wieder auf seinem Platz, aber die Frage blieb im Raum: was tun? Es war zwar noch nicht finstere Nacht, aber nach dem Sabbat durfte sie das Viertel nicht mehr verlassen, dazu kam noch, dass es nachts für eine Frau auf den Gassen zu gefährlich sein würde. Der Vater hatte ihr von den Zuständen außerhalb der Viertelsmauer berichtet. Tod und Gewalt. Nichts sonst gab es dort mehr. Vor der kleinen Mauer lauerte der Tod in vielerlei Gestalt.

In ihrem Viertel war bisher noch keiner erkrankt und gestorben. Schon allein das brachte die Menschen außerhalb dazu, ihren Zorn auf die Juden zu übertragen. Doch was konnten sie schon dafür, dass ihr Gott sie wohl schützte? Der Drang nach einer Entschuldigung wurde immer stärker, aber wo sollte sie die Frau denn überhaupt suchen? Sicherlich war sie ja nicht mehr an der Stelle, wo sie sie abgelegt hatten. Oder würde sie vielleicht dorthin zurückkommen? Sarah näherte sich der Tür und konnte sich dennoch nicht entschließen, das kleine Schränkchen wieder zur Seite zu schieben.

Direkt vor dieser Tür lauerte der Tod! Das wusste sie, nur wie dieser sie ereilen würde, das konnte sie nicht wissen. Durch Lorenas Hand? Durch einen Räuber oder die Seuche? Wenn Gott sie schützte, dann war zumindest die Seuche keine Sorge für sie. Sie ging zurück in ihr Zimmer und verrichtete das Gebet vor der kleinen Kerze. Danach stand sie auf und ging entschlossen zur Tür. Es würde sicher nicht mehr lange dauern, bis alle wieder zurückkommen würden! Jetzt musste sie handeln!

Nun schob sie den Schrank zur Seite und öffnete die Tür. Die dunkle Gasse war Menschenleer. Von der Seite leuchtete eine Fackel herüber, die irgendjemand in einer Halterung vergessen hatte. Ein Schritt und die Dunkelheit umfasste Sarah. Noch ein Schritt und die Geräusche ihrer Schritte hallten in der Gasse wieder. Viele Schritte weiter und sie war noch am Leben, dann erreichte sie die Mauer und trat hinaus.

Ein Geruch des Todes schlug ihr entgegen. In all den Tagen im Haus hatte sie nicht gewusst, wie schlimm es in der Stadt wirklich geworden war. Als sie Lorena nach draußen gebracht hatte, da hatte sie nicht auf den abstoßenden Geruch geachtet. Nun verschlug es ihr fast den Atem. Sie versuchte so leise zu gehen, wie es ihr nur irgend möglich war. Sich immer wieder umsehend schlich sie auf Zehenspitzen zu der besagten Stelle, die sie auch im Dunklen jederzeit wiederfinden konnte. Würde es da zu einer Konfrontation mit Lorena kommen?

Mit Erschrecken dachte sie daran, dass sie ja immer noch die gelben Ringe an ihrer Kleidung hatte. Diese Abzeichen schienen nun fast zu leuchten. Jeder würde sie sofort als Jüdin erkennen. Nun war sie dreifach in Gefahr: als Jüdin, als junges Mädchen und als diejenige, die Lorena festgehalten hatte.

Sie drückte sich in einen Hauseingang und riss sich die verräterischen Stoffringe vom Kleid. Das Geräusch des zerreißenden Stoffes hallte durch die stille Nacht und daraufhin schlich eine dunkle Gestalt auf sie zu. Sie sah das Aufblitzen einer Waffe und erstarrte in ihrer Ecke. Damit war sie am Ende ihres Weges angekommen! Sarah sprach stumm ein schnelles Gebet.

44. Kapitel

Das Übel der Welt

s war nur noch viel Schlimmer im Kerker geworden. Auch, wenn sie es nie erwartet hätte. Nachdem das vermummte Ratsmitglied gegangen war, war der andere Mann noch einmal zu ihr zurückgekommen und hatte sie mit einer Kette an einem Ring in der Wand gefesselt. Diese Kette verband ihre beiden Handgelenke nun dauerhaft mit der Wand und war nur so lang, dass sie den Teller und den Krug erreichen konnte. Für zwei Schritte war sie lang genug, dann war Schluss. Sie reichte weder bis zum Fenster, noch bis zur Tür. Damit konnte sie den kleinen gefiederten Sänger auch nur noch aus ein paar Schritten Entfernung zusehen. Die Brotkrümel lagen auf dem Teller, aber sie konnte sie ihm nicht mehr geben und in die Zelle wollte er nicht. Ein schlauer Vogel! Hier saß sie nun, den sitzen war nun so ziemlich das einzige, was sie noch tun konnte. Sitzen und Selbstgespräche führen!

Zu all dem kam auch noch hinzu, dass der Vermummte sie nun jeden Abend brutal vergewaltigte. Vermutlich hatte er sie zuvor geschont, um sie seinem Herrn zu übergeben, doch nachdem dieser sie abgelehnt hatte, war dem Manne wohl alles egal gewesen. Oder hatte das Ratsmitglied ihn nicht etwa noch dazu aufgefordert, dies mit ihr zu tun? Schlimmer konnte es jedenfalls nicht mehr werden und tiefer konnte Gundel auch nicht mehr fallen. Das Übel der Welt war über ihr zusammen gebrochen. War das die Strafe dafür, dass sie unwissentlich die Seuche aus ihrem Dorf in die Stadt gebracht hatte?

So lag sie nun jeden Abend, nachdem der Mann von ihr abgelassen hatte, weinend in der kalten Zelle. Der Mann schlug sie nicht, er beschimpfte sie nicht, er redete nicht mal mit ihr. Er tat einfach, was er tun wollte und ging. Sein Schnaufen war das einzige Geräusch, welches Gundel hörte. Und natürlich ihre eigenen Schreie. Doch die verhallten ungehört auf dem Kerkergang. Außer ihr schien hier in diesem Teil des Kerkers niemand mehr zu sein. Vermutlich war sie absichtlich in diesem Teil untergebracht worden, weil niemand von ihrer Existenz erfahren sollte, oder alle anderen Gefangenen, die sie in den ersten Tagen noch gehört hatte, waren mittlerweile verstorben.

Gundel wollte ebenfalls sterben, doch der Mann tat alles, um sie am Leben zu halten. Konnte der gnädige Gott sie nicht endlich zu sich holen? Dieses Leben war eine Strafe und der Tod wäre die Erlösung gewesen. Doch der Tod kam nicht zu ihr. Auch dieser, in der Stadt allgegenwärtige, Gast hatte sie vergessen. Er konnte sie in dem Kerker nicht finden!

Wie lange war sie nun schon hier? Wie lange sollte diese Tortur noch dauern? Die Magd konnte es nicht sagen, nur eines wusste Gundel, dass sie jetzt die Freiheit nicht mehr erlangen konnte, selbst wenn sie Balthasar die Wahrheit über Lorenas Aufenthaltsort sagen würde. Das Ratsmitglied würde sie trotzdem „verschwinden" lassen. Zumindest hatte sie dies seinen Worten entnommen. Dieses steinerne Grab war nun für den Rest ihrer Lebens der Platz, an dem sie Leiden, Leben und dann irgendwann vergessen Sterben würde.

Sie schlug mit dem Hinterkopf gegen die Steine hinter sich, doch auch das brachte ihr nichts, außer Kopfschmerzen. Es klapperte auf dem Flur und Gundels angsterfüllter Blick ging zum Fenster. Es war noch hell, also würde der Mann ihr Brot und Wasser bringen. Die Schritte näherten sich, die Tür wurde geöffnet und

210

der Mann kniete vor ihr. Er zwang ihr brutal die Kiefer auseinander und schob ihr das Brot in den Mund, auch wenn sie schon seit Tagen versuchte, zu verhungern.

Der Vermummte war einfach zu stark. Noch ein Stück schob er ihr in den Rachen, danach drückte er ihr den Mund wieder zu. Nur kauen und herunterschlucken musste sie noch selbst. Anschließend goss er ihr das Wasser in den Mund. Den Rest von Brot und Wasser stellte er neben sie. Dann stand er auf und ging.

Gundel sah auf seinen Rücken und fragte sich auf einmal, warum er eigentlich noch sein Gesicht vor ihr verbarg, wenn er sie doch sowieso nicht am Leben lassen oder freilassen wollte. Warum legte er das Tuch nicht einfach ab? Die Tür quietschte in den Angeln, fiel ins Schloss und die Schritte entfernten sich wieder. Nun würde sie wieder den Rest des Tages alleine sein und darum begann sie einfach etwas vor sich her zu erzählen.

Damit sie wenigstens ihre eigene Stimme hörte, begann sie alles möglich zu erzählen, zu singen und alte Abzählreime aus der Kinderzeit aufzusagen. Nur um nicht verrückt zu werden, tat sie verrückte Dinge. Sie betete, fluchte und schrie. Doch die Mauern gaben ihr keine Antwort. Nur manchmal trug ein Echo einen Laut an ihr Ohr oder ein Schrei drang von draußen zu ihr herein.

Ein paar Mäuse erschienen und kamen vorsichtig zum Teller, um ein paar der Brotkrümel zu stehlen. Froh über den Besuch gab sie den beiden pelzigen Gesellen die Namen ihrer Freunde aus Kindertagen. Dabei hielt sie ihnen die Hand hin und eine der Mäuse berührte ihren Finger mit der Nase. Es war eine fast zärtliche Berührung, die ihr Herz springen ließ. Schließlich begann sie für die beiden Besucher ein altes Schlaflied zu singen, dass ihr die Mutter oft am Bett vorgesungen hatte.

Unwillkürlich dachte sie dabei an das Dorf zurück. War es die falsche Entscheidung gewesen, in die Stadt zu gehen? Hätte sie bleiben sollen? Wozu? Um dort zu sterben? Aus jetziger Sicht wäre das sicher besser gewesen. Oder sie hätte sich den Dolch in die Brust rammen sollen, als sie dazu noch die Gelegenheit gehabt hatte. Vielleicht war damals Lorena in derselben Situation, wie sie jetzt, und es war ihre Strafe dafür, dass sie den Tod der Freundin verhindert hatte. Aber konnte man für etwas bestraft werden, was man im besten Gewissen und als Gutes hatte tun wollen? Auch wenn der Ausgang dieser Hilfe vielleicht nicht so gut gegangen war?

Das konnte doch nicht sein. Vieles konnte man doch im vornherein nicht abschätzen. Die beiden Freunde verschwanden in ihr Loch zwischen zwei Steinen. Wie gerne wäre sie mit ihnen mitgegangen, doch sie war zu groß und die Kette fesselte sie noch zusätzlich an diesen Stein. Draußen setzte die Dämmerung ein und mit zunehmender Dunkelheit verstärkte sich Gundels Angst. Das Unvermeidbare kam auf sie zu. Sie wendete ihren Kopf zur Seite und sah durch das Gitter in den Gang hinaus. Fast hätte sie gerufen „Komm schon!", damit sie es endlich hinter sich haben würde.

Nach unendlich langer Zeit hörte sie dann die Schritte und der Fackelschein fiel in ihre Zelle. Die Tür quietschte und der Lichtschein traf ihre nackten Füße. Wie jeden Abend baute sich der Mann vor ihr auf, steckte die Fackel in die Halterung neben der Tür und sah zu ihr herunter. Dann zerrte er sie an den Füßen nach vorn, bis sie flach auf dem Zellenboden lag, zog sich die Bruoch herunter und ließ sich auf sie fallen.

45. Kapitel

Dem Tode so nah

Da stand sie nun, mit dem Rücken an der Hauswand, das Messer am Hals. Der Mann drückte ihr mit der Klinge den Kopf so weit nach oben, dass sie auf Zehenspitzen stehen musste, damit sie nicht den Kopf verlieren würde. Mit eiligen Fingern tastete der Mann sie ab. Offensichtlich suchte er nach etwas, was er zu Geld machen konnte. Er war nach Beute aus, nicht nach ihr. In der dunklen Gasse waren sie beide alleine. Nur ein paar Leichen lagen in der Nähe. Vermutlich Gestorbene des Abends und wenn sie viel Glück hatte, so würde sie am Morgen nicht bei diesen Leichen liegen.

Sarah spürte den Atem des Mannes in ihrem Gesicht. Aufgeregt suchte er weiter und sie fühlte seine Finger überall auf ihrem Körper. Selbst an Stellen, an denen keine Wertsachen zu finden sein würden. Doch sie hatte nichts von Wert bei sich und der Unbekannte schnaufte sichtlich erbost über seine nutzlose Suche. Schon wollte er von ihr ablassen und der Druck der Klinge ließ nach, da fiel der Schein einer Fackel in ihr Gesicht.

Für einen Moment sah sie seine Augen im Reflex der Klinge. Die Gier eines Wolfes lag darin und nun war sie das Ziel seiner Begierde! Wieder zuckte die Klinge nach oben und sie verspürte den Schmerz, als sich die Waffe in ihren Hals drückte. Sarah fühlte, wie ein erster Blutstropfen langsam an ihrem Hals herablief. Noch ein kleines Stück und sie würde den Tod finden! Die zweite Hand, die bisher nach Wertvollem gesucht hatte, packte ihr oben in das Kleid und mit einem lauten Geräusch zerriss der Stoff.

Damit trennte nur noch das leinene Unterkleid den Mann vom Ziel seines erwachten Verlangens, doch dieser etwas stabilere Stoff hielt seinen Bemühungen stand. Der Räuber zog am Kragen und zerrte damit Sarahs Hals gegen die Klinge. Der Schmerz nahm ihr den Atem, aber mit nur einer Hand konnte er es nicht schaffen, den Stoff zu zerreißen. Durch den Kleiderstoff konnte sie spüren, wie der Mann sich gegen sie drückte. Auch seine erwachte Lust konnte sie dadurch fühlen.

Wütend über sein nutzloses Unterfangen rammte er die Klinge neben Sarahs Ohr in einen hölzernen Balken, der direkt neben ihr aus der Hauswand ragte. Für den Bruchteil eines Augenblickes konnte sie Luft holen, bevor sie danach seine Hand an ihrem Hals hatte. Der Griff des Mannes war sehr stark und drückte ihr die Kehle zu. Nur ein Stöhnen kam noch aus ihrem Mund und ein paar unartikulierte Laute. Schließlich rutschte seine Hand nach unten und nun gelang es ihm, mit beiden Händen, das Unterkleid der Länge nach zu zerfetzen.

Doch der Mann hatte dabei nicht an seine Waffe gedacht. Im Reflex gelang es Sarah den Griff zu erreichen und die Waffen aus dem Balken zu reißen. In derselben Bewegung rammte sie dem Mann das Messer mitten in die Brust. Der unbekannte Angreifer röchelte und sein Blut ergoss sich über ihren nackten Körper. Er klammerte sich an die Frau, bevor er vor ihr zu Boden rutschte. Sarah sah zu ihm herab und zog das Kleid vorn zusammen. Mit Erschrecken realisierte sie, dass sie gerade einen Menschen getötet hatte! Sein Blut war überall auf ihrem Körper.

Erstarrt stand sie in der Gasse und konnte sich nicht mehr bewegen. Das Röcheln des Mannes dröhnte in ihren Ohren. Ein Geräusch aus der Gasse schreckte sie auf. Nun konnte sie sich nicht mehr verstecken, der Schein der umgefallenen Fackel leuchtete in die zuvor noch dunkle Ecke, in der sie halbnackt stand und das blutige Unterkleid vor sich zusammenhielt.

Sarah sprang nach vorn und rannte in die entgegengesetzte Richtung los. Sie hörte Schritte, aber vielleicht waren es auch ihre eigenen. Das zerfetzte Unterkleid wehte hinter ihr her. Mit einer Hand hielt sie es vor der Brust und mit der anderem vor dem Schoß zusammen. Doch damit hatte sie wenigstens die Beine zum Rennen frei. Sie lief so schnell, wie sie noch nie in ihrem Leben gelaufen war. Nach ein paar hundert Schritten sah sie einen Brunnen auf einem leeren Platz und blieb schnaufend davor stehen.

Im hellen Licht eines Feuers, welches irgendjemand dort entzündet hatte, sah sie an sich herunter. Das Unterkleid war vorn auf einem breiten Streifen nicht mehr weiß, sondern blutrot. Sie nahm einen Eimer und holte Wasser, dann versuchte sie das Blut von ihrem Körper zu waschen, doch es schien immer mehr zu werden, je mehr sie versuchte die verräterischen Spuren zu tilgen. Sollte sie so nach Hause laufen? Sie würde mit all dem Blut dem Vater gegenüber treten müssen und was erklärte sie ihm dann? Dass sie, trotz seiner Warnung, in der Nacht in die Stadt gegangen war? Würde er sie verstehen? Sicher nicht! Und sie brauchte ein Kleid! Verzweifelt sah sie sich um und entdeckte ein paar Körper, die am Rande der Gasse lagen. Sollte sie wirklich die Kleidung einer Toten anziehen?

Sie konnte nicht anders! Vorsichtig näherte sie sich den Leichen und beugte sich über sie. Es war nur eine Frau darunter und diese war auch viel dicker, als sie selbst. Mühsam versuchte sie die tote Frau ihrer Kleidung zu berauben, doch Sarah konnte sie kaum bewegen. Zu schwer und zu steif war die Leiche. Was tun? Daneben lag die Leiche eines jungen Mannes. Etwas kleiner als sie. Sollte sie wirklich die Kleidung eines Mannes wählen? Für einen Augenblick zögerte sie, doch immer noch stand sie praktisch halbnackt auf der Gasse. Nur diese Wahl hatte sie.

So weit war es nun mit ihr gekommen! Sie war eine Leichenfledderin geworden. Hastig streifte sie dem Mann die Kleidung ab. Danach wischte sie sich mit ihrem Unterkleid das Blut ab und zog sich die Männerkleidung über. Er trug keinen Mantel, nur eine kurze Schecke. Da diese aber für sie viel zu kurz war, und gerade mal ihren Hintern bedeckte, musste sie nun notgedrungen auch dessen Beinlinge überziehen. Als sie den Gürtel vor ihrem Bauch schloss, da verrieten nur noch ihre langen Haare die Frau.

Schnell stopfte sie diese unter eine Kappe, die sie dem Mann vom Kopf zog. Das zerrissene Unterkleid warf sie achtlos zur Seite und tauchte in der Dunkelheit unter. Nun irrte sie durch die Gassen und versuchte Lorena zu finden, denn jetzt war sie ja als Mann verkleidet. So würde die fremde Frau sie sicher nicht sofort erkennen.

Wenig später hatte sie den Platz erreicht, an dem sie die Frau abgelegt hatten. Sie verbarg sich in dem Versteck, in dem ihr Vater beobachtet hatte, wie Lorena aufgestanden und verschwunden war. Würde sie hierher zurückkommen? Wenn ja, was würde Sarah tun? In dieser Kleidung durfte sie sich jedenfalls niemanden als Frau zu erkennen geben! Der Schandpfahl war ihr damit sicher und vielleicht auch der Tod! Nun kauerte sie ängstlich in dem kleinen Versteck und spähte auf den Platz hinaus, den ein Feuer in sein rötliches Licht tauchte.

46. Kapitel

Am Ende?

Mehr als einem Monat wütete die Seuche nun schon in der Stadt. Über tausend Menschen waren an ihr gestorben, ein weiteres Tausend durch die Gewalt. Die Zahl der flüchtenden Menschen war schon lange nicht mehr überschaubar. Lange Kolonnen von Menschen oder Wagen verließen in wilder Flucht diesen Platz des Todes. Doch wohin führte diese Flucht? In allen Städten ringsum war es genauso. Die Bürger flüchteten vor dem Tod in den Tod. Der traf sie entweder auf dem gefährlichen Weg zur nächsten Stadt durch Räuber oder am Ziel ihrer Reise durch die Seuche.

Davor gab es keinen Ausweg! Nirgendwo! Karl war nun, da es in seinem Kontor ja sowieso nicht viel zu tun gab, öfters in der Stadt unterwegs. Er sah es als seine Pflicht an, als Ratsmitglied in der Stadt für Ordnung zu sorgen. Auch, wenn das nur an einigen bestimmten Plätzen noch möglich war.

Eigentlich nur noch direkt in der Mitte der Stadt, auf dem Markt und um das Rathaus herum. In den anderen Teilen der Stadt hatten Räuberbanden die Kontrolle nun auch am Tage. Die Reste der ehemals beachtlichen Stadtwache trauten sich da schon lange nicht mehr hinein. Damit blieb dem Rat nur, diese Stadtviertel sich selbst zu überlassen. Das einzige Viertel, das die Wache wirklich noch schützen konnte, das war das Viertel der Juden. Darin hatten die jüdischen Bürger die Verwaltung praktisch selbst übernommen und nur direkt vor dem Zugang zu diesem Viertel standen noch ein paar bewaffnete Stadtsoldaten. Zumindest am Tage.

Sein Freund Isaak hatte es geschafft, zwei der Knechte vor dem sicheren Tod zu erretten. Eigentlich hätte er nun sein Versprechen halten müssen, diese beiden Männer mit dem Wagen und Isaaks Tochter aus der Stadt zu lassen, doch daran war nun nicht mehr zu denken. Die drei würden nicht sehr weit kommen, bei all der Gewalt außerhalb der Stadt. Daher konnte er es auch nicht mit seinem Gewissen vereinbaren, die junge Frau einem solchen Risiko auszusetzen. Sicherlich würde sie sonst den Tag der Abreise kaum überleben. Aber er konnte dafür sorgen, dass ihnen hier in der Stadt nichts passieren würde. Eigentlich bezahlte er die Wache vor dem Viertel aus der eigenen Tasche. Sozusagen seine Privatwache für den Freund und dessen Familie.

Im Rat sah es da sehr viel schlechter aus. Durch die Krankheit und das Wirken seines Gegenspielers Bonifaz hatte sich seine Mehrheit auf nur noch drei Stimmen verringert. Immer noch sicherten diese drei Ratsmitglieder, dass die jüdischen Bürger unter dem Schutz der Stadt bleiben konnten. Wenn man so wollte, dann war es eigentlich nur seine eigene Stimme, die dafür sorgte. Ohne ihn hätte Bonifaz sicher schon seine Meinung im Rat durchgesetzt. Er war ein religiöser Fanatiker und hetzte bei jedem Treffen. Doch Karl wollte sich auch mit offenen Drohungen nicht einschüchtern lassen. Was hatte er schon zu verlieren? Doch nur sein Leben und das stand mit der Seuche sowieso jeden Tag auf dem Spiel. Er hatte sich mit dem nahen Tod abgefunden.

Auch Balthasar hatte sich mittlerweile scheinbar damit abgefunden, dass seine Nebenfrau verschwunden war. Natürlich hatte dies ihr Verhältnis zueinander verändert, doch was sollte der Sohn machen? Schließlich wollte er ja nicht enterbt werden und er, Karl, war nun mal das Oberhaupt der Familie. Was er sagte, das war eben Gesetz. Das hatte schon sein Vater gemacht und dessen Vater vor ihm hatte es genauso gehalten.

Natürlich hatte er ihm gegenüber vor ein paar Tagen zugegeben, dass er die junge Frau aus dem Hause geworfen hatte. War es ein Fehler gewesen, sie zu verbannen? Vielleicht war sie wirklich nicht Schuld an der Seuche in seinem Hause, aber sie war auf alle Fälle nicht der richtige Umgang für den Sohn gewesen. Schon alleine dafür war die Verbannung gerechtfertigt. Sollte der Sohn doch in das Frauenhaus gehen, wenn ihn ein dringendes Bedürfnis plagte, so wie alle anderen Männer auch.

Er selbst wählte diesen Weg auch des Öfteren. Da das Haus dem Scharfrichter unterstand, der auch der Frauenwirt war, war es noch unter der Kontrolle des Rates. Niemand wollte sich mit dem starken Mann anlegen und dann unter seinem Beil enden. Da es Donnerstagabend war, machte er sich wieder auf den Weg. Es war ja nicht sehr weit und er kannte die Straßen genau. Noch war nicht einmal die Dämmerung über die Stadt gefallen. Er zog sich einfache Sachen an, damit der vornehme Stoff nicht die Räuber auf ihn aufmerksam machen würde, dann steckte er ein paar Münzen in den Beutel und brach auf.

Auf dem Weg dorthin traf er den Sohn, der mit seinen Männern gerade von der Wache zurückkam. Aber sie grüßten sich nicht. Nur wenige Schritte trennten Vater und Sohn. Wenig später sah er den Giebel des Hauses vor sich. Er freute sich schon darauf, dass Hannah ihm wieder die Gnade erweisen würde, ihn zu empfangen. Sie war wirklich die Hübscheste der Weiber in diesem Hause. Natürlich war Lorena hübscher gewesen, aber die war ja auch nicht im Frauenhaus gewesen.

So manchen Abend hatte er dennoch mit ihr zusammen gelegen. Doch aus dem Frauenhaus traf nur Hannah seinen Geschmack. Ihr draller Körper hatte genau die Proportionen, die ihm so gefielen und in Gedanken lag er schon bei ihr.

Nur noch wenige Schritte trennten ihn von der Tür, als ein vermummter Mann ihm den Weg versperrte. Verwirrt sah Karl ihn an. Was wollte der Mann. „Geh mir aus dem Weg!", fuhr er ihn an, doch anstatt seiner Weisung nachzukommen, blieb dieser einfach so stehen. Hinter diesem Mann trat der Wirt des Frauenhauses auf die Straße und sah zu Karl herüber.

Karl hob den Arm, um den Frauenwirt zu grüßen, da sah er ein Aufblitzen vor sich. Der Fremde rammte ihm ein Messer in die Brust und Karl konnte spüren, wie die Klinge zwischen seine Rippen drang. Er riss den Mund zum Schrei auf, doch kein Ton kam aus seiner Kehle. Der Frauenwirt begann zu laufen und dcr Vermummte riss das Messer aus Karls Brust.

Der alte Kaufmann kippte nach hinten um und sah, wie der Vermummte wegrannte. Der Frauenwirt beugte sich über Karl, dessen Kopf auf dem Pflaster der Gasse aufschlug. Das Bild vor seinen Augen verschwamm. Alles war aus.

47. Kapitel

Ehrbare Frauen?

Wieder war Lorena auf ihrem allnächtlichen Gang durch die Gassen der Stadt. Ein Geist, der um die Ecken huschte. Niemand sah sie, nur bei den Sterbenden verweilte sie kurz, doch diese würden sie wohl kaum verraten. Sie hatte aufgehört, die Tage zu zählen, seit sie ein Geschöpf der Nacht geworden war. Aber es mochte sicher schon Mitte August sein. Wie lange konnte dieses Sterben noch weiter gehen? Würden am Ende überhaupt noch Menschen in dieser verfluchten Stadt übrig bleiben? Wieder kniete sie neben einer Frau, die sicher kaum älter war, als sie selbst. Der letzte Augenblick wie immer, es mochte eine Fügung sein, oder ein Fluch, dass sie immer genau in diesem Moment die Menschen fand. Kurz vor dem Übertritt in eine andere Welt.

Lorena sah hinab in die vor Schreck aufgerissenen Augen der jungen Frau. Der Tod war darin schon zu sehen. Lorena zog das silberne Kreuz unter ihrer dunklen Kleidung hervor und dann begann sie das Gebet wie immer, „Der Herr ist mein Hirte, nichts wird mir fehlen. Er lässt mich lagern auf grünen Auen und führt mich zum Ruheplatz am Wasser. Meine Lebenskraft bringt er zurück. Er führt mich auf Pfaden der Gerechtigkeit, getreu seinem Namen. Auch wenn ich gehe im finsteren Tal, ich fürchte kein Unheil, denn du bist bei mir, dein Stock und dein Stab, sie trösten mich." Dann schloss die Frau die Augen und fiel erschlafft zurück.

Lorena schlug das Kreuz über ihr, sagte „Amen" und drückte der toten Frau das Kreuz auf die Stirn. Wieder ein Opfer der Seuche oder der Gewalt. Schon lange hatte sie keine Tränen mehr. Sie war durch all das Sterben rund um sie herum abgestumpft. Wie oft mochte sie wohl dieses Gebet gesprochen haben? Hunderte Male? Es war das einzige, außer dem Vater-Unser, das sie gut kannte. Doch es schien auf diesen Anlass zu passen.

Immer noch war sie verwundert, dass sie den letzten Segen spendete, doch der Auftrag der Engel und Gottes wollte gewissenhaft ausgeführt werden. Vielleicht war das eine Art von Wiedergutmachung für all die Sünden, die sie im Laufe ihres Lebens auf sich genommen hatte. Und sie fühlte sich behütet und beschützt. Woher dieses Gefühl kam, dass konnte sie nicht sagen. Eigentlich war doch die Nacht eine Zeit der Gewalt, doch sie selbst war dieser bisher immer entgangen. Wenn sie erschien, dann war schon alles vorbei. Ihr blieben nur die sterbenden Opfer.

Ein neuer stiller Hilferuf zog sie davon und sie eilte durch die Nacht. Woher sie wusste, wohin sie gehen musste, das hatte sie aufgegeben zu fragen. Sie folgte einfach dem Gefühl, das sie bisher noch nie getäuscht hatte. Geduckt flog sie dahin. Ihre Füße schienen den Boden kaum zu berühren. Wer sie nun sah, der würde sich bestimmt bekreuzigen und zurückweichen. Eine schwarze, geduckte Gestalt, die lautlos durch die Neumondnacht schwebte.

Nach einer Weile erreichte sie einen Platz, der anscheinend völlig leer war. Was sollte sie hier? Sie sah sich um und drückte sich in den Schatten eines Hausvorsprunges. Nicht weit entfernt brannte in einer Seitengasse eine Fackel und davor lag ein röchelnder Mensch. Fast ohne einen Laut lief sie zu ihm hinüber. Der Griff eines Dolches ragte aus seiner Brust. Aus dem Augenwinkel sah sie eine Gestalt verschwinden. Offensichtlich war der Mann gerade eben erst getroffen worden. Die Zeit reichte nicht für das Gebet. Noch bevor sie beginnen konnte, bäumte er sich auf und starb.

Zu spät! Sie legte ihm das Kreuz auf die Stirn und schloss ihm die Augen. Nur kurz blieb ihr Zeit, bevor sie wieder weiter gerufen wurde. Ein neuer Platz, diesmal hörte sie ein Geräusch, welches wie das Wimmern eines Kindes klang. Vorsichtig schlich sie zur Seite. War diesmal ein Kind betroffen und die Eltern vielleicht noch in der Nähe? Oder die Eltern betroffen und das Kind wartete neben der sterbenden Mutter?

Bisher war sie vor solch einer Situation verschont geblieben. Sie zögerte auf den letzten drei Schritten. In einem Hauseingang konnte sie das Kind sehen. Es mochte etwa zwei Jahre alt sein und es saß alleine vor einem Haus. Niemand war in der Nähe. Lorena wartete eine halbe Ewigkeit, doch für das Kind schien sich niemand zu interessieren. Vorsichtig glitt sie von der Seite an das Kind heran und kniete sich neben es hin. „Was machst du denn so alleine hier?", wisperte sie dem Kind ins Ohr und es hörte auf zu weinen.

Noch einmal schaute sich Lorena um, doch sie waren beide alleine in dieser Gasse. Nicht einmal Leichen gab es hier, die die Eltern des Kindes hätten sein können. Nur sie zwei waren hier. Schließlich zog sie das Kind in ihrem Arm, drückte es an ihre Brust, hüllte es in ihren Mantel und eilte zu einem Platz, an dem ein Brunnen stand. Dort wollte sie dem Kind etwas zu Essen und zu trinken besorgen.

Im Schein eines Feuers ließen sie sich dort beide nieder. Nun erst konnte sie das Gesicht des Kindes erkennen. Ein Mädchen mit langen Haaren. Offensichtlich aus einem guten Hause, dem Kleid nach, dass es trug. Anscheinend von der Mutter auf der Flucht zurückgelassen. Das waren nun die „Ehrbaren Frauen" und sie nur das „gemeine Weib"! Verkehrte Welt eben! Mit dem Kind auf dem Arm machte sie sich nach ein paar Augenblicken der Ruhe wieder auf den Weg. Doch was sollte sie nun tun? Es war ja unmöglich, dass sie die ganze Nacht mit dem Kind zu den sterbenden Menschen lief.

Hatte sie mit dem Kind eine neue Aufgabe erhalten? Ende des Todes? Beginn des Lebens? Wer konnte das schon wissen.

Da ihr Gefühl sie ja zu diesem Mädchen geführt hatte, war es wohl Absicht gewesen, dass sie die Kleine finden sollte. „Wie soll ich dich den nennen?", fragte Lorena leise, doch sie bekam keine Antwort von dem Kind. Sie dachte an ihre Freundin Hannah und gab der Kleinen den Namen der Freundin. Mochte ihr ein besseres Schicksal zuteilwerden, als im Frauenhaus zu landen. Sie gab dem Mädchen einen Kuss auf die Stirn, nahm sie wieder fester auf den Arm und lief zu ihrem Versteck.

Doch wenige Schritte, bevor sie es erreichen konnte, stand da, wie aus dem Nichts, ein Mann direkt vor ihr. Lorena riss den Dolch aus dem Gürtel und war entschlossen, das Kind mit ihrem Leben zu verteidigen.

48. Kapitel

Vergebung und Verzeihung

ie Bewegung in einer Seitengasse hatte sie aufmerksam werden lassen. Eine dunkle, vermummte Gestalt eilte auf den Platz. Den Bewegungen und der Kleidung nach eine Frau. Sarah sprang aus ihrem Versteck und lief der Frau entgegen. Doch die Frau hatte ein Kind im Arm. Sie konnte damit unmöglich Lorena sein. Die Fremde prallte zurück, als ob sie gegen eine unsichtbare Wand gelaufen wäre, dann riss sie einen Dolch aus der Scheide an ihrem Gürtel und starrte sie an. Unbeweglich und ohne einen Ton standen sie dort, dann begann das Kind zu weinen. „Sei still Hannah", wisperte die Frau vor ihr und Sarah meinte denselben Tonfall wie bei Lorena zu erkennen. War sie es etwa?

„Lorena?", fragte sie nach und die Frau antwortete überrascht „Ja." „Ich bin es. Sarah", gab sie sich zu erkennen. „Sarah?", fragte sie nach und dann erinnerte sich Sarah daran, dass sie ja die Kleidung eines Mannes gewählt hatte. Sie zog die Kappe ab und ein Windstoß fuhr in ihr Haar. Nun hatte Lorena sie erkannt, doch statt sich sofort auf sie zu stürzen, wie es die junge Jüdin erwartet hatte, ließ sie den Dolch sinken und drückte das Kind fester an ihre Brust. „Was machst du hier? Mitten in der Nacht?", fragte Lorena und steckte nun sogar den Dolch ein.

„Es tut mir leid, was ich dir angetan habe", begann Sarah. Lorena trat einen Schritt vor und sagte schnell „Las uns in mein Versteck gehen." Sarah nickte und die Frau lief zur Seite, wo ein verborgener Durchgang in ein halb zusammengestürztes Haus führte. Lorena bettete zuerst das Kind auf einem Lager und wendete sich dann Sarah zu. Jetzt erst zog die Frau das Tuch vom Gesicht, zündete ein Talglicht an und sah zu ihr.

Sarah war überrascht, dass Lorena sie anlächelte. Sie wusste nicht, ob sie so reagiert hätte, nach all dem, was sie der Frau angetan hatte. „Ich wollte mich bei dir entschuldigen", begann sie noch einmal. Doch die Andere winkte ab „Vergeben und verziehen", sagte sie nur und begann zu erzählen, was sie so in der Gegend tat. „Wo hast du das Kind her?", fragte Sarah zum Schluss der Erklärung. „Gefunden", war Lorenas Antwort. Danach sagte sie „Du solltest zu Hause sein, bevor die Sonne aufgeht. Wenn dich eine der Wachen so aufgreift, so landest du sicher im Kerker. Eine Frau die Beinlinge trägt!"

Sarah nickte und antwortete ihr „Ich mache mich gleich auf den Weg. Ich hätte gedacht, du stößt mir den Dolch ins Herz." „Nein. Ich denke mal, es war der Wille Gottes, dass ich in deinem Haus war", entgegnete Lorena. Die beiden jungen Frauen umarmten sich. „Nun aber schnell. Dein Weg ist weit!", mahnte Lorena und Sarah sagte „Ich wäre an deiner Stelle nicht so nachsichtig gewesen." Dann ging sie zum Durchschlupf.

Dort drehte sie sich noch einmal zurück und sah, wie Lorena das Kind auf ihrem Arm in den Schlaf wiegte. Die Frau schien wirklich Frieden mit ihrem Gott gemacht zu haben. Sarah trat hinaus und wurde von dem ersten hellen Streifen am Horizont begrüßt. „So spät schon?", fragte sie sich selbst entsetzt und rannte los.

Wieder lief sie so schnell, wie sie konnte und diesmal wurde sie auch nicht von dem Kleid behindert. In den Beinlingen und der kurzen Jacke lief es sich ganz gut.

Wenig später näherte sie sich keuchend dem Markt, wo sich ihr eine Gruppe von bewaffneten Männern in den Weg stellte. Die

Stadtwache! Sarah stoppe abrupt und einer der Männer sagte „Für einen Mann hast du viel zu lange Haare!" Sie dachte daran, dass die Kappe bei Lorena im Versteck geblieben war. Was sollte sie sagen? Nichts! Ihre Stimme würde sie sofort verraten. Ängstlich sah sie die Wachmänner an.

Die acht Männer kreisten sie ein und einer kam direkt auf sie zu. Einen Schritt vor ihr blieb er stehen. „Zu lange Haare!", wiederholte er und fuhr ihr mit einer Hand durch das offene Haar. Dann riss er ihr mit einer schnellen Handbewegung die Jacke vorn bis zum Gürtel auf. „Und viel zu große Brüste für einen Mann!", setzte er lachend hinzu. Die anderen Männer stimmten in das Gelächter ein.

Sarah raffte die Jacke vorn zusammen und hielt sie sich zu. Sie war erledigt! Als Nächstes löste der Mann ihren Gürtel, zog ihr die Arme nach hinten und fesselte sie mit diesem Gürtel. Danach zog er ihr den Kopf an den Haaren zurück und sagte „Dann werde ich dich mal in den Kerker bringen, denn da gehört so jemand wie du hin. Wem hast du denn da ausgeraubt? Oder sogar dafür getötet?"

Unbarmherzig schob er sie vorwärts und die anderen Männer gaben den Weg frei. Er hatte ihre Handgelenke umklammert und sie spürte seine Stärke. Weglaufen konnte sie nun nicht mehr. Mit roher Gewalt schob sie der Mann immer weiter in Richtung des Kerkergebäudes, das Sarah bisher nur von der Ferne aus kannte.

Doch nun kam es immer näher. „Nun mach schon!", blaffte der Mann sie an, weil er wohl merkte, dass sie sich verzweifelt dagegen wehrte, in das dunkle Gebäude gebracht zu werden. Nach einer Weile hatten sie das Tor durchschritten. Es folgten verwinkelte und dämmrige Gänge, dann standen sie vor einer Zellentür, welche offen stand. Der Mann schubste sie einfach hinein und sie flog durch den kleinen Raum. Schließlich prallte sie gegen die andere Kerkerwand. Dort fuhr sie herum und sah den breitschultrigen Mann in der Tür stehen.

Er nahm fast die gesamte Türöffnung ein und sie sah ihn im Scheine einer Fackel hämisch grinsen. „So! Du wolltest also wissen, wie es ist ein Mann zu sein!", sagte der Mann drohend und kam langsam auf sie zu. Er packte sie am Arm, öffnete den Gürtel und nun hatte sie die Hände frei. Der Mann stieß sie zurück, drängte sie langsam in eine Ecke und Sarah hob schützend ihre Arme, doch der Mann griff sich eine ihrer Hände, drehte sie um und zog ihr die zerrissene Jacke mit einem Griff in den Kragen vom Leib.

Halbnackt fuhr Sarah herum und bedeckte ihre Brüste mit den Armen. „Nun werde ich dir zeigen, was ein richtiger Mann ist!", sagte er und schleuderte sie mit dem Rücken zu Boden, mitten in dieser kalten Zelle. Noch bevor sie wusste, was passierte, hatte er ihr die Schuhe und Beinlinge samt Unterhose, der Bruoch, von Körper gerissen und über die Füße gezogen.

Verschüchtert und nackt sah sie zu dem Mann hinauf. Ängstlich versuchte sie sich aufzusetzen und nach hinten zu entkommen, doch der Mann grinste sie nur an. Sarah kam nur ein kleines Stück, dann stoppte die Wand ihre Flucht. Schließlich sagte er „Ich sehe, dass dir noch etwas zwischen deinen Beinen fehlt, damit du ein richtiger Mann sein kannst", dann schob er seine Unterhose nach unten und griff hinein. Er zeigte ihr, was er damit meinte und sie klemmte ihre Knie zusammen, die sie schnell an den Körper zog. Doch der Mann zerrte sie an den Füßen zu sich, drückte ihr Mühelos die Beine wieder auseinander und ließ sich auf sie fallen. Mit

Kraft drängte er in ihren Schoß und der Schmerz raubte ihr den Atem.

Der schwere Körper drückte sie zu Boden und endlich konnte sie schreien. Es fühlte sich an, als wolle er sie zwischen den Schenkeln zerreißen. Schnaufend tat er ihr brutal Gewalt an. Verzweifelt schlug sie mit ihren Fäusten auf seinen Rücken und strampelte, doch es nutzte ihr nichts, denn er ließ nicht von ihr ab. Mit unverminderte Kraft bohrte er sich immer wieder in ihren Körper. Ohne Unterlass stieß er zu und sein Schnaufen klang wie Hohn in ihren Ohren. Schließlich bäumte er sich auf und sie spürte, wie er in ihrem Unterleib zuckte.

Endlich ließ er von ihr ab und stand auf. Lachend zog er sich die Bruoch wieder hoch, sammelte ihre getragenen Sachen zusammen und verließ den Raum. Die Gittertür fiel ins Schloss und Sarah kroch in die hinterste Ecke der Zelle. Dort hockte sie sich hin.

Nackt, blutend, weinend und völlig verstört blieb sie dort mit dem Rücken zur Wand sitzen. Sie drückte ihre Hand auf ihren schmerzenden Schoß und versuchte so Linderung zu finden. Tränen schossen ihr in die Augen. Tränen des Schmerzes und Tränen der Schande. Sarah schlug mit dem Hinterkopf gegen die Wand. Sie wollte sterben, denn diese Schmach konnte sie nicht ertragen! Blut sickerte durch ihre Finger.

49. Kapitel

Gekaufte Zeugen

Bereits beim Aufwachen hatte Bonifaz das Gefühl, das an diesem Tage etwas Besonderes passieren würde. Als er sich an sein reichliches Frühmahl setzte, trat sein Diener an ihn heran und überreichte ihm ein schwarzes Tuch. „Das hat mir ein Mann für euch gegeben. Er konnte nicht sprechen, aber er hat angedeutet, dass es für euch ist", sagte der Diener. Dann verbeugte sich der Mann und erhielt für die Botschaft eine kleine Münze, die er erfreut einsteckte. Danach verschwand der Mann und für Bonifaz war das Frühstück zu Ende. Seine Frau sah ihn verschlafen an, doch er stand einfach auf und damit war auch für sie die Mahlzeit vorbei. Mit einem missmutigen Gesicht verzog sie sich in ihre Räume, aber auch das konnte ihm den Tag nicht mehr verderben. Das war das vereinbarte Zeichen gewesen, das er mit dem stummen Piet vereinbart hatte. Ein schwarzes Tuch. Ein Signal dafür, dass sein Widersacher im Rat wohl nicht mehr unter den Lebenden sein würde.

Und der stumme Piet hatte noch nie einen Fehler gemacht. Also war es Zeit zu handeln. Freitag früh und noch so viel zu tun. Er klatschte in die Hände und ließ sich sein Straßengewand bringen. Wohin zuerst? So oft hatte er daran gedacht, was er wohl tun würde, wenn die Zeit gekommen war. Doch nun fiel ihm der Anfang nicht mehr ein. Was tun? Zuerst die Schläger kontaktieren? Nein, das hatte noch Zeit. Zuerst brauchte er ein oder zwei Beschuldigte, die vor dem Rat aussagen würden, dass die Juden schuld an der Seuche waren. Das würde auch die letzten beiden Zweifler auf seine Seite ziehen. Oder zumindest dafür sorgen, dass sie sich still verhielten, während er handeln würde.

Zwei Männer. Zwei Juden! Die würden sich doch sicherlich provozieren und in den Kerker werfen lassen! Der Rest war dann die Aufgabe seiner Helfer im Kerker. Die hatten bisher noch aus jedem ein Geständnis heraus gebracht.

Er rief nach seiner Wache und gab ihnen den Auftrag, einen kleinen Streit mit ein paar jüdischen Männern anzufangen. Das Sonderrecht der Stadt würde ihm helfen, denn wenn einer der Männer eine Waffe zog, dann hatte er gewonnen. Der Rest war dann eine Formalität. Die Wachen verneigten sich und verschwanden. Es musste schnell gehen, denn ab dem Abend gingen die Juden in den Sabbat und er würde drei wertvolle Tage verlieren, wenn er nicht schon heute handelte.

Lächelnd machte er sich auf den Weg in den Rat und sah, dass der Stuhl seines Widersachers wirklich leer geblieben war. Mit gespielter Bestürzung nahm er die Nachricht vom Tode Karls entgegen. Nach ein paar Augenblicken des Gedenkens begann die Sitzung und an diesem Tage vermied es Bonifaz auch, auf die Vertreibung der jüdischen Bevölkerung zu sprechen zu kommen. Andere Themen waren auf dem Plan. Die Wache war viel zu schwach besetzt und da bot Bonifaz an, einen Teil seiner Männer der Stadt zu unterstellen, was vom Bürgermeister sofort dankend angenommen wurde.

Schritt zwei des Planes war gelungen. Wartend auf den dritten Schritt lehnte er sich zurück. In Gedanken malte er sich schon aus, wie er in der kommenden Woche seine Zeugen vor den Rat brachte. Sicher waren seine Männer jetzt schon erfolgreich gewesen. Er konnte es eigentlich gar nicht erwarten, dass die Sitzung endlich zu Ende ging und er sich auf den Weg in sein Haus machen konnte.

Dort empfing ihn der Kommandant seiner Wache und teilte ihm mit, dass sie zwei junge Männer in den Kerker geworfen hatten. Bonifaz entgegnete dem Mann, dass er einen großen Teil der Männer nun der Stadt unterstellt hatte und dass der Kommandant nun die Stadtwache führen sollte.

Der bewaffnete Mann verbeugte sich und ging zur Tür hinaus. Nun war es an der Zeit, in den Kerker zu gehen und seinen Gehilfen dort die Zeugenaussagen zu diktieren, die die beiden Männer dann bestätigen sollten. Oder waren direkte Geständnisse der beiden Männer nicht vielleicht besser? Dann konnte es zu einem Prozess kommen und danach vielleicht zu einer Erhebung der Stadtbevölkerung, die er nur mit seinen Männern in die richtigen Bahnen lenken musste. Mit zwei Männern seiner Wache machte er sich auf den Weg. Noch wusste er nicht, wen seine Männer da festgesetzt hatten, doch er wusste ja jetzt schon, dass es zwei jähzornige junge Männer waren, die sich nicht unter Kontrolle hatten. Der Rest wäre ein Kinderspiel.

Vom Gang aus sah er in die Zelle hinein. Zornige Augen voller Wut blickten zu ihm hinaus. Innerlich rieb er sich die Hände. Das waren genau die Männer, denen alle in der Stadt solch eine verwerfliche Tat zutrauen würden. Nun bedurfte es noch einer Zeugin, die die Tat vielleicht auch noch gesehen hatte. Aber zuerst die Aussagen. Er ging in den Raum der Wachen hinüber, wo der Folterknecht gerade bei einem Mahl saß. Bonifaz schob ihm ein paar Münzen und die beiden Blätter über den Tisch. Der Mann nickte stumm und strich die Münzen ein. Das Pergament beachtete er nicht, die Männer würden schon ihre Unterschriften darunter setzen.

Bonifaz verließ den Raum wieder und machte sich auf die Suche nach jemanden, der die abscheuliche Tat des Brunnenvergiftens beobachtet haben könnte. Wen konnte er dazu gewinnen? Es musste jemand sein, der über jeden Zweifel erhaben sein würde.

Da blieb eigentlich nur ein Geistlicher übrig, der bei Gott schwören konnte, dass es genau so gewesen war, wie Bonifaz es sich gerade eben ausgedacht hatte. Auch die Aussage des Zeugen hatte er schon vorformuliert, damit sie sich mit dem Geständnis der Täter decken würde. Am besten wäre da natürlich der Pfarrer, der Kirche, die dem Viertel der Juden am nächsten lag. Schließlich hatte dieser ja alles im Blick. Und gegen ein paar Münzen und eine kleine Spende für dessen Gemeinde würde der Kirchenmann sicher nicht seine Hand schützend über die Juden halten. Sicherlich wäre auch er froh, wenn er diese Leute aus dem Bereich seiner Kirche hätte.

Bonifaz betrat die Quintinskirche und setzte sich in eine der Bänke. Es dauerte nicht lange, bis der Pfarrer auf den offensichtlich wohlhabenden Gast aufmerksam wurde und sich, auf ein Handzeichen von Bonifaz, neben ihn setzte. Ein leises Gespräch folgte, der Beutel und das Pergament wechselten den Besitzer und der Pfarrer versprach, jemanden zu finden, dem er vertrauen konnte und der glaubwürdig diese Aussage machen konnte. Ein Handschlag besiegelte diesen Pakt.

50. Kapitel

Der Herr des Hauses

ie Nachricht vom Tode des Vaters hatte Balthasar getroffen, aber nicht so, wie es vielleicht noch vor einem Monat gewesen wäre. Etwas war in ihrem Verhältnis zueinander zerbrochen. Der alte Mann hatte ja zugegeben, dass er Lorena aus dem Hause geworfen hatte. Es hatte eine Weile gedauert, bis es ihm gesagt hatte und er schämte sich fast dafür, dass er die Magd in der ganzen Zeit der Unwissenheit geschlagen hatte, um aus ihr herauszubekommen, wo seine Frau war. Lebte Lorena überhaupt noch? Oder hatte sie jemand in den Fluss gestoßen? Von seinen Kontrollgängen mit der Wache in der Stadt wusste er, dass es außerhalb des Marktplatzes ziemlich gefährlich werden konnte. Konnte da eine einzelne Frau übcrlcbcn? Doch wenn es eine schaffen konnte, dann sicherlich sie. Da war er sich sicher.

Mit dem Tod des alten Mannes war er nun der Herr im Haus. Nun hätte er entscheiden können und hätte auch niemanden mehr fragen müssen, ob er sich eine, zwei oder zwanzig Nebenfrauen halten wollte. Schon bald würde er ein ansehnliches Vermögen mehren können, denn er hatte sich viel von seinem Vater abgeschaut, auch wenn dieser ihn oft einen „Nichtsnutz" und „Tunichtgut" gescholten hatte. Nach außen hin hatte er sich von dem Vater absetzten wollen, doch innerlich hatte er ihn bewundert.

Die Stadtwache hatte den Leichnam zu ihm nach Hause gebracht, wo Martha es sich zur Aufgabe genommen hatte, ihn für die Beerdigung vorzubereiten.

Balthasars Aufgabe war es nun, den Vater ehrenvoll bestatten zu lassen. Am folgenden Sonntag würde, im Anschluss an den Gottesdienst, die kleine Zeremonie stattfinden, da der Vater ja nicht an der Seuche gestorben war, sondern an einem in sein Herz gestoßenes Messer. Auf dem Weg zur Kirche musste er an der Stelle vorbei, an der er den Vater am Abend zuvor noch gesehen hatte. Es musste nur wenige Augenblicke vor seinem Tode gewesen sein. Wenn sich Balthasar umdrehte, dann konnte er den Giebel des Frauenhauses sehen, welches das Ziel des Vaters gewesen war. War der Vater nun nur zufällig einem Räuber in die Arme gelaufen? Direkt unter den Augen des Scharfrichters? So abgebrüht konnte doch kein einfacher Räuber sein, zumal er auch nichts gestohlen hatte. Vielleicht auch deshalb, weil der bullige Mann so schnell bei dem Vater gewesen war.

Aber wer konnte sonst vom Tod des Vaters profitieren? Er selbst höchstens, doch sich selbst konnte er ausschließen, auch wenn er in den letzten Tagen oft Wut auf den alten, störrischen Mann gehabt hatte. Vielleicht lag es aber auch daran, dass er sich mit den Juden verbündet hatte. Dieser jüdische Gelehrte ging fast täglich im Hause aus und ein. Natürlich wusste er, dass der Mann nur den beiden Knechten half, aber das wusste außerhalb des Hauses keiner und auch er selbst hätte lieber einen Medicus geholt, als diesen alten Mann. Konnte dieser alte Mann also schuld sein am Tode des Vaters? Indirekt sicherlich, denn es war eine gefährliche Zeit.

In seine Überlegungen vertieft hatte er dann die Kirche erreicht und besprach die Beerdigung in der Familiengruft. In einer Zeit des Sterbens war das alles schnell geklärt und schon wenig später war er wieder auf dem Weg zurück in das Haus. In sein Haus!

Die Mägde und Knechte empfingen ihn im Hof, nur Martha fehlte. Die war sicher oben im Kontor, wo der Vater aufgebahrt lag. Sein Blick ging über die kleine Schar. Er würde neue Leute einstellen müssen, um den Verlust durch die Seuche wieder auszugleichen. Für einen Moment dachte er an die Magd, die noch im Kerker saß, aber die hatte ja zugegeben, die Knechte verflucht zu haben. Warum sollte er sie dann in sein Haus zurückholen? Vielleicht lebte sie ja auch schon gar nicht mehr, weil der Richter sie zum Tode verurteilt hatte.

An der Frau hatte er jegliches Interesse verloren. Sein einziger Gedanke galt Lorena und er wusste nicht, wo sie war. Er schickte die Bediensteten wieder an die Arbeit und brach auf, um ruhelos durch die Stadt zu streifen. Dabei sah er jeder Frau in ihr Gesicht, denn er suchte die Augen, deren Blick sein Herz entzündet hatte. Dieses lodernde Feuer konnte nur sie bändigen und es schien immer mehr außer Kontrolle zu geraten.

„Wo bist du?", fragte er sich selbst und suchte weiter. Würde seine Suche vom Erfolg gekrönt sein? Vielleicht war sie ja im Frauenhaus untergekommen? Wieso hatte er noch nie zuvor diesen Gedanken gehabt? Er hatte mehrmals ihre Hütte aufgesucht, aber in dem Haus war er in dieser Zeit nicht gewesen.

Mit schnellen Schritten ging er auf das Haus der gemeinen Weiber zu. Der Frauenwirt empfing ihn an der Tür und schilderte noch einmal die Ereignisse der vergangenen Nacht, doch er war nur mit einem Ohr bei der Sache. Seine Gedanken waren schon in dem Gebäude. Zusammen mit dem Wirt betrat er den Gang, von welchem die Zimmer der Frauen abgingen. Im Moment war nicht viel los. Balthasar suchte nach Lorena und fand nur andere Frauen. Im letzten Zimmer traf er auf Hannah, von der er wusste, dass sie eine Freundin von Lorena gewesen war und auch die Lieblingsdirne seines Vaters.

Hannah hatte wirklich ein hübsches Gesicht, aber sie war viel draller als seine Lorena. Er drückte dem Frauenwirt ein paar Münzen in die Hand und dieser schloss hinter Balthasar die Tür. Hannah kam auf ihn zu und wollte das Kleid ausziehen, doch er winkte ab „Ich will nur reden", sagte er und sie nickte ihm zu. „Auch gut", entgegnete die Frau und setzte sich wieder an den kleinen Tisch, der fast das einzige Möbelstück in dem Raum war, das Bett mal ausgenommen.

Sie sah ihn an und fragte „Dein Vater oder Lorena?" Offensichtlich kannte sie ihn gut von den Schilderungen, die sein Vater ihr sicher gegeben hatte. „Lorena!", antwortete er und sie begann von der Freundin zu erzählen. Es tat gut, etwas über die geliebte Frau zu hören, auch wenn deren Aufenthaltsort auch Hannah verborgen war, wie er zu seinem Leidwesen nach einer Weile schließlich feststellen musste.

51. Kapitel

Der perfekte Plan

Es hatte drei Tage gedauert, bis die beiden Männer ihr Geständnis, das er ja vorformuliert hatte, unterschrieben hatten. Ein weiterer Tag war für den Prozess in das Land gegangen. Der Richter konnte aufgrund der Geständnisse und der Zeugenaussagen gar nicht anders entscheiden, als beide zum Tode auf dem Scheiterhaufen zu verurteilen. Die kleine Geldspende von Bonifaz hatte seiner Entscheidungsfindung auch nicht geschadet. Und nun konnte er sie in den Rat schleifen lassen, um auch noch die letzten Zweifler zu überzeugen. Er konnte es kaum erwarten, dass die Sitzung beginnen konnte, denn davon hing ab, ob die Juden weiterhin unter dem Schutz des Rates stehen würden. Für alles andere hatte er seine Männer.

Schon seit Wochen streuten sie Gerüchte und verbreiteten Lügen und Halbwahrheiten. Nur zu gern glaubten alle diese Geschichten. Und nun ging es langsam auf das Ende zu. Er war als erster, noch weit vor allen anderen Mitgliedern, an diesem Tag im Rat gewesen. In Gedanken hatte er schon jedes Wort überlegt. Seit sein Widersacher unter der Erde war, hatte er diese Rede sicher schon hundert Mal gehalten und endlich würde ihm auch jemand dabei zuhören.

Nach und nach trafen alle Ratsmitglieder ein und schließlich begann Bonifaz mit seiner Rede. Er merkte wohl, dass diese nicht den gewünschten Effekt hatte. Vermutlich hatte er zu oft dieses Thema vor den Rat gebracht, wodurch nun jeder nur darauf wartete, dass er mit seinen Ausführungen enden würde.

Offensichtlich ging das aber sogar denen so, die auf seiner Seite waren und daher musste er nun einfach die beiden Männer in den Ratssaal bringen lassen. Er winkte der Wache zu und wenig später wurden die beiden Männer praktisch in den Raum geworfen. In Ketten lagen sie vor den Mitgliedern und nun stand Bonifaz auf und zeigte auf diese beiden Männer. „Sie haben gestanden, den Marktbrunnen vergiftet zu haben. Habt ihr euch denn schon mal gefragt, warum so wenige von ihnen erkrankt sind? Die wussten, welches Wasser sie nehmen durften. Von uns sind tausende gestorben, nur wegen dieser beiden Männer." Dann brüllte er los, dass alle Anwesenden zusammenzuckten, „Aber sicher haben sie nicht ohne Auftrag gehandelt!"

Er machte eine längere Pause, in der er das Tuscheln und die Zwischenrufe der anderen Männer genoss. Sein Plan ging auf und nun folgte noch der Todesstoß für die Gemeinschaft. Ein paar letzte Worte noch. „Die Juden sind schuld an der Seuche. Die wollen uns vertreiben und die Stadt übernehmen. Dann werden sie ihrem Gott auf ihrem Altar unsere Kinder opfern. Wollt ihr das?", fragte er laut die Männer. Die Rufe „Nein!" und „Niemals!" der Ratsmitglieder folgten und er setzte sich wieder hin.

Nun war er sicher, dass er auch die letzten Mitglieder überzeugt hatte und daher schlug er sofort die Abstimmung vor, mit der sie die Juden aus der Stadt vertreiben sollten. Das Ergebnis war denkbar knapp. Mit nur zwei Stimmen Vorsprung beschloss der Rat, die jüdischen Mitbürger aus der Stadt zu werfen.

Mit einer Handbewegung ließ Bonifaz die beiden in Ketten gelegten Opfer seines Planes wieder in den Kerker bringen. Doch die gerade durchgeführte Abstimmung war ja nur der erste Schritt. Insgeheim ging sein Plan noch weiter. Nun, da der Rat nicht mehr seine Hand über die jüdische Gemeinschaft hielt, konnte er weiter machen. Seine Gedanken gingen schon den nächsten Schritt. Er hatte es so eingefädelt, das die beiden Männer am Sonntag auf den Scheiterhaufen kommen würden. Da hatte er alle Menschen in der Kirche oder auf dem Markt zusammen. Niemand musste arbeiten und jeder hatte Zeit. An diesem Tage würden auch die Männer aus dem Wald in der Stadt sein und sie würden sich unauffällig unter das Volk mischen.

Den Rest würde dann der Zorn der Bevölkerung machen. Da er auch einen Teil der Stadtwachen unter seinem Kommando hatte, sorgte er nun dafür, dass seine Männer am Sonntag das Viertel der Juden bewachen sollten. Dann wäre es ihm ein Leichtes, die Männer zum Gebet in den Dom gehen zu lassen, während die Stadtbevölkerung den Rest erledigte. Nicht, dass die zehn Soldaten etwas gegen seine Männer hätten unternehmen können, aber so würde es keinen geben, der sich schützend zwischen sie und die Juden stellte. Alles schien perfekt. Nun brauchte es nur noch Geduld.

Nach der Ratssitzung ritt er aus der Stadt und traf sich wieder mit den Männern im Wald. Nun war schon deutlich anzusehen, dass sie darauf brannten, endlich in die Stadt zu dürfen. Es waren nur noch fünfzig Männer dort, aber nach seiner Zusage, dass es am Sonntag so weit sein würde, eilten ein paar von ihnen sofort los, um weitere Männer zu holen. Gegen ein paar Münzen versicherte er sich der Loyalität der Männer und ritt wieder zurück in die Stadt.

An diesem Abend gab er eine kleine Feier in seinem Haus, zu dem er alle Ratsmitglieder und deren Frauen einlud. Es wurde ein ausgelassener Abend und für ein paar Stunden dachte niemand an die Seuche, die ja allgegenwärtig in der Stadt war. Auch an die

Gewalt dachte kaum einer, aber trotzdem gab Bonifaz jedem seiner Gäste ein paar Soldaten zur Bewachung mit. Diese Geste des Schutzes würde ihm bei der nächsten Abstimmung sicher helfen und vielleicht konnte er ja im nächsten Jahr Bürgermeister werden.

Es war schon Donnerstag früh, als die Feier endlich zu Ende war und der letzte Gast sein Haus verlassen hatte. Bonifaz stand alleine in dem Raum und sah aus dem Fenster. Nur noch vier Tage, bis sein perfekter Plan aufgehen würde. Wie lange hatte er darauf gewartet? Und nun würde alles auch ohne ihn ablaufen. Alle hatten ihren Platz in diesem kleinen Stück von Gewalt und Intrigen. Ohne Karl hätte er das schon ein Jahr früher haben können, aber sicher war auch die Seuche ein kleines Stück seines Planes. Ohne diese hätte er vielleicht nicht den Rat auf seine Seite bekommen.

Und ohne die Seuche würden vielleicht auch die Mainzer Bürger nicht auf die jüdischen Bürger losgehen. Er setzte sich in seinen Stuhl und schlug die Bücher auf. Im Kopf rechnete er schnell durch, was ihm der Sonntag bringen würde. Unermessliche Reichtümer! Lächelnd klappte er das Buch zu. Er selbst würde davon am meisten profitieren und keiner seiner „Gehilfen" wusste es.

52. Kapitel

Ein leises Gebet

Immer noch saß sie in der Zelle. Am dritten Tag hatte sich einer erbarmt und ihr ein Unterkleid in die Zelle geworfen, aber sie war in Ruhe gelassen worden. Keiner der Männer war übergriffig geworden, nach der Gewalt des ersten Tages. Langsam waren die Schmerzen abgeklungen und nun war es der siebente Tag ihrer Haft. Bisher hatte sie noch nichts erfahren, was nun mit ihr geschehen sollte. Sie lehnte an der Mauer der kleinen Zelle, die durch die niedrige Decke nur noch bedrohlicher wirkte.

Jeden Tag bekam sie zwei Mal Wasser und Brot, sonst nichts. In dem Gang waren noch andere Gefangene und sie konnte sie hören, wenn diese in der Nacht schnarchten. Zum Reden kam man selten, die Wache stand auf dem Gang in unmittelbarer Nähe und unterbrach sofort jedes Gespräch und sie wollte sich nicht wieder mit dem Wachmann anlegen.

Es war Sonnabend und eigentlich die Zeit des Sabbat, doch sie trug ja die Kleider einer christlichen Frau. Zum Glück war sie durch Äußerlichkeiten nicht als Jüdin zu erkennen. Anders war es bei den Männern, die ja als Kind beschnitten wurden. Da sie wusste, wie die Menschen der Stadt auf ihre Gemeinschaft reagierten, hatte sie am ersten Tag einen falschen Namen angegeben. Nun hieß sie also Martha, das war der erste Name, der ihr eingefallen war. Mit ihrem eigentlichen Namen hätte sie nur dafür gesorgt, dass die Männer sie nicht mehr in Ruhe gelassen hätten. Eine junge Jüdin nackt und ihnen völlig ausgeliefert!

Sarah fragte sich, wann sie den nun endlich zum Prozess geholt werden würde, denn eine Gerichtsverhandlung würde es selbstverständlich geben. Die junge Frau legte ihren Kopf nach hinten an die Wand. Mit angezogenen Knien dachte sie nach. Was konnte sie für ein Urteil erwarten? Für ihr Vergehen konnte sie eine Ermahnung erhalten oder sie konnte schwer bestraft werden. Das lag alles im Ermessen des Richters. Der Schandpfahl, die Peitsche oder der Galgen. Alles war möglich und die Angst davor raubte ihr schon seit Tagen den Schlaf.

Dann blieb noch eine weitere Frage offen: sollte sie bei dem Prozess den Wachmann anklagen, weil dieser ihr Gewalt angetan hatte? Dabei dachte sie an die Erzählung von Gundel. Auch die Freundin hatte keine Zeugen gehabt und war für die Beschuldigung ausgepeitscht worden. Im Laufe dieser Woche waren alle Spuren auf ihrem Körper verschwunden. Sie würde also keinen Beweis für die Anschuldigungen haben und damit würde Sarah schweigen. Es war schon schlimm genug, geschändet zu sein. Geschändet und dafür auch noch ausgepeitscht zu werden, das war da nur noch demütigender.

Was sollte sie aber tun, wenn sie diese Zelle wieder lebend verlassen konnte? Wenn der Richter ihr nur eine Ermahnung gab? Nie wieder konnte sie ihrem Vater unter die Augen treten. Die Schande war einfach viel zu groß. Was tun? Untertauchen, wie es Lorena getan hatte? Konnte sie das? Oder sollte sie einfach in den Fluss springen und alles war zu Ende? Sie gab ein stilles Gebet ab und bat um ein Zeichen, was sie tun sollte, doch es kam keine Antwort.

Langsam senkte sich die Dämmerung auf die Stadt und vor dem vergitterten Fenster wurde es dunkel. Der Wächter kam den Gang entlang und blieb vor ihrer Zelle stehen. Er lachte sie an und fragte „Na? Willst du immer noch wissen, wie es ist, ein Mann zu sein?" Sie zuckte bei der Drohung zurück und der Mann griff in das Gitter, das die Zelle vom Gang trennte.

Seine Augen fixierten sie und schienen sich an ihrer Angst zu weiden. Schließlich setzte er fort, „Der Richter hat für dich das Urteil gefällt." „Aber es gab doch gar keinen Prozess", antwortete Sarah überrascht. „Möchtest du unbedingt einen?", fragte der Mann drohend und kam noch näher zum Gitter. Sie schüttelte den Kopf. „Also! Möchtest du nun wissen, was dich morgen erwartet?", fragte der Mann weiter und Sarah sah zu ihm hinauf.

„Morgen schon?", fragte sie leise und der Mann lachte. „Ich werde dich morgen früh holen", begann er und machte eine absichtlich lange Pause, bevor er seine Rede fortsetzte. „Du wirst vor dem Dom an einem Schandpfahl stehen und dort den ganzen Tag bleiben. Erst bei Sonnenuntergang bist du dann frei." „Der Schandpfahl!", sagte sie leise und der Wachmann nickte. Anschließend setzte er noch hinzu „Sollte ich dich danach jedoch noch einmal in Beinlingen erwischen …" bei diesen Worten schlug er sein Wams zurück und schob seine Bruoch nach unten.

Deutlich zeigte er ihr, was er mit dieser Drohung meinte und war auch schon bereit, wieder in sie zu dringen. Mit aufgerissenen Augen sah sie sein steif aufgerichtetes Gemächt in seiner Hand. Sarah nickte und musste schlucken. Das wollte sie nie wieder durchmachen müssen! „Also dann. Bis morgen früh!", sagte der Mann, zog seine Hose wieder hoch und ging lachend davon.

Nun wusste sie zumindest ihr Strafmaß, doch was würde sie danach tun? Wie würde sie die neue Woche beginnen? Oder gab es für sie keine neue Woche? War es ein Zeichen Gottes gewesen,

244

dass der Mann ihr gerade das Urteil verkündet hatte? Wenn es so war, so sollte sie am Leben bleiben. Aber warum? Sie zerbrach sich in der einsetzenden Dunkelheit ihren Kopf, was wohl der Wille Gottes war. Sollte sie zu ihrer Gemeinschaft zurückgehen und so tun, als sei nichts passiert?

Wer kannte schon, außer ihr und dem Wachmann, die Dinge, die in dieser Zelle geschehen waren? Niemand! Half in diesem Falle das Schweigen? Oder machte sie sich damit noch mehr schuldig? Ging das überhaupt? So viele Fragen und kaum eine Antwort. Es blieb ihr nur übrig, zu warten, was der nächste Tag bringen würde.

Dann zuckte sie zusammen. Was wäre, wenn einer aus der Gemeinschaft sie dort am Dom sehen würde? Oder Martha? Oder Elisabeth? Oder irgendjemand, der wusste, dass sie eine Jüdin war? Dann würde sie sofort wieder im Kerker sein, weil sie ja nicht ihre vorgeschriebene Kleidung getragen hatte. Dann wäre jedem bewusst, dass sie auch bei ihrem Namen gelogen hätte und dann wäre sie wirklich wieder dem Wachmann ausgeliefert.

In ihrem Kopf hörte sie sein Lachen und sie sah ihn vor sich stehen. Die Angst davor schnürte ihr die Kehle zu. Sie bekam für einen Augenblick keine Luft mehr. Ihre Gedanken flogen zurück zum ersten Moment in dieser Zelle. Zum Schutz zog sie die Knie an und umklammerte ihre Beine mit den Armen. Ihr Blick ging nach oben und sie fragte sich, ob sie wohl jemals wieder diese Zelle verlassen würde. Zumindest am nächsten Tag und danach? Es würden bange Stunden vor dem Dom werden.

Sarah sprach ein leises Gebet nach oben. Würde es gehört werden?

53. Kapitel

Gefunden und verloren

---

chon seit ein paar Tagen fühlte sich Martha nicht so gut. Trotzdem wollte sie jeden Augenblick mit der wieder gewonnen Tochter verbringen. Sie hatte sogar den Strohsack von Elisabeth in ihr Zimmer bringen lassen, in welchem sie all die Jahre alleine geschlafen hatte. Manchmal lag sie dann nachts wach und sah in das Gesicht der schlafenden Tochter. All die Jahre hatte sie nicht gewusst, wer Elisabeth war. Sie war ihr verpflichtet, weil sie angenommen hatte, dass sie die Tochter der Freundin vom Markt war. Doch nun war das alles ganz anders. War Elisabeth zuvor noch die Putzmagd gewesen, so machte nun Mechthild diese Arbeit und Martha versuchte die Tochter in das Einzuweisen, was sie so den ganzen Tag über tat. Ein bisschen war sie darüber traurig, dass sie nicht nähen konnte. Zu gern hätte sie ihr auch dies beigebracht.

Sie hätten so schön bei der Handarbeit in dem Raum sitzen und erzählen können. So arbeiten sie nun Hand in Hand und erzählten eben dabei. Es gab ja, durch den Ausfall der Knechte, genug im Haus zu tun, aber wenn irgend möglich blieben sie beide zusammen. Elisabeth wurde praktisch wie ihr Schatten.

Schon nach wenigen Stunden hatte ihr die Tochter verziehen, dass sie sie damals, der Not gehorchend, weggegeben hatte. Gerade räumten sie die gekauften Vorräte in die Küche, als es Martha schwindelig wurde und sie sich an dem Schrank festhalten musste. Sofort war Elisabeth bei ihr und fragte „Mutter, was ist mit dir?" „Nichts!", log Martha, doch anscheinend hatte sie einfach zu viel gearbeitet. Für einen Moment musste sie sich setzen und begann am Tisch das Gemüse zu putzen, da konnte sie auch im Sitzen arbeiten.

Als ihr dann aber während dieser Tätigkeit das Messer aus der zitternden Hand fiel, da konnte sie nicht mehr verheimlichen, dass sie krank war. Elisabeth brachte sie in ihr Zimmer und rannte danach wieder davon. Wenig später kam sie mit dem alten Juden zurück, den Martha bisher immer kritisch überwacht hatte. Ihr war das nicht geheuer, wie er seine Pülverchen verteilte. Der alte Mann sah sie an und gab dann der Tochter wieder solch eine Dose mit dem Pulver, wie er es schon ein paar Mal gemacht hatte. Dann verschwand er und Elisabeth brachte ihr den Becher, doch Martha wollte dieses seltsame Zeug nicht. In einem unbeobachteten Moment schüttete sie den Becher aus und gab dann das leere Behältnis an die Tochter weiter.

Ein paar Mal machte sie das so, bis sie am Abend zu schwach war, um den Becher zu halten. Schließlich versuchte Elisabeth ihr den Trank einzuflößen, doch Martha drehte den Kopf weg. Sie sah die besorgte Tochter über sich und sagte „Es ist nichts. Ich brauche nur etwas Ruhe." Doch sie wusste selbst, dass das nicht stimmte. Der alte Jude erschien noch einmal, aber Martha schickte ihn sogleich wieder fort.

Nun war sie aber schon so schwach, dass sie nicht mal mehr die Hand heben konnte. Für ein paar Momente schloss sie die Augen und sah danach in das Gesicht ihre Tochter. Sie versuchte sich die Tränen wegzuwischen, hatte aber dazu keine Kraft mehr.

Elisabeth saß an ihrem Lager und hielt ihr die Hand. Die Kräfte verließen Martha immer mehr und als dann Balthasar im Raum erschien, kostete es ihr schon eine ungeheure Kraftanstrengung, die Augen offenzuhalten. Der junge Herr setzte sich auf die eine Seite ihres Lagers, während die Tochter auf der anderen saß. Jeder hielt eine ihrer Hände und ihr Blick ging von einem zum anderen hin und her. Balthasar war immer wie ein Sohn für sie gewesen und sicherlich war sie für ihn so etwas wie ein Ersatz für die früh verlorene Mutter. Damit saßen nun ihre beiden Kinder an ihrem Bett und sie wusste, dass es ihr Totenbett werden würde. Zu schnell verließen sie die Kräfte.

„Sorgt euch nicht um mich", sagte sie. Balthasar nickte ihr zu und lief aus dem Raum. Nach ein paar Augenblicken kam er mit einem Pfarrer zurück, den er fast in den Raum zerren musste. Der alte Mann sprach schnell ein Gebet, spendete ihr die Sterbesakramente, vermied es dabei aber, sie zu berühren. Nach diesem hektischen Gebet war er auch schon wieder fort. Zumindest konnte sie nun beruhigt sterben, der Weg in dcn Himmel war ihr geebnet. Mühsam faltete sie die Hände und sprach ein leises Gebet. Dann sah sie die Tochter an und sagte „So spät habe ich dich erst wiedergefunden und nun muss ich auch schon von dir Abschied nehmen!" Dabei spürte sie selbst, wie leise ihre Stimme wurde.

Sicherlich würde es nicht mehr lange dauern. Erneut nahm die Tochter ihre Hand und Martha sagte mit der letzten Kraft „Weine nicht um mich." Dann verschwamm langsam das Bild der Tochter vor ihren Augen. Das letzte, was sie spürte und hörte, war Elisabeth, die sich schluchzend über ihren sterbenden Leib warf.

54. Kapitel

Am Pfahl der Schande

Der Morgen des Sonntages brach an und Sarah sah den ersten hellen Schein, der durch das Gitterfenster zu ihr hereinfiel. Auch in dieser Nacht hatte sie nicht geschlafen. Zu viele Gedanken sausten durch ihren Kopf. Was würde der Tag ihr bringen? Zuerst den Pfahl der Schande und dann? Freiheit? Oder ewige Verdammnis in diesem Loch? Würde sie dann diesem brutalen Wachmann weiter ausgeliefert sein? Oder konnte sie zurück zu ihren Eltern gehen? So, als sei nichts geschehen? Als ob es diese Woche der Abwesenheit nicht gegeben hätte? Was sollte sie antworten, wenn die Mutter sie danach fragen würde? Sicherlich nicht die Wahrheit, denn davor schämte sie sich zu sehr. Dabei dachte sie an das Gespräch mit Gundel zurück. Damals hatte sie gesagt, dass sie sich lieber in einen Dolch gestürzt hätte, als diese Schmach zu ertragen. Und nun? Was kam nun? Sie hatte Angst! Angst vor dem Leben und Angst vor dem Tod!

Im ersten Sonnenlicht konnte sie den Dom sehen. Dort vor diesem Gotteshaus der Christen stand dieser Pfahl, an den sie in einer Weile festgebunden werden würde. Auf den Wegen über den Markt hatte sie selbst diese Säule oft gesehen. Eine Kette war daran befestigt, an deren einem Ende der Hals und an deren anderem Ende die Hände gefesselt werden.

Jeder durfte einen dann mit Unrat bewerfen, schlagen, treten oder bespucken. Wer einmal dort gestanden hatte, der war öffentlich Gebrandmarkt. Der konnte sich in der Stadt nie wieder sehen lassen, ohne dass die Menschen sofort mit dem Finger auf ihn zeigten. Und dann auch noch einen ganzen Tag! Wog ihre Schuld wirklich so schwer?

Natürlich hatte sie, durch das Tragen der Beinlinge, gegen alle Sitten verstoßen, aber hätten da nicht auch ein oder zwei Stunden genügt? Bevor die Sonne wieder versank, da würden sicher vierzehn Stunden vergehen! Das war eine unglaublich lange Zeit und ihr graute es jetzt schon vor jedem einzelnen Augenblick davon.

Den Blick nach draußen gerichtet und über ihr weiteres Schicksal grübelnd, stand sie am vergitterten Fenster, als ein Geräusch im Gang sie herumfahren ließ. War es schon so weit? Schritte näherten sich und die Zellentür wurde quietschend geöffnet.

Der Wachmann baute sich vor ihr auf und sah sie grinsend an. Er hatte seine Hände hinter dem Rücken und seine Augen schienen sie zu durchbohren. „Nun Martha? Bereit?", fragte er und sie stimmte ihm kläglich zu, doch er entgegnete, „Noch nicht wirklich!" Dabei zog er die Hände hinter dem Körper hervor und warf ihr die Sachen vor die Füße, die sie getragen hatte, als er sie hier hereingeführt hatte. „Was soll das?", fragte sie und wich zur Wand zurück. „Auf Anordnung des Richters wirst du das hier tragen, damit ein jeder sieht, was dein Vergehen ist!", erklärte er und Sarah bückte sich zu dem Kleiderbündel herab.

Sie faltete es auseinander und sagte, „Aber da fehlt etwas." „Nein! Es ist alles komplett. So sollst du es tragen!", wies sie der Mann an. Erschrocken blickte sie zu ihm hinauf. War das wirklich sein Ernst? Wer konnte ihr solch eine Gemeinheit zumuten? Die Tränen schossen ihr in die Augen. „Bitte! Bitte! Geben sie mir auch die Unterhose dazu. Ich muss doch meine Scham bedecken können!", klagte sie, doch der Mann schüttelte nur abweisend den Kopf.

„Jetzt mach schon! Ich habe nicht ewig Zeit und ein paar andere Galgenvögel warten auch noch auf mich!", trieb er sie zur Eile
an. „Wie soll ich denn die Beinlinge ohne Bruoch befestigen?",
fragte sie und schöpfte wieder ein bisschen Mut, doch der Mann
antwortete nur „Mit dem Gürtel!" „Mit dem Gürtel?", wiederholte
Sarah und sah zu der Jacke. „Aber da bekomme ich die Jacke vorn
nicht zu. Du hast sie mir ja zerrissen", stieß die Frau entsetzt aus.

„Du begreifst schnell!", entgegnete der Mann und begann zu
lachen. Dann setzte er ernst hinzu, „Und nun runter mit dem Kleid,
oder soll ich dir dabei helfen?" Dabei trat er einen Schritt auf sie
zu und setzte hinzu, „Du weißt doch noch, wie schnell das bei mir
geht!" Sarah musste schlucken. Das würde ein Tag der Demüti-
gungen werden. Das hatte sie zwar zuvor auch schon gewusst, aber
das es so schlimm werden würde, das hatte sie sich nicht mal zu
träumen gewagt.

Sarah blickte zum Boden, zog sich schnell das Unterkleid über
den Kopf und setzte sich danach auf den Zellenboden. Zuerst legte
sie sich den Gürtel um die Taille und schnürte diesen so straff, wie
es nur ging. Danach zog sie sich die Beinlinge, einen nach dem
anderen, über und befestigte sie oben an der Seite mit den Bändern
am Gürtel. Sarah zog sich die Schuhe über und legte sich die Jacke
um.

Wie von ihr befürchtet stand diese vorn weit offen. Nun ärgerte
sie sich besonders, dass sie nur diese kurze Jacke genommen hatte,
die ihr gerade mal bis zur Hälfte des Hinterns ging, doch das war
nun nicht mehr zu ändern. „Na siehst du!", sagte der Mann, zog sie
auf die Füße und schob sie aus der Zelle.

Wenig später hatte er sie vor dem Dom an der Säule festgemacht. Der stämmige Mann sah sie noch einmal an, wie sie die Hände schützend vor ihren Schoß hielt, dann zog er die Kette nach, wodurch sie die Hände in Kopfhöhe halten musste. Lachend ging er davon und Sarah spürte, wie ihr das Blut in den Kopf schoss. Noch war sie alleine auf dem Platz hier, doch das würde sich schon bald ändern. Jeder in der Stadt ging am Sonntag zum Dom und musste damit an ihr vorbei!

Wie befürchtet begann sich der Platz schon bald zu füllen. Die Demütigung für die junge Frau hätte nicht größer sein können. Hier würde sie sich nie wieder sehen lassen dürfen. Jeder in der Stadt hatte ihren Hintern, ihre Scham, ihren Schoß und ihre Brust gesehen! Der Mann hätte sie auch nackt hier anbinden können, es hätte nicht schlimmer sein können. Marktfrauen bespuckten sie und Männer betatschten ihren Hintern. Halbwüchsige zogen an ihrer Jacke und sahen darunter. Immer wieder senkte sie den Blick. Es war furchtbar für sie.

Nach endlosen Momenten der Beleidigungen rief endlich die Glocke des Domes die Gläubigen zur Andacht. Der Platz um sie herum leerte sich und sie würde eine gewisse Zeit Ruhe haben.

Schließlich war die Andacht zu Ende und die Menschen strömten auf den Platz zurück, aber noch bevor einer sich ihr zuwenden konnte, sah Sarah, wie der Wachmann, mit anderen Bewaffneten, zwei Männer in Ketten an ihr vorbeizerrte.

Sarah kannte die beiden Männer aus der Gemeinschaft. Es waren Juden, so wie sie. Die Menge der Menschen vor dem Dom empfing die Gefangenen mit den Rufen „Tötet die Brunnenvergifter!" und „Verbrennt die Hunde!" Die Menschen folgen den Wachen und Sarah sah ihnen hinterher. Was war hier los? Ihre eigene Scham war ihr auf einmal egal. Den Blick in die Ferne gerichtet hörte sie das Geheul der Menschen, dann sah sie, wie eine Menschenmenge in die Richtung lief, in der sich das Viertel der Juden befand. Von dort hörte sie Schlachtenlärm und Schreie.

„Vater", murmelte sie und sah, wie Rauch aufstieg. Tränen schossen ihr in die Augen. Verzweifelt dachte die junge Frau an die Schilderungen des Vaters, die er aus Frankfurt gehört hatte. Nun hatte es auch die Juden in Mainz getroffen und sie war alleine!

„Gott! Warum hast du uns verlassen?", schrie sie nach oben, aber sie sah nur die Rauchschwaden des lodernden Feuers. Unweit vor ihr starb gerade die Gemeinschaft. Warum lebte sie noch?

55. Kapitel

Im Feuersturm

Am Anfang der Woche hatte er noch verzweifelt nach der Tochter gesucht, doch dann hatte Isaak es aufgegeben. Sicherlich wollte sie sich nicht finden lassen. Vielleicht hatte sie auf eigene Faust versucht, die Stadt zu verlassen und er wünschte der Tochter viel Glück bei ihrer Suche nach einer sicheren Bleibe. Aber warum hatte sich die Tochter mitten in der Nacht aus dem Hause geschlichen, während alle anderen im Gebet in der Synagoge waren? Vielleicht wollte sie sie alle nicht beunruhigen. Er selbst war schon beunruhigt genug, weil sein Freund Karl solch einer abscheulichen Gewalttat zum Opfer gefallen war. Isaak war sich dessen schon bewusst, das nun, da die schützende Hand des Freundes nicht mehr über ihm war, jeder Tag der letzte sein konnte.

Da war es vielleicht auch nicht schlecht, wenn er sich um Sarah keine Gedanken machen brauchte. Die junge Frau würde ihren Weg gehen und vielleicht zu ihrer Schwester nach Prag kommen, wie er es geplant hatte. Ein Gerücht hatte in der Gemeinschaft die Runde gemacht, dass zwei ihrer jungen Mitglieder im Stadtgefängnis saßen. Die Wache hatte sie provoziert und die beiden Hitzköpfe hatten zur Waffe gegriffen. Mehr als einmal hatte Isaak darauf verwiesen, den Menschen in der Stadt keinen Anlass für ein Pogrom zu geben, doch seine Worte waren ungehört verhallt.

Von den Männern hatte keiner wieder etwas erfahren. Nun war es Sonntag geworden und wie jeden Tag dieser vergangenen Woche bereitete er sich auch an diesem Tag auf den Tod vor.

Das dauerte zwar seine Zeit, doch so würde er eben nicht unvorbereitet vor das Angesicht Gottes treten müssen. Isaak begann zu lesen, wie er es jeden Tag tat, doch seine Gedanken schweiften ständig ab, so, als ob eine leise Stimme ständig seinen Namen rief. Die Glocken draußen riefen die Christen zum Gottesdienst und Isaak stand von seinem Platz auf. Durch das Fenster sah er auf die Gasse hinaus und bemerkte ein paar junge Männer, die sich bewaffnet an den Durchgang zum Viertel stellten.

Entschlossen ging er zur Tür und schritt die Gasse entlang, bis er bei ihnen war. Mit ihnen in ein Gespräch vertieft bemerkte er erst nach einer Weile, das die Wache der Stadt an diesem Tage nicht auf der anderen Seite des Durchganges stand.

Nun wusste er, dass heute der Tag war, an dem sie alle sterben würden. Er brach das Gespräch mitten im Satz ab und lies die Männer verwirrt zurück. Mit schnellen Schritten ging er zu seinem Rabbi und informierte ihn über seine Beobachtung. Die beiden alten Männer verabschiedeten sich tränenreich. Nach einem kurzen gemeinsamen Gebet ging Isaak nach Hause, um auch seine Frau zu informieren. Doch noch während er auf dem Weg war, kam ihm einer der Männer entgegen gerannt und rief „Sie führen die beiden gerade zum Scheiterhaufen!"

Wenig später, Isaak war immer noch auf dem Weg zu seinem Haus, kam dieser junge Mann mit vielen anderen Männern zurück. Jeder von ihnen trug nun eine Waffe. Mochten es fünfzig oder mehr der meist jungen Männer gewesen sein, die kurz darauf am Durchgang standen und auf das Unvermeidbare warteten.

Als Isaak sein Haus wieder betrat, sah er schon die vor Angst geweiteten Augen seiner Frau, die direkt hinter der Tür gestanden hatte. Er nickte ihr nur zu und nahm sie tröstend in den Arm. Sie wusste ja aus seinen Schilderungen, was passieren würde. Zusammen gingen sie in den großen Raum hinter den Fenstern zur Gasse. Dort küsste er sie und sagte „Ich danke dir für die vielen Jahre, die du an meiner Seite gewesen bist. Für die wunderbaren Kinder, die du mir geschenkt hast." Er sah, wie sich ihre Augen mit Tränen füllten. Gemeinsam führten sie ein Gebet aus, dann brach in der Gasse der Tumult los. Die Anzahl der Eindringlinge überstieg die der Verteidiger um ein hundertfaches.

Die jungen Männer hielten sich tapfer, doch die Übermacht würde sie bald bezwingen. Schon liefen die ersten Menschen die Axt schwingend und mit Keulen drohend durch die Gasse. Sie stürmten ein Haus nach dem anderen und aus einigen schlugen schon Flammen. Ob es die Angreifer gewesen waren, oder die Bewohner sich durch die Flammen den Angreifern entziehen wollten, das war egal. Isaak sah hinaus und konnte schon die Gesichter der Menschen erkennen. Es waren auch Frauen darunter, die mit wutverzerrten Gesicht auf alle einschlugen, denen sie habhaft werden konnten. Er sah, wie sie Frauen und Kinder auf die Straße zerrten und dort im Blutrausch töteten. Dann waren sie an seinem Haus.

Die Eingangstür zersplitterte von ihren Axtschlägen und die Menge stürzte herein. Isaak schob seine Frau hinter sich und schloss die Augen. Ein letztes Gebet, dann zerrten die Hände an ihm und schlugen auf ihn ein. Er hörte seine Frau schreien und dann war Stille.

56. Kapitel

Seelische Schmerzen

Sie hatte an dem Pfahl gestanden, bis die Sonne unter ging. Danach hatte der Mann sie losgemacht und ihr auf dem freien Platz die Männersachen ziemlich unsanft vom Leib gerissen. Er hatte ihr das schon getragene Unterkleid in die Hand gedrückt und war gegangen. All das hatte Sarah nur nebenbei bemerkt. Sie stand immer noch dort und konnte den Blick nicht von dem Feuer abwenden, dass nur ein paar hundert Schritte von ihr entfernt brannte. Schließlich ging sie los, immer noch nackt, und lief auf das Feuer zu. Sie musste dort hinein! Das war ihre einzige Möglichkeit, wieder mit der Gemeinschaft vereinigt sein. Mit Vater und Mutter. Schnell! Bevor sie jemand davon zurückhalten konnte. Sarah rannte auf das Feuer zu, das sie von der Schuld reinigen würde.

Je näher sie kam, desto größer war die Hitze, dann war sie so nahe, dass eine Böe ihr die Haare versengte. Nur noch ein paar Schritte waren es bis zu ihrem Ziel, da brachte eine Person sie zu Fall. „Lass mich!", schrie Sarah und versuchte, dorthin zu kriechen. „Nein! Das darfst du nicht", brüllt sie die Person an und Sarah erkannte durch die Tränen Lorena, die sie zu Boden drückte. Dann brach Sarah zusammen und das Feuer verschwand vor ihren Augen. Als sie die Augen wieder aufschlug, lag sie auf einem Strohsack und hörte ein Kind weinen.

„Wo bin ich?", fragte sie leise. „Bei mir. In meinem Versteck", hörte sie die Freundin sagen und Lorena tauchte über ihr auf. „Warum hast du mich nicht sterben lassen?", schluchzte Sarah und Lorena half ihr, sich aufzusetzen. „Weißt du, dass ich dich das auch mal gefragt habe?", entgegnete Lorena und Sarah bestätigte dies leise.

„Ich bin nun völlig alleine. Meine Eltern sind tot. Meine Freundinnen und Freunde. Alle aus der Gemeinschaft. Jeder. Nur ich lebe noch. Warum?", klagte Sarah leise und die Tränen begannen ihr wieder über die Wangen zu laufen. „Ich habe mich das auch oft gefragt. Dann habe ich verstanden, dass dies Gottes Wille gewesen ist", erklärte Lorena leise und wendete sich dem weinenden Kind wieder zu.

Sarah wischte sich die Tränen ab. „Was wolltest du überhaupt da?", fragte sie und Lorena begann, „Ich habe gedacht, auch du wärst dort gestorben. Am Tage konnte ich nicht dorthin, erst nach Einbruch der Dämmerung bin ich losgegangen, um mich von dir zu verabschieden. Dann habe ich dich dort nackt gesehen!", dabei streichelte die Freundin das Kind. „Wie konntest du den Männern entkommen?", fragte Lorena nach einer Weile und wiegte das Kind weiter.

Die junge Jüdin stand von dem Lager auf, streifte sich das neben ihr liegende Unterkleid über und ging in der Ruine der Hütte zur Lorena hinüber, die an einem Tisch, mit der nun schlafenden Hannah auf dem Arm, saß. „Ich bin gar nicht bis nach Hause gekommen. Wegen der Beinlinge war ich im Kerker und dann am Schandpfahl", erklärte Sarah und dachte daran, dass sie wohl sonst jetzt ebenfalls tot sein würde. „Kannst du mir nicht mit der Kleinen helfen?", fragte Lorena und Sarah schaute das schlafende Kind an.

Sarah nickte und Lorena drückte ihr das Kind in den Arm. Danach stand sie auf, zog sich das Tuch vor ihr Gesicht und lief hinaus. Sicherlich würde sie nun wieder den Sterbenden helfen. Vielleicht war das auch für Sarah eine Option, doch sie war ja Jüdin. Sie kannte die Gebete der Christen nicht so gut, aber indem sie Lorena half, half sie auch den Sterbenden.

Allerdings war sie nun alleine und die Schmerzen des Alleine-Seins kamen wieder hoch. Die junge Frau brauchte eine Ablenkung davon. Sie brachte das nun schlafende Kind zu dem Strohsack, auf dem sie selbst gerade eben noch gelegten hatte. Vorsichtig deckte sie die Kleine mit einer löchrigen Decke zu, dann sah sie sich in der Hütte um. Beim letzten Mal hatte sie sich nur für Lorena interessiert und nicht so sehr für deren Behausung, doch diesmal würde sie vielleicht länger in diesem Unterschlupf bleiben.

Dies war ein furchtbarer Ort und das flackernde Talglicht machte es nicht viel besser. Eingefallene Wände und ein löchriges Dach. Das Innere der Hütte machte einen genauso zerfallenen Eindruck, wie es auch von außen ausgesehen hatte. Keine Tür, kein Fenster. Nur der verborgene Durchschlupf zur Straße. Es mochte Wochen her sein, dass hier mal jemand vor Lorena gelebt hatte und die Freundin hatte anderes im Sinn gehabt, als hier auf Ordnung zu achten.

Doch nun gab es hier eben auch ein Kind und das Aufräumen würde vielleicht ablenken und die Schmerzen vergessen lassen. Leise und schnell machte sich Sarah an die Arbeit. Es gab hier drin nicht viel, was sie beräumen musste, aber sie hatte ja bis zum Morgengrauen dafür Zeit, denn dann erst würde Lorena sicher zurückkommen.

Nach einer Weile fiel ihr ein Dolch in die Hand, welcher hinter einer Wand eingeklemmt gewesen war. Der Vorbesitzer hatte ihn wohl bei der Flucht vergessen. Mit der Waffe in der Hand ging Sarah zurück zum Tisch und setzte sich. Sie zog den Dolch aus der Scheide und legte ihn vor sich auf die Tischplatte. Warum hatte Gott ihr diese Waffe in die Hände gespielt? War es Absicht gewesen? Eine Prüfung ihres Willens?

Sarah starrte die Waffe an und diese schien zu sagen „Nimm mich!" Dabei dachte sie auch an Lorena, die mit solch einer Waffe damals ihrem Leben ein Ende setzten wollte. Zögerlich nahm Sarah die Waffe auf und prüfte die Schärfe der Klinge. Es würde schnell gehen und dann würde es enden! Entschlossen drehte sie die Spitze zu sich und holte aus. Da meldete sich das kleine Mädchen, dass aus den Träumen aufgeschreckt war. Sarah ließ den Dolch auf den Tisch fallen und eilte zu der Kleinen.

Sorgsam wiegte sie das Mädchen wieder in den Schlaf und sang ihr ein altes Schlaflied, das ihr die Mutter einst vorgesungen hatte. Das kleine Mädchen würde die für sie fremde Sprache zwar nicht verstehen, doch offensichtlich half es, denn das Mädchen schlief schon bald wieder ein.

Dieses alte jüdische Schlaflied hallte nun in einer Stadt wieder, in der es außer ihr wohl keinen einzigen Juden mehr gab. Wieder schossen ihr die Tränen in die Augen und es war schwer, das Lied zu Ende zu bringen. Der Dolch war nun erst einmal vergessen. Ein neuer Gedanke kam bei Sarah auf: Sie war eine Zeugin dieses Massakers geworden und hatte die Verpflichtung, die Geschichte dieser Gewalttat und die Geschichte der Menschen, die dabei ums Leben gekommen waren, weiterzuerzählen.

Nur das würde ihre seelischen Schmerzen beenden. Nicht der Dolch, nur die Erinnerung.

57. Kapitel

Gottes Rache und der Menschen Schuld

Ein schepperndes Geräusch begrüßte den Montagmorgen. Alle in der Stadt hörten es und so mancher fragte sich, was das wohl war. Nach einer Stunde wusste es dann jeder. Das Feuer, das am Tage zuvor das jüdische Viertel zerstört hatte und dass man nur mit Mühe daran gehindert hatte, die restliche Stadt zu vernichten, hatte die Glocke der Kirche von Sankt Quintin so schwer beschädigt, dass kein vernünftiger Ton von ihr mehr zu erwarten war. Danach wollte jeder die Kirche sehen und auch daran waren starke Beschädigungen zu erkennen. Eine Wand war schwarz vom Ruß und die Hitze hatte das Blei in den Fenstern geschmolzen. Die einst farbenfrohen Butzenglasscheiben waren nicht mehr vorhanden. Stattdessen gähnten leere Fensterhöhlen auf der einen Seite der Kirche.

Jetzt erst begannen sich die Menschen zu fragen, ob sie wohl am Tage zuvor wirklich im Sinne Gottes gehandelt hatten, in dem sie die jüdische Bevölkerung erschlagen hatten. Denn wenn dem so gewesen wäre, dann hätte Gott doch sein eigenes Haus beschützt. Offensichtlich hatte er sich aber von der Stadt abgewandt. Kleine Kinder spielten vor der Kirche mit den bunten Glasscherben und die Eltern fragten sich nun, was wohl die nächste Rache Gottes für die Stadt sein würde. Als sich dann auch noch herumsprach, dass eines der dortigen Gemeindemitglieder im Prozess gegen die jüdischen Männer als Zeuge ausgesagt hatte, da waren alle überzeugt, dass es nun wirklich Gottes Rache war und etwas Unrechtes geschehen war.

Doch die Tat ließ sich nicht mehr ungeschehen machen. Zu den mehr als zweihundert jüdischen Opfern kamen auch noch zweihundert Menschen aus der Stadt, die den Angriff auf das jüdische Viertel mit ihrem Leben bezahlt hatte. Die Verteidiger hatten sich mutig gewehrt, aber der Übermacht von fast tausend Angreifern hatten sie nur kurz standhalten können. Auch Balthasar stand an der Sankt Quintin und sah hinüber zu den feuergeschwärzten Ruinen mitten in der Stadt.

Noch vor einer Woche hatte sein Vater alles daran gesetzt, dieses Geschehen zu verhindern und immer mehr setzte sich die Erkenntnis bei Balthasar durch, dass er wohl damit recht gehabt hatte. Mit seiner Stimme im Rat hatte er all dies zu verhindern gesucht und nun?

Balthasar bückte sich und hob eine der Scherben auf. Ein leicht verformtes Stück Glas. In der Hitze des Todes geschmolzen. Viele der jüdischen Opfer konnten nicht mehr beerdigt werden, da die Hitze so groß gewesen war, dass ihre sterblichen Überreste völlig verbrannt waren. Nur die, die auf der Gasse zu Tode gekommen waren, die konnten sie beerdigen. Aber wer konnte das? Niemand in der Stadt beherrschte die jüdischen Rituale oder kannte einen, der sie konnte. So blieb ihnen eben nur übrig, die Leichen auf dem jüdischen Friedhof, dem Judensand, ohne Gebet und damit eher unwürdig unter die Erde zu bringen. Aber in einer Zeit des Todes wurde darauf nicht viel Rücksicht genommen. Die Karren holten die Leichen ab.

Nacheinander fuhren die Wagen zu den jeweiligen Plätzen. Die christlichen Leichen vor die Stadt in eine große Grube und die Jüdischen eben zum Judensand. Bis zum Abend waren dann alle Leichen unter die Erde gebracht worden, doch damit wurde die Schuld nicht weniger. Hatte Karl wirklich recht gehabt? Und, was noch viel wichtiger für Balthasar war, hatte ihn jemand vielleicht wegen seines Schutzes für die Juden umgebracht? War es also doch kein Raubüberfall gewesen?

Am Abend setzte sich der Sohn nun auf den Platz, auf dem der Vater so oft bis tief in die Nacht gesessen hatte. Der zunehmende Mond schickte sein Licht zu ihm herunter und der junge Mann saß grübelnd auf diesem Platz. Irgendwie war er es dem Vater schuldig, dass er herausbekam, wer für dessen Tod verantwortlich war. Nicht um der Rache wegen, die würde schon Gott in seiner großen Weisheit nehmen, sondern nur um der Wahrheit Genüge zu tun.

Doch wer hatte einen Vorteil davon, dass der Vater nicht mehr da war? Balthasar stützte sein Haupt auf und zerbrach sich seinen Kopf. Um Geld konnte es nicht gegangen sein, das hatte nun er und den Sitz im Rat würde ein Anderer erst nach der nächsten Wahl bekommen. Was also war der Grund? War der Zusammenhang zwischen dem Tod des Vaters und dem Tod seines Freundes nicht irgendwie auch zwingend und schlüssig? Hätte es der Vater zugelassen, dass dem jüdischen Freund irgendetwas geschieht?

Blitzartig durchzuckte ein Gedanke den jungen Mann: Bonifaz! So oft hatte der Vater von seinen Streitereien mit dem anderen Kaufmann berichtet. Balthasar hatte meist nach ein paar Augenblicken entnervt versucht, nicht mehr hinzuhören, doch nun ergab dies alles einen Sinn.

Durch die fehlende Stimme des Vaters im Rat hatten sich die Mehrheitsverhältnisse zugunsten von Bonifaz verschoben. Nur dadurch war es ja zu dem Pogrom gekommen. Es war irgendwie bezeichnend, dass es nur etwa eine Woche nach dem Tod des Vaters stattfand. Und nur dies konnte eine Erklärung für den Tod des alten Mannes geben. Balthasar sprang auf und wollte zur Tür hinauseilen, als ihn irgendetwas stoppte. Er stand vor dem Kreuz, dass der Vater in der Ecke stehen hatte und sah auf die leidende Figur von Jesus. Das Talglicht, das sicherlich Elisabeth davor gestellt hatte, flackerte und es sah für einen Moment so aus, als ob die Figur den Kopf schüttelte. Balthasar fasste zum Griff des Schwertes, das er wie immer an seiner Seite trug. Im selben Moment hörte er eine Stimme in seinem Kopf „Wer zum Schwert greift, der wird durch das Schwert sterben."

Danach war ein paar Augenblicke ruhe, bevor er an die Worte dachte, die er mal von einem Geistlichen gehört hatte „Mein ist die Rache, spricht der Herr!"

Aber konnte er diese Rache in Gottes Hand legen? Er musste es! Erst als er den Griff wieder losgelassen hatte, konnte er sich auch wieder bewegen. Schnell bekreuzigte er sich und sprach ein Vater-Unser. Ging es darin nicht um Vergebung? Eine Vergebung durch die Menschen, aber Gottes Gericht würde den Schuldigen ganz sicher treffen. Und wenn es eine göttliche Gerechtigkeit geben sollte, so würde die Rache des Herrn sicher den Verursacher dieser furchtbaren Mordtat zur Rechenschaft ziehen.

Der kleine Mensch musste nur warten können und Balthasar konnte warten! Er zwang sich dazu.

58. Kapitel

Die silberne Spange

Sie hörte das Schnaufen des Mannes über sich. Ihre Hände waren immer noch angekettet und sie lag flach auf dem Zellenboden. Der Mann hielt sie bei den Knien und sie ertrug es mit zusammengebissenen Zähnen, wie er ihr Gewalt antat. Das wievielte Mal war das nun schon? Den wievielten Tag war sie schon hier gefesselt im Kerker? Sie konnte es nicht sagen. Die Schmerzen waren unerträglich, aber seit ein paar Tagen schrie sie nicht mehr. Sie hatte das Gefühl gehabt, dass er es liebte, sie schreien zu hören, daher war sie verstummt. Jeden Abend nach Einbruch der Dunkelheit kam er zu ihr. Nun bäumte er sich auf, ließ sie los und stand auf. Endlich hatte sie Ruhe für einen Tag.

Der Mann zog sich die Unterhose hoch, wie jeden Tag, doch dann war etwas anders. Er beugte sich zu ihr herab und Gundel zuckte zusammen. Fast liebevoll streichelte er ihre Wange, dann zog er einen Schlüssel vom Gürtel ab und öffnete die beiden Ringe, die Gundels Hände bisher gefesselt hatten. Er stand wieder auf, nickte ihr zu und verließ wortlos, wie immer, die Zelle. Sie sah auf ihre Hände und konnte es nicht fassen. Erst viele Augenblicke später begriff sie, das noch etwas anders gewesen war: Der Mann hatte vergessen, die Tür zu verschließen. Die Zellentür war nur angelehnt!

Was sollte das? Gundel strich sich über die schmerzenden Handgelenke. Vor lauter Verwirrung waren die Schmerzen in ihrem Unterleib erst mal verdrängt. War das eine Falle? Aber wozu? Sie saß doch schon hier drin und wartete auf ihren Tod. In der Dunkelheit der Zelle war der Streifen Licht an der Tür deutlich zu sehen. Sollte sie hinausgehen? Wie weit würde sie da wohl kommen? Vielleicht kam der Mann ja auch noch einmal zurück, um sie wieder zu fesseln. Daher nutzte sie die Gelegenheit, um im Licht der Fackel ihre zerschundenen Arme zu pflegen. Die Eisenringe hatten die Haut aufgescheuert und wund werden lassen. Mit etwas Wasser aus dem Krug und einem Streifen Stoff, den sie von ihrem Unterkleid abriss, tupfte sie die Gelenke vorsichtig ab. Es tat sehr weh und sie erduldete es nur mit zusammengebissenen Zähnen.

Noch immer war die Tür offen und schließlich legte sich Gundel in ihre Zelle und versuchte, mit Blick auf die Tür, zu schlafen, aber der Schlaf kam nicht. Dafür kamen viele verdrängte Gedanken in ihr hoch. Was wäre, wenn sie nun wirklich wieder frei war? Sie war entehrt, geschändet und Schuld am Tode so vieler Menschen. Wie konnte sie mit dieser Schuld und Schmach weiterleben?

Vielleicht sollte sie zum Fluss laufen und dort hineinspringen? Vorsichtig stand sie auf und ging zur Tür. Draußen war Ruhe und niemand war auf dem Gang zu sehen. An der Seite der Zellentür zog Gundel eine Fackel aus der Halterung und ging langsam weiter. Wohin? Sie kannte sich hier drin nicht aus. Schritt für Schritt tastete sie sich an der Wand des Kerkers dahin. Das Geräusch ihrer Schritte war überdeutlich laut in ihren Ohren. Das musste doch jeder hören! Die nächste Tür war ebenfalls nur angelehnt. Noch ein Zufall?

Auch weiterhin hörte sie nur das tapsende Geräusch ihrer nackten Füße und irgendetwas zog sie nach draußen. Mit der Fackel in der Hand folgte sie weiter dem Gang. Seltsamerweise sah sie nirgendwo Wachen oder andere Gefangene. Alle anderen Zellen waren leer. Es schien so, als ob sie alleine mit dem Mann in diesem Hause gewesen wäre. Dann stand sie auf der Gasse und ließ die

Fackel sinken. Es war mitten in der Nacht. Sollte sie nun sofort zum Fluss gehen? Zuvor wollte sie sich noch von Sarah verabschieden. Gundel ließ die Fackel fallen und lief los.

Mit unsicheren Schritten und einem torkelnden Gang schritt sie vorwärts. Im zerrissenen Unterkleid, mit verfilzten Haaren und seit ewigen Zeiten ungewaschen. Jeder, der sie so sehen würde, der würde sie für eine wandelnde Tote halten. Eine Wiedergängerin, die Rache suchte, aber sie wollte verzeihen und Frieden finden. In den dunklen Gassen näherte sie sich langsam dem Viertel und erstarrte, als sie es erreicht hatte.

Das Stadtviertel der Juden bestand nur noch aus Trümmern und Ruinen. Geschwärzte Steine sah sie und folgte der ehemaligen Gasse bis zu Sarahs Wohnhaus. Auch dieses stand nicht mehr. Nur noch die Vorderwand verriet das Gebäude, welches hier gestanden hatte. Gundel kniete sich davor, schlug sich die Hände vor ihr Gesicht und schluchzte „Was habe ich getan!" Denn es war anzunehmen, dass das Verstecken von Lorena zu dieser Tragödie geführt hatte.

Schwankend stemmte sie sich hoch und ging durch die ehemalige Tür. In der Ruine suchte sie den Platz, an dem sie sich damals von Sarah verabschiedet hatte und brach dort zusammen.

Die Sonne des neuen Morgens weckte sie wieder in den Trümmern des Hauses. Ihre Tränen, die sie unbewusst über den Verlust der Freundin in der Nacht geweint hatte, die hatten sich mit der Asche am Boden vermischt. Gundel setzte sich auf und griff in diese Asche. War das ein Teil von Sarah oder ihren Eltern gewesen? Oder von Lorena? Gundel öffnete sie Hand, entschuldigte sich noch einmal und ließ dann die Asche zu Boden fallen. Ein

Windstoß fuhr hinein und verwehte sie. Entschlossen stand Gundel auf, denn nur eines musste sie noch tun: zum Fluss gehen!

Für einen Moment konnte sie sich allerdings nicht bewegen, obwohl alle Schmerzen fort waren. Sie fühlte gar nichts mehr! Schwankend stand sie in der Ruine. An einem Mauerrest konnte sie sich abstützen und sah sich noch einmal in dem Hause um. Warum zögerte sie? Ein paar Schritte entfernt glitzerte etwas in der Sonne. Gundel ging darauf zu und kniete sich auf den Boden. Ihre Hand zog den Gegenstand aus der Asche und sie betrachtete ihn.

Es war eine der Spangen, mit denen Sarah bei ihrem ersten Treffen ihr Kleid geschlossen hatte. Gundel behielt die Spange in der Hand und wieder schossen ihr Tränen in die Augen. Nun hatte sie die Gewissheit, dass Sarah hier gestorben war. Das Schmuckstück war angebrannt und Sarah hätte es wohl nicht freiwillig abgelegt. Zu kostbar war ihr diese Spange gewesen.

Gundel befestigte sie an ihrem Unterkleid, auch wenn das seltsam aussah, doch nun hatte sie die Freundin auf ihrem letzten Weg dabei und erst jetzt konnte sie losgehen. Zu solch früher Stunde war in der Stadt noch nicht viel los. Zielsicher lief Gundel zum Fluss hinunter. Oder besser, sie wankte dorthin. Den Weg war sie noch nicht so oft gegangen, aber es war ja nicht weit.

Schon bald hatte sie den Schiffsanleger erreicht und stellte sich an das Ufer. Sie sah in den schnell dahinfließenden Strom hinunter und dann nach oben. Gundel faltete die Hände und betete das Vater-Unser. Dann schloss sie die Augen, legte ihre Hand auf die Spange und stieß sich vom Schiffsanleger ab.

59. Kapitel

Im letzten Augenblick

Ein paar Tage lebte sie nun schon bei Lorena. Doch bisher hatte sie es vermieden, die schützende Behausung auch nur einen Augenblick zu verlassen. Wieder war sie gefangen. Erneut hatte sie die Angst umfangen. Sarah kümmerte sich um Hannah, während Lorena abermals als Geist durch die nächtliche Stadt eilte und den Sterbenden ihren Weg in den Himmel ebnete. Gegen Morgen kam Lorena dann immer zurück und brachte auch etwas zu essen und zu trinken mit. Woher sie das immer bekam, das war Sarah unbegreiflich. Schon länger gab es kaum noch etwas zu Essen und wenn, dann nur zu solch hohen Preisen, dass es sich kaum einer noch leisten konnte. Doch Lorena hatte ja kein Geld. Vermutlich stahl sie die Nahrungsmittel im Schutze der Dunkelheit.

Sarah konnte nur hoffen, dass sich die Freundin dabei nicht erwischen ließ. Wieder klapperte der Durchgang und Lorena erschien in der Hütte. Sie hatte einen kleinen Krug dabei, in dem sich Milch befand. Mitten in der Behausung stehend zog die Freundin sich das Tuch vom Gesicht und lächelte Sarah an. „Ich habe eine Ziege gefunden", sagte sie stolz und hielt ihr den vollen Krug hin. „Was du so alles findest!", antwortete Sarah und war ein bisschen Stolz auf die tüchtige Freundin, die mit ihrem Wirken ihnen allen das Leben sicherte. Sie weckte das kleine Mädchen und brachte sie zum Tisch, wo Lorena gerade einen Teil der Milch in einen Becher goss und ihn dem Mädchen hinstellte.

Als Sarah neben die beiden trat, bekam sie die Eingebung, zu ihrem alten Viertel zu gehen. Noch war es ja früher Morgen und da waren sicher noch nicht so viele Menschen in der Stadt unterwegs.

Sie hoffte, dass sie keiner erkannte. Zu sehr schämte sie sich immer noch dafür, dass sie an dem Schandpfahl gestanden hatte. Auch wenn sie sich die meiste Zeit mit dem Gesicht zum Pfahl gedreht hatte, hatten die Menschen doch ihren nackten Hintern gesehen. Sarah hatte dort Schläge und Beschimpfungen erhalten. War mit faulem Obst beworfen worden und Halbwüchsige hatten ihr die Schecke, die knapp geschnittene Jacke, die ihr auch noch viel zu kurz gewesen war, auseinander gezerrt, um sie auch darunter zu betrachten.

Sarah konnte nur hoffen, dass die Menschen sie jetzt, im Kleid und mit einer Haube, nicht wiedererkannten. Das Kleid hatte ihr ebenfalls Lorena von einem ihrer nächtliche Streifzüge mitgebracht, die Haube ebenso und beides passte perfekt.

Woher kam auf einmal dieser Mut, nach draußen zu gehen? Hatten sie die Verwandten gerufen, damit sie von ihnen Abschied nahm? Sarah legte sich den gefundenen Dolch um und schlüpfte vorsichtig aus dem Versteck. Der Weg würde etwas weiter werden, da sie es vermeiden wollte, den direkten Weg über den Markt zu nehmen, denn sie wollte der Wache dort nicht noch einmal in die Arme laufen. Sarah zwang sich bewusst, langsam zu gehen, nur um nicht aufzufallen! Sie trug zwar den Dolch, aber sie konnte ihn nicht wirklich benutzen. Die paar Augenblicke, in denen ihr Gundel erklärt hatte, wie das Kämpfen ging, hatte sie schon lange wieder vergessen. Nun konnte sie nur hoffen, dass sie unbehelligt bis zum Eingang des Viertels und zurück zu Lorena gelangen konnte.

Trotz der frühen Stunde waren dann doch schon einige Frauen und Männer unterwegs. Sarah sah immer wieder zur Seite, um nicht erkannt zu werden. Aber vielleicht machte sie auch gerade dies verdächtig? Die junge Jüdin hatte das Gefühl, dass sie jeder Mensch in der Stadt anstarrte und schon bald merkte sie, dass ihr wieder das Blut in den Kopf stieg. Nur noch eine Gasse, dann hatte sie den Eingang zu ihrem Viertel erreicht und gerade als sie sich dem Viertel näherte, um hineinzuschlüpfen, sah sie eine Gestalt, die sie zurückschrecken ließ. So als wenn ein Geist dort entlang schritt, so kam ihr eine Frau entgegen, die vollkommen verdreckt war. Das Unterkleid war an keiner Stelle mehr weiß. Schmutzig grau war es und zerfetzt. Auch das Gesicht war schmutzig und nur die Spuren der Tränen hatten auf ihren Wangen jeweils einen helleren Steifen durch ihr Gesicht gezogen.

Die Frau trug ihr Haar offen, aber es schien ungepflegt und schon lange nicht mehr gewaschen zu sein. So stellte man sich eigentlich eine Tote im Grab vor und davor zuckte Sarah zurück. War es eine der Frauen aus der Gemeinschaft, die das Feuer überlebt hatte? Aber warum tauchte sie jetzt erst daraus auf, wo das Stadtviertel doch schon vor ein paar Tagen ausgebrannt war? Die Frau passierte den Durchgang an der Mauer und torkelte in Richtung des Flusses.

Sarah folgte ihr mit einem kleinen Abstand. Nun wollte sie wissen, wer das wohl war und wo sich die Frau in der ganzen Zeit, die seit dem Feuer vergangen war, versteckt hatte. Vielleicht waren dort ja auch noch andere Überlebende aus dem Viertel. Die Toten konnte sie ja immer noch besuchen und ehren. Sarah lief besonders vorsichtig, damit sie nicht gesehen werden würde, denn nur so hatte sie die Chance, eventuell das Versteck zu finden. Auch das von Lorena hätte sie ja ohne deren Hilfe niemals gefunden.

Die Frau torkelte die Gassen entlang und sie schien verletzt zu sein. Nach einer Weile erreichten sie den Fluss und die Frau betrat den Schiffsanleger. Sarah blieb hinter einer Kiste und versteckte sich. Sicherlich würde die Frau ja auch wieder zurückkommen. Nach ein paar Schritten über das Holz des Anlegers stand die Frau am Rande der hölzernen Plattform und schien zu beten. „Die wird doch nicht etwas springen wollen?", dachte sich Sarah und ging vorsichtig und ohne einen Laut zu verursachen nach vorn. Als sie die Frau fast erreicht hatte, da sprang diese los. Mit einem Satz hatte Sarah ihren Arm gepackt und hielt die Frau daran fest, die von der Strömung schnell unter das Wasser gezogen wurde.

Mit beiden Händen umklammerte Sarah das Handgelenk der fremden Frau und zog mit aller Kraft an deren Arm. Nach ein paar Augenblicken hatte sie die Frau wieder so weit zu sich gezogen, dass sich ihr Kopf wieder oberhalb der Wasseroberfläche befand. „Lass mich!", schrie die Frau prustend und erst jetzt erkannte Sarah die Freundin. „Gundel!", rief sie von oben und nun sahen sie sich beide an.

Wenig später war Gundel auf dem Anleger. Sie spukte Wasser und dann umarmte sie Sarah „Ich dachte, du bist gestorben. Du und Lorena", sagte die Freundin und weinte. „Nein. Wir sind beide noch am Leben. Ich bringe dich zu ihr, in unser Versteck", antwortete Sarah. Dann drückte ihr Gundel die geliebte Spange in die Hand. Die Mutter hatte sie ihr einst geschenkt. Es war wie ein Gruß aus dem Grab. Weinend presste Sarah das Schmuckstück an ihre Brust. Zusammen mit der tropfnassen Freundin, und sie stützend, schritt sie nun den Weg zurück zu Lorenas Versteck. Schwankend erreichten sie schon bald das verfallene Haus, wo Lorena Gundel ebenfalls um den Hals fiel. Nun waren sie wieder vereint.

60. Kapitel

Tod auf Tod

Endlich war er die Juden losgeworden. Bonifaz rieb sich die Hände in seinem Kontor. Mit einem Blick in seine Bücher schätzte er den Gewinn ab und dieser war immens! Schon alleine das Geld, welches er sich dort geliehen hatte und das er ja nun nicht mehr zurückzahlen musste, verdoppelte seinen Reichtum. Dazu kam aber auch noch der Grundbesitz der Juden, der nun vom Rat eingezogen wurde. Die Häuser im jüdischen Viertel waren zwar zum großen Teil abgebrannt, aber die Häuser, welche ihnen gehört hatten und die außerhalb des Viertels lagen, die hatten nun ja keinen Besitzer mehr. Sie würden einen beträchtlichen Gewinn in das, durch die Seuche, leere Stadtsäckel spülen. Ein paar Schäden hatte es in der Stadt auch gegeben. So waren etwa zweihundert seiner „Helfer" bei dem Sturm auf das Viertel ums Leben gekommen und das dabei gelegte Feuer hatte auf das christliche Viertel um die Sankt Quintin Kirche übergegriffen.

Weitere Schäden hatten aber durch den Einsatz der Stadtwache verhindert werden können. Mit einem Federstrich tilgte er alle Schulden aus seinen Büchern. Er war reich wie noch nie zuvor und er hatte auch noch, zumindest nach seiner Meinung, ein gottgefälliges Werk getan. Nun galt es einen Plan zu machen, wie er die Grundstücke vom Rat günstig erwerben konnte. Sein Platz in diesem Kreise und der Einfluss, den er dort hatte, würden sicher dafür sorgen, dass er eines der lukrativen Grundstücke billig erwerben konnte. Dann konnte er von den Bewohnern dort die Miete einziehen, die danach seinen Gewinn weiter erhöhen würde.

In all diese Freude hinein teilte ihm einer der Diener mit, dass seine Frau an Fieber erkrankt sei. Nur für ein paar Augenblicke dachte Bonifaz nach. Seine junge Frau hatte ihm noch keinen Erben für sein Vermögen geschenkt und es sah wohl auch so aus, als ob das nicht so schnell geschehen würde. Mit einer Handbewegung beschloss er das Ende dieser Vermählung und sagte „Bringe die Frau in das Gästezimmer." Der Diener verabschiedete sich mit einer Verbeugung und Bonifaz wendete sich wieder seiner Arbeit zu. Dabei gingen seine Gedanken aber von einer jungen Frau zur nächsten. Während er seinen Warenbestand kontrollierte, überlegte er, welche Frau wohl die mit den besten Verbindungen und den besten Anlagen war. Welche konnte ihm den erhofften Sohn schenken?

Auf einem Blatt Pergament schrieb er zum Schluss acht Namen für den Fall, dass seine Frau das zeitliche Segnen würde. Doch in dieser Zeit der Seuche würde das sicher nicht lange dauern und wenn doch, so konnte da sicher ein kundiger Medicus etwas nachhelfen. Die Feder ging von einem Namen zum anderen und in seinen Gedanken nahm er eine Wertung vor, die sich nicht nach der Frau richtete, sondern danach, wer ihr Vater war. Nur nach dem erhofften Vermögen, das er als Mitgift erhalten würde, richtete sich seine Auswahl.

Aber das war ja ganz normal. Wonach sollte er sich denn sonst richten? Ob er mit ihr einen Sohn haben konnte, das würde sich dann schon noch zeigen und wenn nicht, so hatte er ja immer noch den stummen Piet. Dieser Mann hatte ihm schon mit seiner letzten Frau geholfen und er würde es auf einem Wink von Bonifaz sofort wieder tun.

Mit einem lauten Geräusch schlug er das Kontorbuch zu und verschloss es. Wie immer verwahrte er den kleinen Schlüssel an der Kette um seinen Hals. Danach rief er nach seinem Diener und sagte „Bringe Wein!" Wenig später hatte er das Gewünschte bekommen. Mit einem Krug eines herrlichen roten Weines aus dem Herzogtum Burgund und einem silbernen Becher setzte er sich an den kleinen Tisch in seinem Kontor und genoss seinen Erfolg.

Mit dem Blick in den Wein überlegte er, was er an diesem Tag noch machen konnte. Irgendwie war es nicht so schön, dass niemand sonst da war, dem er von seinem Reichtum erzählen konnte. Seine Frau, seine „Noch-Frau", hatte so gar kein Verständnis für Gelddinge. So war das eben, wenn man die Tochter eines Bischofs heiratete. Beim nächsten Mal würde er sorgfältiger auswählen.

Nachdem der Becher und der Krug leer waren, beschloss er doch noch fortzugehen. Er ließ sich den Mantel bringen und nahm ein paar Münzen mit. Da er ja wusste, wohin er wollte, beschloss er, seine Wache zu Hause zu lassen. Bis zum Frauenhaus war es ja auch nicht so weit. Dort war die kleine Metze Magdalena, die sich sicher über ein paar seiner Münzen freuen würde. Außerdem war es ja noch mitten am Tage. Was sollte ihm da schon passieren?

Froh gelaunt machte er sich auf den Weg und seine erwählte Metze hatte sogar noch Zeit für ihn. Eine Stunde und ein paar Münzen später machte er sich wieder auf den Rückweg. Am Tor des Frauenhauses verabschiedete er sich vom Frauenwirt, der gerade einen neuen Gast begrüßte und diesen in das Haus geleitete.

Wie immer war es ein feuchtkalter Nachmittag und Bonifaz zog sich den Mantel enger um die Schultern. Die Sonne verschwand gerade hinter ein paar großen Wolken und die Stadt lag in einem Dämmerlicht, so als ob Gott seine schützende Hand von diesem Ort fortgezogen hatte. Obwohl es ja noch Tag war, hatte die Dunkelheit augenblicklich die Menschen im Griff. Für einen

Moment fluchte der Mann, weil er seine Wache nicht mitgenommen hatte, doch nun wollte er auch nicht mehr warten, bis die Wolken wieder verschwunden waren. Das konnte sicher Stunden dauern und er wollte ja nicht die ganze Nacht im Frauenhaus bleiben.

Nach kurzer Abwägung, ob er seine Wache rufen sollte, machte er sich schnell auf den Weg, aber er kam nur etwa zwanzig Schritte, bis sich ihm ein kleiner Mann in zerlumpten Sachen in den Weg stellte. „Eine kleine Spende für einen armen Mann", sagte der Bettler und hielt ihm mit der linken Hand einen Napf hin, in welchem schon zwei kleinere Münzen lagen. „Aber du hast doch schon was!", rief Bonifaz und fuhr den alten Mann an „Pack dich du erbärmlicher Wicht!"

Der Mann zog den Napf zurück, dafür zuckte seine andere Hand, die er bisher unter dem Mantel gehalten hatte, nach vorn. Bonifaz spürte einen Schlag gegen die Brust, dann sah er das Messer in der Hand des alten Mannes. Mit einem schnellen Schnitt trennte dieser ihm den Beutel vom Gürtel. Bonifaz brach zusammen. Dass er genau auf dieselbe Stelle fiel, an der sein Widersacher den Tod gefunden hatte, das konnte er schon nicht mehr merken.

276

61. Kapitel

Tiefe Wunden

Zuerst hatte sie die Freundin gar nicht wieder erkannt. Gundel war dreckig, zerlumpt und sah eher wie eine Bettlerin aus. Doch dann schloss Lorena sie in ihre Arme. Wenig später machte sie sich sofort auf die Suche nach Kleidung für sie und wurde auch schon nach wenigen hundert Schritten fündig. In einer am Straßenrand liegenden Kiste hatte sie Unterkleid, Kleid und Schleier gefunden und es schien auch noch genau die richtige Größe zu sein. Nur Schuhe fand sie nicht, aber mit dem Rest eilte sie sofort wieder zurück. Einen am Rand der Gasse liegenden toten Mann nahm sie noch Gürtel und Dolch ab, da sie ja wusste, dass Gundel immer eine solche Waffe an ihrer Seite getragen hatte. Als sie wieder in den Unterschlupf trat, da lagen sich Gundel und Sarah immer noch weinend in den Armen. Lorena legte die Sachen auf den Tisch und schlüpfte mit dem Eimer noch einmal hinaus, um am nahe gelegenen Brunnen etwas Wasser für die Freundin zu holen.

Zurück im Versteck stellte sie den Eimer auf den Tisch und bot Gundel an, sie zu waschen, doch die Freundin lehnte dies ab. „Nur, wenn ihr nach draußen geht!", sagte sie schließlich auf das Drängen von Sarah hin und so stimmte auch Lorena zu, die Unterkunft kurz zu verlassen. Sie wusste ja, wie scheu Gundel in Balthasars Haus gewesen war.

Unmittelbar nach dem Verlassen des Durchschlupfes brauchte Hannah ihre Puppe, welche Sarah auf dem Tisch hatte liegen lassen und so ging Lorena schnell noch einmal hinein, um diese zu holen. Doch sie stoppte, als sie durch den Durchschlupf trat. „Mein Gott!", rief sie aus und Gundel, die nun, mit dem Rücken, nackt vor ihr stand, riss sich das Kleid vor den Körper und fuhr herum. „Was ist mit dir geschehen?", fragte Lorena entsetzt und auch Sarah kam, angelockt durch Lorenas Ruf, wieder zurück in die Behausung.

Mit dem Talglicht wollte Lorena den Rücken der Freundin nun genauer ansehen, doch diese versuchte, sich immer von ihr fort zu drehen. Allerdings ging das ja nicht, weil sie dann Sarah ihren Rücken zugedreht hätte. Also ging Gundel rückwärts zur Wand, aber Lorena war schneller. Nun erblickte sie erst wirklich, was sie zuvor als kurzen Schatten gesehen hatte.

Kreuz und quer über den Rücken der Freundin liefen tiefe Narben. „Oh mein Gott", stieß Lorena aus und hielt sich die Hand vor den Mund. „Sag schon: was ist das!", drängte sie nun Gundel und endlich rückte diese mit der Sprache heraus. „Dein Mann wollte deinen Aufenthaltsort wissen. Aber ich konnte ihm doch nicht verraten, dass ich dich bei Sarah versteckt hatte. Er hätte dich und sie getötet. Also musste ich dazu schweigen", erklärte Gundel und musste schon mit den Tränen kämpfen.

„Aber das ist noch nicht mal alles", sagte sie weiter und nun flossen ihre Tränen. Sie erzählte von dem erzwungenen Beischlaf im Kerker und dann zog sie das Kleid zur Seite. Auch ihre Vorderseite hatte Kratzer und sogar Brandwunden. Jetzt konnte auch Lorena ihre Tränen nicht mehr zurückhalten. „Du ärmste. Und alles nur meinetwegen! Hättest du mich doch damals nur sterben lassen!", schluchzte sie. Die beiden Frauen lagen sich in den Armen und konnten nicht mehr aufhören zu weinen.

Schließlich zog Lorena der Freundin das zerfetzte Unterkleid fort und begann sie vorsichtig zu waschen. Als sie damit endlich fertig war, und Gundel die Kleider angezogen hatte, drückte Lorena Gundel auf einen Stuhl und begann ihr die Haare zu entwirren. Dabei sagte sie „Schade, dass ich meine Creme nicht mehr habe. Ich hätte dir deine Wunden damit eincremen können. So wie damals." „Dein Töpfchen habe ich zu Martha gebracht, aber da ist es nun sicher wieder bei deinem Mann", antwortete Sarah, die sich auf einen der anderen Stühle gesetzt hatte und nun die Kleine auf ihrem Schoß wiegte.

„Den will ich nie mehr wieder sehen, nach all dem, was er mir angetan hat", sagte Gundel schluchzend. Bei der Erwähnung ihres Mannes gingen Lorenas Gedanken auf eine Reise. Natürlich war es schlimm, was er der Freundin angetan hatte, aber irgendwie war er ja auf der Suche nach ihr gewesen. Dass er dabei allerdings so weit gehen würde, das würde sie ihm wohl nur schwer verzeihen können.

Mit dem Kamm in der Hand dachte sie an die glücklichen Tage zurück, an denen sie in seinen Armen gelegen hatte. Hatte sie bisher nicht genau die Dunkelheit gesucht, um ihm aus dem Weg zu gehen? Musste sie das jetzt noch und würde er vielleicht noch nach ihr suchen?

War es nicht auch vielleicht ein Zeichen von Zuneigung und Liebe, welches ihr Balthasar damit geschickt hatte? Zwar auf dem Rücken von Gundel, aber irgendwie schon. Es würde sicher noch ein paar Wochen oder sogar Monate dauern, bis die tiefen Wunden auf Gundels Körper wieder verheilt waren. Die Narben auf ihrer Seele würden sicher Jahre brauchen.

Für einen Moment überlegte Lorena, ob es wohl klug sein würde, der Freundin den Dolch zu geben, doch dann legte sie den

Kamm zur Seite und hob den Gürtel mit der Waffe vom Tisch. Sie legte der vor ihr auf dem Hocker sitzenden Freundin den Gürtel von hinten um die Taille, zog ihn durch den Ring und ließ das Ende herunterhängen.

Das Gewicht des Dolches, das nun auf ihrer Hüfte ruhte, ließ Gundel nach unten sehen. Ihre Hand umfasst den Griff und sie zog die Waffe aus der Scheide. „Der ist nicht so schön wie meiner", sagte sie und fuhr über den Griff mit ihren Fingern „Danke dir", sagte sie leise weiter und Lorena sah, hinter der Freundin stehend, wie Gundel die Spitze der Waffe zu sich zog. Aus Reflex griff sie zu und schnitt sich an der Klinge, doch das war ihr im Moment egal.

Entschlossen sagte sie „Das darfst du nicht tun! Bei mir war es auch kein Ausweg!" Dabei hielt Lorena ihre Hand weiter geschlossen um die Klingenspitze. Ein einziger Blutstropfen lief am Metall herunter zum Griff. „Vielleicht hast du Recht", antwortete ihr Gundel und ließ ihre Hand sinken. Vorsichtig schob sie die Waffe wieder in die Scheide. Danach stand sie auf, riss einen Streifen Stoff von einem Lappen ab und verband damit den Schnitt in Lorenas Hand. Erst jetzt kam der Schmerz.

Wenig später lagen sich die drei Freundinnen wieder in den Armen, bevor Lorena erneut hinausschlüpfte, um etwas zu essen für ihre nun größer gewordene Gemeinschaft zu besorgen. Allerdings war es nun schon hell. Sehr viel vorsichtiger musste sie nun sein!

62. Kapitel

Bittere Ernte

ndlich war es Herbst geworden und aus dem letzten Jahr wusste Balthasar, dass mit den ersten kalten Tagen auch die Seuche enden würde. Seit mehr als einer Woche war nun schon keiner mehr an der Seuche gestorben. Gestorben wurde zwar immer noch, aber eben am Hunger und an der allgegenwärtigen Gewalt. An Entkräftung und dem furchtbaren Wetter des Herbstes. Nur neue Kranke gab es keine mehr und Seuchentote eben auch nicht. Man konnte fast sehen, wie die Stadt und ihre verbliebene Bevölkerung aufatmeten. Bei der letzten Wahl hatte Balthasar einen Platz im Rat erhalten. Natürlich wusste er, dass er diesen Stuhl nur bekommen hatte, weil sein Vater solch einen guten Ruf in diesem Kreise genoss. Das Durchschnittsalter war deutlich gesunken. Hatten im Frühling noch hauptsächlich alte Männer hier gesessen, so waren es jetzt meist junge Männer in seinem Alter.

Die Seuche hatte eben vor keinem gesellschaftlichen Stand Halt gemacht und vor dem Tod waren alle Menschen gleich gewesen. Er hatte Junge und Alte, Arme und Reiche, Männer und Frauen gleichermaßen geholt. Es war eine furchtbare Ernte, die dieser schwarze Geselle eingebracht hatte.

Noch im Juni des Jahres hatte die Stadt eine Bevölkerung von fast 25.000 Menschen gehabt. Nach den Zahlen, die dem Rat nun vorlagen, waren weit über sechstausend an der Seuche gestorben. Etwa dreitausend Menschen hatte die Gewalt in den Straßen hinweggerafft und noch einmal fünftausend waren aus der Stadt geflohen. Nach der letzten Erhebung waren nun nur noch etwa zehntausend Menschen in den Mauern der Stadt gezählt worden.

Die Stadtwache hatte nun das ganze Stadtgebiet wieder unter ihrer Kontrolle, wodurch die Gewalt jetzt ein schnelles Ende nehmen würde. Die letzten Räuberbanden wurden gerade gejagt, verurteilt und sollten in den nächsten Tagen zur Abschreckung an den Stadttoren aufgehängt werden. Damit würde man also bis zum nächsten Sommer Ruhe haben. Und dann? Kam dann die Seuche zurück?

Jeder in der Stadt fragte sich das. Zusätzlich gab es aber auch noch eine andere Frage: Wer hat eigentlich wie viel geerbt? Balthasar hatte es ja in der eigenen Familie gesehen. So schnell und in diesem Alter war noch nie jemand zuvor Vorstand der Familie geworden. Dabei dachte er auch an seinen Vater. Balthasar hatte seinen Großvater noch gekannt und der Vater hatte noch viele Jahre im Schatten des strengen Mannes gestanden. Dann erst konnte der Vater die Führung der Familie übernehmen.

Das war gerade Mal zehn Jahren her gewesen! Bei Balthasar fügte sich das nun ganz anders. Der junge Mann war noch keine dreißig! Viele der neuen Vorstände der Familie waren auch noch viel jünger als er. Eine große Händlerfamilie wurde seit ein paar Tagen von einem vierzehnjährigen Jungen geleitet. Vor wenigen Wochen noch völlig undenkbar!

Immer mehr Besitz kam in die Hände von jungen und risikofreudigen Männern. Aber natürlich auch von feierwütigen, wie er in seinem Freundeskreis schon seit Wochen bemerkt hatte. Nun, mit Ende der Seuche, begannen die Feierlichkeiten und dabei versuchte ein jeder den anderen an Prunk und Pracht zu überbieten.

Die kostbarsten Kleider waren angesagt, was ihm mit einem vollen Stofflager, in welchem die wertvollsten Tuche lagen, natürlich sehr gut gefiel. Fast jeder Fetzen Stoff wurde ihm aus der Hand gerissen und der Preis hatte dabei kaum noch eine Bedeutung. Goldborten waren jetzt der absolute Blickfang auf den Roben der Damen und dass jede Elle davon mit Gold aufgewogen wurde, das spielte überhaupt keine Rolle mehr. Im Gegenteil, es war sogar Bedingung dafür. Je teurer, desto besser!

Da ja keiner wusste, wann er sterben würde und keiner sein Geld mitnehmen konnte, wurde es eben ausgegeben. Und natürlich musste da auch Balthasar mitmachen. Nach Marthas Tod hatte Elisabeth die Führung des Hauses übernommen, aber dadurch war sie nicht die Frau an seiner Seite geworden. Zu gern hätte er nun diese Aufgabe an Lorena übergeben. In den Wirren der Zeit würde sich kaum noch jemand daran erinnern, was sie wohl früher gemacht hatte. Die meisten ihrer „Männer" waren tot oder geflohen. Aber er wusste ja nicht, wo sie war und ob sie überhaupt noch lebte.

Zuerst hatte er seinen Haushalt mit Personal aufgestockt. Mägde und Knechte hatte er nun wieder und zwei der Knechte waren mit dem Wagen auf dem Weg nach Venedig, um das Stofflager wieder aufzufüllen. Ob sie es noch vor dem Winter zurück über die Alpen schaffen würden, das war aber ungewiss. Zu spät waren die Männer aufgebrochen.

Gleichzeitig machte sich aber Balthasar auch so seine eigenen Gedanken. Zeit dafür hatte er ja reichlich, wenn er abends in seinem Kontor saß und soweit an diesem Tage keine Feier war. Der junge Mann grübelte darüber, wie diese Menschen so schnell völlig verrohen konnten. Die Seuche hatte vermutlich das Schlimmste aus jedem von ihnen herausgeholt. Dabei dachte er auch an die Räuberbanden, die in der Nacht die Stadt übernommen hatten.

Balthasar hatte gehört, wie Frauen mit einem Male ihre Kinder zurückgelassen hatten, nur um sich selbst zu retten und wie Männer die Frauen von den Wagen gestoßen hatten, wenn darauf kein Platz mehr gewesen war. Zu oft hatte er am Tor gestanden und das Chaos dort gesehen. Der Zusammenhalt der Familien war zerbrochen. Jeder rettete das, was er wollte und konnte. War vor wenigen Jahren noch das Wohl der Familie der oberste Grundsatz gewesen, so hatte dieser Sommer die egoistischen Werte bei viele hervorgebracht.

Zusätzlich würden sich die fehlenden Menschen im nächsten Jahr sicher weiter bemerkbar machen. Es würden weniger Steuern eingezogen werden können. Auch würde es weniger Handwerker geben, die die Arbeiten verrichten konnten und sicherlich auch weniger Bauern, die die sowieso schon kärgliche Ernte einbrachten. Damit würde sicher der Preis für viele Dinge steigen und für so manchen Bürger würden die einfachsten Dinge unerschwinglich werden.

Eine neue Not würde kommen und der Hunger würde sich sicherlich schon bald melden. Selbst wenn das Wetter im nächsten Jahr hervorragend sein würde, so würde es eine bittere Ernte geben. Und vielleicht würde auch der Tod wieder in der Stadt Einzug halten und mit einer Sense die Menschen mähen. Ein schwarzer Schnitter, der vielleicht wieder eine blutige Ernte einfuhr.

Ein Geräusch schreckte ihn aus seinen Gedanken. Er sah zur Tür und Elisabeth stand dort. „Gnädiger Herr. Braucht ihr noch etwas?", fragte sie leise und Balthasar verneinte dies. Das einzige, was er im Moment brauchte, das konnte ihm diese Frau nicht geben: den Blick in die Augen von Lorena!

63. Kapitel

Saat der Gewalt

Es wurde in der Stadt immer kälter. Der Herbst hatte die Menschen im Griff. Einerseits war dies gut, weil anscheinend durch das kalte Wetter nicht mehr so viele erkrankten, andererseits war dies schlecht für Lorena. Die „Ordnung" war in der Stadt wiederhergestellt und es wurde schwieriger Dinge zu „finden". In ihrer kleinen Behausung lebten sie nun zu viert und eigentlich ging nur Lorena hinaus. Die anderen blieben nur innerhalb des verfallenen Hauses und liefen höchstens die paar Schritte bis zum Brunnen. Da das Dach auch nicht mehr dicht war, was bei den Regenfällen des Sommers schon gestört hatte, war es darin eigentlich immer nass. Jetzt kam aber auch noch die Kälte dazu!

Lorena wagte nicht, sich vorzustellen, wie das wohl mit Schnee aussehen würde. Die Ruine ließ sich nicht beheizen und Holz war auch schwer zu beschaffen. Seit einigen Tagen war es Gundel auch jeden früh schlecht. Daher aß sie immer erst später den alltäglichen Brei. Sowohl Lorena und auch Sarah war klar, was es bedeutete, nur Gundel wollte es nicht wahrhaben.

Aber die Anzeichen waren mehr als deutlich. Oft hatte sie ziehende Schmerzen im Unterleib. Die Freundin war müde und schnell erschöpft. Dazu kamen dann auch noch Stimmungsschwankungen, die in dem abgegrenzten Bereich der kleinen Hütte wirklich manchmal nicht zum Aushalten waren. Schließlich konnten sie sich hier drin kaum aus dem Wege gehen.

Mitte Oktober war es dann so schlimm geworden, dass auch Gundel nicht mehr anders konnte, als es endlich zu akzeptieren.

Nun musste Lorena ihr aber vorsichtshalber den Dolch aus der Reichweite nehmen. Es wäre sonst zu gefährlich für die Freundin geworden. Jeden Tag saß sie mit verheulten Augen an dem Tisch, hielt sich den Bauch und sagte dann meist „Ich kann das nicht!" Lorena versuchte sie zu unterstützen und schließlich setzten sie sich einfach mal eines Abends an den Tisch.

Im Scheine des kleinen Talglichtes unterhielten sie sich leise, um Hannah nicht wieder aufzuwecken. „Dieses Kind wird mich immer daran erinnern, wo und wie es gezeugt wurde", begann sie unter Tränen zu erzählen. „Was soll ich ihm mal sagen, wenn es mich nach dem Vater fragt? Ein maskierter Mann hat mich wochenlang im Kerker zum Beischlaf gezwungen? Es ist doch ein Kind des Unrechts und der Gewalt. Kann ich solch ein Kind lieben?" „Es ist doch aber auch ein Teil von dir!", antwortete Lorena und nahm die Freundin tröstend in den Arm. Natürlich konnte sie Gundel verstehen, aber das half ja nun mal nichts. Es würde nichts daran ändern, dass Gundel dieses Kind im nächsten Frühjahr bekommen würde.

Ein anderer Gedanke machte Lorena da viel mehr Sorgen. Wo sollten sie im Winter hin? Bleiben konnten sie hier nicht und eigentlich fiel ihr da nur Balthasar ein, aber das war nun mal genau der Mann, der indirekt für Gundels derzeitigen Zustand verantwortlich war und die Freundin hatte ja schon gesagt, dass sie ihn niemals wiedersehen wollte. Wie sollte sie der weinenden Freundin begreiflich machen, dass es nur zwei Möglichkeiten gab? Sie konnte im Winter hier in diesem Loch verhungern oder erfrieren, oder im Hause von Balthasar leben und arbeiten.

Leben oder Sterben! Nur darum ging es im Moment und das war eine Frage, die sich Gundel vermutlich schon die ganze Zeit gestellt hatte. Daher hatte Lorena ja auch den Dolch versteckt. Wenn sie nun diese Frage stellte, und Balthasar ins Gespräch brachte, dann riskierte sie damit eigentlich nur, dass die Freundin sich in den Fluss stürzen würde. Beim letzten Mal hatte ja nur Sarah das verhindern können.

Das kleine Licht flackerte vor ihnen und Gundel hielt sich die Hände zum Wärmen an die Flamme. Es war schon deutlich kälter und jetzt am Abend, ohne die Sonne, empfindlich frisch in dem Unterschlupf. Nur dieses Licht wärmte den Raum. Die Decken hatten sie zu Hannah auf das Bett gelegt. Später würden sie dort zu viert schlafen. Da war es dann auch warm. Aber jetzt gerade war das vielleicht der richtige Moment, um mit den beiden Freundinnen zu reden.

Lorena wischte Gundel mit der Hand die Tränen von der Wange und räusperte sich. Dann begann sie „Wie ihr ja schon gemerkt habt, wird es jeden Abend kälter." Sarah kam zu ihnen an den Tisch und setzte sich auf einen umgedrehten Eimer. Lorena zeigte nach oben, wo der Himmel durch das Dach schien und setzte fort „Nicht mehr lange und wir bekommen Schnee." Danach machte sie eine längere Pause, um das Gesagte wirken zu lassen.

„Und ich finde auch nicht mehr so viel, um uns vier durch den Winter zu bekommen", setzte sie schließlich ihre Gedanken für die zwei anderen in Worte um. Sarah nickte, aber an Gundels Augen sah sie, dass die Freundin sicher schon wusste, was sie als Nächstes sagen wollte. Und wirklich fiel ihr Gundel auch schon in ihr Wort „Du willst uns jetzt aber nicht vorschlagen, dass wir alle zu Balthasar ziehen sollen. Hast du schon vergessen, was er mir angetan hat?", fragte Gundel trotzig und zog das Kleid zur Seite, wodurch die Striemen auf ihrem Rücken zu sehen waren, die immer noch nicht richtig verheilt waren.

Lorena nickte ihr zu und legte den Kopf in ihre Hand. „Ich weiß ja noch nicht einmal, ob er mich überhaupt wiederhaben will." „Aber du möchtest hin?", fragte Sarah, was Lorena nur bestätigen konnte. Was würde dann eigentlich aus Sarah? Jetzt, hier in ihrem Versteck, war es ja egal, dass sie eine Jüdin war. Doch in dem Hause von Balthasar? Da war es eigentlich nicht möglich, dass sie dort wohnen durfte. Oder doch? Wer wusste es schon noch? Eine neue Frage, die sie aber erst klären konnte, wenn sie überhaupt wieder in dem Kaufmannshaus geduldet wurde.

Schließlich konnte es ja durchaus sein, dass er sie gar nicht mehr haben wollte. Hatte Gundel nicht gesagt, dass er einfach eines Tages aufgehört hatte, sie zu befragen? Und was war mit seinem Vater, der sie ja, nach Gundels Worten, aus dem Haus hatte haben wollen? Der alte Mann hätte einfach ihren Tod in Kauf genommen, als er darauf bestanden hatte, dass sie trotz schwerer Verletzung auf die Straße sollte.

„Wir sollten eine Nacht drüber schlafen", legte Lorena schließlich fest und zeigte auf den Strohsack mit dem Kind. Zusammen kuschelten sie sich unter der Decke aneinander, doch schlafen konnte keine der drei Frauen erst mal. Es dauerte eine ganze Weile, bis Lorena zuerst das leise Schnarchen von Sarah hörte. Bevor dann auch Gundel eingeschlafen war und Lorenas Gedanken zu dem geliebten Mann flogen. Konnte sie wieder zu ihm? Nach all der Gewalt, die er Gundel angetan hatte? Ihr Herz wollte es!

64. Kapitel

Gehen oder Bleiben

Lange war Gundel nicht in den Schlaf gekommen, denn sie hatte über die Worte von Lorena nachdenken müssen. Bisher hatte sie eine Entscheidung stets vor sich her geschoben. Doch die deutliche Kälte hatte ihr schon lange signalisiert, dass ihr einträchtiges Zusammenleben in der Ruine sich dem Ende zuneigen würde. Aber zurück zu Balthasar? Sollte sie wirklich mit ihrem Peiniger unter einem Dach leben? Konnte sie das und wollte sie das?

Schon alleine der Gedanke an das Kind, das in ihr heran wuchs, ängstigte sie. In mancher Nacht hatte sie den Albtraum gehabt, dass das Kind maskiert, wie der Vater, auf die Welt kommen würde. Lorena hatte am Abend ihre Einwände einfach so zur Seite gewischt, aber der Freundin ging es ja auch anders. Sie hatte nicht dieses Kind in ihrem Leib! Gundel dachte daran, was Lorena in all der Zeit für sie und die Menschen in der Stadt getan hatte. War sie undankbar? Ohne die Freundinnen wäre sie jetzt schon lange tot gewesen.

Aber nun stellte sich ihr die eine Frage: Gehen oder Bleiben? Mit Lorena zu Martha und den anderen Mädchen gehen? Oder hier Ausharren und letztendlich doch noch den Tod finden? Eigentlich eine einfache Frage. Leben oder Sterben! Und doch war es so schwer, dabei eine Entscheidung zu treffen.

Leise erhob sich Gundel von dem gemeinsamen Lager und schlich zur Tür des Unterschlupfs. Von dort aus horchte sie zurück, ob jemand sie gehört hatte, doch die regelmäßigen Schlafgeräusche verrieten die Schläferinnen. Schnell schlüpfte sie hinaus und war nach wenigen Schritten das erste Mal seit Wochen wieder auf der dunklen Gasse. Nicht einmal der Mond zeigte sein Licht. Da sie sich ja auch in dieser Gegend nicht auskannte, überlegte sie kurz, ob sie wieder zurückgehen sollte. Was wollte sie überhaupt hier draußen? Hatte die Angst sie vor das Haus getrieben? Aber die Angst wovor? Eigentlich hätte sie hier draußen ja Angst haben müssen und nicht darin!

Ein ferner Feuerschein zog sie die Gasse entlang. Vorsichtig bewegte sie sich durch die Nacht und glitt von Hauseingang zu Hauseingang durch die Stadt. Was wollte sie? Suchte sie den Tod? Der würde sie früh genug ereilen, wenn sie alleine durch die Gassen schlich. Lorena hatte ihr von den Räuberbanden und den Wachen erzählt. Beides wäre für sie gleich schlecht.

Nach einer Weile sah sie die Schemen von ein paar Männern, die an einem Feuer standen. Sie bemerkte die Waffen an der Seite der Männer. Es wäre nun ein Leichtes gewesen, einfach hinauszutreten und den Tod zu finden. Aber etwas hielt sie in der Dunkelheit zurück. Vorsichtig schlich sie rückwärts in die Nacht und war nach ein paar Irrwegen auf einmal vor dem Haus von Balthasar. Wie sie dahin gekommen war, das konnte sie im Moment gar nicht sagen.

Im Schatten stand sie auf der anderen Straßenseite und dachte daran, dass sie dem Mann jetzt wohl ziemlich nahe war. Auf ihrem Rücken spürte sie wieder die Narben, die von der Befragung übrig geblieben waren. Im Moment so deutlich, wie schon lange nicht mehr. Konnte sie hier wohnen? Gerade fühlte es sich wieder so an, als ob die Peitsche ihren Rücken traf. Direkt hinter dieser Wand hatte sie gestanden.

Die Schmerzen zwangen sie auf die Knie und sie hielt sich den Rücken. Nur zu deutlich konnte sie wieder die Schläge spüren, die sie hier in diesem Hof bekommen hatte. Zweimal sogar! So kniete sie in der Gasse und überlegte, ob sie das aushalten konnte, wenn diese Qual jeden Tag aufs Neue durch ihren Körper zog. Was würde sein, wenn sie dem Mann gegenüber stand?

Sie stemmte sich hoch und schrak zusammen. Eine dunkle Gestalt stand nicht weit von ihr entfernt in der Gasse. Sicherlich hatte diese sie bemerkt, denn sie hatte ja auf dem Straßenpflaster gekniet und nicht weit entfernt hinter ihr war ein Feuer, vor dem sie sich bestimmt gut abgehoben hatte. Verstecken würde nun also nichts mehr nutzen und daher trat sie, zögerlich und Schritt für Schritt, näher an die Gestalt heran.

Als sie nur noch vier Schritte entfernt war, bemerkte sie, dass es sich um eine Frau handeln musste. Dann kam diese auf sie zu und Gundel erkannte Lorena, die ihr sicherlich gefolgt war. „Was machst du hier?", fragte die Freundin leise und Gundel zeigte auf das Haus „Ich wollte wissen, ob es geht. Ob ich hier leben kann. Es schmerzt!", erklärte sie leise und war fast den Tränen nah. Schnell nahm Lorena sie in den Arm.

„Ich weiß ja noch nicht einmal, ob er mich noch will", entgegnete Lorena und nun sahen sie beide auf das noch verschlossene Hoftor hinüber. „Ich will es versuchen", sagte Gundel schließlich und setzte hinzu „Was machen wir aber mit Sarah?" „Die kommt mit! Wer weiß denn, dass sie eine Jüdin ist?" „Du, ich, Elisabeth und Martha", stellte Gundel fest und ergänzte „Nun lass uns in die Hütte gehen, bevor die Sonne aufgeht und wir hier vielleicht noch erwischt werden." Hand in Hand liefen sie durch die kalte Nacht. Erst jetzt merkte Gundel, wie sehr sie doch schon fror. Sicherlich hatte Lorena recht mit der Feststellung, dass sie ein festes Dach über dem Kopf brauchen würden.

Auf dem ganzen Rückweg machte sich Gundel auch weiterhin darüber Gedanken, ob die Entscheidung richtig war. Sie würde es versuchen, mit dem Herrn zu leben. In den Fluss springen konnte sie dann ja immer noch. Als sie wieder in der Hütte angekommen waren, da legte Lorena ihr den Dolch wieder um die Hüften. Gundel verstand die Geste der Freundin. Beide sahen sie auf die immer noch schlafende Freundin und das Kind. Das Talglicht beleuchtete die beiden. „Was sagst du deinem Mann wegen Hannah?", fragte Gundel leise, um sie nicht zu wecken. Lorena kratzte sich am Kopf „Da habe ich noch gar nicht dran gedacht", antwortete sie schließlich und beide setzten sich leise an den Tisch.

„Dann wird das wohl unser letzter Tag hier?", fragte Gundel und sah sich in der spärlich eingerichteten Hütte um. „Schade eigentlich", setzte sie hinzu. Die Übelkeit kam zurück und damit auch die düsteren Gedanken an das Kind, dass in ihr heranwuchs. Zwei Monate war das her, dass der Herr sie in dem Kerker zurückgelassen hatte. „Wie kannst du sicher sein, dass er noch lebt? Und noch nicht verheiratet ist?", fragte Gundel leise.

„Sicher lebt er noch", erwiderte Lorena. „Ich spüre das. Und ich wäre doch sowieso nur die Nebenfrau. Da spielt es keine Rolle, ob er verheiratet ist oder nicht." „Macht es dir nichts aus, ihn mit einer anderen zu teilen?", fragte Gundel erstaunt zurück und wartete auf eine Antwort, die aber nicht kam. Offensichtlich hatte Lorena dies nicht bedacht. Zumindest sagte das ihr Gesichtsausdruck.

Dann begann der Himmel über ihnen eine leichte Blaufärbung einzunehmen. Durch das Loch im Dach war es deutlich zu sehen.

Sarah begann sich im Bett zu regen. Schließlich stand sie auf und betete, wie jeden Tag, in der fremden Sprache. „Du wirst ab morgen leise beten müssen. Aber dein Gott versteht dich sicher auch so", sagte Lorena zu ihr, als sie geendet hatte.

„Wieso?", fragte Sarah überrascht, als sie an den Tisch trat. Gundel antwortete ihr „Weil wir weggehen werden. Zu Balthasar!" Lorena nickte und holte ihren Dolch. Sie legte sich Gürtel und Mantel um, ging zum Durchschlupf blickte zu ihnen zurück und sagte nur „Wünscht mir Glück!" Danach huschte sie aus der Hütte und die drei anderen setzten sich an den Tisch.

Vor lauter Aufregung bekam Gundel keinen Bissen herunter. Sie hatte sich für das Gehen entschieden. Nur wohin?

65. Kapitel

Wiedersehensfreude

lötzlich hatte sie wieder vor ihm gestanden. Balthasar hatte das Hoftor am Morgen geöffnet und in dieses Blau gesehen, dass er einfach nicht vergessen konnte. Für einen Moment kniff er die Augen zusammen, um sich zu überzeugen, dass er nicht träumte, doch als er sie wieder öffnete, da stand Lorena immer noch vor ihm. Keine zwei Schritte entfernt. „Komm rein. Wo warst du?", waren seine ersten Worte, so als ob sie nur mal kurz auf dem Markt gewesen wäre und nicht fast ein viertel Jahr verschwunden. „Ich muss zuerst deinen Vater fragen, ob ich sein Haus wieder betreten darf. Er hat mich ja von hier verbannt!", antwortete sie leise und zögerlich. „Mein Vater ist nicht mehr am Leben. Ich bin jetzt der Herr im Haus! Also wo warst du?", entgegnete er und sie trat eine Schritt auf ihn zu. „Hier und dort. Überall", antwortete sie ausweichend, aber wichtiger war für ihn, dass sie wieder da war. Sofort zog er sie in den Arm und hielt sie fest, damit sie ihm nicht wieder entwischen konnte.

Erst jetzt merkte er, dass sie nur einen dünnen Mantel trug und die Kälte des Morgens sie zittern ließ. Schnell war er mit ihr im Haus und ließ ihr in der Küche ein warmes Getränk geben. „Wo ist den Martha?", fragte Lorena mit dem wärmenden Becher in der Hand „Meine Mutter ist gestorben", antwortete Elisabeth aus der Ecke. „Deine Mutter?", fragte Lorena die Magd. „Lange Geschichte", entgegnete Elisabeth und winkte ab, aber sie hatte sichtlich mit den Tränen zu kämpfen.

Balthasar schob Lorena näher an das Herdfeuer, was ihr sichtlich guttat. „Ich habe dich so lange gesucht", erklärte Balthasar schließlich und gab ihr endlich einen Kuss. „Ich weiß. Gundel hat es mir gesagt", antwortete Lorena und nahm einen weiteren Schluck. „Also doch! Wie ist die eigentlich aus dem Kerker entkommen?", setzte Balthasar entgegen. „Sie durfte dir nichts sagen. Ich hatte es ihr verboten und sie ist ja meine Freundin", erwiderte Lorena und erst jetzt fiel Balthasar ein, wie schlecht er die Magd behandelt hatte.

Doch er wischte den Gedanken sofort wieder aus. Sie war ja nur eine Magd und hätte ja auch mit der Wahrheit rausrücken können. Schließlich war er ihr Herr und das zählte doch mehr, als das Wort, das man einer Freundin gab. Er drehte sich zu Elisabeth und trug ihr auf „Richte das Zimmer für meine Frau her." Die Magd machte einen Knicks und eilte aus der Küche. Eine weitere Küchenmagd kam herein und begann mit den Vorbereitungen zum Frühmahl für die Bediensteten. Daher gingen sie nach oben.

„Ich muss dann noch mal fort und meine Sachen holen", sagte Lorena auf der halben Treppe und wollte wieder nach unten eilen, doch er gab ihr einen neuen Kuss und hielt sie im Arm. „Du kommst aber wieder? Und nicht erst in drei Monaten?", fragte er schnell. Sie nickte und ein Sonnenstrahl traf ihr lächelndes Gesicht. „Ganz sicher?", fragte er lieber noch einmal nach und sie nickte. „Versprochen!", entgegnete sie. Schweren Herzens gab er sie frei, dann zog sie sich den Mantel um die schmalen Schultern und eilte davon.

Balthasar stieg langsam nach oben und setzte sich in sein Kontor. Eigentlich hätte er sich auf den Weg zum Rat machen sollen, doch er wollte lieber die Rückkehr von Lorena abwarten. Warum hatte er sie so schnell wieder gehen lassen? Was wäre, wenn sie nun wieder einfach verschwand? Wochenlang hatte er die Stadt nach ihr durchsucht und trotzdem hatte er sie nicht gefunden. Offensichtlich kannte sie sich gut in den Vierteln der Armen aus, wodurch sie ihm immer entwischen konnte.

Nun blieb ihm nur zu warten und zu hoffen, doch im Warten dehnte sich die Zeit so unendlich lang. Schließlich stand er auf und lief im Kontor hin und her. Immer wieder trat er dabei an das Fenster und sah zur Straße hinab. Normalerweise wäre es jetzt, wegen der Kälte, schon lange verschlossen. Aber Balthasar hatte extra die Fensterläden noch einmal aufgeklappt, um sie erspähen zu können, falls sie doch noch die Gasse unter ihm betreten würde.

Es mochte Stunden später sein, da sah er sie wieder um die Ecke biegen. Aber sie war nicht alleine. Zwei weitere Frauen waren bei ihr und sie trug ein kleines Kind auf dem Arm. Was war hier los? Vielleicht war die eine ja ihre Freundin Gundel und das Kind von der anderen Frau, aber warum trug dann Lorena das Kind? Er lief die Treppe hinab und hörte, wie Elisabeth unten an der Tür die Frauen begrüßte, daher blieb er auf der halben Treppe im Halbdunkel stehen und sah zu ihnen in den breiten Flur hinab.

Die drei Frauen waren wirklich in zerlumpte Sachen gekleidet. Das dünne Mäntelchen, welches Lorena am Morgen getragen hatte, war vermutlich das einzige Kleidungsstück gewesen, was noch in Ordnung gewesen war. Darum rief er zu Elisabeth hinab „Heize das Wasser für die Badewanne an." Dann schritt er hinab und stellte sich in den Flur.

„Wer ist das denn?", fragte er und zeigte auf das kleine Kind „Hannah. Meine Tochter", erklärte Lorena schnell. „Du hast einer Tochter? Woher?", fragte er und sie gab ihm nur ein „Gefunden" als Antwort. Danach sah er die beiden anderen Frauen an. Die Magd duckte sich unter seinem Blick weg, so wie sie sich unter seinen Peitschenhieben weggeduckt hatte. Die andere Frau kam ihm bekannt vor, er wusste aber nicht woher und darum fragte er „Und wer bist du?" „Martha, meine Magd", entgegnete Lorena schnell, bevor die andere Frau etwas sagen konnte.

Mit einer Verbeugung stellte sie sich ihm vor. Wenig später kam Elisabeth zurück und sagte „Die Wanne ist bereit!" Er nickte ihr zu und die Magd verschwand mit den drei Frauen und dem Kind in Richtung des Brunnenhauses. Balthasar sah ihnen noch eine Weile nach und überlegte, wo er diese Magd schon einmal gesehen hatte, aber es fiel ihm nicht ein. Langsam stieg er zum Kontor hinauf und wartete darauf, dass Lorena bald zu ihm kommen würde. Nun wusste er, dass sie wieder unter seinem Dach war.

Eine Stunde später betrat sie frisch gewaschen und mit neuen Sachen das Zimmer, in dem er auf sie gewartet hatte. „Martha passt auf die Kleine auf", sagte sie schnell und er nahm sie in den Arm. „Du wirst meine Frau und sie unsere Tochter sein!", legte er fest, doch sie zuckte zurück „Deine Nebenfrau ja, aber deine Frau? Ich war eine Hübschlerin", entgegnete sie. „Fast alle, die das gewusst haben, sind nun tot. Und es interessiert mich nicht, was der Rest darüber denkt. Du wirst meine Frau", sagte er und dies duldete keinen Widerspruch. Offensichtlich spürte auch die Frau das, denn sie nickte und lächelte ihn an. „Es ist kalt bei dir", sagte sie schließlich und zog die Arme um ihre Schultern, daher nahm er sie auf die Arme und trug sie in das geheizte Schlafzimmer hinüber.

66. Kapitel

Fremde Gebräuche und eine Lüge

Der erste Schnee war gefallen und Sarah lebte nun schon eine ganze Weile unter einem Dach mit Lorena und den anderen im Hause des Kaufmannes. Sie hatte den Namen Martha behalten, weil niemand erfahren sollte, wer sie wirklich war. Nur ihre Freundinnen wussten es natürlich. Nun war sie eben Lorenas Magd und das Kindermädchen für Hannah. Soweit war alles gut, nur aus dem Hause wollte sie nicht. Aber das gestaltete sich ziemlich schwierig und es war nicht so einfach, dem Herrn etwas vorzuspielen, nur damit sie jeden Sonntag im Hause bleiben konnte und nicht mit zum Dom gehen musste. Denn da hätte sie an dieser Säule vorbei gemusst und davor hatte sie immer noch Angst. Fast mehr Angst, als dass sie jemand erkennen würde und dann mit Fingern auf sie zeigte. An diesem Tage hatte vermutlich niemand in ihr Gesicht gesehen. Außerdem war es ja ein Dom und keine Synagoge. Konnte sie denn dort auch beten? Da machte sie das lieber dreimal täglich still in ihrem Zimmer.

Schon damals hatte sie ja ein paar Tage in diesem Hause gewohnt, als sie Elisabeth gepflegt hatte. Aber das war etwas anderes gewesen. Die Gebräuche hier hatten sie da nicht ganz so interessiert und sie hatte ja auch gewusst, dass sie später wieder zu ihrer Gemeinschaft und dem Vater zurückgehen konnte. Nun war alles anders. Sie musste sich anpassen!

Hier war sie jetzt eine Magd unter vielen. Allerdings musste sie auf Elisabeth und deren Fähigkeiten vertrauen, was die Speisezubereitung betraf. Am ersten Tag hatte sie die Freundin zur Seite genommen und ihr erklärt, was und wie sie essen konnte. Den verzweifelten Blick der Freundin hatte sie ignoriert und mit einer

Umarmung war dann alles gut gewesen. Ohne dass es jemand im Haus bemerkt hatte, aßen sie nun alle schon ein paar Wochen koscher, so gut es eben ging.

Für die Mägde gab es sowieso kaum mal Fleisch. Höchstens mal Fisch und dieser war ja erlaubt. Jetzt im Winter und nach der Hungersnot war selbst der schwierig zu bekommen. Da der Winter sowieso keine Zeit des Schlemmens war, fiel es vermutlich niemanden auf und für den Herrn wurde sowieso separat gekocht. Sarah ging oft mit Hannah im Arm durch das Haus. Täglich war sie bei Gundel in der Nähstube unten, wo das kleine Mädchen auch mal im Raum herum tapsen konnte, ohne dass irgendetwas kaputtgehen konnte.

An einem dieser Tage Anfang Dezember sagte Gundel schließlich „Warum gehst du nicht mit in den Dom? Du hast mir doch mal gesagt, dass es derselbe Gott ist, den wir anbeten. Warum also nicht dort?" Wieder versuchte sich Sarah mit dem Schandpfahl herauszureden, doch Gundel winkte ab. „Dich erkennt da keiner, aber du machst dich verdächtig, wenn du nicht hingehst. Willst du als Hexe verbrannt werden? Und so oft kann es Hannah nicht schlecht gehen!", gab die Magd zu bedenken und nähte im Scheine eines Talglichtes weiter an einem Kleid.

Sarah stand auf und ging zu dem verbarrikadierten Fensterladen, der sicher erst im März wieder geöffnet werden würde. Mit der Stirn gegen das Holz gepresst überlegte sie. Natürlich war es gefährlich, sich den anderen Menschen zu verweigern. Schnell konnte der Herr misstrauisch werden und wie das enden konnte, das hatte sie auf Gundels Rücken gesehen. Aber war es nicht auch eine Sache zwischen ihr und Gott? Sie konnte ja nicht in der Kirche hebräisch reden. Da würden sie die Leute erst recht sofort auf den Scheiterhaufen bringen. Immer näher kam das wichtigste Fest der Christen und sie würde diesmal keine Ausrede haben können. Zumal das Fest auch noch auf den Sabbat traf. Zwei Feste in einem, das konnte doch kein Zufall sein!

Der Tag begann damit, dass sich alle in der Wanne im Brunnenhaus reinigten und danach ihre schönsten Kleider anzogen. Als sie dann im Gang standen, da kam Gundel zu ihr und legte ihr ihren Gürtel mit dem Dolch um die Hüften, sie selbst trug ebenfalls einen solchen. Die Waffe drückte schwer auf Sarahs Hüfte, weil sie diese nicht gewohnt war. Sie sah nach unten und erkannte den kostbaren Dolch, den Gundel bei ihrem ersten Treffen getragen hatte. Die Freundin trug nun den, den ihr Lorena damals in der Ruine gegeben hatte. „Damit du dich sicherer fühlst", sagte Gundel und nickte ihr zu.

Mit dem Kind auf dem Arm ging Sarah hinter den Anderen her. Die Straße war tief verschneit, nur ein schmaler Weg in der Mitte war freigeräumt. Graue Wolken hingen über der Stadt und es würde sicher noch weiter schneien. Am Pfahl zögerte sie einen Moment, doch Gundel schob sie vorbei. Mit schnellen Schritten eilte sie danach dem Portal entgegen.

Dann betraten sie den Dom. Der Innenraum war riesengroß und ihre kleine Synagoge hätte hier sicher zwanzigmal hineingepasst. Der Vater hatte ihr einmal erzählt, dass die christlichen Bürger und der Rat ausdrücklich nur eine ganz kleine Synagoge haben wollten. Dieses jüdische Gotteshaus war nun schon zum dritten Male zerstört worden, aber in keiner Weise mit dem Prunk in diesem Hause vergleichbar. Musste dies so sein? Wozu brauchte Gott solchen Reichtum? War der Glaube der Menschen nicht viel wichtiger?

Sarah war von dem Anblick all der Menschen und der Pracht so überwältigt, dass sie das Kreuz verkehrt herum schlug. Sofort merkte sie ihren Fehler und sie erkannte aber auch, dass es der Herr gesehen hatte. Deutlich konnte sie in seinem Gesicht sehen, dass er nun wusste, wer sie war. Die Lüge war aufgeflogen im Angesicht Gottes. Allerdings hatte der Mann keine Zeit, sie sofort zur Rede zu stellen, denn immer mehr Menschen drängten hinter ihnen in den Dom, bis auch der letzte Platz besetzt war.

Es schien so, als ob die ganze Stadt hier in diesem Haus war und jeder Gott dafür danken wollte, dass er dieses Jahr der Seuche überlebt hatte.

Nach dem Gottesdienst, auf dem Weg in ihr Haus, blieb der Herr zurück und für Sarah war dies das Zeichen, sich bei ihm zu entschuldigen. Doch noch bevor sie etwas sagen konnte, sagte der Herr „Ich weiß nun, wer du bist. Du bist Sarah und mein Vater hat deinem Vater versprochen, dich nach Prag zu deiner Schwester zu bringen. Ich werde dieses Versprechen halten und wenn der Schnee geschmolzen ist, so wirst du dorthin gehen. Bis dahin aber bleibst du Martha die Magd!" Sarah machte eine tiefe Verbeugung und sagte „Ich danke euch, gnädiger Herr." Dann eilte sie den anderen hinterher. Gundel wartete schon, mit Hannah auf dem Arm, auf sie.

67. Kapitel

Neue Zeiten

Das neue Jahr hatte begonnen und Balthasar hatte Wort gehalten. Lorena war nun seine Frau und hatte damit eigentlich alles, was sie nie zu hoffen gewagt hatte. Sie war nun nicht mehr die Hübschlerin, die im Rat tanzte, sondern die Frau eines Kaufmannes und Ratsmitgliedes. Wenn man so wollte, dann ließ sie nun tanzen, auch wenn das nur für die Feiern zutraf, die nun aber sehr häufig waren. Praktisch jede Woche waren ein oder zwei dieser geselligen Beisammenseins mit den Frauen der anderen Ratsmitglieder. Die meisten davon genau in ihrem Alter. Da blieb es natürlich nicht aus, dass getuschelt wurde und schließlich konnte sie ja auch nur zugeben, dass die meisten der Ratsmitglieder, zumindest der alten, schon das Lager mit ihr geteilt hatten.

Doch gerade das tat ihrer Popularität bei den Frauen keinen Abbruch. Schließlich war sie nach einer Weile in allen Mode und Schönheitsfragen für alle die Ansprechpartnerin geworden, denn sie wusste am besten, wie sie auf Männer wirkte.

Zwar war schon vor ihrem Auftreten die Kleidung eine andere geworden, als sie es noch vor der Seuche gewesen war, aber durch sie kam es nun in Mode, die Kleider Figurbetont zu tragen. Hatte Gundel ihr damals, vor einem viertel Jahr, noch ein hängendes Kleid gegeben, das nur durch den Gürtel ein bisschen vorn zusammengezogen wurde, so trug Lorena nun ein Kleid, das ihre Taille betonte und einen tiefen Ausschnitt hatte. Alle anderen Frauen wollten nun auch genau solche Kleider haben. Gundel hatte damit viel zu tun. Mit dem doch schon gewölbten Bauch konnte Gundel damit im Sitzen arbeiten und musste nicht mehr so herum rennen.

Besondere Umsicht legte die Freundin nun auf die an der Vorderseite der Oberkleider angebrachte Knopfleiste. Die Knöpfe waren kleine Kunstwerke und zum Teil sehr teuer gearbeitet. Silber, Kupfer oder sogar Gold wurde dafür benutzt. Lorena trug auch nicht mehr den straff gespannten Gürtel mit dem Dolch an der Seite, sondern sie hatte einen schmalen, perlenbestickten Stoffriemen, welcher lose auf den Hüften ruhte und an dem der Schlüsselbund, die Tasche mit Löffel und Messer, der Rosenkranz sowie der Geldbeutel hingen.

Allerdings fand sie es nicht so schön, dass sie nun, als verheiratete Frau, ihr langes schwarzes Haar in der Öffentlichkeit verstecken musste. Schon früher hatte sie ja den Schleier tragen müssen, doch der hatte immer nur locker über dem Haar gelegen, gehalten von einem Reif. Der Sitte gehorchend trug sie nun eine Hennin. Eine fast ellenlange Tüte aus Leinen, mit einem Gestell aus Metall darunter, die mit Brokat bezogen war. Ein langer Schleier fiel davon nach hinten und bedeckte ihre Schultern. Was nun mal sein musste, das musste eben sein. Trotzdem widersetzte sie sich dem Trend, sich das Haar aus der Stirn zu rasieren. Dazu liebte sie ihre Haare viel zu sehr. Sie hatte stattdessen darauf bestanden, dass ihr Gundel den Hut etwas größer machte, wodurch er tiefer saß, als ihn die anderen Frauen trugen.

Im Gegensatz zu früher zeigte man nun, dass man Geld besaß, auch wenn das einigen Geistlichen nicht gefiel. Bei den Predigten wetterten manche von ihnen über den „Gottlosen" Aufzug der Damen, die ihre kostbaren Kleider natürlich auch beim Gottesdienst trugen. Lorena machte da keine Ausnahme. Warum auch? Wer wusste schon, ob man das nächste Weihnachtsfest noch erlebte. Wozu also sparsam sein?

Man lebte jetzt und hier! Zum Glück für Lorena kümmerte sich Sarah weiter um Hannah. Sie hatte ihr schon gesagt, dass Balthasar ihre Tarnung durchschaut hatte und sie im Frühling nach Prag gehen würde. Bis dahin war sie mehr als ihre rechte Hand. Sie nahm ihr fast alle arbeiten ab, wodurch sich Lorena auf ihre Pflichten als Ehefrau konzentrieren konnte.

Natürlich hatten sie in einer Kirche geheiratet. Der Pfarrer kannte sie zwar, aber er nahm einfach so hin, dass sie sich nun an die Sitten und Gebräuche einer Ehefrau hielt. Dafür würde ihr Mann schon sorgen. Da sie nun die Ehefrau war, wäre es eigentlich ihre Obliegenheit, dem Hause vorzustehen, was die Dienerschaft betraf. Doch sie vertraute da lieber auf die Fähigkeiten von Elisabeth. Die Magd wusste ganz genau, was zu tun war und wer eine etwas strengere Hand brauchte.

Dabei war es schon seltsam, wie die zum Teil doppelt so alten Knechte auf die Weisungen der jungen Frau reagierten. Elisabeth wusste natürlich, dass sie sich auf Lorena verlassen konnte und auch die Knechte hatten sicher bemerkt, dass die Herrin voll und ganz hinter der Magd stand.

Die kleine Narbe, die der Dolchstoß hinterlassen hatte, war kaum noch zu sehen und trotz der Kälte des Winters wusch sich Lorena immer noch täglich nackt im Brunnenhaus. Nur beim Verlassen des Hauses zog sie sich dann doch etwas über. Es war einfach viel zu kalt auf dem Weg über den Hof.

Vielleicht war es so etwas wie ein Widerspruch in sich: am Tage trug sie oft nur Unterkleider oder lief nackt herum und am Abend hüllte sie sich in festliche Roben und betonte ihre Reize eben anders. Aber sie war dies ja eigentlich schon von früher gewohnt. Hatte sie nicht deshalb früher immer die knappen und bauchfreien Tanzkleider getragen? Bauch zeigte sie nun nur noch beim Waschen oder bei Balthasar, aber ihren Körper betonte auch das Kleid.

Natürlich wusste sie, dass sie damit auch vorsichtig sein musste. Es gab religiöse Eiferer, die den nackten Körper mit der Sünde gleichstellten und die dann die Nacktheit mit einer Aufforderung zur Unzucht gleichsetzten. Innerhalb ihres Hauses konnte Lorena tun und lassen, was sie wollte, solange Balthasar es ihr nicht verbot. Doch er liebte sie und für Lorena war es immer ein besonderes Fest, wenn sie zu zweit zum Badehaus gingen, wo sie dann zusammen in der großen Wanne baden konnten. Zwar in Unterkleidern, aber trotzdem nah beieinander.

Und in ihrem Hause kamen sie dann natürlich auch noch ihren ehelichen Pflichten nach, denn das Wichtigste an der Ehe war ja das Zeugen eines Sohnes. Ohne diesen konnte die Ehe auch wieder geschieden werden. So widmeten sie sich dieser „Pflicht" mit besonderer Hingabe. Manchmal zweimal hintereinander.

68. Kapitel

Noch ein bunter Wagen

ndlich hatte die Schneeschmelze begonnen und die Fensterläden konnten wieder geöffnet werden. Gundel ließ die frische Luft in die muffige Nähstube herein und atmete erst mal richtig durch. Sie schob nun schon eine beachtliche Kugel vor sich her, obwohl es doch noch bis Mai dauern würde, bis sie endlich diese Last von ihrem Körper bekam. Den Gürtel mit dem Dolch konnte sie schon ewig nicht mehr tragen und das Kleid spannte über ihrem Bauch. Jede Woche musste sie es ändern, damit es überhaupt noch passte. Mit der beginnenden Schneeschmelze würde nun auch der baldige Abschied von ihrer Freundin kommen. Sarah würde ja schon in den nächsten Wochen zu ihrer Schwester nach Prag aufbrechen. Vielleicht sogar schon in den nächsten Tagen. Daher verbrachten sie fast jeden Augenblick des Tages zusammen. Da Hannah nun schon im Hause umher rannte, war es für Sarah nicht so einfach, dem Kind immer zu folgen. Zumal Hannah begriffen hatte, wie man eine Tür öffnen konnte.

Gundel hatte in den letzten Tagen ihren Strohsack in das Zimmer von Hannah und Sarah gebracht, das war eine Treppe niedriger als die Mägdekammer und in ihrem Zustand machte schon eine einzige Stufe etwas aus. Lorena hatte ihr gesagt, dass sie, wenn Sarah das Haus verlassen sollte, automatisch zur Amme würde. Das gefiel Gundel zwar nicht ganz so gut, denn lieber wäre sie weiter in der Nähstube geblieben, aber natürlich war der Wunsch der Herrin und Freundin für sie eine Verpflichtung.

Mittlerweile war auch Lorena schwanger. Nun hatte diese mit denselben Problemen zu kämpfen, die Gundel in der Ruine gehabt hatte. Zwar sah man noch nichts, trotz des schmalen Körpers von

Lorena, aber die Übelkeit war ein eindeutiges Zeichen. Damit würde Gundel dann noch in diesem Jahr auf drei Kinder aufpassen müssen.

Mit einem Blick auf die flinke Hannah zweifelte sie daran, dass sie das schaffen konnte. In ihrem jetzigen Zustand konnte sie sich noch nicht mal nach dem Kind bücken. Daher überredete sie alle, dass Sarah erst nach Prag aufbrechen sollte, wenn ihr Kind endlich auf der Welt war. Erst danach würde es für Gundel etwas einfacher werden und zu ihrem Glück stimmten alle drei beteiligten dieser Bitte zu.

Noch immer ging sie dem Herrn so oft aus dem Weg, wie nur irgend möglich. Gundel vermied es, mit ihm in einem Zimmer zu sein. Natürlich hatte sie nicht damit gerechnet, dass er sich bei ihr entschuldigte, aber er sah sie immer noch böse an, wenn er auf sie traf. Offensichtlich hatte er es noch nicht verwinden können, dass sie seiner Befragung standgehalten und Lorenas Aufenthaltsort nicht preisgegeben hatte.

Oder war da noch etwas anderes in seinem Blick? Natürlich hatte sie damals alles Mögliche gestanden, nur um der Folter zu entgehen. Lag es etwa daran? Sie hatte ja auch gestanden, die Seuche in die Stadt gebracht zu haben und ein bisschen glaubte sie ja auch daran. Schließlich war es erst nach ihrem Eintreffen hier so schlimm geworden. Damit war sie indirekt auch für den Tod von Sarahs Eltern und des alten Herrn verantwortlich.

Vielleicht warf der junge Herr ihr auch dies vor und sie konnte sich natürlich nicht dagegen wehren. Zusätzlich hatte sie auch gestanden, die Knechte verflucht zu haben und das war Hexerei. Wenn jemand dieses Geständnis ernst nahm, so war ihr der Scheiterhaufen sicher und im Moment stand sicherlich nur Lorena zwischen ihr und dem ewigen Feuer in der Hölle. Gundel wusste, dass der Herr sie hier nur duldete und daher betete sie drei Mal am Tage, dass Gott ihr diese Sünden vergab.

Zusammen mit Sarah stand sie dann immer in dem Zimmer. Sarah betete zu ihrem Gott und sie zum gleichen. Nur in einer anderen Sprache. Und so machte sie sich die ganze Zeit Vorwürfe.

Eines Morgens kam sie aus dem Brunnenhaus, wo sie sich gewaschen hatte, und sah, wie ein paar der Knechte einen Wagen aus der Scheune holten, die bisher verschlossen gewesen war. Die Männer schoben ihr das Gefährt praktisch vor die Nase und mit einem Mal erkannte sie ihn wieder. Das war der Wagen, der damals in ihrem Dorf gewesen war. Kein Zweifel! Diese Bemalung würde sie nie wieder vergessen! Wie kam dieser hier her? Gundel sah, wie der junge Herr auf den Hof kam und sie zeigte auf den bemalten Kasten vor sich. „Ich kenne diesen Karren. Der war in meiner Siedlung bevor ich Fieber bekam. Mit ihm hat das Sterben angefangen!", sagte sie aufgeregt.

Der Herr winkte ab. „Das kann gar nicht sein. Mit diesem Wagen sind Mathias und Knuth im letzten Frühling aus Venedig gekommen. Was hätten sie in deinem Dorfe machen sollen?", erwiderte er und wollte sich wegdrehen, doch Gundel ging hinüber und fuhr mit den Fingern über die aufgemalten Engel. „Mit ihm hat auch in dieser Stadt das Sterben begonnen!", murmelte sie leise dann durchzuckte ein Schmerz ihren Bauch. Sie schrie auf und hielt sich am Holz fest, bevor sie vor dem Rad zusammenbrach.

Unter Schmerzen merkte sie, wie die Knechte sie anhoben und in das Haus schafften. In der Kammer betteten sie Gundel auf den

Strohsack und überließen den Rest den Mägden. Kinder kriegen war nun mal Frauensache. Aber es war doch erst April! Hatte sie sich verrechnet, oder war der Schock mit dem Anblick des Wagens so groß gewesen, dass dadurch die Wehen eingesetzt hatten?

Die nächsten Stunden quälte sie sich von einer Wehe zur nächsten. Zum Glück hatte sie Sarah in der Nähe, die wusste, was zu tun war. Trotzdem waren es unsägliche Schmerzen, mit denen dieses Kind versuchte, auf die Welt zu kommen. In ein paar lichten Momenten dachte Gundel daran zurück, dass das Kind ja auch unter Schmerzen gezeugt worden war.

Schließlich dauerte es bis zum Beginn des nächsten Tages, bevor endlich der erlösende gemeinsame Schrei von Mutter und Kind die Qualen beendete. „Ein Mädchen", rief Sarah und drückte ihr das Kind in den Arm. Gundel warf einen Blick in das Gesicht des Kindes. Ihr alter Traum kam wieder hoch, in welchem sie das Kind mit Maske gesehen hatte, aber es war ein hübsches Mädchen. Gundel lächelte das Kind an und fiel erschöpft zurück. Der Tod war besiegt, das Leben hatte gewonnen.

69. Kapitel

Abschied von Freunden

ieser unabwendbare Tag kam immer näher und damit auch die Zeit des Abschiedes. Der Wagen stand nun schon ein paar Tage beladen auf dem Hof. Der Herr hatte ihr versprochen, den Wunsch ihres verstorbenen Vaters zu erfüllen und sie zu ihrer Schwester nach Prag zu bringen. Im letzten Jahr hatte sie sich noch regelmäßig mit Ruth geschrieben, doch seit jenem schicksalhaften Sonntag hatte sie ihr kein Lebenszeichen mehr geschickt. Sicherlich dachte die Schwester, dass auch Sarah ums Leben gekommen war. Allerdings wusste nun auch Sarah nicht, wie es der Schwester und deren Familie ging. Hatte die Seuche auch Prag erreicht?

Schließlich kam der Herr eines Tages Anfang Mai und sagte „Morgen geht es los!" Sarah nickte und begann ihre Habseligkeiten in einen Beutel zu packen. Viel hatte sie ja nicht mehr, denn all die geliebten Bücher waren ein Raub der Flammen geworden. Auch das Kleid, welches Gundel damals für sie geschneidert hatte, war verloren. Nur ihr Leben war Sarah geblieben und die Freundschaft zu den drei Freundinnen, von denen sie sich nun verabschiedete. Es wurde ein langer und tränenreicher Abend unter Frauen. Erst spät kamen sie alle in ihre Betten und früh waren sie auch schon wieder wach.

Auf dem Hof wurden unten die vier Pferde angespannt und die beiden Knechte machten sich bereit. Ein paar berittene Soldaten würden sich zur Sicherheit dem Wagen anschließen, wodurch sie dann acht Männer und eine Frau sein würden. Natürlich würde keinem der Männer bekannt sein, wer sie war. Nur eine Magd auf Reisen. Unter dem besonderen Schutz des Herrn!

Es folgten ein paar letzte Umarmungen von Lorena und Elisabeth. Gundel hatte ein Päckchen dabei und gab es ihr. „Ich habe denselben Stoff noch einmal bekommen und dein Kleid neu gemacht. Ich hoffe, es passt, denn ich bin etwas auseinander gegangen nach der Geburt meiner Tochter", erklärte die Freundin. Sarah zog das Päckchen an ihre Brust und umarmte Gundel. „Pass auf dich auf!", sagte die Freundin und zeigte auf den Dolch. „Mache ich", antwortete Sarah und einer der Knechte hob sie hinten auf den Wagen.

Von dort aus winkte sie den Freundinnen zu, selbst als diese schon lange verschwunden waren. Danach setzte sie sich auf den fast leeren Wagen und sah zu dem grauen Himmel hinauf. Die Wachleute folgten dem Wagen und das Klappern ihrer Waffen sollte sicher Räuber abschrecken.

So folgten sie dem Weg in Richtung der aufgehenden Sonne, doch ihre Gedanken waren in der Stadt geblieben. Bei allen die Gestorben waren und den Freundinnen, die überlebt hatte. Danach flogen ihre Gedanken voraus in eine ungewisse Zukunft. Was würde passieren? Der Mann ihrer Schwester würde ihr Vormund werden, bis sie verheiratet war. Aber würde die Seuche oder die Gewalt sie dort in der Ferne einholen?

Am Abend machten die Wachen ein Feuer, an dem sie dann ihr Fleisch brieten. Die Männer lachten, als Sarah es ablehnte und stattdessen Brot und Wasser wählte, aber es war ja nun mal Schweinefleisch. Auch, wenn der Braten zu verführerisch duftete.

Der junge Herr hatte ihr gesagt, dass die Strecke nach Prag mehr als ein Dutzend Tage dauern würde und auf dem Weg hatte sie den beiden Fuhrleuten zugehört, dass der gesamte Weg nach

Venedig über einen Monat dauern würde, da die Strecke anders gewählt war, als der sonst übliche direkte Weg. Aber die beiden Männer hatten den Umweg, der ja immerhin mehr als zehn Tage ausmachte, ohne Murren so hingenommen, nur um eine Magd an ihr Ziel zu bringen.

Nach dem Essen begannen die Männer am Feuer Lieder zu singen und Sarah lauschte den Melodien nach, auch wenn es raue Soldaten- und Trinklieder waren. Später rollte sie sich im Wagen unter einer Decke zusammen und versuchte zu schlafen, während die Männer noch am Feuer saßen und leise erzählten. An Schlaf war lange nicht zu denken. Die Gedanken kamen und gingen und so würde es sicher die restlichen Tage auch sein. Irgendwann fielen ihr dann doch die Augen zu und sie erwachte erst, als sich der Wagen ruckelnd in Bewegung setzte. Die Männer hatten sie einfach darauf schlafen lassen.

Sarah setzte sich auf und einer der Fuhrleute reichte ihr lachend ein Brot und einen Trinkschlauch nach hinten. Es war ein süßer Wein darin, der sehr gut schmeckte. Auch auf dem Weg sangen die Männer nun hinter ihr auf den Pferden.

Es folgte genau ein dutzend Tage, die sich kaum vom ersten unterschieden. Meist waren es Wege durch den Wald oder an Feldern entlang und nur selten sahen sie eine Stadt oder größere Siedlung, die sie aber meist umgingen, denn sie wollten ja keinen Wegzoll zahlen müssen. Dann kam endlich Prag in Sicht. Sarah stand auf und ging nach vorn. Die junge Frau stellte sich hinter einen der Fuhrleute und sah über dessen Schulter nach vorn auf die Stadt.

312

Die Schwester hatte ihr geschrieben, wo sich ihr Haus befand. Langsam rollte der Wagen durch die Straßen der Stadt. Hier war alles friedlich und ein Gewimmel von Menschen sah Sarah von ihrem erhöhten Platz aus. Auf dem Markt sprang Sarah vom Wagen, ließ sich ihre Sachen reichen und verabschiedete sich von ihrer Reisebegleitung, die sich auch fast sofort wieder in Bewegung setzte.

Nun musste sie das Haus der Schwester finden. Ihr Blick ging über die Menschen, dann sah sie eine Frau, die die Abzeichen der Juden trug. Schnell ging sie auf die Frau zu und fragte sie in ihrer Sprache, wo sie das Haus finden konnte. Die fremde Frau sah sie ungläubig an, da Sarah noch andere Kleidung trug und nicht als Jüdin zu erkennen war. Dann lächelte sie und zeigte die Richtung mit der Hand. Sarah brach schnell mit dem Päckchen auf dem Rücken auf.

Nach wenigen hundert Schritten sah sie das Haus und auch die Schwester stand gerade davor. Sie war mit einer fremden Frau im Gespräch und hastig rannte Sarah los. „Ruth!", rief sie und sie schien auf die Schwester zuzufliegen. „Sarah?", fragte diese nach und dann folgte eine lange Umarmung der beiden Schwestern. Sechs Jahre hatten sie sich nicht gesehen. Und nun lagen sie sich weinend in den Armen. Nun würde alles gut werden.

70. Kapitel

Vertraute Nähe, unbekannte Weite

Sehnsüchtig hatte er dem Wagen nachgesehen, der nach Venedig aufgebrochen war. Zu gern wäre er dahin mitgefahren, doch das würde wohl nun nie mehr geschehen können. Er hatte hier das Kontor zu leiten und diese Verantwortung konnte er an niemanden abgeben. Wenn der Vater noch am Leben gewesen wäre, dann wäre es sicher ein leichtes gewesen, ihn davon zu überzeugen, ihn ziehen zu lassen, doch so? Unmöglich! Für den Rest seines Lebens würde er in Mainz bleiben müssen.

Zwar lockte ihn das Abenteuer immer noch, aber er war nun glücklich mit Lorena. Das war etwas, was nicht selbstverständlich in seinen Kreisen war. Die meisten seiner Freunde hatten jemanden heiraten müssen, den ihnen die Väter ausgesucht hatten. Ihm war auch das erspart geblieben.

Nur eine Sorge trieb ihn um: kam die Seuche noch einmal zurück? Die immer noch geschundene Stadt hatte gerade mal einen Winter Zeit gehabt, um sich davon zu erholen. Noch waren die Narben in der Stadt deutlich zu sehen und das abgebrannte Viertel war auch so geblieben, wie es war. Er würde sich im Rat dafür einsetzten, dass dieses Unrecht zumindest etwas gelindert wurde. Ungeschehen konnte er es nicht mehr machen.

Sicherlich würden sich die Juden hier wieder ansiedeln und er würde ihnen einen Teil des Eigentums wieder zurückgeben lassen. Die Erben sollten sich nur in der Stadt melden. Vorerst musste alles sauber dokumentiert werden, was jeder einzelne von dem beträchtlichen Vermögen der Juden erhalten hatte.

Da er nun auf die ferne Weite verzichten musste, suchte er die Nähe zu seiner Frau. Sie wurde seine wichtigste Beraterin und das, wo sie doch gar keine Ahnung vom Geschäft hatte. Aber in Sachen Mode und Tuche war sie genau die richtige. Wenn Lorena sagte, dass ein Stoff besonders gefragt werden würde, so konnte er sicher sein, dass dies auch bald so war. Daher half sie nun auch in seinem Kontor mit. Was bei seinen Freunden zwar auf Unverständnis traf, aber ihm sehr zum Vorteil gereichte. Da Elisabeth das Haus führte, hatte Lorena auch die Zeit für den Stoff und das Kontor.

Seit Gundel nicht mehr nähen konnte, hatten sie zwei Mägde, die unter ihrer Leitung die Kleider schufen, die dann Lorena bei den Feiern und Festen trug und die dann überall in der Stadt auch gewollt wurden. Einst hatte der Vater nur vom Stoff gelebt, aber nun machten sie daraus auch die Kleider und verdienten damit viel mehr. Balthasar hatte sein Glück gefunden und er hoffte, dass es ihm lange erhalten blieb. Noch in diesem Jahr würde ihm Lorena ja ein Kind schenken und vielleicht war es ja schon der erhoffte Sohn, der für ihn die fernen Weiten erkunden konnte. Bis dahin sah er das Blau des Meeres in den Augen seiner Frau. Nur ein einziges Mal war er in Venedig gewesen.

Er sah von seinem Schreibtisch auf und bemerkte, wie sie in eine Stoffprobe vertieft war. Sie nahm das Tuch und trug es zum offenen Fenster. Im Lichte der Sonne begutachtete sie den Stoff und überlegte sicherlich gerade, was für eine Art von Kleidungsstück daraus werden konnte. Offensichtlich bemerkte sie seinen Blick und kam zu ihm herüber. Sie hielt ihm den Streifen an die Brust und sagte „Ein schönes Wams für dich!" Er zog sie in seinem Arm und küsste sie. Schnell erwiderte sie seinen Kuss. Dann strich er ihr durch das lange Haar, dass sie im Hause immer offen über die Schulter fallen ließ.

Der Bauch drückte gegen seinen Bauch und er strich vorsichtig darüber. „Bald schon werden wir eine richtige Familie sein", sagte er. „Das sind wir doch durch Hannah schon", entgegnete sie und küsste ihn erneut. Er hatte die fremde Tochter vor kurzem zu seinem Kind gemacht und auch die Taufe hatten sie, vorsichtshalber, noch einmal gemacht. Schließlich konnten sie ja nicht sicher sein, dass dies schon mal geschehen war.

Gerade in diesem Moment tobte die dreijährige, gefolgt von der Magd, durch das Kontor. Eigentlich hätte er die Magd dafür anschreien müssen, dass sie das Kind hier hercinließ, doch Lorena hatte es offensichtlich schon bemerkt. Sie legte ihm ihren Finger auf den Mund und bückte sich dann umständlich zu Hannah herunter.

Wieder ging sein Blick zum Fenster hinaus. Was brauchte er diese Weite da draußen, wenn er die ganze Welt hier in seinem Hause hatte? Mit Lorena an seiner Seite, da gehörte ihm diese Welt.

71. Kapitel

Eine besondere Gabe

Der Sommer war über die Stadt gekommen und bisher waren sie von einer neuen Seuche verschont geblieben. Lorena öffnete die Augen und sah zu ihrem Mann, der im Bett neben ihr schnarchte. Es war sicher noch früh am Morgen und ein kleiner Vogel begann auf dem Fenstersims ein Lied zu singen. Mühsam richtete sich Lorena auf. Noch war der Bauch klein, aber sie war ziemlich schmächtig. Mit Angst dachte sie daran, wie sich Gundel in die Geburt gequält hatte und die Magd war in den Hüften deutlich breiter als sie. Aber heraus musste das Kind auf jeden Fall.

Irgendwann im September, wenn der Herbst begann und die, hoffentlich gute, Ernte in den Scheunen war, dann musste es geschehen. Sie saß im Bett und strich über ihren Bauch, dabei lauschte sie der Melodie den kleinen, gefiederten Gesellen, den sie von ihrem Platz aus sehen konnte.

Sein Lied würde sicher den Rest des Hauses langsam wecken, so wie es früher der Hahn in ihrem Dorf gemacht hatte. Schon hörte sie unten die Tür zum Hof. Eine der Mägde war bestimmt gerade auf dem Weg zu den Kühen in den Stall. Die Tiere wollten gemolken werden und ein neuer Arbeitstag begann. Lorena setzte ihre Füße auf den Boden und stand auf. Ächzend drückte sie ihren Rücken durch. Im Unterkleid ging sie leise nach draußen und stieg in den Hof hinab. Noch hatte sie das Brunnenhaus für sich alleine.

Sie mischte Wasser mit Asche und vermengte das Ganze zu einer Brühe, mit der sie sich den Schweiß der Nacht vom Körper spülte, dann wusch sie sich mit sauberen Wasser den Rest der Asche vom Körper. Das pflegte die Haut auch und seit die Creme alle war, musste sie das eben so machen. Nachdem sie sich wieder das Kleid mühsam über den Bauch gezogen hatte, kam Gundel mit Hannah in das Brunnenhaus. Zusammen wuschen sie das Kind, das sich gegen den kalten Guss am frühen Morgen heftig wehrte, aber gegen zwei Frauen nicht den Hauch einer Chance hatte. Lorena lachte Gundel an und die lachte zurück. Zu zweit war das ganz schnell erledigt, bevor Gundel ihre eigene Tochter aus dem Tuch vor ihrer Brust wickelte und dann auch diese in das Wasser tauchte.

Dann übernahm Lorena beide Kinder, damit sich Gundel waschen konnte. Obwohl sie nun Herrin und Magd waren, war das freundschaftliche Verhältnis zwischen ihnen geblieben. Nun gesellte sich auch Elisabeth zu ihnen, die aber schon fertig angezogen war. Vermutlich war sie schon seit einer Stunde wach und hatte im Hause schon die Aufgaben verteilt. Manchmal bewunderte Lorena die Freundin, mit welcher Souveränität diese die Pflichten einer Hausfrau erfüllte, die ja eigentlich ihr zustanden, aber sie vertraute Elisabeth.

Wenn sie hier früh so im Brunnenhaus zusammen waren, dann waren sie nur drei Frauen im Unterkleid. Später mussten sie dann, für den Rest der Menschen im Hause, den Schein waren. Jetzt und hier konnten sie sogar herumalbern und sich mit Wasser bespritzen. Hinter der Tür, auf dem Hof, würde es dafür Peitschenhiebe geben.

Die Geschäftigkeit auf dem Hof war nun unüberhörbar. Die Knechte gingen zum Stall und eine der Mägde lief zum Tor. „Denkst du daran, dass die Frau des Bürgermeisters heute zur Anprobe kommt?", sagte Lorena zu Elisabeth und die bestätigte, dass alles so weit vorbereitet war. „Ich werde mir ein ähnliches Kleid anziehen und sie begrüßen", ergänzte Lorena und Gundel gab zu bedenken „Wenn du da noch hineinpasst. Du legst jetzt offensichtlich jeden Tag etwas zu." Vorsichtig sah Lorena an sich herunter und nickte. Dann lachten alle drei und gingen an ihre täglichen Aufgaben.

Als sie wieder das Zimmer betrat, wachte Balthasar gerade auf und setzte sich an den Rand des Bettes. Verschlafen gähnte er und nickte ihr dann zu. Nach einem Kuss lief er nach unten, um sich im Hof zu waschen, während sich Lorena in das Kleid zwängte. Im Moment wären ihr die weiter geschnittenen Kleider von früher lieber gewesen, als diese auf Taille geschnittenen, denn seit Wochen hatte sie kaum noch eine Taille! Mit zerren und ziehen und der Hilfe von Elisabeth, die kurz in das Zimmer geschaut hatte, hatte es Lorena dann endlich geschafft, sich das Kleid anzuziehen und die Knöpfe zu schließen. Beim Schuhe anziehen musste die Freundin dann erneut helfen.

Der Mann kam zurück und Elisabeth machte eine Verbeugung vor ihm, bevor sie schnell aus dem Zimmer lief. Das Frühmahl wollte vorbereitet sein. Nach diesem Essen, von dem sie eigentlich nicht viel herunter bekam, machte sich ihr Mann auf den Weg zum Rat und sie begann ihre Pflichten in Haus und Kontor zu übernehmen. Wenig später kam die Frau des Bürgermeisters, die aber eigentlich auch eine gute Freundin von Lorena geworden war. Gemeinsam gingen sie in die Nähstube, wo das Kleid schon zur Anprobe hing. Wie immer hatte sie sich auf Elisabeth verlassen können. Die Frau wusste einfach, was zu tun war.

Schnell wurden sich alle einig und das Kleid fand eine glückliche Besitzerin. Anschließend stieg Lorena wieder nach oben, was ein beschwerlicher Aufstieg für sie war, aber das Kontor lag nun mal oben. Zumindest die Verwaltung des Kontors. Auf dem Sessel sitzend kontrollierte sie die Proben, die ihr die Knechte aus dem Lager brachten.

So saß sie auch noch, als ihr Mann am Abend zu ihr in den Raum trat. Er hatte die Hände hinter dem Körper, so, als ob er etwas versteckte und das machte sie natürlich neugierig. Doch es brauchte drei Küsse, bis er ihr ein kleines Töpfchen übergab. Lorena hob den Deckel ab und roch die Creme. „Woher hast du die?", fragte sie erfreut und tauchte sofort ihren Finger in die Salbe.

Wieder küsste er sie und antwortete „Du hast mir doch von dem Händler erzählt, der es dir einst gegeben hatte. Ich habe ihn wieder getroffen und von dir erzählt. Er hat mir das Töpfchen für dich gegeben und uns viel Glück gewünscht." Dann setzte er mit einem Augenzwinkern hinzu „Vielleicht tanzt du ja mal wieder für ihn." „Im Moment lieber nicht", antwortete sie lachend und zeigte auf ihren Bauch. Erneut küsste der Mann sie und sagte „Der Händler hat mir gesagt, es ist eine besondere Gabe für deine besondere Begabung des Tanzens." Sie nickte und roch wieder an dem Töpfchen. Dann setzte der Mann hinzu „Und es ist eine besondere Gabe für die Frau, die ich von ganzem Herzen liebe."

72. Kapitel

Ende und Neubeginn

Mit einem Schrei war Lorena auf das Bett zurückgefallen. Gundel hatte ihr die ganzen Stunden zuvor geholfen, doch nun musste sie das Kind endlich holen. Noch ein paar solcher Wehen würde die schmale Frau sicher nicht überstehen. Angstvoll sah sich die Magd zur Tür um. Der Herr stand im Türrahmen und vor ihr kämpfte die Freundin um ihr Leben. Und um das von Gundel gleich mit, denn wenn sie es nicht schaffen würde, das Kind auf die Welt zu bringen, dann würde Gundel wieder die Peitsche zu spüren bekommen. Schon jetzt nahmen die Augen des Herrn bei ihr Maß. „Komm schon, du schaffst das! Nur noch eine Wehe!", sagte sie gepresst zu Lorena, die schon Schweiß auf der Stirn hatte. Wie gern hätte Gundel nun Sarah an ihrer Seite gehabt.

Wieder gingen ihre Gedanken zurück, zu dem Moment, als sie einst daran gedacht hatte, in den Fluss zu springen. Wenn Lorena es nicht schaffen würde, dann würde Gundel es tun. Ganz sicher. Elisabeth würde sich dann schon um die Tochter kümmern. Wieder blickte sie sich um. Sie würde springen, wenn der Herr sie überhaupt lebend aus diesem Raum heraus ließ.

Die nächste Wehe kam. Lorena bäumte sich auf und schrie ihren Schmerz heraus. Dann rief Gundel „Ich kann den Kopf sehen! Schnell! Presse!" Mit vereinten Kräften zogen und drückten sie ein neues Leben auf die Welt. Mit einem gemeinsamen Schrei begrüßten Mutter und Kind den beginnenden Tag.

„Es ist ein Junge!", sagte Gundel erleichtert und das Gesicht des Herrn entspannte sich. Er kam zu ihr und begrüßte seinen Sohn, dann küsste er seine Frau auf die schweißnasse Stirn. Alles war gut. Lorena versuchte sich aufzusetzen, doch das ging im Moment noch nicht so richtig. Zu viel Kraft hatte die Freundin und Herrin verloren, daher drückte ihr Gundel das Kind einfach im Liegen in den Arm.

Lorena lächelte glücklich und Gundel strich der Freundin über die Wange. Nicht so ganz das, was man mit seiner Herrin machen sollte, aber ein Geste unter Freunden. Nun konnte Gundel nur hoffen, dass dies auch der Herr so sah. Unter seinen Augen hinweggeduckt verließ sie das Zimmer schnell.

Langsam stieg Gundel die Treppe hinab und nahm bei Elisabeth ihre Tochter wieder in Empfang. „Ein Junge!", sagte sie zu der Freundin und diese lächelte nun ebenfalls. Von nun an würde sich die Magd um drei Kinder kümmern müssen. Zuerst stillte sie ihre Tochter und später würde sie das auch für Lorenas Sohn machen. Durch die Kinder war es nun nie mehr still in dem Hause.

In diesem Sommer war auch die Seuche nicht mehr zurückgekommen. Das Leben hatte den Tod endgültig besiegt. Es wurde ein Neubeginn in dem Hause des Kaufmannes. Gundel sah auf die schmatzende Tochter herunter und lächelte. Alles würde gut werden.

ENDE

Zeitliche Einordnung der Handlung:

5800 Steinzeit

Anfang des Buches „**Schicha und der Clan des Bären**"

Ende des Buches „**Schicha und der Clan des Bären**"

5500 Steinzeit

2200 Beginn der Bronzezeit

1200 Beginn der Eisenzeit

800 –

800 Beginn des allmählichen Niedergang der Bronzezeit

800 Erste Städtebildungen und Anfänge der etruskischen Kultur

750 Aufstieg der Etruskcr zur Seemacht

700 –

600 –

600 Blütezeit der Bronzekunst der Etrusker im orientalischen Stil

570 Amasis wird ägyptischer Pharao

555 Anfang des Buches „**Auf Bärenspuren**"

551 Ende des Buches „**Auf Bärenspuren**"

550 Koalition der Etrusker mit Karthago gegen Griechenland

540 Sieg der Etrusker zur See gegen die Griechen bei Alalia

524 etruskische Niederlage bei Kyme gegen die Griechen

500 –

500 Blüte der etruskischen Stadt Capua

400 –

387 die Kelten fallen in Rom ein

300 –

218 der karthagische Feldherr Hannibal überquert die Alpen

200 –

100 –

73 Flucht von Spartacus aus der Gladiatorenschule in Capua

71 Tod von Spartacus und Ende des Sklavenaufstandes

55 Expedition Caesars nach Britannien

44, 15. März, Kaiser Caesar wird in Rom ermordet

0 –

0 Anfang des Buches „**Die Rache der Barbarin**"

9 Niederlage des Feldherrn Varus gegen die Cherusker unter Arminius

10 Ende des Buches „**Die Rache der Barbarin**"

34 Anfang des Buches „**Das Schwert des Gladiators**"

43 Beginn der Eroberung Südbritanniens

50 Colonia (heute Köln) wird zur Stadt erhoben

54 Nero wird römischer Kaiser

54 Anfang des Buches „**Die römische Münze**"

56 Ende des Buches „**Das Schwert des Gladiators**"

57 Anfang des Buches „**Die Tochter aus dem Wald**"

58 große Teile der Stadt Colonia brennen nieder

64 Brand Roms und daraufhin erste Christenverfolgung

68 Anfang des Buches „**Im Schatten des Feuerberges**"

68 Aufstände in Gallien und Spanien

68 Selbstmord Kaiser Neros

68 die Bataver, ein germanischer Stamm, erheben sich und belagern Colonia

69, Herbst, erneuter Aufstand der Bataver gegen die römische Herrschaft in Niedergermanien

70, Herbst, Niederschlagung des Bataveraufstandes

70 die Stadt Colonia erhält eine acht Meter hohe Stadtmauer

75 Ende des Buches „**Die römische Münze**"

75 Ende des Buches „**Die Tochter aus dem Wald**"

79, Herbst, Ausbruch des Vesuvs und Untergang Pompejis und Herculaneums

80 Einweihung des Kolosseums in Rom

85 wird Colonia die Hauptstadt der römischen Provinz Germania inferior

85 Ende des Buches „**Im Schatten des Feuerberges**"

98 Trajan wird römischer Kaiser

100 –

161 Marc Aurel wird römischer Kaiser

200 –

300 –

306 Konstantin der Große wird römischer Kaiser

324 Konstantin bekennt sich zum Christentum und macht diese zur Staatsreligion

375 die Hunnen unterwerfen die Alanen und die Goten oder vertreiben diese aus ihren Siedlungsräumen

376 Anfang des Buches „**Sturm über den Stämmen**"

376 Flucht der Donaugoten vor den Hunnen und teilweise Aufnahme der Goten in das römische Reich

384 Ende des Buches „**Sturm über den Stämmen**"

400 –

406 Rheinübergang der Vandalen und Einfall in das römische Reich

407 die Vandalen und andere germanische Stämme ziehen plündernd durch Gallien

409 Weiterzug der Vandalen und Alanen nach Spanien

410, Ende August, Eroberung Roms durch die Westgoten

429 die Vandalen und Alanen setzen unter Geiserich von Spanien nach Afrika über

439 die Stadt Karthago fällt an die Vandalen

451 Feldzug des Hunnen Attila nach Gallien

452 die Hunnen fallen in Italien ein, ziehen sich aber bald wieder zurück

453 nach Attilas Tod zerbricht das Hunnenreich

455 Plünderung Roms durch die Vandalen unter Geiserich

500 –

700 –

764 Anfang des Buches **„In den finsteren Wäldern Sachsens"**

772, im Sommer, Zerstörung der Irminsul

772 Anfang der Sachsenkriege Karls des Großen

782 Blutgericht von Verden (Aller)

783, im Sommer, Gefechte mit Beteiligung sächsischer Frauen

785 Taufe Widukinds in der Königspfalz Attigny

787 die ersten Überfälle der Nordmänner auf Westeuropa finden statt

790 Überfälle der Nordmänner auf Schottland und Irland

792 letzte größere Erhebungen der Sachsen gegen die Franken

792 Zwangsdeportationen der Sachsen und Neuvergabe von sächsischem Land an fränkische Siedler

793 Überfall und Plünderung des Klosters Lindisfarne durch Nordmänner

795 Überfall von Wikingern auf das Kloster Iona in Irland

799 Beginn der Wikingerüberfälle auf das Frankenreich

796 Karls Belehrung durch seinen Berater Alkuin

797 mit dem Capitulare Saxonicum wurden die Sondergesetze gegen die Sachsen gelockert

800 –

800 Kaiserkrönung Karls des Großen

800 König Godfred von Dänemark gerät im kriegerische Konflikte mit Karl dem Großen

800 erste nordische Siedler treffen auf den Färöern und auf Island ein

800 unzählige Angriffe der Nordmänner auf die sächsischen Küsten

802 das sächsische Volksrecht (Lex Saxonum) wird verabschiedet

802 Ende des Buches **„In den finsteren Wäldern Sachsens"**

804 Ende der Sachsenkriege

805 Anfang des Buches **„Westwärts auf Drachenbooten"**

810 dänische Wikinger greifen wiederholt die friesische Küste an

814 Tod Karls des Großen

825 Ende des Buches **„Westwärts auf Drachenbooten"**

840 erste Überwinterung der Wikinger im Frankenreich

840 norwegische Nordmänner überfallen Irland und gründen Dublin

844 Überfälle der Nordmänner auf Spanien

845 Plünderungen von Hamburg und Paris durch die Wikinger

858 schwedische Wikinger gründen Kiew

889 Wanzleben wird erstmals als Haufendorf erwähnt

900 –

913 Herzog Heinrich von Sachsen stellt ein ungarisches Heer bei Merseburg

926 Heinrich handelt mit den Ungarn einen zehnjährigen Waffenstillstand für Sachsen aus

937 Otto I. der Große, gründete das St.-Mauritius-Kloster in Magdeburg

938 die Ungarn ziehen erneut gegen die Sachsen

952 Anfang des Buches **„Der Gefolgsmann des Königs"**

955, 10. August, Schlacht gegen die Ungarn auf dem Lechfeld bei Augsburg

955 Otto beginnt einen großen Neubau des Doms zu Magdeburg

962, 2. Februar, Krönung Ottos zum Kaiser

968 Beginn des Baues der Burg Wanzleben

980 Ende des Buches **„Der Gefolgsmann des Königs"**

1000 –

1100 –

1142 Heinrich der Löwe wird Herzog von Sachsen

1143 Gründung Lübecks, der ersten deutschen Ostseestadt

1147 Anfang des Buches **„Im Zeichen des Löwen"**

1147 Wendenkreuzzug, dauert als Kreuzzug drei Monate

1152 Königskrönung von Friedrich Barbarossa in Aachen

1155 Kaiserkrönung Friedrich Barbarossas in Rom

1156 Besiedlungszug in Lommatzsch

1157 Gründung des deutschen Kaufmannsbundes

1159 Wiederaufbau Lübecks

1160 Anfang des Buches **„Kaperfahrt gegen die Hanse"**

1160 der slawische Burgwall Dobin, liegt am Schweriner See, wird zerstört

1160 Lübeck erhält das Soester Stadtrecht

1160 Gründung der Kaufmannshanse

1161 Vermittlung eines Handelsprivilegs an die Stadt Lübeck durch Heinrich den Löwen

1161 Gründung der Gotländischen Genossenschaft, als Vorstufe der Hanse

1162 Kloster Altzella, bei Nossen, wird gegründet

1163 Ende des Buches **„Im Zeichen des Löwen"**

1180 Heinrich verliert das Herzogtum Sachsen

1200 –

1200 Gründung des Petershofes in Novgorod als Außenstelle der Hanse

1200 Ende des Buches **„Kaperfahrt gegen die Hanse"**

1210 Anfang des Buches **„Die Sklavin des Sarazenen"**

1212 Kinderkreuzzug mit Ziel Jerusalem

1212 Friedrich II. wird König

1217 bis 1221 Fünfter Kreuzzug, Kreuzzug von Damiette in Ägypten

1220 Ende des Buches **„Die Sklavin des Sarazenen"**

1250 Anfang der Blütezeit der Städtehanse

1300 –

1307, 13. Oktober, Zerschlagung des Templerordens und Verhaftung aller Templer

1315 Beginn einer Hungersnot, die als „Der große Hunger" in zwei Jahren mit sintflutartigen Regenfällen, sehr kalten Wintern und vielen Überschwemmungen Millionen Menschen in Europa dahinrafft

1321 Anfang des Buches **„Frauenwege und Hexenpfade"**

1337 der hundertjährige Krieg zwischen England und Frankreich beginnt

1337 Ende des Buches **„Frauenwege und Hexenpfade"**

1340 der englische König Eduard III. fällt mit seinem Heer in Frankreich ein

1342, im Juli, das Magdalenenhochwasser, eine verheerende Überschwemmungskatastrophe, lässt in Mitteleuropa zahlreiche Flüsse über die Ufer treten

1346 in der Schlacht von Crécy schlagen 8.000 englische Langbogenschützen die verbündeten europäischen und französischen Ritter vernichtend

1347 die Beulenpest erreicht die europäischen Häfen am Mittelmeer und breitete sich schnell überall aus

1348, 7. April, Gründung der Karls-Universität in Prag, der ersten mitteleuropäischen Universität

1349, 10. Januar, die Wormser Gemeinde der Juden wird blutig ausgelöscht

1349, 1. März, Pogrom gegen die Juden in Speyer

1349 Anfang des Buches **„Der schwarze Tod"**

1349, 24. Juli, in der Frankfurter „Judenschlacht" sterben fast alle Juden in Frankfurt am Main

1349, 23. August, Die Juden von Mainz erheben sich gegen ihre Verfolger. Der Aufstand wird blutig niedergeschlagen und das Stadtviertel brennt ab. Zahlreiche Menschen kommen dabei ums Leben

1350 Ende des Buches **„Der schwarze Tod"**

1353 Giovanni Boccaccio schreibt sein Decamerone

1356 mit der goldenen Bulle wird erstmalig festgeschrieben, dass der deutsche König durch Mehrheitswahl von sieben Kurfürsten bestimmt wird

1400 –

1431, 30. Mai, Jeanne d'Arc, die Jungfrau von Orléans, stirbt in Rouen auf dem Scheiterhaufen

1440 Johannes Gutenberg erfindet den Buchdruck mit beweglichen Lettern

1452, 15. April, Leonardo da Vinci wird in Anchiano bei Vinci geboren

1479 - Anfang des Buches **„Nur ein Hexenleben...“**

1482 Johann Tetzel beginnt sein Theologiestudium in Leipzig

1486 der Dominikaner Heinrich Kramer veröffentlicht sein Traktat „Der Hexenhammer“, lateinisch „Malleus Maleficarum“

1487 - Ende des Buches **„Nur ein Hexenleben...“**

1487 - Anfang des Buches **„Rosen hinter Burgmauern“**

1492 Christoph Kolumbus erreicht die großen Antillen und entdeckt damit Amerika

1498 Vasco da Gama erreicht an Bord seiner Nau auf dem Seeweg um Afrika herum Indien

1500 –

1504 Johann Tetzel beginnt seine Tätigkeit im Ablasshandel

1509 Ende des Buches **„Rosen hinter Burgmauern“**

1517 Anfang des Buches **„Die Bruderschaft des Regenbogens“**

1517, 31. Oktober, Luther verkündet seine Thesen in Wittenberg

1518 Müntzer und Luther sind in Wittenberg

1520 Müntzer predigt in Zwickau

1522 das „Neue Testament“ erscheint auf Deutsch

1523, zu Ostern, Katharina von Boras Flucht aus dem Kloster

1524 Bauern- und Handwerkeraufstände in Sachsen

1525, 15. Mai, Schlacht bei Bad Frankenhausen

1525, 27. Mai, Müntzer wird in Mühlhausen enthauptet

1525, 27. Juni, Heirat Luthers mit Katharina von Bora

1525, im Dezember, Kloster Buch wird geschlossen

1526 Niederschlagung der letzten Bauernaufstände

1527 Ende des Buches **„Die Bruderschaft des Regenbogens"**

1530 Reichstag zu Augsburg beschließt die Duldung des evangelischen Glaubens

1534 die gesamte Bibel ist nun auf Deutsch lesbar

1600 –

1612 Anfang des Buches **„Im Feuersturm"**

1617, 13. September, ein Stadtbrand verwüstet weite Teile Tangermündes

1618, 23. Mai, Fenstersturz zu Prag

1618 Anfang des dreißigjährigen Krieges

1619, 22. März, Grete Minde stirbt in Tangermünde auf dem Scheiterhaufen

1619 Ende des Buches **„Im Feuersturm"**

1620, 08. November, Schlacht am Weißen Berg bei Prag

1630 Anfang des Buches **„Im Schein der Hexenfeuer"**

1631 Eintritt Sachsens in den dreißigjährigen Krieg

1631, 10. Mai, Verwüstung der Stadt Magdeburg durch kaiserliche Truppen

1631 Anfang des Buches **„Die Räubermühle"**

1632 die Pest wütet in Sachsen

1632, 16. November, Schlacht bei Lützen

1634, 25. Februar, Albrecht von Wallenstein wird in Eger ermordet

1634 Ende des Buches **„Die Räubermühle"**

1639 schwedische Truppen brennen Dresden teilweise nieder

1641 nochmalige Zerstörung Dresdens durch die Schweden

1648 der „Westfälischer Friede" wird geschlossen

1648, 24. Oktober, Ende des dreißigjährigen Krieges

1650 Ende des Buches **„Im Schein der Hexenfeuer"**

1683, 3. Mai, die osmanische Armee erreicht Belgrad

1683, 9. Juli, Anfang des Buches „**Ein Sommer unter der Mondsichel**"

1683, 14. Juli, die Osmanen beginnen die Belagerung Wiens

1683, 12. September, Schlacht am Kahlenberg und Sieg der kaiserlichen Truppen über die Osmanen

1683, 12. September, Befreiung Wiens

1683, 1. November, Ende des Buches „**Ein Sommer unter der Mondsichel**"

1694 Friedrich August I. wird unerwartet neuer Herzog und Kurfürst von Sachsen

1697, 15. September, Friedrich August I. wird in Krakau zum polnischen König gekrönt

1700 –

1710 Anfang des Buches „**Anna und der Kurfürst**"

1712 Thomas Newcomen konstruiert die erste verwendbare Dampfmaschine

1715 Ende der „Kleinen Eiszeit", einer Periode relativ kühlen Klimas mit besonders kalten Zeitabschnitten seit 1675

1715 Ende des Buches „**Anna und der Kurfürst**"

1756 bis 1763 der Siebenjährige Krieg tobt in Mitteleuropa

1776 Gründung der Vereinigten Staaten von Amerika mit der Unabhängigkeitserklärung

1789, 14. Juli, Beginn der französischen Revolution in Paris

1793 Beginn des Interventionskriegs gegen Napoleon, an dem auch Sachsen teilnahm

1794 die Gesellen streiken in Dresden

1796 der Interventionskrieg endet mit einer Niederlage für die preußischen, österreichischen und sächsischen Verbündeten

1800 –

1800 Anfang des Buches „**Der russische Dolch**"

1806 Preußen und Russland verbünden sich gegen Napoleon. Sachsen schließt sich ihnen an

1806 Krieg der Verbündeten gegen Napoleon

1806, 14. Oktober, Schlacht bei Jena und Auerstedt, die Verbündeten werden von Napoleon vernichtend geschlagen

1806, 20. Dezember, das Kurfürstentum Sachsen tritt dem Rheinbund bei und wird durch Napoleon zum Königreich

1812 von Sachsen aus beginnt der Feldzug gegen Russland. Sachsen ist mit 21.000 Mann daran beteiligt

1812, 23. Juni, Napoleon überquert mit seinem Heer die Mehmel

1812, 17. August, Schlacht um Smolensk

1812, 7. September, Schlacht von Borodino

1812, 14. September, Napoleon rückt in Moskau ein

1812, 13. Oktober, Napoleon beschließt den Rückzug

1812, 3. November, Schlacht bei Wjasma.

1812, 26. bis 28. November, Schlacht an der Beresina

1812, 14. Dezember, Kaiser Napoleon macht, seinen Truppen auf dem Rückzug aus Russland vorauseilend, in Dresden Station

1813, 2. Mai, Schlacht bei Großgörschen, Sieg Napoleons gegen Russen und Preußen

1813, 20. und 21. Mai, Schlacht bei Bautzen, weiterer Sieg Napoleons gegen Russen und Preußen

1813, 26. und 27. August, Schlacht bei Dresden, Napoleon errang seinen letzten Sieg auf deutschem Boden

1813, 16. bis 19. Oktober, Die Völkerschlacht bei Leipzig brachte Napoleon eine verheerende Niederlage. Die sächsischen Truppen liefen zu den russischen und preußischen Truppen über

1813, 11. November, die belagerte Festungsstadt Dresden kapituliert

1815, 18. Juni, Schlacht bei Waterloo

1815 Ende des Buches „**Der russische Dolch**"

1900 --

Von Uwe Goeritz ebenfalls beim Verlag BoD erschienen (BoD – Books on Demand, Norderstedt, nähere Informationen finden Sie unter www.BoD.de)

„Schicha und der Clan des Bären" die ISBN lautet 978-3-7386-0262-3
108 Seiten für 7,90 Euro

„In den finsteren Wäldern Sachsens" die ISBN lautet 978-3-7357-7982-3
108 Seiten für 7,90 Euro

„Der Gefolgsmann des Königs" die ISBN lautet: 978-3-7357-2281-2
116 Seiten für 7,90 Euro

„Im Zeichen des Löwen" die ISBN lautet: 978-3-7347-5911-6
116 Seiten für 7,90 Euro

„Kaperfahrt gegen die Hanse" die ISBN lautet: 978-3-7386-2392-5
108 Seiten für 7,90 Euro

„Die Bruderschaft des Regenbogens" die ISBN lautet: 978-3-7386-5136-2
112 Seiten für 7,90 Euro

„Im Schein der Hexenfeuer" die ISBN lautet: 978-3-7347-7925-1
112 Seiten für 7,90 Euro

„Die Räubermühle" die ISBN lautet: 978-3-8482-0893-7
112 Seiten für 7,90 Euro

„Der russische Dolch" die ISBN lautet: 978-3-7412-3828-4
116 Seiten für 7,90 Euro

„Das Schwert des Gladiators" die ISBN lautet: 978-3-7412-9042-8
116 Seiten für 7,90 Euro

„Frauenwege und Hexenpfade" die ISBN lautet: 978-3-7448-3364-6
116 Seiten für 7,90 Euro

„Die Sklavin des Sarazenen" die ISBN lautet: 978-3-7448-5151-0
308 Seiten für 9,90 Euro

„Die Tochter aus dem Wald" die ISBN lautet: 978-3-7448-9330-5
116 Seiten für 7,90 Euro

„Anna und der Kurfürst" die ISBN lautet: 978-3-7448-8200-2
312 Seiten für 9,90 Euro

„Westwärts auf Drachenbooten" die ISBN lautet: 978-3-7460-7871-7
120 Seiten für 7,90 Euro

„Nur ein Hexenleben ..." die ISBN lautet: 978-3-7460-7399-6
312 Seiten für 9,90 Euro

„Sturm über den Stämmen" die ISBN lautet: 978-3-7528-7710-6
124 Seiten für 7,90 Euro

„Die Rache der Barbarin" die ISBN lautet: 978-3-7528-4103-9
128 Seiten für 7,90 Euro

„Im Feuersturm – Grete Minde" die ISBN lautet: 978-3-7481-2078-0
312 Seiten für 9,90 Euro

„Rosen hinter Burgmauern" die ISBN lautet: 978-3-7347-0321-8
312 Seiten für 9,90 Euro

„Auf Bärenspuren" die ISBN lautet: 978-3-7412-9116-6
316 Seiten für 9,90 Euro

„Im Schatten des Feuerberges" die ISBN lautet: 978-3-7481-3800-6
120 Seiten für 7,90 Euro

„Ein Sommer unter der Mondsichel - Wien, im Jahre 1683" die ISBN lautet: 978-3-7494-5288-0
328 Seiten für 9,90 Euro

Aktuelle Informationen und Neuerscheinungen finden sie immer im Internet unter:

www.Goeritz-Netz.de